DŁUGI MARS

TERRY PRATCHETT
STEPHEN BAXTER
DŁUGI MARS

Przełożył
Piotr W. Cholewa

Prószyński i S-ka

Tytuł oryginału
THE LONG MARS

Copyright © Terry and Lyn Pratchett and Stephen Baxter 2014
First published as *The Long Mars* by Transworld Publishers
All rights reserved

Projekt okładki
Piotr Cieśliński/Dark Crayon

Zdjęcia na okładce
Jean-Paul Comparin/Fotolia.com
JPL/NASA

Ilustracja na stronie 6
© Richard Shailer

Fragment *Jeruzalem* Williama Blake'a w przekładzie Stanisława Barańczaka

Redaktor prowadzący
Katarzyna Rudzka

Redakcja
Agnieszka Rosłan

Korekta
Grażyna Nawrocka

Łamanie
Jacek Kucharski

ISBN 978-83-7961-121-8

Warszawa 2015

Wydawca
Prószyński Media Sp. z o.o.
02-697 Warszawa, ul. Rzymowskiego 28
www.proszynski.pl

Druk i oprawa
Drukarnia POZKAL
88-100 Inowrocław, ul. Cegielna 10–12

Lyn i Rhiannie, jak zawsze
T.P.

Sandrze
S.B.

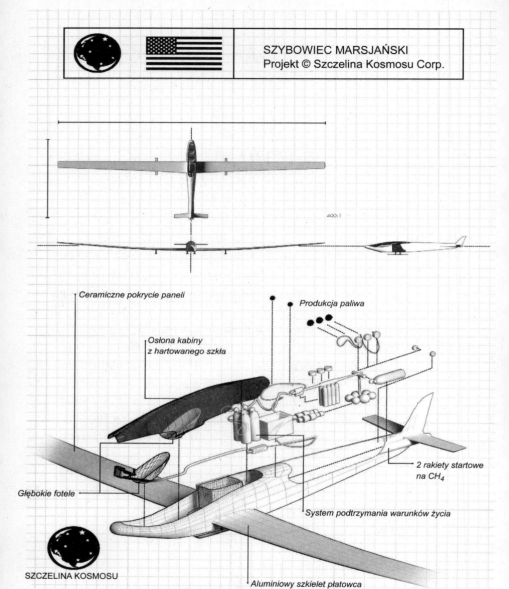

ROZDZIAŁ 1

Wysokie Meggery.
Dalekie światy, w większości wciąż niezamieszkane – nawet w roku 2045, trzydzieści lat po Dniu Przekroczenia. Tak daleko człowiek wciąż mógł być całkiem samotny; być jedyną żywą duszą na całej planecie. Taki stan dziwnie wpływa na umysł, myślał Joshua Valienté. Po kilku miesiącach samotności człowiek staje się tak wyczulony, że wyczuwa, kiedy w jego świecie pojawia się ktoś inny, choćby jedna osoba – tylko jedna ludzka istota, może po przeciwnej stronie planety. Księżniczka na ziarnku grochu nie mogłaby się z tym równać. Noce były zimne i ogromne, a światło gwiazd wymierzone prosto w niego...

A jednak, myślał Joshua, nawet w pustym świecie i pod pustym niebem zawsze wciskali się do głowy inni ludzie. Tacy ludzie jak jego opuszczona żona i syn, jego niekiedy towarzyszka podróży Sally Linsay i wszyscy ludzie z Ziemi Podstawowej, cierpiącej wskutek erupcji Yellowstone sprzed pięciu lat.

I Lobsang. Zawsze Lobsang...

* * *

Wobec swego niezwykłego pochodzenia Lobsang z konieczności stał się dla reszty ludzkości swego rodzaju autorytetem w kwestii dzieła znanego Zachodowi jako Tybetańska Księga Umarłych.

Dla Tybetańczyków jej chyba najbardziej znanym tytułem był Bardo Thodol, luźno tłumaczony na Wyzwolenie poprzez Słuchanie. Ten pogrzebowy tekst, mający za zadanie prowadzić świadomość poprzez interwał pomiędzy śmiercią a odrodzeniem, nie miał jednego ogólnie akceptowanego wydania. Jego początki sięgały ósmego wieku i w tym czasie przeszedł przez wiele rąk – proces ten pozostawił współczesności wiele różnych wersji i interpretacji. Czasami, kiedy Lobsang analizował stan Ziemi Podstawowej, pierwszego domu ludzkości, w dniach, miesiącach i latach po supererupcji Yellowstone w 2040, znajdował pocieszenie w uroczystym języku dawnej księgi.

Pocieszenie szczególnie ważne wobec wieści, jakie dochodziły z Bozeman w Montanie, Ziemia Zachodnia 1, ledwie kilka dni po wybuchu. Wieści, na które jego przyjaciele zareagowali.

Każdego zwykłego dnia społeczność zasiedlająca cień Bozeman, o krok na zachód oddalony od Bozeman Podstawowego, tworzyła pewnie typową wykroczną kolonię, myślał Joshua, po raz kolejny wciągając ochronny kombinezon. Gromadka chat w stylu Abe Lincolna na polance w lesie, konsekwentnie wycinanym, by eksportować drewno na Podstawową. Zagroda dla koni, nieduża kaplica. Jeśli tej kopii Bozeman czegoś brakowało, to pewnych elementów zwykle spotykanych dalej w głębi Długiej Ziemi: hotelu, barów, szkoły, ratusza i szpitala. Tak blisko Podstawowej łatwo było w razie potrzeby przekroczyć i wrócić do domu.

Ale ten dzień, piętnasty września 2040 roku nie był zwyczajny w żadnej z wykrocznych Ameryk. Ponieważ – siedem dni od chwili, gdy na Ziemi Podstawowej wielka kaldera eksplodowała po raz pierwszy – erupcja Yellowstone wciąż trwała. Bozeman w Montanie leżało zaledwie siedemdziesiąt kilometrów od nieustającego wybuchu.

A tutaj, o krok od katastrofy, Bozeman Zachodnie 1 uległo przemianie. Wprawdzie dzień był słoneczny, niebo błękitne, a trawa jaskrawozielona, bez śladu wulkanicznych popiołów, ale w miasteczku były tłumy. Ludzie cisnęli się w chatach albo w naprędce wystawionych namiotach, a niektórzy zwyczajnie siedzieli na brezentowych płachtach na ziemi. Byli tak obsypani popiołem, że mieli jednolicie szary kolor – skóra, włosy, ubranie, jak postacie ze starego programu telewizyjnego *I Love Lucy*, cyfrowo wycięte i wklejone w tę rozsłonecznioną zieleń pięknego jesiennego dnia. Mężczyźni, kobiety i dzieci zanosili się kaszlem, jakby oprócz kolorystyki mieli też tytoniowe nałogi z lat pięćdziesiątych.

Okolica wokół miasteczka została przejęta przez groźnie wyglądających osobników z FEMA, Federalnej Agencji Zarządzania Kryzysowego, i z Gwardii Narodowej, którzy poznaczyli teren promieniami laserów, taśmą policyjną lub zwykłą kredą, by odtworzyć położenie ulic i budynków Bozeman Podstawowego. Niektóre linie ciągnęły się w głąb lasu i w zarośla, tutaj jeszcze niewykarczowane. Prostokąty zostały ponumerowane i opisane, a funkcjonariusze systematycznie wysyłali na Podstawową przekraczających ochotników, zaznaczając wszystko na cyfrowych mapach na swoich tabletach, by mieć pewność, że w dotkniętej klęską okolicy nie zostali żadni ludzie.

W pewnym sensie cała ta akcja była demonstracją podstawowej tajemnicy Długiej Ziemi, myślał Joshua. Minęło już ćwierć wieku od Dnia Przekroczenia, kiedy on i inne dzieciaki na całym świecie ściągnęły z sieci specyfikację prostego elektronicznego aparatu zwanego krokerem, po czym zgodnie z instrukcją przesunęły przełącznik... i przekroczyły – nie w prawo ani w lewo, nie do przodu ani do tyłu, ale w całkiem innym kierunku. Przekroczyły do świata lasów i mokradeł, przynajmniej te, które ruszały z Madison w Wisconsin, tak jak Joshua. Przeszły w świat całkiem podobny do Ziemi – dawnej Ziemi, Ziemi Podstawowej – tyle że nie było w nim ludzi, dopóki nie pojawiły się takie dzieciaki jak Joshua, materializujące się w powietrzu. A Joshua odkrył szybko, że potem można zrobić kolejny krok, i następny, wzdłuż całego łańcucha równoległych światów, coraz bardziej się różniących od Podstawowego – ale nadal bez żadnych ludzi. To były światy Długiej Ziemi.

Tak więc wyglądała twarda, rzeczywista sytuacja. Amerykę Podstawową pokrywał obecnie gorący dywan pyłów i popiołów wulkanicznych – ale tutaj, o krok zaledwie, świat sprawiał wrażenie, jakby Yellowstone w ogóle tu nie istniało.

Pojawiła się Sally Linsay; dopijała kawę z polistyrenowego kubka, który starannie odłożyła do pojemnika, by umyć i użyć ponownie – dobre pionierskie przyzwyczajenie, pomyślał z roztargnieniem Joshua. Sally miała na sobie czysty jednoczęściowy kombinezon, ale popiół dostał się do jej włosów, skóry twarzy i szyi, nawet do uszu – we wszystkie miejsca, których nie zakryła maska i paski mocowań.

Towarzyszył jej ktoś z Gwardii Narodowej – dzieciak jeszcze, z tabletem w ręku. Sprawdził ich tożsamość, numery na piersiach kombinezonów, kwadrat terenu, do którego mieli trafić.

– Znów jesteście gotowi?

Sally zaczęła mocować na twarzy maskę, filtr oddechowy i steampunkowe gogle.

– To już siódmy dzień.

Joshua sięgnął po własną maskę.

– Ale myślę, że szybko się to nie skończy.

– Gdzie jest teraz Helen?

– Wróciła do Diabli Wiedzą Gdzie.

Chłopak z gwardii uniósł brwi, ale Joshua mówił o swoim domu w Wysokich Meggerach, kolonii oddalonej o ponad milion kroków od Podstawowej. Tam mieszkał razem z żoną Helen i synem Danem.

– Albo jest w drodze. Powiedziała, że tak będzie bezpieczniej dla Dana.

– To prawda. Podstawowa i Niskie Ziemie jeszcze przez lata będą w chaosie.

Wiedział, że Sally ma rację. Na Niskich Ziemiach nastąpiły wstrząsy geologiczne, będące odbiciem wielkiej erupcji z Podstawowej, ale głównym powodem chaosu była ogromna fala uchodźców.

Sally przyjrzała się Joshui.

– Założę się, że Helen nie była zachwycona, kiedy nie chciałeś z nią wrócić.

– Wiesz, to było trudne dla nas obojga. Ale wychowywałem się w Ameryce Podstawowej. Nie mogłem jej porzucić.

– Dlatego postanowiłeś trzymać się blisko i używać krokowych supermocy, by pomagać poszkodowanym?
– Odpuść, Sally, co? Ty też jesteś tutaj. Zresztą dorastałaś w samym Wyoming...
Uśmiechnęła się.
– Ale ja nie mam żonusi, która próbuje mnie odciągnąć. Zrobiła ci awanturę? Czy tylko się dąsała, ale długo?
Odwrócił się i gniewnie zaciągnął z tyłu głowy paski mocujące maskę. Śmiała się z niego głosem stłumionym przez własną maskę. Naciągnął kaptur. Znał Sally od dziesięciu lat, od pierwszej badawczej wyprawy w głąb Długiej Ziemi, kiedy odkrył, że ona już tam była. Przez te lata niewiele się zmieniła.
Chłopak z gwardii ustawił ich przed linią taśmy policyjnej.
– Dom, który macie sprawdzić, jest wprost przed wami. Dwa dzieciaki stamtąd wyszły, ale brakuje nam jeszcze trojga dorosłych. Mamy w rejestrze jednego fobika. Nazywają się Brewer.
– Jasne – rzucił Joshua.
– Rząd Stanów Zjednoczonych jest wdzięczny za to, co robicie.
Joshua spojrzał w ukryte pod maską oczy Sally. Chłopak miał nie więcej niż dziewiętnaście lat; Joshua miał trzydzieści osiem, Sally czterdzieści trzy. Z trudem powstrzymał chęć, by rozwichrzyć mu jasną czuprynę.
– Jasne, synu. – Włączył latarkę czołową i chwycił Sally za rękę.
– Gotowa?
– Zawsze. – Spojrzała na jego dłoń. – Jesteś pewien, że to twoje sztuczne łapsko wytrzyma?
Proteza lewej ręki była pozostałością po ich ostatniej wspólnej wyprawie.
– Pewnie lepiej niż cała reszta. – Przygarbili się, wiedząc, co ich czeka. – Trzy, dwa, jeden...
Przekroczyli w piekło.
Popiół i pumeks spadały im na głowy, na ramiona – popiół niczym diabelski śnieg, szary, ciężki i gorący, pumeks w lekkich kawałkach wielkości kamyków. Lecące kamienie dudniły o samochód

przed nimi, tak przysypany popiołem, że wyglądał jak szary kopiec. W tle ciągle słyszeli bezustanny ryk zagłuszający próby rozmowy.

Niebo za popiołem, gazami i dymem, które dotarły już na wysokość trzydziestu kilometrów, wydawało się praktycznie czarne. I było gorąco, gorąco jak w kuźni w pionierskim miasteczku. Trudno uwierzyć, że kaldera leżała o siedemdziesiąt kilometrów stąd. Jednak nawet tutaj, jak twierdzili niektórzy, opadający popiół mógł stopić się ponownie i popłynąć jako lawa.

Dom, który mieli sprawdzić, rzeczywiście stał wprost przed nimi, jak na planie tego młodego gwardzisty: niewielki piętrowy domek z werandą, która załamała się pod ciężarem popiołu.

Sally prowadziła, wymijając zasypany samochód. Miejscami brnęli przez półmetrową warstwę popiołu, jakby przez ciężki, gorący i zbity śnieg. Sam jego ciężar był tylko początkiem problemów. Drobinki, gdy tylko miały szansę, ocierały skórę, oczy zmieniały w swędzące ośrodki bólu i rozdrapywały płuca. Po paru miesiącach popiół mógł człowieka zabić, nawet jeśli wcześniej go nie zmiażdżył.

Frontowe drzwi były chyba zamknięte, więc Sally nie marnowała czasu. Uniosła ciężko obutą nogę i kopnęła mocno.

Pokój wewnątrz był pełen gruzu. W świetle lampy czołowej Joshua odkrył, że ciężar pumeksu i popiołu już dawno pokonał tę drewnianą konstrukcję; dach i cały strych zapadły się i runęły przez sufit. Salonik zasłany był gruzem i szarymi zaspami popiołu. Na pierwszy rzut oka wydawało się niemożliwe, by ktokolwiek tu przetrwał. Jednak Sally, zawsze szybko analizująca nowe i trudne sytuacje, wskazała róg pokoju, gdzie stał stół jadalny – kwadratowy, solidny i wytrzymały, z grubą warstwą popiołu na blacie.

Przecisnęli się w tamtą stronę. Tam, gdzie ich podeszwy roztrąciły gruz, prześwitywał w popiele ciemnoczerwony dywan. Stół obwieszony był kotarami. Odchylili je i zobaczyli pod nim troje ludzi. Wydawali się kłębkami szarych ubrań, głowy i twarze mieli owinięte ręcznikami. Joshua szybko zidentyfikował mężczyznę i kobietę w średnim wieku, może po pięćdziesiątce, i jeszcze jedną kobietę, która wyglądała na o wiele starszą, może osiemdziesięcioletnią;

skulona w kącie, zdawała się spać. Po ubikacyjnym smrodzie, jaki dochodził z tego schronu, Joshua wywnioskował, że przebywają tu już od dłuższego czasu, może kilku dni.

Zaskoczeni widokiem Joshuy i Sally w kombinezonach i maskach, mężczyzna i kobieta cofnęli się niepewnie. Ale zaraz potem mężczyzna odwinął ręcznik, ukazując szare od popiołu usta i czerwone oczy.

– Dzięki Bogu – powiedział.
– Pan Brewer? Mam na imię Joshua. To jest Sally. Przyszliśmy państwa stąd zabrać.
– Nikogo nie zostawiamy? – Brewer się uśmiechnął. – Tak jak obiecywał prezydent Cowley.

Joshua rozejrzał się z podziwem.
– Wygląda na to, że całkiem nieźle sobie państwo radzili. Zapasy, osłony na usta i oczy...

Brewer uśmiechnął się blado.
– Postąpiliśmy tak, jak mówiła ta rozsądna panienka.
– Jaka rozsądna panienka?
– Zjawiła się, zanim naprawdę zaczął spadać popiół. Ubrana była po pioniersku. Nie przedstawiła się, ale uznaliśmy, że musi być z jakiejś agencji rządowej. Udzieliła nam kilku mądrych rad na temat przetrwania, bardzo konkretnych. – Obejrzał się na starszą kobietę. – Zapewniła nas także bardzo stanowczo, że układ planet nie ma nic wspólnego z tą katastrofą i że nie jest to kara boska. Moją teściową bardzo to pocieszyło. Wtedy niespecjalnie zwracaliśmy uwagę na jej rady, dopóki nie nadszedł czas... Tak, nieźle sobie poradziliśmy. Ale zapasy zaczynają się wyczerpywać.

Kobieta w średnim wieku pokręciła głową.
– Nie możemy odejść.
– Nie możecie zostać – oświadczyła surowo Sally. – Nie macie już żywności ani wody, zgadza się? Jeśli nawet popiół was nie zabije, umrzecie z głodu. Nie macie krokerów? Możemy was przenieść...
– Nie rozumiecie – odparł Brewer. – Wysłaliśmy dzieci, psa... Ale Meryl, moja teściowa...

– Bardzo ostry fobik – wyjaśniła kobieta krótko.

To znaczyło, że przekroczenie do innego świata wywoła reakcję, która może staruszkę zabić, chyba że szybko podadzą odpowiedni zestaw leków.

– Mogę się założyć – dodał Brewer – że po drugiej stronie skończyły się im leki dla fobików.

– A nawet jeśli nie – stwierdziła jego żona – priorytet mają młodzi i zdrowi. Nie zostawię tutaj własnej matki. – Spojrzała na Sally. – Ty byś zostawiła?

– Ojca, może... – Sally zaczęła się wycofywać z ciasnej przestrzeni. – Chodź, Joshuo, marnujemy tu czas.

– Nie, zaczekaj. – Joshua dotknął ramienia staruszki. Oddychała chrapliwie. – Musimy tylko zabrać ją w miejsce, gdzie wciąż mają leki. Gdzieś daleko, poza zasięg chmury popiołów.

– A jak to zrobimy, do diabła?

– Przez czułe punkty. Pomyśl, Sally, jeśli w ogóle kiedyś zdarzył się właściwy moment, żeby użyć twojej supermocy, to właśnie teraz. Możesz to zrobić?

Sally wyraziła irytację gniewnym spojrzeniem przez maskę, ale Joshua się nie przestraszył.

Zamknęła oczy, jakby próbowała coś wyczuć, jakby słuchała... Szukała czułych punktów, skrótów przez Długą Ziemię, dostępnych tylko dla niej i kilkorga innych adeptów... Joshua uważał, że Meryl można przenieść przez czułe punkty do jakiegoś miejsca innego niż wykroczne Bozeman, gdzie leki będą łatwiej dostępne.

– Tak, to możliwe. Jest przejście parę przecznic stąd. W dwóch krokach mogę ją zabrać do Nowego Jorku Zachodniego 3. Ale wiesz, czułe punkty to nie jest łatwy przeskok, nawet jeśli nie jesteś stary.

– Nie mamy wyboru. Idziemy.

Odwrócił się, by wytłumaczyć wszystko Brewerom. I wtedy cały dom podskoczył.

Przykucnięty pod stołem Joshua upadł na plecy. Słyszał, jak pęka i łamie się drewno, potem zasyczał popiół wsypujący się do wnętrza nowymi szczelinami.

– Co to było, do licha? – zapytał przerażony Brewer, kiedy wszystko się uspokoiło
– Przypuszczam, że zapadła się kaldera – odparła Sally.
Wszyscy wiedzieli, co z tego wynika – po siedmiu dniach każdy stał się ekspertem od superwulkanów. Gdy erupcja dobiegnie końca, komora magmy zapadnie się do wnętrza: fragment skorupy Ziemi wielkości Rhode Island runie kilometr w dół, a wstrząs sprawi, że cała planeta zadźwięczy jak dzwon.
– Wynosimy się stąd – zdecydował Joshua. – Poprowadzę.
Potrzebował kilku sekund, by przekroczyć z Brewerami w niewiarygodny blask słońca na Zachodniej 1. I kiedy przekroczył z powrotem, by pomóc Sally przejść z ich matką, dotarł tam ścigający falę w gruncie dźwięk z kaldery. Huk zdawał się wypełniać niebo, jakby wszystkie baterie artylerii na świecie nagle otworzyły ogień tuż za horyzontem. Ten głos miał w końcu przepłynąć wokół całej planety. Wsparta na ramieniu Sally staruszka w szarym szlafroku, z głową owiniętą ręcznikiem, jęknęła i uniosła dłonie do uszu.
A wśród tego pandemonium Joshua zastanawiał się, kim była ta rozsądna panienka w stroju osadniczki.

* * *

Bardo Thodol opisuje okres pomiędzy śmiercią i odrodzeniem w kategoriach *bardo*, pośrednich stanów świadomości. Niektóre autorytety definiowały trzy *bardo*, inne sześć. Lobsang za najbardziej intrygujący uważał *sidpa bardo* albo *bardo* odrodzenia, w którym występowały karmicznie wzbudzane wizje. Może były to halucynacje wynikające ze skaz własnej duszy. A może były autentycznymi wizjami cierpiącej Ziemi Podstawowej i jej niewinnych światów towarzyszących.
Takie jak obraz sennych sterowców zawieszonych na niebie Kansas...

* * *

Sterowiec US Navy „Benjamin Franklin" spotkał „Zheng He", okręt marynarki wojennej nowego chińskiego rządu federalnego, nad Zachodnim 1 cieniem Wichita w Kansas. Dowódca chińskiej jednostki miał pewne wątpliwości co do roli, jaką miałby wypełnić w trwającej bezustannie akcji pomocy dla Ameryki Podstawowej. Zdenerwowany admirał Hiram Davidson, reprezentujący przemęczone dowództwo – ale wszyscy byli przemęczeni, kiedy katastrofalna jesień 2040 zmieniła się w zimę – upoważnił Maggie Kauffman, dowódcę „Franklina", by przerwała własną misję pomocy, spotkała się z Chińczykiem i wyjaśniła, o co mu chodzi.

– Nie mam czasu, by zaspokajać ego jakiegoś komunistycznego aparatczyka – mruczała pod nosem w samotności swojej kajuty.

– Tak, to aparatczyk – stwierdziła Shi-mi zwinięta w swoim koszyku koło jej biurka. – Najwyraźniej go sprawdziłaś. Mogłam to załatwić za ciebie...

– Nie ufam ci tak daleko, jak mogę tobą dorzucić – odpowiedziała Maggie kotce bez złośliwości.

– To znaczy prawdopodobnie całkiem daleko – uznała Shi-mi i przeciągnęła się z całkiem przekonującym mruczeniem.

Prawdę mówiąc, była całkiem przekonującym kotem. Oczywiście poza zielonym LED-owym błyskiem oczu. No i typem osobowości, charakterystycznym raczej dla tego zarozumiałego typa, którego była wcieleniem. Oraz tym, że potrafiła mówić. Shi-mi była dość niejednoznacznym prezentem dla Maggie od jednej z równie niejednoznacznych postaci, które z nieprzyjemnym zainteresowaniem obserwowały jej karierę.

– Kapitan Chen jest w drodze – poinformowała Shi-mi.

Maggie sprawdziła kontrolki. Faktycznie, Chen był w powietrzu. Uparł się, że oba twainy wcale nie muszą lądować, by przekazać sobie ludzi: pokonywał dystans między nimi w lekkim dwumiejscowym helikopterze, który – jak się przechwalał – może bez trudu wylądować wewnątrz „Franklina", jeśli tylko amerykański sterowiec otworzy jedne z wielkich wrót ładunkowych. Ci nowi Chińczycy najwyraźniej uwielbiali demonstrować swoje osiągnięcia techniczne, zwłaszcza Ameryce, wciąż zdruzgotanej dwa miesiące po wybuchu. Pyszałki.

Maggie z roztargnieniem wyjrzała przez panoramiczne okno kajuty. W tym świecie niebo było rozległe, błękitne, usiane strzępkami chmur; zielony dywan wykrocznego Kansas rozciągał się płasko pod nimi, wciąż praktycznie niezniszczony, nawet na Ziemi tylko o krok odległej od Podstawowej. Ale jednak zniszczony bardziej niż kiedyś. Przed wrześniem, przed Yellowstone, Wichitę Zachodnią 1 stanowiły pojedyncze rzadko stojące chaty z belek i betonu, ustawione w sieci ulic z grubsza naśladującej plan oryginału. Takie osady powstały, by dostarczać do rodzinnej Podstawowej surowce, by umieszczać tu hale fabryczne, dawać dodatkową przestrzeń mieszkalną i rekreacyjną, i dlatego z konieczności powielały mapy swoich oryginałów. Teraz jednak, kilka miesięcy po erupcji, tę wersję Wichity otaczał obóz uchodźców – rzędy pospiesznie wzniesionych namiotów pełnych oszołomionych uciekinierów. Wszędzie leżały stosy zrzucanych zapasów żywności i leków. Twainy takie jak „Franklin" – zdolne do przekraczania sterowce, zarówno wojskowe, jak handlowe – wisiały na niebie niczym balony zaporowe nad wojennym Londynem. Scena była posępna, jak przeniesiona z trzeciego świata, choć w samym sercu wykrocznej Ameryki.

Oczywiście mogło być o wiele gorzej. Dzięki niemal powszechnej ludzkiej umiejętności, by z dowolnego miejsca na Podstawowej przekraczać do światów równoległych, liczba bezpośrednich ofiar erupcji Yellowstone okazała się stosunkowo niska. Uchodźcy w dole zostali tu przeprowadzeni z obozów na Podstawowej, dokąd dotarli środkami konwencjonalnymi, uciekając po drogach z centralnego rejonu katastrofy, zanim przekroczyli do czyściejszych światów równoległych. Kansas Podstawowe leżało w stosunkowo bezpiecznej odległości od samej erupcji, która nastąpiła w Wyoming. Ale nawet tutaj popiół niszczył oczy i płuca. Wywoływał dolegliwości o takich nazwach jak zespół Mariego, coś w rodzaju upiornie powolnego duszenia – groza aż nazbyt wszystkim znajoma, więc przed namiotami medycznymi ustawiały się długie kolejki zmęczonych ludzi.

Zadumana, pełna niepokoju do swoich zadań – a także zawsze obecnych wątpliwości, jak zdoła te zadania wypełnić – Maggie drgnęła, słysząc ciche pukanie do drzwi. To Chen, na pewno.
– Stałe rozkazy! – rzuciła do kotki, co oznaczało: zamknij się. Kotka zwinęła się w kłębek i udała, że śpi.

Kapitan Chen okazał się niskim, energicznym mężczyzną, trochę napuszonym i zadufanym w sobie – takie zrobił wrażenie na Maggie – choć ewidentnie umiał przetrwać. Należał do tych partyjnych dygnitarzy, którzy zachowali pozycję po upadku reżimu komunistycznego, a na „Zheng He" został dowódcą prestiżowej wyprawy badawczej w głąb Długiej Ziemi. Wspomniała o tym przy powitaniu.

– Tę wyprawę pani, kapitan Kauffman, mogłaby pewnie już naśladować, gdyby nie ta nieszczęsna erupcja – powiedział, siadając. Przyjął propozycję kawy od kadeta Santoriniego, który go wprowadził.

– Wie pan o „Armstrongu II"? Cóż, nie jestem jedyna, której osobiste plany legły z tego powodu w gruzach.

– Zgadza się. A i tak to my mieliśmy szczęście, prawda?

Po wstępnej pogawędce – powiedział, że jego pilotką w czasie przelotu, porucznik Wu Yue-Sai, zaopiekowano się w kambuzie „Franklina" – przeszli do ważniejszych spraw. W których okazał się irytująco ideologiczny.

– Postawmy sprawę jasno – zaczęła Maggie. – Odmawia pan przewiezienia głosów oddanych w wyborach prezydenckich?

Z uśmiechem rozłożył pulchne dłonie. Pewnie jest człowiekiem, który lubi komplikować innym życie, uznała Maggie.

– Cóż mogę odpowiedzieć? Reprezentuję rząd Chin. Kimże jestem, by wtrącać się do polityki Stanów Zjednoczonych, choćby i konstruktywnie? A gdybym, na przykład, popełnił jakiś błąd, nie dostarczył papierów do jednej czy drugiego okręgu albo zgubił zapieczętowaną urnę wyborczą? Proszę sobie wyobrazić ten skandal. Poza tym, z punktu widzenia człowieka z zewnątrz, przeprowadzanie wyborów w takich okolicznościach wydaje się lekkomyślne.

Zrobiło się jej gorąco. Zdawała sobie sprawę ze spojrzenia kotki, milczącego ostrzeżenia.

– Kapitanie, to listopad roku przestępnego. To czas, w którym odbywają się wybory prezydenckie. Tak właśnie robimy w Ameryce, z superwulkanem czy bez. Ja... to znaczy my w pełni doceniamy to, co robi chiński rząd, by pomóc nam w takiej sytuacji, ale...

– Och, ale nie przyjmujecie zbyt dobrze komentarzy na temat waszych spraw wewnętrznych, prawda? Może lepiej się do tego przyzwyczaić, pani kapitan? – Wskazał leżący na biurku tablet. – Jestem pewien, że wasze najnowsze prognozy zgadzają się z naszymi, jeśli chodzi o przyszłość waszego kraju. Prawdopodobnie dwadzieścia procent kontynentalnych Stanów Zjednoczonych Podstawowych zostanie w końcu całkowicie opuszczone: to pas od Denver przez Salt Lake City po Cheyenne. Osiemdziesiąt procent reszty leży pod warstwą popiołu dostatecznie grubą, by poważnie utrudnić prace rolne. Wprawdzie prowadzono intensywną ewakuację do światów wykrocznych, ale na Podstawowej wciąż pozostało wiele milionów ludzi, a zapasy żywności i wody szybko się zmniejszają, zresztą podobnie jak w obozowiskach wykrocznych, takich jak to. Mam rację? Tej zimy wielu będzie głodować bez darów, powiedzmy, chińskiego ryżu dostarczanego przez twainy albo frachtowcami pływającymi po Podstawowych morzach. Jesteście teraz uzależnieni od reszty świata, kapitan Kauffman. I wątpię, by stan ten szybko uległ zmianie.

Wiedziała, że on ma rację. Jej doradcy wśród załogi twaina tłumaczyli, że skutki wybuchu wulkanu są teraz globalne i że nie miną prędko. Stosunkowo najszybciej wypłucze się popiół – choć nawet leżąc na ziemi, będzie stanowił problem. Natomiast pochodzący z erupcji dwutlenek siarki zawisł w powietrzu w chmurach aerozolu powodujących cudowne zachody słońca, ale odbijających ciepło słoneczne. Kiedy Podstawowa zmierzała do swej pierwszej postwulkanicznej zimy, temperatury spadały wcześnie i gwałtownie, a przyszłoroczna wiosna miała przyjść spóźniona – o ile w ogóle nastanie.

Owszem, w przewidywalnej przyszłości Ameryka będzie potrzebowała chińskiego ryżu. Maggie rozumiała jednak, że głównym wyzwaniem będzie powstrzymanie takich „przyjaciół" jak Chiny od zdobycia trwałego przyczółka w amerykańskim społeczeństwie. Już teraz krążyły plotki, że Chińczycy eksportują tytoń do pogrążonej w nikotynowym głodzie Ameryki Podstawowej – jak wojny opiumowe, tylko na odwrót, pomyślała.

Maggie Kauffman jednak wyznawała w pracy zasadę, żeby najpierw rozwiązywać bezpośrednie problemy praktyczne, a szeroki świat niech sam o siebie zadba.

– Jeśli idzie o te pańskie urny wyborcze, kapitanie Chen... Powiedzmy, że wydeleguję niewielką wybraną z załogi grupkę marynarzy, by podróżowali z panem do zakończenia wyborów. Zyskają pełną autoryzację i przyjmą odpowiedzialność za błędy.

Uśmiechnął się szeroko.

– Rozsądne rozwiązanie. – Wstał. – Zapewne będę mógł tu przysłać oddział moich ludzi. W duchu wymiany kulturalnej. Przecież nasze rządy dyskutują już nad udostępnieniem, na przykład, technologii twainów. – Rozejrzał się lekceważąco. – Nasze statki są nieco bardziej zaawansowane od waszych. Dziękuję za spotkanie, pani kapitan.

Wyszedł.

– Cieszę się, że to koniec – mruknęła Maggie pod nosem.

– Istotnie – zgodziła się Shi-mi.

– Słuchaj, przypomnij mi, że mam przekazać zastępcy, by przeczesał tę „wymianę załogi" od czubków palców u nóg po brwi i poszukał broni i pluskiew.

– Tak, kapitanie.

– I szmuglowanych papierosów.

– Tak, kapitanie.

* * *

W *sidpa bardo*, jak twierdziły niektóre wersje Bardo Thodol, duch zyskiwał ciało powierzchownie podobne do dawnej fizycznej powłoki, ale wyposażone w cudowne moce, ze wszystkimi możliwościami zmysłowymi w komplecie oraz zdolnością niepowstrzymanego ruchu. Karmiczne moce.

I tak widzenie Lobsanga objęło cały świat – wszystkie światy. Siostra Agnes by pewnie zapytała, czy jego dusza wzlatuje wysoko ponad ziemią.

Kiedy pomyślał o Agnes, spojrzał w dół, na całkiem nieciekawy dom dziecka w wykrocznej kopii Madison, stan Wisconsin, w maju 2041 roku, sześć miesięcy po erupcji...

* * *

Kiedy ta pierwsza ciężka zima ustąpiła miejsca smętnej wiośnie, a Ameryka wkroczyła w długi okres postyellowstone'owej rekonwalescencji, ponownie wybrany prezydent Cowley ogłosił, że nową stolicą państwa będzie – tymczasowo – Madison Zachodnie 5, zastępując opuszczony Waszyngton DC Podstawowy. Przemówienie inaugurujące miasto w nowej roli zamierzał wygłosić na stopniach tutejszej wersji budynku Kapitolu: wielkiej szopy z drewna i betonu, będącej odważną imitacją dawno zniszczonego pierwowzoru.

Joshua Valienté siedział w saloniku Domu, obserwując na ekranie telewizora puste prezydenckie podium. Oficjalnie zjawił się tutaj, żeby odwiedzić piętnastoletniego Paula Spencera Wagonera, niezwykle inteligentnego i dręczonego problemami chłopca, którego wiele lat temu spotkał w Szczęśliwym Porcie. To Joshua doprowadził Paula do Domu, kiedy jego rodzina się rozpadła. Ale w tej chwili Paula nie było, a Joshua nie mógł się oprzeć, by nie obejrzeć prezydenta w Madison.

Cowley wbiegł na scenę, szczerząc zęby w uśmiechu, pod falującą flagą – jej nową, holograficzną wersją, poprawioną, by lepiej ukazywała rozwój kraju na Długiej Ziemi.

– Jestem zaskoczony, że naprawdę tu przybył – powiedział Joshua do siostry John.

Przyszła na świat jako Sarah Ann Coates i kiedyś, podobnie jak on, mieszkała w Domu przy Allied Drive, w Madison Podstawowym. Teraz kierowała nim po przenosinach. Jej habit jak zawsze był czysty i wyprasowany.

– Zaskoczony? Czym? – spytała z uśmiechem. – Że prezydent na nową stolicę wybrał Madison? To chyba najbardziej rozwinięte miasto w Niskich Amerykach.

– Nie tylko tym. Popatrz, kto jest na podium obok niego. Jim Starling, ten senator. I Douglas Black.

– Hm... Ciebie powinni zaprosić. Jako miejscową gwiazdę. Dla tutejszych jesteś sławny: Joshua Valienté, bohater Dnia Przekroczenia.

Dzień Przekroczenia. Wtedy każdy dzieciak zbudował sobie kroker i natychmiast się zgubił w dziewiczych lasach światów równoległych. W pobliżu Madison to Joshua sprowadził te dzieci do domów – wśród nich także Sarah, obecnie siostrę John.

– Stale mam nadzieję, że ludzie zapomną – stwierdził smętnie Joshua. – Zresztą i tak wyrzuciliby mnie ze sceny, bo jestem potwornie brudny. Przeklęty popiół; choćbym nie wiem ile się szorował, nie mogę go usunąć z porów skóry.

– Ciągle ruszacie na Podstawową z misjami ratunkowymi?

– Wracamy tam, ale nie ma już kogo ratować. Teraz tylko odzyskujemy ekwipunek z wyludnionej strefy wokół kaldery, w Wyoming, Montanie i w Górach Skalistych. Zaskakujące, ile rzeczy tam przetrwało: ubrania, benzyna, konserwy, nawet karma dla zwierząt. Przenosimy też wszystkie elementy techniczne, które może da się wykorzystać. Na przykład maszty sieci komórkowej. Wszystko, co się przyda przy odbudowie na Niskich Ziemiach. Większość robotników to ludzie z brygad formowanych w obozach uchodźców. – Uśmiechnął się. – Pakują do kieszeni wszystkie pieniądze, jakie znajdą. Banknoty dolarowe.

Siostra John parsknęła.

– Biorąc pod uwagę, jak padła gospodarka i załamały się rynki, te banknoty się przydadzą do palenia w piecach.

Chciał coś odpowiedzieć, ale uciszyła go, ponieważ Cowley zaczął mówić.

Po rutynowym otwarciu, powitaniu i kilku żartach podsumował sytuację w Ameryce i na Ziemi Podstawowej osiem miesięcy po erupcji. Po zimie nadeszła wiosna, ale globalne skutki klimatyczne nie ustępowały. Ostatniej jesieni nie nadeszły monsunowe deszcze na Dalekim Wschodzie. Potem praktycznie cały świat na północ od szerokości geograficznej Chicago – Kanada, Europa, Rosja, Syberia – przeżył najostrzejszą zimę w ludzkiej pamięci. A teraz podobna klęska obejmowała tereny po drugiej stronie równika, gdy zima nadeszła na półkuli południowej.

Wszystko to oznaczało, że trzeba zaplanować życie w nowym świecie.

– Tę pierwszą zimę przetrwaliśmy, przejadając zapasy z przeszłości, z czasów prewulkanicznych. Ale dłużej nie możemy sobie na to pozwolić, ponieważ zużyliśmy... już... wszystko... – Podkreślił ostatnie słowa, uderzając dłonią o pulpit. – Nie możemy też liczyć na import żywności od sąsiadów i sprzymierzeńców, którzy do tej pory byli więcej niż wielkoduszni. Ale to zimne lato powoduje, że mają własne problemy. Zresztą Wuj Sam umie się wyżywić! Wuj Sam dba o swoich!

Zabrzmiały okrzyki poparcia z uprzejmej grupy słuchających oraz oklaski dygnitarzy na scenie. Gdy kamera kolejno ukazywała ich twarze, Joshua wśród doradców Cowleya zauważył bardzo młodą kobietę, najwyżej dwudziestoletnią; szczupła, ciemnowłosa, poważna, zadbana, choć ubrana w stylu, jaki ludzie z Podstawowej nazywali „pionierskim": skórzana spódnica i kurtka narzucona na znoszoną bluzę. Rozpoznał ją, nazywała się Roberta Golding i pochodziła ze Szczęśliwego Portu. Spotkali się w zeszłym roku w szkole w Valhalli, największym mieście Wysokich Meggerów, dokąd – w odległych dzisiaj, przedyellowstone'owych czasach, on i Helen zawieźli swego syna, Dana, jako potencjalnego ucznia. Wtedy wydała mu się wybitnie inteligentna, a jeśli dzisiaj pracowała w administracji Cowleya na ważnym stanowisku w tak młodym wieku, to wyraźnie zrealizowała swój potencjał.

To dziwne, ale Joshua przypomniał sobie tę rodzinę, której pomogli w Bozeman, wkrótce po rozpoczęciu erupcji; wspominali o rozsądnej panience ubranej po pioniersku, która zjawiła się i udzieliła im kilku dobrych rad. Czy mogła to być Roberta? Opis się zgadzał. Cóż, jeśli o niego chodziło, im więcej dobrych rad otrzymywała ludzkość w takich chwilach, tym lepiej...

Znów zaczął słuchać prezydenta.

Po wyczerpaniu preyellowstone'owych zapasów, mówił Cowley, nadeszła pora, by zasiać zboże i zebrać plon, który pozwoli przetrwać nadchodzącą zimę i dalej. Kłopot polegał na tym, że wskutek chmury wulkanicznej sezon upraw na Podstawowej miał być w tym roku brutalnie krótki. A raczkujące rolnictwo na Niskich Ziemiach, istniejące nie dłużej niż ćwierć wieku, nie osiągnęło wydajności pozwalającej podjąć to wyzwanie. Tylko niewielka cząstka terenów uprawnych na nowych Ziemiach została oczyszczona z dziewiczych lasów.

Nastąpi zatem „Relokacja" – nowy program masowych migracji, kierowany przez Gwardię Narodową, Agencję Zarządzania Kryzysowego i formacje bezpieczeństwa wewnętrznego, a realizowany przez marynarkę wojenną z ich twainami. Przed erupcją na Podstawowej żyło ponad trzysta milionów Amerykanów. Teraz, docelowo, żaden z wykrocznych światów w pierwszym roku nie powinien mieć do wyżywienia więcej niż trzydzieści milionów – czyli mniej więcej tyle, ile liczyła sobie populacja Stanów Zjednoczonych w połowie dziewiętnastego wieku. A to oznaczało, że miliony ludzi trzeba rozproszyć w pasie Ziemi wykrocznych o szerokości przynajmniej dziesięciu światów, na wschód i na zachód. I równocześnie na wszystkich zasiedlonych światach mieszkańcy muszą intensywnie karczować lasy, by uzyskać tereny uprawne. Wszystko to musi się zdarzyć jeszcze tego lata.

Trudno się dziwić, myślał Joshua, że potrzebują narzędzi, używanych ubrań i sprzętu, i wszystkiego, co on i inni zdołają odzyskać ze zniszczonej Podstawowej.

– To będzie wędrówka, która przyćmi biblijny Exodus – mówił Cowley. – Otworzymy bowiem nowe pogranicze, przy którym podbój Zachodu Ameryki będzie niczym pielenie ogródka mojej babci. Ale jesteśmy Amerykanami. Dokonamy tego. Potrafimy i zbudujemy nową Amerykę, która poradzi sobie z katastrofą. I mogę powiedzieć jedno: obiecałem wam, że nikt nie pozostanie z tyłu, porzucony w cieniu tego piekielnego popiołu. I teraz też wam obiecuję: w trudnych latach, jakie nas czekają, nikt nie będzie głodował...

Kolejne słowa zagłuszyły okrzyki i brawa.

– Muszę przyznać, że dobrze sobie radzi – stwierdził Joshua.

– Owszem. Nawet siostra Agnes uważa, że dorósł do swojej roli. Nawet Lobsang.

Joshua westchnął.

– Pamiętam, że Lobsang nieraz prognozował supererupcję. Takie wybuchy mogą tłumaczyć obecność niektórych Jokerów, na jakie trafiamy na Długiej Ziemi, światów zniszczonych przez katastrofy. Ale nie przewidział Yellowstone.

Siostra John pokręciła głową.

– Miał taką wiedzę jak geolodzy, na ich błędnych danych musiał się opierać. Zresztą i tak nie mógłby tego powstrzymać.

– To fakt. – Podobnie Lobsang twierdził, że nie mógł zapobiec terrorystycznemu atakowi nuklearnemu na samo Madison Podstawowe dziesięć lat wcześniej. Najwyraźniej nie był wszechmocny. – Ale założę się, że nie czuje się od tego lepiej...

* * *

W *sidpa bardo* ciało duchowe nie jest zbudowane z prymitywnej materii. Potrafi przenikać skały, wzgórza, ziemię i domy. Poprzez sam akt skupienia uwagi Lobsang znajdował się tu, tam i wszędzie. Ale coraz częściej chciał się znaleźć u boku swych przyjaciół.

Takich przyjaciół jak Nelson Azikiwe, który siedział w saloniku na probostwie swej dawnej parafii Świętego Jana nad Wodami.

* * *

Gospodarz Nelsona, wielebny David Blessed, wręczył mu kolejny kubek gorącej herbaty. Był sierpień 2042 roku, w południowej Anglii – niecałe dwa lata po erupcji Yellowstone – a na dworze padał śnieg. Po raz kolejny jesień nadeszła przerażająco wcześnie.

Obaj przyglądali się trzeciej osobie w pokoju, Eileen Connolly; siedziała przed ekranem telewizora i oglądała powtarzane po raz kolejny wiadomości. Trzy dni po próbie zamachu w Watykanie najważniejsze nagrania dźwiękowe i wizualne stały się już dobrze znane. Obłąkany krzyk „Nie tamte stopy! Nie tamte stopy!"... Groza użytej broni, krucyfiksu z zaostrzoną podstawą... Drobna postać papieża w bieli, odciągana z balkonu... Zamachowiec wymiotujący bezradnie, kiedy z opóźnieniem zaatakowały go przekroczeniowe mdłości...

Tym niedoszłym zabójcą okazał się Anglik, Walter Nicholas Boyd. Przez całe życie był gorliwym katolikiem. W ramach przygotowań samodzielnie zbudował rusztowanie w Rzymie Wschodnim 1, odpowiadające dokładnie położeniu balkonu na placu Świętego Piotra, gdzie stanął papież, by pobłogosławić tłumy. Było to oczywiste stanowisko wyjściowe dla kogoś, kto chciałby narobić kłopotów, ale zdumiewająco – i niewybaczalnie w epoce terroryzmu z wykorzystaniem krokerów – watykańska ochrona go nie zablokowała. Tak więc Walter Boyd wspiął się na rusztowanie, przekroczył ze swoim zaostrzonym drewnianym krucyfiksem i spróbował zamordować papieża. Ojciec święty został ciężko poraniony, na szczęście nie śmiertelnie.

Teraz, oglądając wiadomości, Eileen zaczęła nucić. David Blessed uśmiechnął się ze znużeniem.

– To hymn, który oni wszyscy śpiewają. „Czy po zielonych górach Anglii/Szły Jego stopy w dawny czas?/Czy są w tym kraju łąki błogie,/Gdzie się Baranek Boży pasł?". To *Jeruzalem* Blake'a. Pan Boyd protestował przeciwko czemuś, co nazywają „watykańską grabieżą ziemi", zgadza się?

– Owszem – potwierdził Nelson. – Należał do globalnego ruchu jej przeciwników, nazywanego „Nie tamte stopy". Do którego należy też Eileen, prawda?

Eileen, czterdziestoczteroletnia matka dwojga dzieci, należała kiedyś do parafii Nelsona. Teraz znowu znalazła się pod opieką Davida Blesseda, poprzednika Nelsona, ponadosiemdziesięcioletniego starca, który wrócił z emerytury, by w mrocznych postwulkanicznych czasach znowu zająć się parafią.

– Tak. Właśnie dlatego wpadła w taką plątaninę wątpliwości.

– Czasy są trudne dla nas wszystkich, Davidzie. Myślisz, że mogę z nią teraz porozmawiać?

– Oczywiście. Chodźmy. Doleję ci jeszcze herbaty.

I tak Nelson delikatnie spróbował nawiązać rozmowę z Eileen Connolly, wspominając jej całkiem zwyczajną historię: była sprzedawczynią w sklepie, mężatką, matką, potem przyszedł rozwód, ale życie płynęło dalej i dobrze wychowała dzieci. Bardzo angielski los, właściwie bez większych problemów, nawet po otwarciu Długiej Ziemi. Bezproblemowy aż do wybuchu amerykańskiego wulkanu.

– Musisz odejść, Eileen – powiedział delikatnie David. – Odejść na Długą Ziemię. I musisz zabrać z sobą dzieci. Widzisz, co się dzieje. Wszyscy musimy się wyprowadzić. Miejscowi farmerzy walczą...

Nelson znał stawkę. W drugim roku bez lata sezon upraw, nawet w południowej Anglii, był dramatycznie krótki. Dopiero pod koniec czerwca farmerzy ze wszystkich sił próbowali zasadzić w niemal zamarzniętej glebie szybko dojrzewające rośliny – ziemniaki, buraki, rzepę; ledwie zdołali zebrać nędzne plony, zanim wróciły przymrozki. W miastach nie działo się właściwie nic poza gorączkowymi działaniami, by ocalić skarby kultury. Przenoszono je do wykrocznych miast. Rządy obiecywały, że powstanie globalne, rozproszone na wielu światach i międzynarodowo wspierane Muzeum Ziemi Podstawowej; nic nie zostanie utracone.

David mówił dalej:

– I będzie coraz gorzej jeszcze przez długie lata. Nie ma wątpliwości. Stara dobra Anglia nie zdoła nas już wyżywić. Musimy odejść do tych nowych wspaniałych światów.

Eileen nie odpowiadała. Nelson nie był pewien, czy rozumie.

– Nie chodzi chyba o to, że nie może przekraczać, prawda? Nie jest fobikiem?
– Nie. Obawiam się, że to kwestia wątpliwości natury teologicznej.
Nelson musiał się uśmiechnąć.
– Teologia? Davidzie, to Kościół Anglii. Nie zajmujemy się teologią.
– Jednak papież się zajmuje i rozumiesz, to właśnie zaniepokoiło tak wielu ludzi...
Eileen wydawała się spokojna, choć nieco zagubiona. Wreszcie się odezwała.
– Kłopot polega na tym, że człowiekowi trudno to zrozumieć. Księża mówią o Długiej Ziemi najpierw jedno, potem drugie. Na początku tłumaczyli, że to święty wybór ruszyć tam, bo przekraczając, trzeba pozostawić za sobą wszystkie dobra doczesne. No, prawie wszystkie. To jakby przyjąć śluby ubóstwa. Na przykład Zakon Nowej Pielgrzymki Długiej Ziemi powstał, by zaspokajać potrzeby duchowe nowych kongregacji, jakie dopiero powstaną. Przeczytałam o tym i dałam im trochę pieniędzy. I dobrze. Ale potem arcybiskupi z Francji zaczęli powtarzać, że światy za przejściem to miejsca upadłe, dzieło diabelskie, bo Jezus nigdy tam nie chodził...

Nelson czytał o tym, przygotowując się do spotkania z Eileen. W pewnym sensie było to przedłużenie dawnych dyskusji, czy mieszkańców innych planet można uznać za „zbawionych", czy nie, skoro Chrystus narodził się jedynie na Ziemi. Na Długiej Ziemi, o ile było wiadomo, ludzkie istoty nie wyewoluowały nigdzie poza Ziemią Podstawową. A zatem narodziny Jezusa Chrystusa były unikatowe dla tej właśnie Ziemi Podstawowej. Można stwierdzić, że samo ciało Chrystusa było zbudowane wyłącznie z tutejszych atomów i molekuł. Jak więc wyglądał teologiczny status pozostałych Ziemi? Co z dziećmi, które urodziły się na równoległych światach, a ich ciała zbudowane były z atomów niemających nic wspólnego ze światem Chrystusa? Czy one także były zbawione przez Jego wcielenie?

Dla Nelsona wszystko to było jakąś potworną mieszaniną niezrozumianej nauki i średniowiecznej teologii. Wiedział jednak, że wielu katolików – aż do samego Watykanu włącznie – gubiło się w takich argumentach. I, jak się okazało, także chrześcijanie innych wyznań.

– Nagle człowiek czytał o tych kombinatorach sprzedających opłatki komunijne z Ziemi Podstawowej – mówiła Eileen. – Twierdzili, że tylko te są ważne i prawdziwe, bo pochodzą z tego samego świata co Pan Jezus.

– To byli oszuści – zauważył łagodnie Nelson.

– Tak, ale potem papież mówi, że Długa Ziemia jest jednak częścią królestwa bożego...

Nelson przejawiał zdrowy cynizm w kwestii nagłej zmiany poglądów Watykanu na Długą Ziemię... Chodziło o demografię. Wobec trwającego exodusu z większej części planety kolonie w pobliskich światach wypełniały się mnóstwem małych potencjalnych katolików. I dlatego nagle wszystkie te światy były jednak uświęcone. Jako teologiczne uzasadnienie tego poglądu papież wziął werset z biblijnej Księgi Wyjścia 1:28: „Po czym Bóg im błogosławił, mówiąc do nich: Bądźcie płodni i rozmnażajcie się, abyście zaludnili ziemię i uczynili ją sobie poddaną". Fakt, że Bóg nie wspomniał bezpośrednio o Długiej Ziemi, nie był problemem większym niż w 1492 roku ten, że Biblia nie wspomina o Amerykach. Księża jednak nadal potrzebowali papieskiego błogosławieństwa, zatem Watykan Podstawowy pozostał jedynym źródłem władzy. Aha, i antykoncepcja nadal była grzechem.

Niektórzy z komentatorów zdumiewali się sposobem, w jaki licząca sobie dwa tysiące lat instytucja Kościoła przetrwała kolejny gigantyczny wstrząs filozoficzny i ekonomiczny – tak jak wcześniej przetrwała upadek imperium rzymskiego, które ją żywiło, a potem odkrycia naukowe Galileo, Darwina i kosmologów Wielkiego Wybuchu. Ale nawet katolicy byli oburzeni tym, co nazywali najbezczelniejszą grabieżą ziemi od 1493 roku, kiedy to papież Aleksander VI podzielił cały Nowy Świat między Hiszpanię i Portugalię: oto antyczna ideologia przyznawała sobie hegemonię nad nieskończonością. I stąd wziął się Walter Nicholas Boyd i jego rozpaczliwy krzyk „Nie tamte stopy!".

Stąd wzięła się też nieszczęsna i całkiem zagubiona Eileen Connolly.
– Nie podobało mi się to, co mówił papież – oświadczyła stanowczo. – Bywałam tam czasem, wybieraliśmy się na wycieczki albo na wakacje w wykrocznych światach. Są tam ludzie, którzy budują domy i farmy z niczego, gołymi rękami. I zwierzęta, których nikt jeszcze nigdy nie widział... Nie; uważam, że musimy zachować pokorę, a nie zwyczajnie twierdzić, że wszystko to jest nasze.
– To mądre słowa, Eileen – przyznał David.
– Czasem jestem zła – oznajmiła twardo Eileen. – Może nawet tak zła jak ten biedny Boyd w telewizji. I czasem mi się wydaje, że Ziemia Podstawowa jest brudna, skażona i stała się źródłem wszelkiego zła. Dla dobra niewinnych światów Długiej Ziemi należałoby ten nasz jakoś zakorkować niczym wielką starą butlę.
– Widzisz teraz, Nelsonie, czemu prosiłem cię o pomoc – rzucił cicho David. – W takich apokaliptycznych czasach jak obecne ludzie stają się zabobonni. – Zniżył głos jeszcze bardziej. – Niedaleko stąd, w Much Nadderby, krążyły nawet plotki o czarach!
– Czarach?
– Albo może diabelskim opętaniu. Mały chłopiec, bardziej inteligentny od innych... szokująco inteligentny. Oczywiście, człowiek stara się uspokajać takie nastroje. Ale teraz te nonsensy z Watykanu... – Pokręcił głową. – Czyżbyśmy byli na tyle głupi, by zasługiwać na te wszystkie cierpienia, jakie nas spotykają?
A Nelson, który stał się bliskim sprzymierzeńcem Lobsanga – albo też, jak to określał Lobsang, „cenną długoterminową inwestycją" – wiedział, że Lobsang przynajmniej w części by się zgodził.
– Dlatego chcę cię o coś prosić, Nelsonie. Idź z nią. Bądź z Eileen chociaż przez jakiś czas. Bóg widzi, że ja jestem już za stary. Ale ty... Pójdź z nią... Pobłogosław ją. Pobłogosław ziemię, na której osiądzie ze swymi dziećmi. Ochrzcij ich na nowo, jeśli zechcą. Zrób wszystko, co trzeba, by ją przekonać, że Bóg jest z nią wszędzie, gdziekolwiek zabierze swe dzieci. I cokolwiek powie ten nieszczęsny papież.

– Oczywiście – przytaknął Nelson z uśmiechem. David wstał.
– Dziękuję. Przyniosę jeszcze herbaty.

* * *

Lobsang tęsknił za przyjaciółmi.

Wreszcie, wskutek erupcji Yellowstone, wszyscy ściągnęli z powrotem na Podstawową, jak strażacy pędzący do pożaru. Lobsang cieszył się ich towarzystwem, nawet kiedy – jak Joshua Valienté – niewiele mieli dla niego czasu. Gdy jednak mijały lata i sytuacja się stabilizowała, pojawiali się coraz rzadziej, wracali do swego zwyczajnego życia. Znów dalecy.

Na przykład Sally Linsay. Cztery lata po erupcji można ją było znaleźć na równoległym świecie odległym o sto pięćdziesiąt tysięcy kroków od Ziemi Podstawowej. Chociaż Sally Linsay zawsze była trudna do znalezienia...

* * *

Być trudną do znalezienia można by nazwać życiową misją Sally Linsay. Co prawda jej życie było pełne rozmaitych misji, zwłaszcza dotyczących flory i fauny Długiej Ziemi, do których podchodziła z pasją.

Właśnie dlatego teraz, późną jesienią 2044 roku, znalazła się w pobliżu całkiem nieciekawej osady pośrodku Pasa Uprawnego, w wykrocznym Idaho, w Mieście Czterech Wód. I dlatego ułożyła związanego i zakneblowanego myśliwego pod tylnymi drzwiami biura szeryfa.

Gość był przytomny i wpatrywał się w nią świńskimi oczkami. Nawet nie zdaje sobie sprawy, jakie ma szczęście, myślała. Prawdopodobnie nie czuje się szczęściarzem, ale wobec pecha, jaki spotyka czasem człowieka, kiedy Sally Linsay usłyszy, że zabił trolla – samicę ciężarną i matkę... Przynajmniej nie odcięła mu palca wskazującego, żeby nie miał czym naciskać spustu. Przynajmniej ciągle był żywy. A to swędzenie, które teraz go dręczy, wywołane jadowitymi kolcami pewnej bardzo użytecznej rośliny, jaką odkryła w Wysokich Meggerach, w końcu przejdzie, już za... no, najwyżej za parę lat. Dość czasu, żeby przemyślał sobie swoje grzechy.

Nazwijmy to szorstką miłością.

Właśnie dlatego, że tak trudno było ją znaleźć, miejsca, które czasem odwiedzała – jak Miasto Czterech Wód, choć jej wizyty tutaj nie były częste ani regularne – pomagały nawiązać z nią kontakt, jeśli ktoś naprawdę, ale to naprawdę musiał. I właśnie dlatego, kiedy szeryf wyszła z biura na chłodny przedświt, bez specjalnego zainteresowania zerknęła na bełkoczącego myśliwego, po czym skinęła na Sally. Wróciła do siebie i otworzyła szufladę.

Sally czekała przy drzwiach. Z wnętrza unosiły się mocne zapachy, skoncentrowana wersja ogólnej atmosfery osady, którą wolała zbyt głęboko nie oddychać. Ta konkretna społeczność zawsze kultywowała egzotyczną farmakologię.

Po dłuższej chwili szeryf wręczyła Sally kopertę.

Koperta była zaadresowana ręcznie. Wyraźnie czekała w tej szufladzie, w biurze szeryfa, od co najmniej roku. List wewnątrz także był napisany ręcznie, bardzo niewyraźnie. Sally bez trudu poznała charakter pisma, choć odcyfrowanie treści sprawiło jej pewne kłopoty. Czytała w milczeniu, bezgłośnie formując wargami słowa.

A potem mruknęła:

– Gdzie mam się zjawić? Przy Szczelinie? No cóż, po tylu latach... Witaj, tato.

* * *

Przyjaciele Lobsanga, tacy jak Joshua Valienté... Obozuje na wzgórzu ponad dwa miliony kroków na zachód od Podstawowej. Ucieka ze strefy ciągłej, już pięcioletniej katastrofy, jaką tworzy Podstawowa i Niskie Ziemie. Kryje się na swych długich wakacjach.

Całkowicie samotny, tęskni za rodziną, jednak jest niechętny powrotowi do nieszczęśliwego domu.

Joshua Valienté, który nie witał Nowego Roku niczym mocniejszym niż odrobina cennego zapasu kawy, obudził się z bólem głowy.

– Co teraz?! – krzyknął w stronę pustego nieba.

ROZDZIAŁ 2

Po ostatnim kroku Sally wynurzyła się bezpiecznie mniej więcej kilometr od ogrodzenia terenów Szczeliny Kosmosu. Wewnątrz ogrodzenia było coś, co wyglądało na zakłady przemysłu ciężkiego: bloki, kopuły i wieże z betonu, cegły i żelaza, niektóre zwieńczone pióropuszami dymu albo pary z cieczy kriogenicznych.

Willis Linsay, jej ojciec, wyznaczył konkretny termin, by się tu zjawiła. Jakkolwiek rozwinie się ta najnowsza z nim interakcja, przybyła zgodnie z poleceniem, tego konkretnego styczniowego dnia, znowu w tym nadzwyczaj dziwacznym zakątku wersji północno-zachodniej Anglii, ponad dwa miliony kroków od Podstawowej. Z pozoru był to zwykły łagodny dzień brytyjskiej zimy, chłodny i pochmurny.

A jednak nieskończoność była oddalona tylko o jeden krok.

Księżyc wisiał na niebie, ale nie był to Księżyc, do jakiego była przyzwyczajona. Asteroida, którą nerdy ze Szczeliny Kosmosu nazywały Bellosem, obficie spryskała tutejszy dodatkowymi kraterami, które niemal przesłoniły Mare Imbrium, a Kopernik musiał ustąpić wobec nowego potężnego uderzenia, które stworzyło promienie ciągnące się przez połowę dysku. Bellos przywędrował z wielu wykrocznych firmamentów, a jego kierowana kosmicznym przypadkiem trajektoria zbliżała się do miejscowej Ziemi albo nie. Całkowicie ominęła niezliczone miliardy Ziemi. Kilkadziesiąt, jak ta tutaj, miało pecha, by znaleźć się zbyt blisko jego trasy i ucierpieć od licznych trafień zbłąkanych odłamków. Natomiast jedna Ziemia została trafiona tak mocno, że rozpadła się zupełnie.

Takie wypadki musiały się zdarzać przez cały czas, wzdłuż całej Długiej Ziemi. Kto to powiedział, że w nieskończonym wszechświecie wszystko, co możliwe, znajdzie sobie miejsce, by się zdarzyć. A to znaczy, że na nieskończonej planecie... wszystko, co może, musi się gdzieś wydarzyć.

Tę głęboką ranę znalazła Sally Linsay. Z Joshuą Valienté i Lobsangiem odkryli Szczelinę w łańcuchu światów. Ich twain wpadł w przestrzeń, w próżnię, w nieprzefiltrowane słoneczne światło, które cięło jak nóż... A potem przekroczyli z powrotem i przeżyli.

Powietrze było zimne, ale Sally wciągała je głęboko, aż upiła się tlenem. Już raz przetrwała upadek w Szczelinę. Czy naprawdę teraz zamierzała tam wrócić?

Nie miała wyjścia. Przede wszystkim ojciec rzucił jej wyzwanie. Po drugie, ludzie teraz tam pracowali. W Szczelinie, w kosmosie. A tutaj znajdowała się ich baza, jeden krótki krok od samej Szczeliny.

Morska bryza była taka, jaką zapamiętała z ostatniej wizyty z Monicą Jansson, pięć lat temu – w innej erze, w epoce sprzed erupcji Yellowstone. Kopuła nieba, krzyki ptaków pozostały niezmienione. Ale coś się zmieniło. Ogrodzenie przed nią rozrosło się z symbolicznej barierki w regularny berliński mur, beton i wieżyczki strażnicze. Z pewnością całe wnętrze bazy roiło się od antyprzekroczeniowych zabezpieczeń.

Cel istnienia tej instalacji był oczywisty: widziała profil rakiety, elegancki, klasyczny i niemożliwy do pomylenia. To był ośrodek kosmiczny, choć w szczegółach różny od Przylądka Canaveral. Nie było gigantycznych wież i pomostów, a widoczna rakieta wydawała się krótka i przysadzista, całkiem niepodobna do wielkich kadłubów promów czy Saturnów V – z pewnością niewystarczająca dla wyrwania się z ziemskiej grawitacji. Ale nie musiała tego robić, na tym polegała cała sztuczka – ta rakieta nie poleci w niebo, lecz przekroczy w pustkę wszechświata tuż obok.

Kompleks nie przypominał już garażowego warsztatu budowy rakiet, ale wraz z całą okolicą zbliżał się do wizji wielkiego placu zabaw dla poważnych inżynierów. W ostatnich latach Szczelina stała się ośrodkiem wielkich interesów, gdy rządy, uniwersytety i korporacje stopniowo uświadamiały sobie jej potencjał. Ogromne tablice wykrzykiwały teraz nazwy wszystkich wielkich firm technicznych, jakie Sally mogła sobie przypomnieć, Lockheed, IBM, Spółka Handlowa Długiej Ziemi... rzecz jasna także Korporacja Blacka. Sally znalazła się chyba w najbardziej zatłoczonym wykrocznym świecie – poza Valhallą, największym miastem Wysokich Meggerów.

Z tego zresztą powodu od lat nie zbliżała się tutaj. I dlatego trudno było wykonać jeden krok naprzód, jakby cierpiała na fobię. Pomyślała, że lepiej by sobie poradził Joshua Valienté. Dobry stary Joshua wydawał się teraz całkiem oswojony z życiem w takich ludnych okolicach jak tutaj, a ona stała się chyba jeszcze większą samotniczką i zatwardziałą mizantropką.

Ale wezwał ją tu ojciec, a jego nic nie potrafiłoby odmienić na lepsze ani na gorsze. Willis Linsay, ukochany tatuś, twórca krokera – zabawki wykradzionej pewnie z puszki sprzed samego nosa Pandory i przekazanej niczego niepodejrzewającemu światu. Tato uwielbiał majstrować. Kto go szukał, powinien kierować się odgłosem wybuchów i syren karetek...

I kiedy stała tutaj, zagubiona i niepewna, on pojawił się nagle, wychodząc pewnym krokiem z bramy. Skąd wiedział, że tutaj jest? Och, oczywiście, że wiedział.

Był wyższy od niej – cerę i budowę ciała odziedziczyła raczej po matce. Schudł, wyglądał jak zbudowany z samych kości i ścięgien. Miała wrażenie, że po śmierci matki żył tylko brandy, ziemniakami i cukrem przez lata.

Zwolnił, podchodząc. Stanęli naprzeciw siebie, ostrożni, mierząc się wzrokiem.

– Więc przyszłaś...
– Czego chcesz, tato?

Uśmiechnął się – dobrze pamiętała ten nieco obłąkany grymas.

– Ta sama dawna Sally... Od razu przechodzimy do rzeczy, tak?
– Czy jest jakiś sens w pytaniu cię, co porabiałeś od czasów, do diabła, odkąd przewróciłeś cały świat do góry nogami w Dniu Przekroczenia?
– Realizowałem projekty – mruknął. – Znasz mnie. Albo nie zrozumiesz, albo wolałabyś nie wiedzieć. Niech ci wystarczy, że to dla ogólnego dobra.
– Twoim zdaniem.
– Moim zdaniem.
– A czy jest jakiś nowy projekt, dla którego mnie tu ściągnąłeś?
– Tutaj? – Obejrzał się na kompleks Szczeliny Kosmosu. – Tutaj właśnie znajduje się jedyna stacja na drodze do naszego ostatecznego celu.
– To znaczy dokąd?
– Do Długiego Marsa – odparł krótko.

Sally Linsay przyzwyczaiła się do rzeczy zdumiewających. Dorastała, przekraczając, jako dziecko przemierzała nieskończone obce światy. Ale mimo to, kiedy jej ojciec wymówił te trzy krótkie słowa, miała wrażenie, że wszystko zawirowało.

* * *

Przy bramie powitał ich mężczyzna, którego ojciec przedstawił jako Ala Raupa. Był całkiem łysy, ale miał gęstą czarną brodę, przez co sprawiał wrażenie, jakby ktoś obrócił mu głowę wokół osi grubego nosa i zamocował dołem do góry. Nosił płócienne szorty, brudne tenisówki bez skarpetek i czarną koszulkę, za małą na jego brzuch, z wyblakłym hasłem SMOKE ME A KIPPER. Mógł być w dowolnym wieku pomiędzy trzydziestką a pięćdziesiątką.
– Proszę mnie nazywać panem Ttt.
„Tetete". Sally zignorowała jego wyciągniętą rękę.
– Witam, panie Raup.
Willis uniósł brew.
– Proszę cię, Sally, bądź uprzejma.

– Chodźmy, pokażę pani moje królestwo...

Raup przeprowadził ich przez barierki ochrony i wkroczyli do kompleksu. Sally słyszała pomruk ciężkich maszyn, czuła zapach ceglanego pyłu i mokrego betonu, widziała wielkie dźwigi nad wykopami. Dookoła krzątali się robotnicy w żółtych kaskach. Tu i tam zauważyła znaki „Uwaga! Promieniowanie", i to była nowość od czasu jej ostatniej wizyty. Może pracowali nad napędem jądrowym?

Dostrzegła grupę trolli pracujących przy betoniarce, najwyraźniej całkiem zadowolonych z życia. Nie przejmowała się specjalnie technologią, podobnie jak ludźmi, natomiast zwierzętami owszem.

– To tutaj – oświadczył Raup. – Witajcie na Przylądku Nerdaveral, marsonauci.

– Jest pan dokładnie takim typem, jaki zapamiętałam z moich poprzednich odwiedzin – rzuciła ostro Sally.

– A tak. Kiedy porwała nam pani trolle.

– Kiedy je uwolniłam. Ale cieszę się, że tacy jak pan nie zniknęli stąd po przejęciu tego projektu przez korporacje.

Raup machnął ręką.

– My, geekowie, byliśmy tu pierwsi. Wyliczyliśmy podstawowe parametry wykorzystania Szczeliny, zaczęliśmy budowę Ceglanego Księżyca i wysłaliśmy parę lotów testowych. Wszystko to zanim ktokolwiek zauważył, że tu jesteśmy. – Akcent miał chyba ze środkowych Stanów, ale mówił scenicznie, jakby zduszonym, teatralnym głosem, przeciągając samogłoski i precyzyjnie wymawiając spółgłoski. Miała wrażenie, że wiele razy ćwiczył w myślach wszystko, co miał do powiedzenia, na wypadek gdyby trafiła mu się publiczność. – Nie byliśmy naiwni. Zarejestrowaliśmy parę patentów. W rezultacie wielkie korporacje nie miały interesu w tym, żeby nas wykiwać. Łatwiej im nas kupić; byliśmy stosunkowo tani, w ich kategoriach, i mieliśmy potrzebne doświadczenie. – Wyszczerzył zęby w szerokim uśmiechu. – My, Założyciele, jesteśmy teraz milionerami. Nieźle, co?

Sally niespecjalnie to obeszło, więc zlekceważyła jego przechwałki.

Wśród gigantycznych hal przemysłowych widziała długie bloki mieszkalne, bary, hotel, kinoteatr, bardzo wiele kasyn, a także bardzo liczne bardziej podejrzane instytucje, co do których zgadywała, że to kluby go-go i burdele. Zauważyła też skromną kaplicę, zbudowaną chyba z miejscowego dębu, a przy niej nieduży cmentarz otoczony niskim kamiennym murem – przypomnienie, że podbój przestrzeni jest zajęciem niebezpiecznym, nawet tutaj.

– Widzę, że nie brakuje wam możliwości wydawania pieniędzy.
– Owszem, to fakt. Przypomina to dawną osadę górniczą na Dzikim Zachodzie – przyznał Raup. – Albo szyb naftowy. Albo nawet wczesne Hollywood, jeśli woli pani bardziej efektowny przykład. Prawdę mówiąc, ostatnio trzeba mocno uważać.

– Chodzi mu o to, że działa przestępczość zorganizowana – wyjaśnił Willis. – Zawsze ich ciągnie do takich miejsc. Mieliśmy już kilka zabójstw z powodu długów hazardowych i tym podobnych. Jedną z metod jest wrzucenie delikwenta w Szczelinę, bez skafandra i bez krokera. Nazywają to „spaniem z gwiazdami". Dlatego jest tu ostatnio tylu ochroniarzy. Łapią przestępców i uważają na sabotażystów.

– Ale to wciąż świetne miejsce i warto tu być – stwierdził Raup.

Sally pominęła milczeniem tę uwagę.

Przeszli jakby główną ulicą otoczoną biurowcami ze świeżego betonu, jaśniejącego bielą i nieskalanego. Raup zaprowadził ich do niskiego, eleganckiego budynku, oznaczonego mosiężną tablicą z napisem AUDYTORIUM ROBERTA A. HEINLEINA. Przed drzwiami stała spora grupa ludzi i Raup musiał okazać przepustki, by mogli wejść bez kolejki.

– Zbudowaliśmy to dla konferencji prasowych w stylu Williama Cronkite'a. Nasi korporacyjni władcy się przy tym upierali. Normalnie jest pusta. Ale ma pani szczęście, panno Linsay, plotki głoszą, że marsjańskie ulewy ustały na tyle, by kontrolerzy misji Envoy spróbowali dzisiaj lądowania. Mamy więc dobrą okazję, żeby pani pokazać, co tu robimy.

Sally zerknęła na ojca.

– Ulewy? Na Marsie?
– To nie jest nasz Mars. Zobaczysz.

Raup doprowadził ich do głównego audytorium z rzędami siedzeń przed pulpitem, ze ścianami w wielkich ekranach. Chwilowo ekrany były puste, ale mniejsze monitory i tablety wokół sali ukazywały ziarniste kolorowe obrazy, przepuszczane przez rozmaite procedury poprawy jakości. Sally dostrzegła fragmenty krajobrazów, szarobłękitne niebo, rdzawoczerwony grunt.

– O rany… – rzucił Raup, widząc obrazy na ekranach. Przynajmniej raz mówił takim tonem, jakby nie musiał symulować wyrażanych emocji. – Wygląda na to, że wreszcie im się udało. Posadzili Envoya. Pierwszy raz tego dokonaliśmy na tej kopii Marsa.

– Envoy?

– To seria bezzałogowych sond kosmicznych. – Raup wskazał wiszące w ramkach obrazy fragmentów planety: zdjęcia robione z kosmosu. – Pierwsze kilka Envoyów to tylko bliskie przeloty. Przesłały te fotografie. Dziś mamy pierwsze prawdziwe lądowanie, niezbędnego poprzednika bliskiej misji załogowej. Najnowsze przekazy na żywo z Marsa w Szczelinie!

Willis prychnął niechętnie.

– Zgadza się, ale źle ustawili tonację. Niebo nawet w przybliżeniu nie ma takiego koloru.

Sally przyjrzała się ojcu. Jeśli to było pierwsze lądowanie, skąd mógł o tym wiedzieć? Ale już dawno się nauczyła, że nie warto go wypytywać.

– Rozumiecie chyba, że sama sonda jest tylko obiektem testowym. Na razie chcemy sprawdzić systemy napędowe. Mając Szczelinę, wiele można dokonać. Przeskakujemy etap rakiet jądrowych. Kojarzy pani termin „synteza sterowana inercyjnie"? Z czymś takim dostaniemy się na Marsa w parę tygodni, gdy normalnie trzeba było siedmiu, ośmiu, dziesięciu miesięcy, zależnie od wzajemnej pozycji.

Nie systemy napędu, ale obrazy zwróciły uwagę Sally. Jedno zdjęcie ukazywało dysk, zapewne widoczną z przestrzeni półkulę Marsa – ale nie był to ten sam Mars, jaki pamiętała z dziesięcioleci badań NASA na Podstawowej. Ten Mars był bladoróżowy, z koronkowymi pasmami chmur, z połyskującymi w słońcu stalowoszarymi plamami: jeziora, oceany, rzeki… Płynna woda na Marsie, widoczna z przestrzeni. Była też zieleń – zieleń życia.

– Mówiłem ci – rzucił Willis. – Ten Mars jest inny.

– Rozumie pani, że oglądamy Marsa z wszechświata Szczeliny, o krok stąd – powiedział Raup, wracając do przesadnie wystudiowanej intonacji. – Zdjęcia przesyłane są radiowo do Ceglanego Księżyca, naszej stacji w Szczelinie. Opracowaliśmy niezły system przesyłania pakietów danych wykrocznie, do naszego ośrodka tutaj… Nasz Mars to zamarznięta pustynia. Ten Mars przypomina raczej Arizonę, choć na większej wysokości. Envoye potwierdziły wyższe ciśnienie atmosfery. Po powierzchni tego Marsa mogłaby pani spacerować jedynie z maską na twarzy i kremem przeciwsłonecznym.

Spojrzał na ekrany.

– W tym konkretnym oknie startowym mieliśmy pecha i oba bliźniacze lądowniki Envoyów dotarły w samym środku najgorszej pory burz, jaką widzieliśmy od początku obserwacji Szczelinowego Marsa, mniej więcej dziesięć lat temu. To nie są burze piaskowe, tutaj mamy deszcze, śnieg, grad, błyskawice… Kontrolerzy nie chcieli ryzykować, od paru tygodni kamery sond przesyłały jedynie obrazy błyskawic. Ale burze już przycichły i kontrola misji postanowiła spróbować zejścia. Czekamy tylko, żeby obraz się ustabilizował…

Technicy i naukowcy z pomrukiem ekscytacji pochylili się nad monitorami i tabletami. Przesyłane obrazy oczyszczały się, jakby rozwiewały się śnieżyce. Sally zobaczyła burtę przysadzistego samolotu na powierzchni czegoś, co przypominało mokry czerwonawy piasek, jakby na plaży, z której właśnie spłynęła fala. Kamera była pewnie zamocowana na samym lądowniku – wyraźnie ukazywała amerykańską flagę dumnie wymalowaną na kadłubie.

A potem kamera przesunęła się wolno i ukazała obraz płytkiej doliny, płynącej rzeki i wytrzymałej z wyglądu szarozielonej roślinności. Żyjący Mars.

Nerdowate typy wokół niej zaczęły krzyczeć z radości i bić brawo.

* * *

Wycofali się do małej kawiarni.

– Wystarczy tych kosmicznych trofeów i enigmatycznych uwag, tato – zaczęła Sally. – Proszę o kilka odpowiedzi. W przypadkowej kolejności... – Odliczała na palcach. – Dlaczego chcesz lecieć na Marsa? Jak chcesz się tam dostać? I dlaczego, wielkie nieba, dlaczego miałabym chcieć z tobą lecieć?

Patrzył na nią przenikliwie. Miał siedemdziesiąt lat i pomarszczona skóra na jego twarzy sprawiała wrażenie twardej jak rzemień.

– Wyjaśnienia zajmą trochę czasu. Ale w największym skrócie: chcę dotrzeć na Marsa, Marsa w Szczelinie, ponieważ nie jest to po prostu Mars. Nie jest to nawet Mars ze znacząco innym klimatem. To Długi Mars.

Zastanowiła się.

– Już raz to powiedziałeś. Długi Mars. To znaczy, że można tam przekraczać?

Tylko skinął głową.

– Ale skąd wiesz? Nie, nie odpowiadaj.

– Jest coś szczególnego, czego szukam i spodziewam się znaleźć. Zobaczysz. Ale na razie najważniejsze jest to, że jeśli świat jest Długi, to musi w sobie zawierać świadomość. Inteligentne życie. Rozumiesz? Teoria Długiej Ziemi, sprzężenia świadomości i topologii...

Otworzyła usta.

– Momencik. Jeszcze raz. Właśnie zrzuciłeś na mnie następną koncepcyjną bombę. Inteligentne życie? Odkryłeś inteligentne życie na Marsie?

– Nie na Marsie. – Zniecierpliwił się. – Na jakimś Marsie. I nie odkryłem. Wydedukowałem konieczność jego istnienia. Nigdy nie umiałaś myśleć precyzyjnie.

Rozdrażniona, odruchowo stanęła do walki – jak to robiła, odkąd była już tak duża, by ustalić własną tożsamość.

– Mellanier by się z tobą nie zgodził. Co do rozumu i Długiej Ziemi, że Długi świat jest w pewnym sensie produktem świadomości.

Lekceważąco machnął ręką.

– Ach, ten szarlatan... Pytasz, czemu miałabyś chcieć ze mną wyruszyć. Do diabła, dlaczego miałabyś nie chcieć? – Rozejrzał się po kawiarni, gdzie naukowcy hałaśliwie świętowali swój tryumf. – Popatrz na tych mózgowców, poklepujących się po plecach. Znam cię, Sally. Najbardziej podobało ci się przed Dniem Przekroczenia, kiedy Długa Ziemia była tylko nasza, prawda? No, w każdym razie Długie Wyoming. Zanim stworzyłem kroker, nie mogłem sam przekraczać i potrzebowałem ciebie, żebyś mnie przeciągnęła, ale...

– Czytałeś mi książki, opowieści o innych światach Tolkiena, Nivena i Edith Nesbit. Udawałam, że tam właśnie wyruszamy...

Zamilkła. Nostalgia zawsze wydawała się podobna do słabości.

– A teraz wszędzie tłoczą się takie ćwoki jak ci tutaj... – Willis spojrzał na Raupa. – Bez urazy, Al.

– Spoko.

– Wiem, Sally, że wciąż spędzasz wiele czasu samotnie. Nie chciałabyś się przenieść do nowego świata, dziewiczego świata, całkiem pustego poza nami? No, poza nami i paroma Marsjanami? Na jakiś czas daleko za sobą zostawić ludzkość?

I Lobsanga, pomyślała.

Raup pochylił się nad stolikiem, spocony i irytujący.

– A co do tego, jak się tam dostaniemy, może już się pani zorientowała, że tutejszy program kosmiczny rozwija się diablo szybciej niż ten na Ziemi, który wlókł się niemiłosiernie. Oczywiście mogliśmy korzystać ze wszystkiego, co oni odkryli, i stosować to ponownie.

– Do rzeczy, mądralo.

– Chodzi o to, że jesteśmy gotowi. Pierwszy załogowy statek na Marsa czeka na Ceglanym Księżycu, jeden krok stąd, w Szczelinie. Chcieliśmy zaczekać, aż te automatyczne lądowniki przekażą dane o warunkach atmosferycznych planety i tak dalej. Już je mamy...

– My? Kto dokładnie ma polecieć w tej misji?

Raup wypiął pierś i pokaźny brzuch.

– Nasza załoga będzie trzyosobowa, tak jak w misjach Apollo. Pani, pani ojciec i ja.

– Pan?
– Wiem, co myślisz, Sally – wtrącił Willis. – Ale ani ty, ani ja nie jesteśmy astronautami.
– Ale nie ten tłuścioch, tato. Nie ma możliwości, żebym z tym gościem spędziła parę miesięcy w metalowej puszce.
Na Willisie nie zrobiło to wrażenia.
– Masz jakąś alternatywę?
– Czy wciąż pracuje tutaj Frank Wood?

ROZDZIAŁ 3

Czy Frank Wood poleci na Marsa?
W roku 2045 Francis Paul Wood, Siły Lotnicze USA, obecnie w stanie spoczynku, miał sześćdziesiąt jeden lat. A lot w kosmos był jego marzeniem od dzieciństwa. Jako dzieciak był dziwnym połączeniem sportowca, mechanika hobbysty i marzyciela. Do rozwoju zainteresowań zachęcali go rodzice i wujek, który pisał o programie kosmicznym i wypożyczył mu bibliotekę starej science fiction, od Asimova przez Clementa po Clarke'a i Herberta. Zanim jednak marzenia Franka zaczęły nabierać realistycznych kształtów, katastrofa „Challengera" była już historią – wydarzyła się, zanim skończył dwa lata.

Mimo to robił postępy. Był kiedyś kandydatem na astronautę w NASA – kolejny etap po aktywnej służbie w lotnictwie. Ale naszedł Dzień Przekroczenia i w zasięgu spaceru człowieka bez specjalnego sprzętu otworzyła się nieskończoność światów; statki kosmiczne natychmiast trafiły do muzeów. Frank Wood miał wrażenie, że on także stał się eksponatem – w wieku trzydziestu jeden lat. Nie mógł sobie znaleźć miejsca, męczyła go nostalgia, nie miał bliskiej rodziny, gdyż poświęcił wszystko dla marzeń o karierze. Nagle odkrył, że to on jest wujkiem z licznymi kontaktami i skrzynią pełną starych powieści science fiction.

Dźwigając brzemię poczucia utraconych możliwości, kilka lat trzymał się tego, co pozostało z Przylądka Canaveral, wykonując tam każdą pracę, jaką mógł znaleźć. Ale Canaveral, jeśli nie liczyć trwającego programu wystrzeliwania niewielkich satelitów, stało się tylko niszczejącym muzeum marzeń.

I wtedy nastąpiło odkrycie Szczeliny – miejsca, gdzie splot kosmicznych przypadków pozostawił przerwę w tworzącym Długą Ziemię łańcuchu światów. A także stworzył nowy rodzaj dostępu do przestrzeni. Kilka lat później Frank, już po pięćdziesiątce, wyruszył tam i znalazł gromadę dzieciaków i ludzi młodych sercem, pracowicie realizujących nowy rodzaj programu kosmicznego, opartego na całkiem nowej zasadzie. Frank z entuzjazmem rzucił się do pracy i chciał wierzyć, że wprowadził nieco mądrości i doświadczenia w coś, co w tych pierwszych dniach sprawiało wrażenie nieskończonego konwentu science fiction. Dzisiaj przypominało raczej gorączkę złota.

Kiedy na Podstawowej wybuchł Yellowstone, Frank i wielu innych – w tym jego nowa przyjaciółka, Monica Jansson, którą poznał, kiedy Sally Linsay zjawiła się tutaj, by ratować dręczone trolle, jak to rozumiała – odłożyli własne plany i ruszyli na pomoc. No cóż, Monica od dawna już nie żyła, a Podstawowa mniej więcej osiągała nowy stan równowagi – w każdym razie ludzie nie umierali już tak często. Frank uznał więc, że może wrócić do swoich odkładanych marzeń. Wrócić do Szczeliny.

Teraz w jego życiu znowu pojawiła się Sally Linsay. Razem z ojcem. I mieli dla niego szokującą propozycję...

Czy Frank Wood poleci na Marsa? Tak, do wszystkich diabłów!

Wzięli się do pracy.

ROZDZIAŁ 4

Na przedmieściach Madison Zachodniego 5, w całkiem zwyczajnym warsztacie należącym do całkowicie zależnej spółki-córki Korporacji Blacka, Lobsang – a raczej jego jednostka mobilna, jedno z wcieleń – robił przegląd harleya siostry Agnes. Był przekonujący w tej pracy – z podwiniętymi rękawami, z olejem na rękach, czole i na brudnym kombinezonie. Nawet jeśli równocześnie wygłaszał Agnes dość chaotyczny wykład na temat stanu światów.

Agnes, opatulona dla ochrony przed kąsającym mrozem, była zadowolona, wyciszając jego głos, zadowolona, że siedzi tak i patrzy – inaczej mówiąc: myśli. Był styczeń roku 2045, minęły ponad cztery lata od erupcji Yellowstone, a światy ludzkości powoli się stabilizowały, czy wręcz wracały do zdrowia. Agnes i inni mogli teraz odpocząć. A takie chwile jak ta dawały jej czas, by przyzwyczaić się do siebie, żeby być sobą, siedem lat po swojej niezwykłej reinkarnacji. Z trudem przypominała sobie własne dawne imię. Była siostrą Agnes, jak długo sięgała pamięcią, a w tej chwili była też pewna, że wciąż nią jest.

Takie teologiczne wątpliwości nie dręczyły jej często. Nie mogła przecież narzekać na to wskrzeszenie, to cudownie szybkie sztuczne ciało, do którego Lobsang przerzucił jej wspomnienia. Oczywiście, dowolna reinkarnacja dla porządnej katolickiej dziewczyny jest kwestią dość niepokojącą, jako że ortodoksyjna teologia nie pozostawia miejsca na takie wybryki. Agnes jednak zawsze postępowała zgodnie ze starą zasadą, że najlepsza droga do czynienia dobra leży przed nią; dlatego odsuwała takie wątpliwości. Może Bóg miał dla niej nową misję w tej nowej postaci, możliwej dzięki postępom techniki? Dlaczego nie miałby używać takich narzędzi? Przecież być żywą i najwyraźniej zdrową jest o wiele lepsze, niż być martwą.

Co mogła sobie myśleć o Lobsangu? W tym doczesnym świecie był czymś w rodzaju jakiejś rozsądnej wizji Boga – Boga techniki, reprodukującego się w coraz bardziej złożonych iteracjach; istotą, której świadomość może przenieść się w dowolne miejsce elektronicznego uniwersum, która potrafi nawet dzielić się i przebywać w wielu miejscach równocześnie. Istotą tak świadomą, jak nie może być żaden zwykły człowiek. Agnes lubiła określenie „ogarnąć" – to dobre słowo, oznaczało także „zrozumieć całkowicie". I miała wrażenie, że Lobsang stara się ogarnąć cały świat, cały wszechświat, próbuje zrozumieć sens istnienia ludzkości.

Mimo to wydawał się psychicznie zdrowy, wręcz brutalnie – to była normalność, która płonęła jasno. Co do charakteru, uczynił wiele dobrego – zwłaszcza, oczywiście, jeśli uwzględnić jego ogromne możliwości czynienia zła, gdyby tak postanowił. O ile mogła to stwierdzić – niezależnie od opinii teologów – miał duszę, a przynajmniej jej niemal doskonałe podobieństwo. Jeśli był jak bóg, to był jak bóg dobrotliwy.

Agnes musiała jednak przyznać, że coś łączyło Lobsanga z Jehową – obaj byli mężczyznami i byli dumni. Lobsang kochał publiczność. Był mądry, trudno zaprzeczyć, nawet wybitnie mądry, ale lubił, by ta mądrość była widziana. Dlatego szukał pomocników, takich ludzi jak Joshua Valienté czy Agnes; chciał, by jego światło jaśniało na ich zachwyconych twarzach.

A jednak ta nowa postwulkaniczna era także dla Lobsanga była trudna. Nie fizycznie, jak dla reszty głodującej i bezdomnej ludzkości, ale w inny, bardziej subtelny sposób. Może duchowo. Agnes nie była pewna, z jakiej przyczyny. Pewnie dlatego, że nic nie potrafił zrobić, by zapobiec katastrofie Yellowstone. Ale nawet Lobsang mógł oglądać Yellowstone tylko oczami ludzkich geologów, a ich uwagę odwrócił dziwny fenomen zakłóceń tektonicznych wykrocznych kopii wulkanu w całym pasie niskich Ziemi – z żadnego nie wynikło nic poważnego w porównaniu z erupcją na Podstawowej. Zapewne nie zmniejszyło to poczucia winy kogoś, kto uważał się za rodzaj pasterza ludzkości, za „czynnik, który dba o te kawałki, które Bóg pominął".

A może chodziło o to, że katastrofa, która dotknęła Ziemię Podstawową, zwłaszcza Amerykę Podstawową, nieuchronnie wyrwała dziurę w infrastrukturze żelowych banków danych, światłowodowych sieci i łączy satelitarnych podtrzymujących samego Lobsanga?

Albo może Lobsang zaczynał się już starzeć na swój sposób? Nikt przecież nie wiedział, co się dzieje ze sztuczną inteligencją z wiekiem, kiedy jej substraty zmieniają się w zlepek warstw coraz starszych technologii, zarówno sprzętowo, jak pod względem oprogramowania – „przyrastających jak rafa koralowa", jak określił to kiedyś Lobsang. A przy tym jego złożoność także stawała się coraz bardziej poplątana. To był eksperyment, jakiego nikt jeszcze nigdy nie przeprowadził.

Nic dziwnego, że Lobsang czasami zrzędził, całkiem jak zagubiony i rozczarowany staruszek. Agnes była przyzwyczajona do zagubionych i rozczarowanych staruszków – roiło się od nich w hierarchii Kościoła.

Pewnie właśnie dlatego ona się tu pojawiła. Lobsang sprowadził ją zza grobu, by została kimś w rodzaju przeciwnika, by równoważyła jego ambicje. Owszem, dawno temu na pewno określiłaby się jako jego przeciwnik, nawet jeśli zwykle pełniła rolę zasadniczo konstruktywną. Teraz jednak stała się... kim? Przyjaciółką? No tak, oczywiście, ale też jego powierniczką i moralną przewodniczką – to ostatnie było dość trudne, gdyż jej własny kompas moralny miał tendencję do wirowania jak kogucik na dachu w trąbie powietrznej.

Jak miała nawiązać jakąkolwiek relację z taką istotą? Nie wiedziała, ale miała wrażenie, że jakoś znajdzie sposób. Wierzyła w siebie. Była elastyczna. Poradzi sobie. Jak zawsze.

– Pomyśl – mówił właśnie. – Ludzkość poleciała na Księżyc i nikt nie powie, że nie był to wielki wyczyn. W końcu jakie inne stworzenie wydostało się ze swojej planety? A co potem zrobił *Homo sapiens*? Wrócił do domu! Zabierając parę skrzyń kamieni i satysfakcję, że jest panem wszechświata...

– Tak, skarbie – odpowiedziała odruchowo.

– Można by sądzić, że taki gatunek zasługuje, by zastąpić go lepszą odmianą.

– Skoro tak twierdzisz...

– Prawie skończyłem. Mam herbatę w termosach. Earl grey czy lady grey? Z czego się śmiejesz?

Agnes starała się zachować powagę.

– Z ciebie. Z tego, jak płynnie przeszedłeś od argumentacji, że ludzkość zasłużyła sobie na zagładę, do grzecznego spytania, czy mam ochotę na coś tak normalnego jak herbata. Dobrze rozumiem, co mówiłeś. Ludzkość jest raczej płytka. Większość ludzi potrzebowała tej wyprawy na Księżyc, żeby w ogóle zrozumieć, jaka jest Ziemia: kulista, ograniczona, bezcenna i zagrożona. Za skarby świata nie potrafimy się zorganizować. Ale czy ludzkość nie zdradza ostatnio więcej zdrowego rozsądku, choćby i spóźnionego? Spójrz, jak dobrze sobie radzimy z katastrofą Yellowstone... przynajmniej tak mi się wydaje.

– Hm... możliwe. Choć zauważyłem pewne sugestie, że mogliśmy otrzymać jakąś pomoc...

Zlekceważyła to.

– Nie bądź taki tajemniczy, Lobsangu, to irytujące przyzwyczajenie. I nie zakładaj, że nie możemy się zmienić, zmienić i dojrzeć. Uwierz, widziałam wielu wspaniałych dorosłych ludzi, którzy wcześniej byli trudnymi dzieciakami. I szczerze powiem, mimo tych bzdur, które z siebie wylewasz, jak to jesteśmy skazani, by ustąpić, nie widzę nigdzie nowego modelu. Co się stanie, kiedy już się pokaże? Mamy nasłuchiwać stuku podkutych butów?

– Droga Agnes, wiem, że lubisz przesadzać dla lepszego efektu, co rzadko pomaga w rozmowie. Nie, żadnych podkutych butów. To coś bardziej... pomocnego. No... tego, co tak tajemniczo sugerowałem. Wyobraź sobie coś subtelniejszego. Powolnego i ostrożnego, podstępnego, ale niekoniecznie złowrogiego. I jeszcze zorganizowanego o wiele lepiej, niż *Homo sapiens* kiedykolwiek potrafi...

Ale jego głos przycichał, a wyraz twarzy się zmienił, jak gdyby odpowiadał na jakieś dalekie wezwanie. Przyzwyczaiła się do tego. Tłumaczył jej, że chodzi o przetwarzanie równoległe – o tej koncepcji nie miała pojęcia przed swoim zmartwychwstaniem. Oznaczała wykonywanie więcej niż jednego zadania naraz albo dzielenie jakiegoś dużego zadania na mniejsze, które można realizować równocześnie. Nie żeby jakoś szczególnie jej to imponowało. W końcu sama robiła to przez całe życie: myślała o przygotowaniu obiadu, a równocześnie wycierała nosy i uczyła trudne dzieci, jak należy prowadzić rozmowę, dodatkowo układała w głowie kolejny gniewny list do biskupa, od czasu do czasu dorzucając jeszcze do tego jakąś modlitwę. Zresztą kto nie musiał tak funkcjonować każdego dnia pracowitego życia?

Pomagało jej to jednak rozumieć chwilowe nieobecności Lobsanga. Kierował przecież, jak się kiedyś wyraził, narracją świata.

Po chwili wrócił do siebie. Nie tłumaczył, co zajęło jego uwagę, a Agnes nie wypytywała.

Wstał, przeciągnął się i wytarł ręce.

– Zrobione... prowizorycznie. Wiesz, mógłbym uczynić ten motocykl najbezpieczniejszym na świecie. Żadnych poślizgów, żadnego zagrożenia dla ciebie... Co na to powiesz?

Agnes zastanawiała się przez chwilę.

– Jestem pewna, że byś potrafił, Lobsangu – odparła wreszcie. – I jestem pełna podziwu, naprawdę. I wzruszona. Ale widzisz, taki motor jak mój harley nie chce być całkiem bezpieczny. Tego rodzaju maszyna rozwija w sobie coś, co można nazwać duszą, nie sądzisz? I musimy pozwolić, by ta dusza mogła się wypowiedzieć, a nie próbować ją tłumić. Niech metal się grzeje, niech silnik będzie żarłoczny...

Wzruszył ramionami.

– To twoja maszyna, razem z tym żarłocznym silnikiem. Ale proszę, jeździj ostrożnie... Choć w twoim przypadku, Agnes, to raczej życzenie niż oczekiwanie.

* * *

    Ostrożnie wytoczyła harleya z małego warsztatu i ruszyła na nim przez wciąż niezbyt zatłoczone – mimo godziny szczytu – ulice, aż dotarła na otwartą przestrzeń, gdzie mogła maszynie pozwolić na swobodę. Wiatr był mocny, ale kiedy już oddaliła się od tej pełzającej industrializacji młodego miasta – współczesnych szatańskich fabryk, w większości przesłoniętych reklamami – znalazła się w lepszym świecie, w czyściejszym powietrzu, wśród myśli mniej melancholijnych. Poprzez ryk harleya śpiewała kawałki Joni Mitchell, podążając po drogach rzuconych niczym czarne wstążki między śnieżnymi zaspami, dookoła zamarzniętych jezior Madison Zachodniego 5.

    Kiedy wróciła, Lobsang zawiadomił ją, że Joshua Valienté wrócił do domu.

    – Muszę się z nim zobaczyć – oświadczył stanowczo.

    Agnes westchnęła.

    – Joshua może nie być zbyt chętny, by się z tobą spotkać, Lobsangu...

ROZDZIAŁ 5

W dniu wyruszenia ekspedycji „Armstronga" i „Cernana" Capitol Square w Madison Zachodnim 5 wyglądał jak plan filmowy, myślała Maggie Kauffman nie bez dumy. Stała ze swą załogą (raczej załogami) w galowych mundurach przed stopniami Kapitolu, pod jasnoniebieskim styczniowym niebem. Powietrze było chłodne, ale szczęśliwie wolne od smogu i pyłu wulkanicznego z Podstawowej. Przed drewnianą fasadą budynku ustawiono mównicę dla prezydenta – obraz typowy dla połowy dwudziestego pierwszego wieku, z latającymi kamerami i powiewającą flagą, holograficznym sztandarem Stanów Zjednoczonych i ich wykrocznej Egidy.

Na podwyższeniu kilkoro gości czekało na prezydenta, który miał wygłosić swoje najnowsze przemówienie z nowej stolicy. Był wśród nich admirał Hiram Davidson, szef USLONGCOM, wojskowego dowództwa Długiej Ziemi i zwierzchnik Maggie. Obok stał Douglas Black, niski, chudy, łysy jak kolano i w ciemnych okularach. Black był „bliskim przyjacielem" prezydenta, jak również „zaufanym doradcą"; tak go określały plotkarskie portale (tłumaczenie: bogacz). Zawsze pojawiał się podczas takich wydarzeń – ale tak już działa świat, i działał zawsze, na długo przed Yellowstone czy Dniem Przekroczenia.

Na podwyższeniu stała także Roberta Golding, bardzo młoda, bardzo szczupła i ewidentnie bardzo inteligentna, a teraz również powszechnie znana młoda kobieta, która w ciągu kilku lat ze skromnej stażystki awansowała do prezydenckiego gabinetu. Podobno była z Chińczykami na tej ich wyprawie na Wysoki Wschód. Miała wtedy piętnaście lat i zabrali ją jako przedstawicielkę zachodnich studentów, w ramach jakiegoś programu stypendialnego. Był to ważny szczebel w jej przyszłej oszałamiającej karierze. Golding pracowała również z zastępcą Maggie, Nathanem Bossem, przy planowaniu wyruszającej dzisiaj ekspedycji. Maggie podejrzewała, że młoda kobieta uczciwie sobie zapracowała na miejsce na podwyższeniu.

Wokół tej grupy ustawił się zwykły zestaw prezydenckiej ochrony, włącznie z brzęczącym nad głowami bezzałogowym dronem i marines wokół podium, ciężko uzbrojonych, czujnych i od czasu do czasu przekraczających do sąsiednich światów, by sprawdzić, czy jakieś zagrożenie nie zbliża się stamtąd. Jeszcze dalej linia policji oraz cywilna i wojskowa służba porządkowa utrzymywała tłumy gapiów w przyzwoitej odległości od sceny. Te tłumy jednak były niczym wobec tych, jakie przy takich okazjach zbierały się kiedyś w Waszyngtonie Podstawowym.

Ludzie tutaj ubierali się tak, jak można oczekiwać po wciąż młodym kolonialnym mieście – w kombinezony i praktyczne płaszcze zamiast garniturów, w swojskie mokasyny zamiast eleganckich butów. W tłumie kręciło się wiele, bardzo wiele dzieci. Od czasu Yellowstone, a nawet przed tą linią dzielącą ludzką historię, populacje wykrocznych Ameryk przyrastały w szybkim tempie; teraz polityka Cowleya, z dopłatami i zniżkami podatkowymi, zachęcała do posiadania jeszcze liczniejszych rodzin.

Dalej rozciągały się zabudowania nowego Madison. Szerokie arterie i otwarta zabudowa pozwalały Maggie widzieć jeziora definiujące geografię miasta we wszystkich wykrocznych światach: spokojne, białe jak lód i obramowane błękitem, połyskujące w niskim styczniowym słońcu. W strukturze oszczędnego, eleganckiego, nowoczesnego planu miasta, odziedziczonego po oryginalnych założycielach tej wykrocznej społeczności, nowe rezydencje dla niedawno przybyłych polityków i urzędników sąsiadowały z bardziej praktycznymi budynkami, na przykład stajniami dla koni, niecałe sto metrów od samego Kapitolu. Nic tu nie przypominało zatłoczonego oryginału z Podstawowej, sprzed ataku jądrowego. Było to czarujące połączenie dawnych i nowych amerykańskich tradycji. Nikt nie narzekał na naruszającą nieco konstytucję trzecią kadencję prezydencką, trochę jak u Roosevelta. Panowała powszechna zgoda, że niezależnie od mętnych procesów, które wyniosły Briana Cowleya na urząd w 2036 roku – na czele destrukcyjnego, dzielącego społeczeństwo i antyprzekroczeniowego ruchu Najpierw Ludzkość – sprawdził się, kiedy w czasie jego rządów wybuchł superwulkan. Zachowanie ciągłości podczas trwającego kryzysu to sensowna strategia – nie było innego kandydata, który radziłby sobie lepiej, a wszyscy widzieli, ile ta sytuacja kosztuje samego Cowleya, który starzał się na żywo w telewizji, na oczach widzów. Jego nieoficjalne hasło wyborcze brzmiało wręcz: „Mnie to boli bardziej niż was".

Był miłośnikiem wystąpień publicznych i lubił organizować takie przedstawienia jak dzisiejsze.

– Co ten facet zamierza? – mruknął do Maggie Joe Mackenzie. – Będzie czekał, aż wszyscy tu popadamy?

– Nie przesadzaj, Mac. Cała ta zabawa jest tylko na pokaz. To znaczy ekspedycja „Armstronga" i „Cernana". I jest wściekle kosztowna. Musieliśmy na to czekać całe lata, kiedy pomagaliśmy odbudować wszystko po Yellowstone. Nie możesz mieć do Cowleya pretensji, że wykorzystuje tę chwilę do końca. Dla niego to jedyny jej sens.

– Hm... – mruknął sceptycznie Mac. Obejrzał się na załogi dwóch sterowców z niewielkiej eskadry Maggie. Minę miał kwaśną. – Niezła ekspedycja.

Maggie zobaczyła swoich ludzi jego oczami: ekipa marynarki plus oddziały marines zwiększające siłę uderzeniową. Wśród nich był też kapitan Ed Cutler, a wszyscy z dawnej załogi Maggie widzieli, jak w Valhalli dostał szału. Zabierali też niewielką grupę Chińczyków, którzy stali teraz w swoich dziwnych, źle dopasowanych mundurach – nienegocjowalny dowód przyjaźni, współpracy i tak dalej. Byli częścią umowy, w ramach której najnowsze okręty US Navy wyposażono w zaawansowaną chińską technologię przekroczeniową. Były też trzy trolle; nosiły na rękach opaski oznaczające ich jako tymczasowych członków załogi Maggie. Trolle były wyraźnie nieszczęśliwe w Niskich Ziemiach, na świecie pełnym smrodu ludzi i tego szczególnego psychicznego ucisku, zwykle utrzymującego trolle z dala od skupisk ludzkich. A jednak były tutaj i Maggie pozwoliła sobie na wdzięczność za ich lojalność.

Ale Joe Mackenzie nie doceniał tego wszystkiego. Zbliżając się do sześćdziesiątki, był weteranem zbyt wielu szpitalnych oddziałów ratunkowych, zbyt wielu polowych lazaretów. W efekcie, zdaniem Maggie, stał się żywym uosobieniem cynizmu – chociaż nie było nikogo, kogo wolałaby od niego u swego boku w tej pierwszej wyprawie „Armstronga" i „Cernana".

Teraz przyglądał się wszystkiemu z kamienną twarzą.

– Wiem, co sobie myślisz – oświadczyła Maggie.

– Naprawdę?

– Myślisz: Co za cholerny cyrk.

– To ta grzeczna wersja.

– Mac, ta misja jest, no... skomplikowana. Niesiemy cały ładunek symboliki. Pozornie celem jest dotarcie wykrocznie dalej niż dowolny statek przed nami, nawet ci Chińczycy przed Yellowstone. Ale głębszy sens jest taki, że będziemy widoczną demonstracją tego, jak Ameryka wraca do gry. Pokażemy wszystkim, że Amerykanie potrafią nie tylko odkopywać popiół. Mac, wylądujemy w podręcznikach historii.

– Albo w płomieniach.

– A ty tam będziesz, by opatrywać rany, jak zawsze.

– Posłuchaj, Maggie. Wiem, że jestem marudnym starym draniem. Ale jeśli o mnie chodzi, całe te opowieści o przeznaczeniu Ameryki to bajki. Dla Cowleya jedyny prawdziwy cel tej wyprawy jest taki sam jak lotu „Franklina" wiele lat temu, kiedy Valhalla wrzała i groził tam bunt. On chce w całej Egidzie dokonać demonstracji siły rządu federalnego. Chce przypomnieć tym przemądrzałym kolonistom, kto tu rządzi. Natomiast jeżeli o mnie chodzi, jedynym wartym uwagi celem misji jest wyjaśnienie, co się stało z załogą „Armstronga I".

– Rozumiem. I cieszę się, że jesteś z nami. Aha, przy okazji: zabieram też kota.

Rozzłościł się.

– Do licha, Maggie, czemu od razu nie powbijasz mi szpilek w oczy?

Nagle padające z nieba cienie pocięły pasami powierzchnię placu. Maggie odchyliła głowę i osłoniła oczy. Dokładnie w południe trzy sterowce pojawiły się nad tłumem. Dwa nowiutkie okręty marynarki wojennej, USS „Neil Armstrong II" i USS „Eugene A. Cernan" były niczym wieloryby na niebie. Ich poprzednicy, w tym również dowodzony przez Maggie „Franklin", oparty na technologii komercyjnych twainów Długiej Missisipi, były nieco mniejsze od legendarnego „Hindenburga". Nowy „Armstrong", tak jak jego bliźniaczy okręt, był prawie o połowę dłuższy: miał ponad trzysta metrów od dzioba do ogona, nie licząc sterczących anten i masywnych płetw ogonowych z kompaktowymi silnikami odrzutowymi. Załoga lubiła się przechwalać, że nowa powłoka pomieściłaby „Franklina" w całości, lecz nie było to w pełni prawdą. Ale choć wspólnie z „Cernanem" odebrali staremu „Hindenburgowi" tytuł największej machiny latającej, Mac poradził Maggie, żeby za głośno się tym nie chwalić – „Hindenburg" był przecież sfinansowany przez nazistów, a w końcu rozbił się i spłonął...

Maggie studiowała dane techniczne swoich okrętów jak dziecko w sklepie z zabawkami. A teraz jej serce wezbrało dumą, że dwie tak wspaniałe jednostki oddano jej pod komendę.

A między okrętami US Navy, przekraczając dokładnie w tym samym momencie, precyzyjnie zsynchronizowany, znalazł się mniejszy, choć równie twardy z wyglądu sterowiec z kadłubem pomalowanym na biało-niebiesko, z dumnie lśniącym na burtach i płetwach prezydenckim godłem. Znany jako Navy One, był to twain używany wyłącznie przez prezydenta, ciężko uzbrojony i opancerzony oraz – jak głosiły plotki – z luksusowo wyposażonym wnętrzem.

Teraz, z szumem potężnych silników i miękkim podmuchem powietrza, przy niezłym pokazie pilotażu, Navy One zniżył się nad gmachem Kapitolu i otworzył luk w dnie gondoli, pozwalając opuścić na podium schodki. W otoczeniu agentów Secret Service pojawiła się charakterystyczna sylwetka Briana Cowleya. Zagrała orkiestra, rozległy się przyjazne okrzyki z tłumu gapiów poza linią policji, a Cowley ruszył wzdłuż szeregu dygnitarzy, wymieniając z nimi uściski dłoni. Miał nadwagę i nosił pomięty garnitur.

– Patrz, jak się wita z Douglasem Blackiem – mruknął Mac. – Rany, to nie jest uścisk dłoni, to transfer DNA... Trochę przestrzeni, panie prezydencie...

– Nie denerwuj się, Mac. Plotka głosi, że to Black sfinansował budowę tych jednostek i całą ekspedycję. Nie możesz mu odbierać chwili w świetle reflektorów.

– Racja, tym bardziej że za reflektory też pewnie zapłacił.

Cowley stanął wreszcie przed mikrofonem i uśmiechnął się do publiczności.

– Rodacy, Amerykanie oraz mieszkańcy planety Ziemia... wszystkich planet Ziemia...

Zawsze mówił swobodnie i płynnie, jak urodzony orator – cała jego kariera opierała się na tym jednym talencie. Ale kiedy przesunął wzrokiem po szeregach marynarzy, Maggie poczuła, że pęcznieje z dumy... no, troszeczkę. Owszem, ten gość mógł kiedyś być dupkiem, może nadal jest, ale jest również prezydentem Stanów Zjednoczonych, a ten urząd zawsze był czymś większym niż zajmujący go człowiek. Od wybuchu w Yellowstone Cowley pokazał, że zdarzali się o wiele gorsi od niego na tym stanowisku.

Spojrzał teraz na oba wiszące nad Kapitolem okręty.

– Piękne sterowce, prawda? Wytwór amerykańskiej pomysłowości technicznej, a także szczodrości naszego narodu i partnerów zza morza. – Wskazał ręką. – „Neil Armstrong". „Eugene Cernan". Jestem pewien, że wszyscy dorastaliśmy, znając pierwsze z tych nazwisk. Co z drugim? Jestem równie pewien, że wszyscy je sprawdziliście, zanim przyszliście tutaj. – Śmiechy. – Widzicie więc, że nazwy są odpowiednie. Chcę, byście zobaczyli w tej wyprawie Projekt Apollo naszego pokolenia. To nasza misja księżycowa! I mogę was zapewnić, że jest o wiele tańsza.

Nagrodził go kolejny wybuch śmiechu.

Cowley nawiązał teraz do wcześniejszych wielkich podróżników, Lewisa i Clarka, którzy na początku dziewiętnastego wieku, z instrukcjami prezydenta Jeffersona, wyruszyli z ekspedycją, by zbadać ludy i zasoby naturalne ogromnych terytoriów uzyskanych przez młodą Amerykę od Napoleona w ramach zakupu Luizjany oraz by ustanowić szlak do wybrzeża Pacyfiku.

– Dzisiaj, jak Lewis i Clark, kapitan Maggie Kauffman poprowadzi swe okręty na Zachód, ku dalekim wykrocznym rubieżom Długiej Ziemi, badając cienie Ameryki, rejestrując, nawiązując kontakty i ustanawiając rządy.

– W czasie kampanii o reelekcję był Rooseveltem – mruknął Mac. – Teraz jest Jeffersonem. Nie ogranicza się, co?

– Ruszają, by sprawdzić, co tam jest – mówił dźwięcznie Cowley. – Wyruszą nie na dwa miliony kroków, jak piętnaście lat temu Joshua Valienté, nie dwadzieścia milionów kroków, jak wielka chińska misja badawcza sprzed pięciu lat. Ich cel to dwieście milionów Ziemi i więcej. Będą kreślić mapy, będą prowadzić rejestry, będą badać i będą wbijać flagę. Wyruszają, by sprawdzić, kto tam żyje. Wyruszają, by rozciągnąć Amerykę, jak daleko może istnieć cień naszego wspaniałego państwa. Oraz, jeśli tylko leży to w ludzkiej mocy, by przywieźć do domu zaginioną przez te lata załogę „Neila Armstronga I"...

Oklaski, okrzyki.

Mac skrzywił się niechętnie.

– I to mówi człowiek, który twierdził kiedyś, że przekraczający to albo demony zesłane przez szatana, albo gatunek podludzi.

– Wszyscy popełniamy błędy – odparła z uśmiechem Maggie.

Cowley zmienił ton na bardziej refleksyjny.

– Nasz naród spotkało wielkie nieszczęście. Tylko najmłodsi spośród nas nie pamiętają czasu obfitości sprzed Yellowstone, czasu, który porównujemy z dzisiejszym niedostatkiem. Ale podniesiemy się, gdy moc i zasoby nowych światów Długiej Ziemi przyjdą z pomocą tym starym...

Walczył, by go słyszano ponad przewidywalną burzą braw.

– Nadszedł czas, gdy po katastrofie odbudowujemy nasze państwo. Ale to również czas zjednoczenia, czas odzyskiwania sił. Czas, który będzie pamiętany, jak długo przetrwa ludzkość. I powiadam wam, młodzi, zebrani teraz przede mną: wyruszajcie w tych wielkich arkach na niebie. Ruszajcie ku nowym światom, jakie oddał nam Bóg. Ruszajcie i znajdźcie nową Amerykę!

Nawet członkowie załóg, teoretycznie wciąż stojący na baczność, dołączyli do entuzjastycznego tłumu, wznosząc okrzyki i rzucając w górę czapki. I...

– Czekaj no, Mac, mogłabym przysiąc, że to łza na twoim szorstkim policzku...

– On jest jak wędrowny kaznodzieja. Ale niech mnie szlag, jest w tym dobry.

ROZDZIAŁ 6

W początkowych dniach rejsu na wykroczny zachód Długiej Ziemi Maggie dała swoim załogom czas na końcowe zapoznanie się z nowymi jednostkami, ustalając prędkość lotu na swobodny jeden krok na sekundę, nie szybciej od typowych komercyjnych twainów. Sama miała mnóstwo radości, towarzysząc głównemu mechanikowi, Harry'emu Ryanowi, w jego obchodach inspekcyjnych.

Załoga uparcie nazywała przedziały mieszkalne „Armstronga" gondolą, choć ta część okrętu nie była podwieszona pod sterowcem, jak w starszych konstrukcjach, ale całkowicie zamknięta wewnątrz powłoki nośnej – gruba na dwa pokłady warstwa została wbudowana w dziobową połówkę centralnej płaszczyzny, w otoczeniu ogromnych zbiorników gazu. Celem takiej architektury była opływowość – i rzeczywiście, w rezultacie „Armstrong" był smukłym ptakiem. Ale też mocnym – dolna część kadłuba, razem z wrotami ładunkowymi, ładowniami i lukami została pokryta pancerzem kevlarowym, by chronić jednostkę przed atakiem z dołu; wytrzymała warstwa miała otwory na czujniki i uzbrojenie.

Sama gondola była rozległa, od sterowni i kajuty Maggie na dziobie sięgała daleko w głąb kadłuba, stanowiąc miejsce życia i pracy dla dziewięćdziesięciu ludzi. Otoczony platformami obserwacyjnymi górny pokład mieścił kwatery załogi, a także kambuzy, mesy, sale sportowe i treningowe, a do tego laboratoria naukowe i medyczne; na dolnym pokładzie umieszczono głównie magazyny i systemy podtrzymywania życia.

Od środka gondola najbardziej przypominała Maggie wnętrze okrętu podwodnego. Metalowy kadłub – bez żelaza ani stali oczywiście – miał hermetyczne wewnętrzne grodzie, pancerne klapy na oknach i uszczelniany, samoregenerujący system podtrzymywania życia. Pochodził jakby z innego świata niż wytworne gondole w wielkich liniowych twainach komercyjnych, wędrujących szlakiem Długiej Missisipi pomiędzy Niskimi Ziemiami a Valhallą, z ich dużymi oknami i kapitańskim stołem z ciemnego drewna. Już pierwsze ekspedycje w głąb Długiej Ziemi nauczyły ludzi, że nie można cały czas liczyć na takie warunki, jakie panują na Ziemi Podstawowej. Odkrył to Joshua Valienté, kiedy jego statek uległ zniszczeniu w Szczelinie, w świecie, gdzie nie było żadnego świata.

Maggie zapuszczała się z Harrym nawet dalej, poza właściwą gondolę. Spomiędzy aluminiowych wsporników szkieletu oglądała katedralne wnętrze powłoki, wspinała się po drabinkach i chodziła po pomostach w przyćmionym świetle przepuszczanym przez cienką półprzejrzystą osłonę. Okręt nie niósł balastu; siłę nośną regulowały wielkie sztuczne płuca, w które można było wtłoczyć dodatkowy hel z butli ciśnieniowych. Jednostka mogła unieść ponad sześćset ton.

Energia zasilająca pochodziła z niewielkiego reaktora syntezy jądrowej, zawieszonego na strukturalnej kratownicy z części rufowej, daleko od sekcji mieszkalnych, by zmniejszyć ryzyko napromieniowania. Jego ciężar stanowił przeciwwagę dla wielkiej gondoli. Komora silnikowa była opancerzona i ekranowana, by mogła przetrwać nawet zderzenie przy wysokiej prędkości.

Na szczycie powłoki umieszczono zatokę ze sprzętem obserwacyjnym, anteny, niewielkie laboratorium analiz atmosferycznych, drony, a nawet nanosatelitarne wyrzutnie kosmiczne – oraz bąbel obserwatorium, z którego można było zobaczyć całego „Armstronga", od dziobu po rufę.

Takie wędrówki były prawdziwą radością... Pewnie, na obu jednostkach zdarzało się wiele drobnych usterek technicznych do naprawienia. Ale całe te mechaniczne historie były praktycznie zabawą w porównaniu ze sprawami pasażerów z krwi i kości...

* * *

W przeciwieństwie do „Franklina" z jego stosunkowo niewielką i zgraną załogą, w tym rejsie Maggie miała na pokładzie obu twainów tylu cywilnych naukowców, że mogliby obsadzić niewielki uniwersytet. Byli wśród nich specjaliści od geografii, astronomii, etnologii, klimatologii, mineralogii, botaniki, ornitologii, zoologii, kosmologii... A ludźmi inteligentnymi zawsze trudniej się kieruje.
Na przykład kwestia trolli.
Od pięciu lat Maggie zabierała na pokłady swoich okrętów małą trollową rodzinę, ponieważ trolle były użyteczne. Ewoluowały na Długiej Ziemi. Poprzez swe „długie wołanie" utrzymywały kontakt z pobratymcami na wykrocznych światach. Wyczuwały nawet pewne typy zagrożeń na długo przed tym, nim ludzie mogli zareagować – na przykład bliskość Jokerów, nietypowych i często niebezpiecznych światów w łańcuchu Długiej Ziemi. Poza tym trolle dobrze i chętnie radziły sobie z dźwiganiem dużych ładunków. No i sama ich obecność tworzyła wizję różnorodności i tolerancji, którą powinni promować, jeśli w tej misji mieli być ambasadorami Podstawowego państwa i jego wartości wobec dalekich kolonii na Długiej Ziemi.
No i w końcu Maggie tu dowodziła i jej słowo było prawem.
Jednak nie tłumiło to niechęci niektórych marynarzy. Trolle śmierdziały, były groźnymi zwierzętami chodzącymi wolno wewnątrz perymetru bezpieczeństwa okrętu i tak dalej. Ale Maggie znalazła sposób, by rozwiązać te problemy. Kadet Jason Santorini służył z nią już od dawna; nie był wybitnie uzdolniony, ale stanowił prawdziwy rezerwuar zdrowego rozsądku. Powierzyła mu zadanie organizacji imprez towarzyskich obejmujących też trolle; na przykład głośne wspólne śpiewy. Opracował pakiety informacyjne pokazujące, jak pomocne były trolle na pokładzie „Franklina". Wpadł nawet na znakomity pomysł ograniczenia wieczornego dostępu do

trolli – kiedy lubiły zaszyć się w kącie na pokładzie obserwacyjnym i śpiewać – do najlepszych w rozmaitych konkursach. Marynarze i marines mieli rywalizację we krwi, a przecież wszystko, o co trzeba się bardzo starać, musi być cenne, prawda?

Zrozumiała, że to zadziałało, kiedy zobaczyła wielki chór marynarzy i żołnierzy śpiewających razem z trollami na pokładzie obserwacyjnym. Śpiewali jakieś proste, słodkie i niemądre rondo o tym, że czują się dobrze, czują się źle, czują się weseli albo nie...

Ale byli też Chińczycy.

Kilka dni po starcie główny mechanik Harry Ryan poprosił Maggie, by zeszła do wyjątkowo egzotycznego działu: do Sztucznej Inteligencji. Tutaj umieszczone w kadziach żelu Korporacji Blacka, oplecione światłowodami, spoczywały śniące sztuczne umysły kierujące większością funkcji okrętu. Ich kluczowym zadaniem było przekraczanie razem z „Armstrongiem" – ponieważ tylko świadomy umysł mógł przekraczać. Dla Maggie – która, zanim mogła tam wejść, musiała zadbać o czystość według standardów sali operacyjnej – było to miejsce dziwne i trochę przerażające. O czym teraz myślały te sztucznie wyprodukowane umysły? Czy były świadome jej obecności? Czy miały jej za złe, że zostały zniewolone dla jej celów?

– Kapitanie...

– Przepraszam cię, Harry. – Skupiła się na rozmowie ze swoim głównym mechanikiem. – Mówiłeś mi o...

– O Billu Fengu.

– A tak.

– No więc ten gość był chyba ważną szychą na pokładzie „Zheng He".

– Nawet więcej. Był jednym z projektantów. Znaczy, tej podkręconej technologii przekraczania, którą nam teraz przekazali, żeby wspólnie rozwijać.

– Tak, możliwe. W domu duży ważniak. Dobrze zna angielski...

– Matka z Los Angeles. Dlatego ma na imię Bill.

– Tak słyszałem. Ale, kapitanie, on wszędzie wtyka nos. Musi być na miejscu przy każdym teście każdego elementu, każdym

regulaminowym przeglądzie, każdej odprawie wacht, każdym przekazaniu...
– Stale w twojej maszynowni.
Harry był potężnym, rubasznym mężczyzną z dłońmi wielkimi jak u trolla, które jednak zyskiwały prawdziwą delikatność, kiedy chodziło o jego bezcenne maszyny.
– Mniej więcej, pani kapitan. Wiem, co pani myśli, że jestem dupkiem z odpałem na punkcie terytorialności. Ale...
– Wcale nie. To twoja domena. Masz prowadzić okręt tak, jak ci to odpowiada. Jeżeli porucznik Feng w tym przeszkadza, oboje mamy problem. Ale z drugiej strony, Harry, on przeleciał na tych statkach nowej konstrukcji przez dwadzieścia milionów światów, plus w misjach, o jakich słyszeliśmy niekiedy nie całkiem oficjalnie. I coś jeszcze... Wiesz, jak wygląda sytuacja na Ziemi Podstawowej. Masz tam rodzinę. I wszyscy pamiętamy, jak wielkiej pomocy udzielili nam Chińczycy. Leki, żywność, nawet zimowa odzież...
– Czyli chodzi o geopolitykę? Chińczycy dają nam podarki, a my mamy kłaniać się w pas?
– Nie – odparła surowo. – I jeśli będzie pan używał takiego języka, komandorze, zdegraduję pana do zwykłego mechanika, słowo daję. Harry, jesteśmy im wdzięczni. Ale nie czyni nas to mniej Amerykanami. To nadal jest twoja maszynownia, tak samo jak to nadal jest mój okręt. Wiesz co? Wracaj teraz do pracy, prześpij się z tym, nie trać optymizmu. Takie problemy zwykle się jakoś rozwiązują.
Wyszedł, choć niespecjalnie uspokojony.
Niezadowolona, tego wieczoru pokręciła się w okolicach kwater marynarzy, pozwoliła postawić sobie jedno czy drugie piwo i obserwowała dynamikę stosunków chińskich gości z resztą załogi. Różnili się od siebie – jak zwykle ludzie. Było jednak oczywiste, że atmosfera nie jest właściwa.
Następnego ranka Maggie wezwała do siebie najstarszego stopniem chińskiego oficera na pokładzie, komandora marynarki, i złożyła mu propozycję. Kolejnego ranka rozmawiała z porucznik Wu Yue-Sai. Wu była inteligentną trzydziestolatką, która chciała zostać

astronautką, wykazała się podczas chińskiej ekspedycji Wschód Dwadzieścia Milionów – w szczególności sprawdziła się jako łącznik z angielskojęzycznymi gośćmi tej misji.

Jeszcze tego samego dnia Wu podjęła nowe obowiązki w roli „interfejsu" w maszynowni Harry'ego Ryana.

Maggie z satysfakcją przyjęła fakt, że nie słyszała więcej o tarciach w dziale mechanika. Miała nadzieję, że spokój rozprzestrzeni się z tego krytycznego węzła na cały okręt.

* * *

Maggie należała do takich dowódców, którzy uważają, że problemy powinny się ujawniać i rozwiązywać w możliwie naturalny sposób, niekoniecznie przez jej dyktat. Na ogół się to sprawdzało. Jeśli ktoś nie rozumiał przekazu, zawsze mógł złapać łódkę do domu, wracać po nowy przydział.

Ale kiedy o spotkanie poprosił jej zastępca, komandor Nathan Boss, nie miało to nic wspólnego z trollami ani nastawieniem do Chińczyków. Tak przynajmniej uprzedził Maggie jej kot.

– Więc o co chodzi?

– Najdogodniejsze podsumowanie brzmi: uzbrojenie.

Siedząca na biurku w kajucie Maggie Shi-mi była biała jak duch. Głos miała kobiecy, choć jej niewielkie rozmiary nie pozwalały na głęboki tembr.

Uzbrojenie? Maggie nie była pewna, jak to rozumieć. Na pokładach „Armstronga" i „Cernana" nie brakowało broni, sterowce były przecież wojskowe. Chciała poprosić Shi-mi, by nieco rozwinęła opis, ale czas dobiegł końca i usłyszała delikatne pukanie Nathana.

Nathan Boss był kompetentnym, solidnym oficerem, który służył z nią już od kilku lat i z pewnością należał mu się awans. Maggie podejrzewała, że brakuje mu trochę ambicji. W każdym razie cieszyła się, że ma go na pokładzie. Nawet jeśli trochę był zdezorientowany, gdy Shi-mi zeskoczyła mu na kolana, mrucząc głośno.

– Ty artystko – rzuciła Maggie.

– Słucham, kapitanie?
– To nie do ciebie, Nathan. Co cię dręczy?
Jej zastępcę dręczył udział w ekspedycji Edwarda Cutlera. Nie tylko udział – Cutler był dowódcą „Cernana" i odpowiadał jedynie wobec samej Maggie.
– Widzi pani, kapitanie, to kwestia morale. Cokolwiek można powiedzieć o kapitanie Cutlerze, na tym okręcie i na „Cernanie" służą ludzie, którzy byli w Valhalli pięć lat temu, gdy całkiem zerwał się z kotwicy. Pamięta pani? Chciał dostać zgodę na otwarcie ognia do cywilów.
Oczywiście pamiętała.
– Był to dość ekstremalny wyraz uczuć patriotycznych, przyznaję.
Zawahał się.
– Potem kazała mi pani iść za nim, kiedy odszedł wściekły. Nie widziała pani, co się stało.
Czytała za to raporty. Cutler, rozdrażniony i wściekły, całkiem zbity z tropu tą pokojową Łagodną Rewolucją Valhallan, w końcu i bez żadnej autoryzacji skierował broń przeciwko nieuzbrojonemu obywatelowi Stanów Zjednoczonych. Nathan Boss zaryzykował własne życie i karierę, powalając go chwytem prosto z podręcznika amerykańskiego futbolu. Nathan wiedział, że w swoim raporcie wyraziła całkowitą aprobatę dla jego działań, i teraz nie musieli już do tego wracać.
– Chodzi o to, pani kapitan, że sporo ludzi widziało, jak załatwiam typa. Fox, Santorini...
– Myślisz, jakie to będzie miało skutki dla morale?
– Właściwie tak.
– Musimy chyba zaufać naszym kolegom. I dać Cutlerowi szansę, by sprawdził się w nowej roli. Od Valhalli minęło przecież już pięć lat.
– Tak jest, kapitanie. – Nathan wyraźnie czuł się nieswojo. Pogłaskał nawet kota, by jakoś zapanować nad nerwami. – Ale to nie wszystko. Wiem, że słuchanie plotek nie należy do moich

obowiązków. A pani wie, że nie cierpię powtarzania takich pogaduszek z szatni.

Ukryła uśmiech. W pewnym sensie Nathan był zbyt prostolinijny jak na tę funkcję. Ale takiego go lubiła.

– Opowiadaj dalej.

– Mówi się o tym, co działo się z Cutlerem w Valhalli. Po zakończeniu dochodzenia został zawieszony, trochę czasu spędził w szpitalu marynarki wojennej, potem dostał przeniesienie na Hawaje, do bazy admirała Davidsona. Plotka głosi, że przeszedł tam jakieś specjalistyczne szkolenie. I że dostał skierowanie do tej misji z powodu jakiegoś specjalnego zadania.

To było coś nowego.

– Przez „specjalne" rozumiesz utajnione przede mną?

– Hm... Tak jest, pani kapitan.

Maggie milczała. Wcale by się nie zdziwiła, gdyby to była prawda. Współczesna marynarka była pełna sekretów i intryg, jak każda wielka, złożona organizacja rozliczana z budżetu i dysponująca bronią. Zaskoczyło ją raczej, że te informacje jakoś wyciekły.

– Niezależnie od tego, jaka jest prawda na temat Cutlera... – Uznała, że zaufa Nathanowi, przyznając, że nie wie więcej od niego. – Jesteśmy na tego człowieka skazani i nie możemy pozwolić, by miało to zły wpływ na morale załóg. To dopiero mogłoby nam zaszkodzić.

Kiwnął głową.

– Będę obracał to w żart. Marynarze zawsze dużo gadają. Pewnie szybko zajmie ich coś nowego.

– Dobrze. Dzięki, że do mnie z tym przyszedłeś, Nathan.

– Mam nadzieję, że postąpiłem słusznie.

– Masz dobry instynkt. Ale gdybyś usłyszał coś bardziej konkretnego, daj mi znać. Coś jeszcze?

– Nie, kapitanie. Dziękuję.

Kiedy wyszedł, Shi-mi znowu wskoczyła na biurko.

– Co o tym myślisz? – spytała.

– A co ty myślisz? Zakładam, że wiesz o sprawie więcej niż ja albo Nathan.

– Niewiele więcej, zapewniam.
– A więc jest w tym ziarno prawdy? Cutler rzeczywiście ma jakieś specjalne zadanie, coś, co Davidson ukrywa nawet przede mną?
– Sam Davidson może wykonywać polecenia z góry.
– Dlaczego powiedziałaś, że twoim zdaniem Nathan chce rozmawiać o uzbrojeniu? Och... Uważasz, że Cutler jest bronią?
– A nie jest? Człowiek o niewzruszonych przekonaniach i głęboko lojalny. Wyobraź sobie, że w Valhalli Davidson rozkazałby ci wtedy otworzyć ogień do tych pokojowo nastawionych cywilów...

Czasami, w bezsenne noce, Maggie rozważała taką możliwość pośród innych nieprzyjemnych alternatywnych wydarzeń jej życia.

– Myślę, że wykonałabym rozkaz. Ale Cutler...
– Cutler pierwszy by zaczął strzelać. Bez wahania, za to z entuzjazmem. Czy taki człowiek nie byłby użyteczną bronią? Widzisz, kapitanie, Cutler jest tu jako środek kontrolowania ciebie. W pewnych okolicznościach.
– Hm...

Maggie nie miała sposobu, by to sprawdzić – w każdym razie nie zawracając z drogi. Jedynym systemem łączności dalekiego zasięgu, obejmującym zamieszkaną Długą Ziemię, był outernet – połączenie internetu i skrzynek kontaktowych obsługiwanych przez przelatujące twainy oraz pojedynczych wędrowców. System był pewny, ale powolny, słabo zabezpieczony, a poza tym jego zasięg kończył się praktycznie w Valhalli. Nie było też żadnego sterowca szybszego niż „Armstrong", który posłużyłby jako kurier.

Maggie musiała więc kontynuować misję, nie mając dostępu do zwierzchników.

Jak często się zdarzało, wyładowała swoją frustrację na kotce.

– Bardzo jesteś podejrzliwa jak na kupę przypadkowych iskrzeń elektrycznych w ćwiartce kilograma żelu Korporacji Blacka.

– Uznam to za komplement. Ale słusznie, jestem podejrzliwa. Ty też powinnaś. Na tym okręcie jest wiele ukrywanych przed tobą tajemnic różnego rodzaju. I jeśli przyznasz to sama przed sobą, możesz mieć niezłą szansę, by niektóre z nich odkryć.

ROZDZIAŁ 7

Po zwiększeniu prędkości do dwóch kroków na sekundę w godzinach roboczych i zapewnieniu czasu na planowane przestoje, testy systemu i serwis, pokonywali prawie sto tysięcy światów w ciągu doby. W rezultacie, po dziesięciu dniach od przemowy Cowleya w Madison Zachodnim 5, sterowce mijały już Ziemię Zachodnią 1 000 000 i wlatywały w bardziej egzotyczny pas światów, znany jako Wysokie Meggery.

Maggie ostrożnie pozwoliła sobie poczuć ulgę. Lista problemów do rozwiązania, zarówno technicznych, jak ludzkich, skracała się wyraźnie. Mimo ponurej opinii Maca, że prawdziwym celem misji jest demonstracja siły rządu federalnego, żadnych kłopotliwych spraw nie zgłaszano też z gruntu. Po pięciu długich latach pracy na Niskich Ziemiach i na Podstawowej zwolniono ją z ogromnego i ciągłego wysiłku niesienia pomocy, wciąż koniecznej dla dużej części dotkniętej erupcją Yellowstone Ameryki Podstawowej.

Zastanawiała się, czy nie pozwolić Harry'emu Ryanowi otworzyć przepustnicy do końca, wyprzedzając plan testów, i przekonać się, co potrafią jej ptaszki.

Wtedy właśnie do drzwi jej kajuty zapukał Douglas Black.

* * *

Kiedy trochę skrępowany Nathan Boss dokonał prezentacji, Black usiadł sztywno naprzeciw Maggie. Mężczyzna, który stał za nim, najwyżej trzydziestoletni, patrzył na nią ponuro jak sierżant musztry na szeregowego.

Nathan czym prędzej się wyniósł.

Maggie nie miała pojęcia, że Black jest na pokładzie; z irytacją przypomniała sobie sugestie Shi-mi na temat sekretów tej wyprawy. Tego człowieka, Douglasa Blacka – najpotężniejszego, a prawdopodobnie najbogatszego przemysłowca na wszystkich ludzkich światach – widywała tylko z daleka: na scenie obok prezydenta Cowleya, jak niedawno w Madison, w telewizyjnych wiadomościach, gdy mówił o nowym projekcie technicznym albo zeznawał przed kolejną senacką komisją badającą nieetyczne praktyki korporacyjne. Był niższy, niż wyglądał w telewizji, pomyślała. Szczuplejszy, starszy. Nosił zwykły czarny garnitur i krawat. Kiedyś mógł być przystojny, ale teraz włosy mu się bardzo przerzedziły, na łysinie pojawiły się wątrobowe plamy, nos i uszy powiększyły się, jak zwykle u starych ludzi, a oczy łzawiły mu pod ciemnymi okularami, które nosił nawet w pomieszczeniu.

Black zauważył, jak Maggie mu się przygląda, i parsknął śmiechem.

– Niech pani sobie daruje krytykę, pani kapitan. Wiem, że nie jestem arcydziełem malarstwa i trochę rozczarowuję w porównaniu z tym, jak ludzie w telewizji upiększają mnie cyfrowo. Za to może pani podziwiać mój młodzieńczy uśmiech. – I rzeczywiście uśmiechnął się szeroko, demonstrując rzędy równych zębów. – Porządne siekacze. To jedna z tych rzeczy, które można kupić za pieniądze.

Miał bostoński akcent, pomyślała; stara szkoła, jak Kennedy na ziarnistych, czarno-białych nagraniach. Stara szkoła, ale niespecjalnie stare pieniądze. Wszyscy znali życiorys Blacka, wiedzieli, że odziedziczył majątek zdobyty przez jego dziadka na ropie i za jego pomocą zdobył fortunę i władzę dzięki oszałamiającym wynalazkom technicznym – a przy okazji zyskał długi orszak wrogów.

– Panie Black... – zaczęła.

– Mów mi Douglas.

– Wolałabym nie. Pan może się do mnie zwracać: kapitan Kauffman. Nie miałam nawet pojęcia, że przebywa pan na pokładzie, dopóki nie poinformował pan mojego nieszczęsnego zastępcy o swojej obecności.

– No tak, obawiam się, że zaskoczyliśmy tego młodego człowieka, prawda? Nic nie można na to poradzić, niestety. Przemycono mnie na pokład i zamknięto w prywatnej kajucie, ukrytej w zakątku gondoli... musi pani mnie tam odwiedzić. Jak pewnie pani rozumie, kluczową sprawą jest bezpieczeństwo. Trzeba pani wiedzieć, że jestem... no cóż, podatny na ataki, a zyskałem sobie bardzo wielu przeciwników. Dlatego też zorganizowano ten podstęp, we współpracy z admirałem Davidsonem i moją ochroną, wszystko za pośrednictwem ludzi z biura prezydenta Cowleya. Byli bardzo pomocni. – Znowu uśmiechnął się z satysfakcją.

– Panie Black! Z mojego punktu widzenia jest pan pasażerem na gapę!

Nie zrobiło to na nim wrażenia.

– Jakież to ekscytujące! W moim wieku... W każdym razie muszę zaznaczyć, że wniosłem na pokład trochę bagażu.

– Bagażu?

– Jest ten oto Philip i skromny personel... mój osobisty lekarz, kilku doradców naukowych, planetolog, klimatolog... I trochę specjalistycznego sprzętu. Kilka razy poddawałem się przeszczepom i zestawy leków immunosupresyjnych osłabiają mój system odpornościowy. Cóż, starość nie radość. Potrzebuję ochrony, rozumie pani. Na szczęście macie obszerne ładownie.

– Wielkie nieba! Ile ton ładunku wchodzi w grę? I wszystko przeszmuglowane bez mojej wiedzy!

– To prawda. Ale jesteśmy tutaj. Nie sądzę, żeby wyrzuciła mnie pani za burtę.

– Nie. Ale mogę to zrobić temu pańskiemu opryszkowi, jeśli nie przestanie się tak na mnie gapić.

– Philip, zachowuj się...

Philip spuścił wzrok, poza tym nie drgnął mu żaden mięsień.

– Obawiam się, że on musi mi towarzyszyć. To kolejny warunek mojej ochrony względem waszej uprzejmej oferty zakwaterowania.

No, może nie pani oferty, ale prezydenta... – Black umilkł po użyciu tego ostatecznego argumentu. Najwyraźniej skłonny był zaczekać, aż Maggie to sobie przemyśli.

– Panie Black, nie mogę powiedzieć, że nie jestem zaskoczona... więcej, osłupiała... znajdując pana na pokładzie mojego okrętu.

– To dlatego, że mnie pani nie zna. Zawsze byłem większym miłośnikiem przygód, niż to sugeruje mój publiczny wizerunek.

– Wiem, że wpompował pan w te jednostki mnóstwo pieniędzy.

– Owszem. Prawdę mówiąc, praktycznie finansowałem ich budowę, oczywiście poza chińską techniką krokerów. Chętnie wspieram gałęzie przemysłu pracujące dla sił zbrojnych.

– To wiem.

Przypomniała sobie, jak zaszokowało ją odkrycie, że ślady Korporacji Blacka można znaleźć wszędzie w „Benjaminie Franklinie". Zawsze podejrzewała, że Black zinfiltrował armię – od poziomu swoich kontaktów wśród sztabowców, którzy akceptowali jego gigantyczne kontrakty, aż po implantacje swoich urządzeń w każdym okręcie liniowym, każdym czołgu i wozie pancernym, a nawet w ciałach żołnierzy. I wykorzystywał to, by – w najlepszym razie – gromadzić informacje, ale raczej by wywierać delikatne naciski.

– Musiało to pana kosztować miliardy, ale sądzę, że wykupił pan sobie miejsce na tej łajbie.

– Cieszę się, że tak pani do tego podchodzi.

– A mam wybór?

Zignorował tę uwagę.

– Wie pani, że z wielkim zainteresowaniem obserwowałem pani karierę.

– Nie wątpię.

Ty i inni, myślała, wspominając tajemniczego „doktora George'a Abrahamsa", który pojawił się nagle i zaproponował jej translator wołania trolli, akurat kiedy czegoś takiego potrzebowała w związku z misją „Franklina". A potem chwalił się, jak to manipulował różnymi sytuacjami, by przyspieszyć jej karierę. Aha, i to on podarował jej mówiącego kota. Przypuszczała, że Black, podobnie jak Abrahams, reprezentują węzły w szerszej sieci takiej kontroli i komunikacji.

Tutaj jednak była na swoim okręcie i sama musiała zachować kontrolę nad sytuacją.

– Panie Black, czego pan właściwie chce? Tylko przejażdżki po Długiej Ziemi?

– Czy to takie dziwne? Proszę pomyśleć, co osiągnąłem w życiu. I kiedy wkraczam w zmierzch tego życia, nie może pani uwierzyć, że kupiłbym sobie taką ostateczną przygodę? Niech pani pomyśli, kapitanie. Nauczyliśmy się obojętnie przyjmować Długą Ziemię, ten ogromny, wyżejwymiarowy pejzaż, do którego tak dzielnie wkraczamy. Czy jednak nie istnieją głębsze tajemnice istnienia? Może to nie takie dziwne, że ćwierć miliarda światów istnieje, byśmy mogli je zbadać tym pani cudownym okrętem. Dziwne jest to, że istnieje choćby jeden świat... A co możemy tam znaleźć, kto to wie? Jak mógłbym nie wyruszyć z tą misją, jeśli zyskałem taką szansę? Musiałem polecieć teraz, zanim sam opuszczę ten wszechświat, zbyt szybko...

– Niech pan nie przesadza, panie Black. Nie kupuję tego. Nie jest pan turystą i wszedł pan na pokład w jakimś konkretnym celu.

– Ha! – Z pozornym zadowoleniem klasnął w ręce. – Zawsze wiedziałem, że jest pani inteligentna. Dobrze więc. Co pani zdaniem chciałbym osiągnąć?

– Skąd mogę wiedzieć? Godzinę temu nie miałam nawet pojęcia, że jest pan na pokładzie. Może szuka pan Źródła Wiecznej Młodości.

Uniósł siwe brwi.

– Jest pani zaskakująco spostrzegawcza. Nie będę mówił nic więcej. Rzeczywiście szukamy czegoś konkretnego, a jeśli znajdziemy, dowiem się o tym natychmiast. A teraz... – Zaczął się podnosić. Ochroniarz Philip podał mu rękę. – Na pewno nie musi się pani mną przejmować.

– Proszę mi wierzyć, nie mam zamiaru. To jednostka wojskowa. Pan jest ładunkiem. W dodatku ładunkiem nadmiarowym.

– Świetnie. To przynajmniej awans z kategorii gapowiczów. Ale kiedy już wyszedłem z ciemnicy, że tak powiem, chciałbym obejrzeć ten pani wspaniały okręt. Może udałoby się wypożyczyć na godzinkę pani czarującego zastępcę?

– Nie widzę przeciwwskazań. Skontaktuję też z panem Maca, to znaczy lekarza okrętowego, doktora Mackenzie. Zadba o pański stan fizyczny.

– Zapewniam, że to nie będzie konieczne. Jak już wspomniałem, mam własnego lekarza...

– To nie była propozycja, sir. To mój okręt i skoro jest pan na pokładzie, odpowiadam za pańskie bezpieczeństwo. Mac odwiedzi pana jutro.

– W takim razie czekam niecierpliwie. A jeśli wolno spytać, gdzie wypada nasz najbliższy postój?

Na to mogła odpowiedzieć dokładnie.

– Poza kilkoma przystankami w ramach prób, zatrzymamy się na Ziemi Zachodniej 1 617 524. Będziemy tam za kilka dni. Weźmiemy na pokład jeszcze jednego członka załogi.

A razem z nim, pomyślała z niechęcią, kolejny zestaw kłopotów. Ale tym razem był to jej wybór.

– Może trafi się okazja, żeby trochę rozprostować nogi.

– Panie Black, jeśli o mnie chodzi, to nie zejdzie pan z pokładu tej jednostki, dopóki znowu nie stanie w suchym doku.

Black się roześmiał.

– Podziwiam pani bezpośrednie podejście, kapitan Kauffman. Pożegnam się teraz. Chodźmy, Philipie...

ROZDZIAŁ 8

Siostra Agnes miała rację – Joshua nie palił się do skakania, kiedy Lobsang gwizdnął. Tak naprawdę nigdy do końca Lobsangowi nie wybaczył, że w 2030 nie zdołał ocalić Madison Podstawowego przed terrorystycznym atakiem jądrowym. Jeszcze głębiej sięgało wspomnienie tego, jak ponad piętnaście lat temu Lobsang wciągnął go – urodzonego samotnika – w swoje plany i intrygi.

Ogólnie jednak musiał przyznać, że na Długiej Ziemi Lobsang działał jako siła dobra. Może teraz znów chciał zrobić coś dobrego. W dodatku, jeśli wierzyć Agnes, Lobsang czuł się samotny.

Poza tym Joshuę dręczyła migrena. Kiedy uświadomił sobie, że działa sygnał ostrzegawczy w głowie, zapowiedź jakichś niepokojów na Długiej Ziemi, oczekiwał próby kontaktu ze strony Lobsanga. I prawie z ulgą przyjął jego zaproszenie.

W każdym razie wyruszył na Podstawową.

* * *

Zgodził się spotkać z Lobsangiem w miasteczku Twin Falls w Idaho Podstawowym, dwieście pięćdziesiąt kilometrów od Yellowstone.

Dla Joshuy samo przekroczenie do miasta stanowiło problem. Lód i popiół na Podstawowej oznaczały, że poziom gruntu mocno się różnił od tego na sąsiednich światach, w dodatku był nieprzewidywalny. Dlatego Joshua przekroczył na Podstawową w bezpiecznej odległości od Twin Falls, wynajął SUV-a i przyjechał na umówione miejsce. Drogi na ogół były przejezdne, zwłaszcza ekspresowe i autostrady. Za to ruch panował niewielki – tylko ciężarówki i trochę autobusów z opatulonymi ludźmi za zaparowanymi oknami; niewiele prywatnych samochodów, parę takich SUV-ów jak jego – pewnie z powodu ogólnoświatowych niedostatków paliwa.

Na początku wszystko szło dobrze. Potem wpadł w śnieżycę i musiał przez wiele kilometrów jechać za ciężkim pługiem.

Wreszcie dotarł do Twin Falls. Praktycznie było zamarznięte. Ulice otaczały bariery lodu – starego, brudnego, nawarstwionego lodu, który leżał tu już od lat. Lodu, jaki pewnie można znaleźć na biegunie północnym na Marsie, pomyślał Joshua. Wszędzie leżał popiół wulkaniczny – nawet tutaj, długie lata po tym, jak przestał spadać z nieba; tworzył całe stosy zmiecione w różne zakamarki albo utwardzone lodem mocne, szorstkie bandy przy krawężnikach. W centrum miasta domy zawaliły się pod ciężarem popiołu lub śniegu, niektóre były spalone. Nikt ich nie odbudowywał, nikt nie usuwał gruzów. To było Idaho w styczniu. Jakby trafił w epokę lodowcową.

Zastanawiał się, czemu ludzie w ogóle tu zostają – a wiedział, że zamieszkane osady przetrwały nawet dalej na północ. Pewnie z uporu, pomyślał, albo z inercji. Albo dumy; jak zaobserwował, ludzie mieli skłonność podejmowania wyzwań i nie uznawali porażki niezależnie od szans zwycięstwa, wracali do domów na terenach zalewowych, gdy tylko cofnęły się wody powodzi, na zbocza wulkanu, gdy tylko ucichła erupcja. Twin Falls wciąż nadawało się do życia, choć z trudem, więc ludzie wciąż tu żyli we własnych domach.

Zostawił samochód na parkingu przed motelem i zapłacił właścicielowi z góry za pilnowanie go, dopóki nie wróci. Właściciel poradził, żeby zlać z baku benzynę, zanim odejdzie, a potem próbował się targować o uzgodnioną wcześniej cenę. Joshua spławił go szybko – był w fatalnym nastroju, bo męczący go od tygodni ból głowy jeszcze się pogorszył, gdy opuścił Wysokie Meggery i wrócił na Podstawową.

Zjawił się trochę za wcześnie na umówione spotkanie, więc przeszedł do centrum miasteczka i napił się kawy. Zapłacił szokująco wysoką cenę za coś, co smakowało jak wióry zmieszane z trocinami. Ale przynajmniej mógł posiedzieć w ciepłym wnętrzu.

Po godzinie, dokładnie w umówionym czasie, na zachmurzone niebo wpłynął twain.

* * *

Mieli sobie zaskakująco niewiele do powiedzenia. Kiedy więc Lobsang w pomarańczowej szacie i z ogoloną głową, z prawie nieruchomą sztuczną twarzą powitał Joshuę na pokładzie, Joshua skupił się na samym twainie.

Mający siedemdziesiąt metrów sterowiec był niewielki w porównaniu z dawnym „Markiem Twainem" i ogromnymi statkami komercyjnymi na Długiej Missisipi, gondolę miał nie większą niż przyczepa turystyczna, ale wygodnie mogły tu mieszkać dwie osoby. W gondoli był przestronny salon z szerokimi oknami, lotnicze fotele i na ścianach monitory pokazujące animowane mapy i odczyty wysokości, temperatury i siły wiatru.

Jak na wszystkich sterowcach Lobsanga, były też jego prywatne pomieszczenia za zamkniętymi drzwiami; Joshua zawsze sądził, że to warsztaty serwisujące mechaniczną infrastrukturę Lobsanga, dyskretnie umieszczone poza zasięgiem wzroku gości. Teraz jednak za uchylonymi drzwiami zauważył pionowy walec wysokości niecałego metra i pokryty skomplikowanymi rzeźbami – czyżby młynek modlitewny? Za nim coś w rodzaju kapliczki: złoty Budda w bogatym okryciu z czerwonej, zielonej i złotej folii. Aromat kadzidła...

Kolejna część Lobsanga ukryta przed publicznością, uznał Joshua.

Był też ziemiomierz, ale Lobsang uprzedził Joshuę, że nie zamierza dzisiaj przekraczać, tylko przelecieć nad terenami Ziemi Podstawowej. Chciał podążyć wzdłuż międzystanowych autostrad 84, 86 i 15, mniej więcej na północ i na wschód, żeby obejrzeć nową kalderę Yellowstone.

– To niezwykły widok, Joshuo – powiedział Lobsang. – Nawet dla takich twardych wędrowców po Wysokich Meggerach jak my. A jest tutaj, na Podstawowej. Przerażające, jeśli się zastanowić.

Siedział – czy raczej jego jednostka mobilna siedziała – z Joshuą przy oknach. Nie nabrał umiejętności prowadzenia luźnych pogawędek. Ale trudno.

Joshua trzymał kubek kawy nieskończenie mocniejszej i bardziej aromatycznej niż ta, którą mu podano w Twin Falls. Patrzył z góry na oczyszczoną autostradę, pas czerni przecinający szarobiały krajobraz. Nieliczne ciężarówki poruszały się po niej między ocalałymi miasteczkami, ale widział też konne bryczki, jakby eksponaty z muzeum. I rowery, przynajmniej w pobliżu osad. A nawet coś, co wyglądało jak psi zaprzęg mknący przez śnieżne zaspy.

– Niezły widok – stwierdził. – Dziesięć lat temu człowiek by nie uwierzył, że coś takiego zobaczy.

– Rzeczywiście. Całkiem jakby strefy klimatyczne z północy i z południa nagle przesunęły się półtora tysiąca kilometrów bliżej równika. W efekcie takie Los Angeles ma teraz klimat zbliżony do Seattle sprzed erupcji.

– Wiem. Byłem tam. Angelinos nienawidzą tego deszczu i mgły.

– Tymczasem Seattle bardziej przypomina Alaskę. Właściwie to duża część planety na północ i na południe od czterdziestego stopnia jest skuta lodem. Kanada, północna Europa, Rosja, Syberia... wszystko puste. Państwa się załamały, ludzie przekroczyli, starożytne miasta porzucone, jeśli nie liczyć kilku twardzieli, którzy wciąż się tam trzymają. Nelson Azikiwe mówi, że w Brytanii mało co się teraz porusza, tylko grupy ratownicze z Niskich Ziemi, które próbują ocalić skarby kultury.

– Nelson Azikiwe?

– To kolejny z moich przyjaciół, Joshuo. Spotkałeś go w moim rezerwacie w Niskim Madison, w dniu erupcji. Chciałbym, żebyście pracowali razem.

Joshua nie odpowiedział. „Przyjaciele" oznaczali „aktywa". Czasami czuł się takim przyjacielem Lobsanga jak szachowy pionek arcymistrza. Ale i tak pewnie w końcu zrobi to, o co Lobsang poprosi.

– Polityka Ziemi Podstawowej została dramatycznie przekonfigurowana – tłumaczył Lobsang. – Nowymi mocarstwami są państwa południowej Europy, północnej Afryki, Indie, Azja Południowo-Wschodnia, południowe Chiny... nawet Meksyk i Brazylia, która wykorzystuje ostateczne wymieranie lasów tropikalnych, by otworzyć Amazonię dla rolnictwa i górnictwa. Toczy się rozgrywka o pozycje w tym nowym porządku, jak pewnie możesz sobie wyobrazić. Chiny odłączyły się trochę od swych wykrocznych cieni, ale na Podstawowej Chińczycy są bardzo mocni.

– Powodzenia.

– Za to Ameryka Podstawowa jest zdruzgotana. Zapewne nie interesuje cię to szczególnie w twoim gospodarstwie w Diabli Wiedzą Gdzie.

Joshua zmarszczył czoło.

– Doskonale wiesz, że już tam nie mieszkam. Nie byłem tam od miesięcy. Musiałeś posłać Billa Chambersa, żeby mnie ściągnął z wakacji, prawda?

– Miałem nadzieję, że jakoś zdołacie z Helen dojść do zgody.

– Więc chyba nie znasz Helen. Myślę, że cały ten czas, jaki po Yellowstone spędziłem w pobliżu Podstawowej, był tą kroplą, która przepełniła czarę... choć przecież Helen wiedziała, że postępuję słusznie. Jej zdaniem nigdy nie zdołam uzyskać równowagi między domem a...

– A wezwaniem Długiej Ziemi. To dwie strony twojej natury.

– Coś w tym rodzaju.

– A Dan?

– Och, staram się go widywać jak najczęściej. Świetny chłopak; trzynaście lat, a już jest wyższy ode mnie.

– Mimo to twoje wakacje wciąż wyciągają cię z domu... A przy okazji, jak twoja ręka?

Joshua uniósł protezę lewej dłoni, udał, że chwyta Lobsanga za gardło, a potem, że odrywa ją z trudem.

– Ma lepsze i gorsze dni.

– Mógłbym ci załatwić coś lepszego.

– Ale z tobą w środku. Bez urazy, ale nie. – Joshua wyciągnął kubek. – Jest jeszcze kawa?

* * *

Sterowiec sunął w spacerowym tempie. Dopiero wieczorem znaleźli się nad Idaho Falls, jakieś sto trzydzieści kilometrów od kaldery. Lobsang zdecydował, że tutaj zatrzymają się na noc.

Na prośbę Joshuy obniżył sterowiec tak, że mogli zejść na ziemię i na krótko wyrwać się z ogrzewanego powietrza gondoli. Lobsang upierał się jednak, że na noc powinni wrócić.

– Ostatnio nie brakuje tu bandytów, Joshuo.

Z Lobsangiem u boku Joshua przespacerował się na próbę po powierzchni drogi, zawalonej lodem i zaspami popiołu, zasypanej kawałami pumeksu tak wielkimi, że trudno było uwierzyć, by jakaś siła mogła cisnąć je na sto trzydzieści metrów, a co dopiero kilometrów. Mróz szczypał go w policzki, nos, czoło i wszystkie kawałki skóry, jakich nie osłaniała ciężka zimowa odzież.

Podszedł do strumienia. Woda płynęła powoli, szara od popiołu, pnie drzew na brzegach były szarobrązowe. Sceneria wydawała się upiorna, a światło zachodzącego słońca miało kolor miedzi. Na autostradzie zamarł ruch, ale i natura wydawała się przyduszona. Joshua nie słyszał nawet krzyku ptaków, kiedy oglądał cienkie pnie martwych sosen.

– Cicho tutaj – stwierdził.

Jednostka mobilna miała na sobie arktyczną odzież, tak jak on. Oddech, najwyraźniej ogrzewany i nawilżany przez jakiś wewnętrzny mechanizm, parował całkiem przekonująco.

– Dla mnie ten świat jest jeszcze cichszy. Wiele węzłów i sieci komunikacyjnych przestało działać albo zostało porzuconych. Dla mnie, Joshuo, świat staje się Thulcandrą.

Joshua rozpoznał odwołanie.

– Milcząca planeta. Czemu mnie tu sprowadziłeś, Lobsangu?

– Jak twoje bóle głowy?

– Oczywiście wiesz o nich. No więc skoro pytasz, jest gorzej niż dotąd. Rozumiesz, zwykle czuję się nieswojo, kiedy jestem na Podstawowej albo w pobliżu, ale to coś gorszego...

Umilkł i rozejrzał się czujnie. Miał wrażenie, że usłyszał coś, co naruszało głuchą ciszę. Ukradkowe kroki... Wilk wygłodzony w tym zamarzniętym pustkowiu? Niedźwiedź? Człowiek, może jeden z bandytów, przed jakimi ostrzegał Lobsang?

Lobsang chyba nic nie zauważył.

– Ale to coś innego, prawda? Twój ból głowy... Musiałeś wyczuć, że coś w Podstawowej się zmieniło.

– Ty też to wyczuwasz, prawda? – rzucił Joshua. – I masz dowody, tak? Dowody czegoś... Inaczej byś mnie tu nie ściągał.

– Rzeczywiście. Dowody czegoś... dobrze powiedziane. Czegoś nieuchwytnego i nieokreślonego, ale jednak oczywistego dla mnie, który mimo postwulkanicznego upośledzenia wciąż ogarniam cały świat niczym bezcielesny duch *bardo*.

– Jako co?

– Mniejsza z tym. To realne zjawisko, Joshuo. Posłuchaj... Znasz mnie przecież. Nie zaprzeczysz, że jestem pilnym badaczem głupoty człowieczeństwa, która czasami wydaje się niemal zabójcza.

– Wiele razy o tym dyskutowaliśmy – odparł oschle Joshua.

– No więc teraz naprawdę coś się zmieniło. Wydaje się, że spowodowały to następstwa erupcji Yellowstone. Ludzie zareagowali dobrze albo fatalnie. Ale wśród bohaterstwa i tchórzostwa, szczodrości i sprzedajności, jeśli spojrzeć na to globalnie... a niespecjalnie jestem zdolny do innego spojrzenia... wydaje mi się, że reakcję ludzkości na Yellowstone charakteryzował zaskakujący wybuch tego, co siostra Agnes nazwała kiedyś zdrowym rozsądkiem.

I kiedy wymówił te słowa, jakaś postać w pomarańczowym kombinezonie, bosa i z ogoloną głową, zmaterializowała się w rozrzedzonym powietrzu, już w skoku.

– HAAARRRGH!

– Nie teraz, Cho-je...

Ale słowa Lobsanga urwały się, kiedy napastnik zacisnął nogi na jego szyi. Powalił Lobsanga na zamarznięty grunt – lecz Lobsang przekroczył, padając, i zniknął, a nowo przybyły sam przetoczył się po brudnym lodzie; popiół zaplamił mu pomarańczowy kombinezon.

Joshua miał pistolet – z brązu, przekraczalny. Zawsze nosił broń. I zanim napastnik zdążył się poderwać, Joshua mierzył już w niego; stał w rozkroku i oburącz trzymał pistolet.

– Słyszałem, że ktoś nas śledzi. Nie ruszaj się, skoczku...

Tuż obok pojawił się Lobsang. Oddychał ciężko, szatę miał rozdartą koło szyi.

– W porządku, Joshuo. Nic mi naprawdę nie grozi. To tylko...

– HYY-AAGH!

Typ na ziemi wykonał coś w rodzaju salta w tył i znowu skoczył na Lobsanga. Lobsang jednak sam zrobił przewrót w przód i przybysz poleciał dalej. Tym razem to on przekroczył, zanim jeszcze spadł na ziemię.

Lobsang wyprostował się zdyszany.

– To jeden z pomysłów Agnes. Widzisz...

– NYA-HAA!

Tym razem Cho-je wrócił do tego świata ponad głową Lobsanga, zaciskając razem dłonie, gotów do uderzenia oburącz w jego czaszkę. Lobsang uchylił się, skręcił ciało i kopnął napastnika w brzuch. Cho-je zniknął ponownie.

Joshua zrezygnował. Schował broń do kabury, odstąpił i obserwował walkę – wymianę błyskawicznych ciosów, kopnięć, nawet uderzeń głową, z ostrymi odgłosami trafień, i przekraczania – dwie postacie znikały i pojawiały się znowu, próbując zyskać przewagę. W czasie wypraw z Lobsangiem Joshua widział mnóstwo filmów z Jackie Chanem. A na Długiej Ziemi sam uczestniczył w starciach z elfami – kroczącymi humanoidami i doskonałymi łowcami; potrafiły przeskakiwać ze świata do świata z taką precyzją, że materializowały się obok przeciwnika z rękami wyciągniętymi już tak, by zacisnąć je na gardle. Teraz widział połączenie obu metod walki.

– HII-ARR-AARGH!

– Cho-je, ty durniu...

Wszystko się skończyło, kiedy Lobsang chwycił Cho-je za lewą rękę i ściskając mocno, wykonał salto z miejsca. Kiedy wylądował, nadal trzymał oderwaną w przegubie dłoń. Cho-je zdziwiony patrzył na kikut ramienia; Joshua zauważył iskierki LED wśród białej cieczy spływającej z rany na ziemię.

Cho-je skłonił się przed Lobsangiem.

– Piękna walka. Dobrze wiedzieć, że troska siostry Agnes cię nie zmiękczyła.

– Wręcz przeciwnie – zapewnił Lobsang. – Do następnego spotkania.

– Do następnego. Gdybym mógł odebrać moją kończynę...

Lobsang wręczył mu oderwaną dłoń, a Cho-je zniknął natychmiast.

– Kto to jest Cho-je?

Lobsang pocił się przekonująco.

– Jak mówiłem, to pomysł Agnes. Ona uważa, że jestem zbyt potężny. Że potrzebuję wyzwań. Więc muszę znosić nieskończone pasmo ćwiczeń i treningów. Prawdę mówiąc, Joshuo, pomysł Cho-je przyszedł jej do głowy, kiedy opowiadałem o naszych sparingach podczas wyprawy „Markiem Twainem". Takie ćwiczenia niezwykle wręcz służą mojemu opanowaniu jednostki mobilnej, a Cho-je staje się przeciwnikiem coraz bardziej pomysłowym... zresztą oprócz tego partnera w starciach fizycznych zwerbowała też innego, jednego z dawnych mieszkańców Domu. To samotny młody człowiek, który bez reszty poświęcił się przeprowadzaniu chytrych ataków wirusowych na mnie.

– Wirusy, tak?

Ruszyli z powrotem do twaina.

– Wirusy są dla mnie większym zagrożeniem niż dowolna przemoc fizyczna, nieważne, ile backupów wykonam. Przy dowolnej synchronizacji między iteracjami otwieram się na potencjalnie zabójczy atak. Zastanawiam się, czy nie stworzyć chociaż jednej kopii rezerwowej całkowicie nieelektronicznej.

– Takiej jak...?
– Och, parę setek mnichów w jakimś skryptorium, nieskończenie przepisujących moje myśli z jednego papierowego tomu do drugiego. Skryptorium może na Księżycu.
– Jedno w tobie stanowczo się zmieniło, Lobsangu. Twoje żarty nadal są okropne, ale teraz przynajmniej umiem rozpoznać, że to żarty.
– Uznam to za komplement.
– I pomyśleć, że właśnie kiedy zdarzył się ten incydent z Cho-je, miałeś wygłosić wykład o zdrowym rozsądku.
– Możemy wrócić do tej dyskusji rano. Twain jest dość spartańsko urządzony, ale całkiem wygodny, jak się zapewne przekonasz.
– Masz jakieś dobre filmy?
– Oczywiście. Co tylko wybierzesz. Tylko proszę, nic ze śpiewającymi zakonnicami, jeśli można...

ROZDZIAŁ 9

Rankiem niemal w milczeniu zjedli śniadanie i ruszyli dalej. Zamiast kierować się wprost do kaldery, Lobsang skręcił lekko na zachód, by podążyć linią tego, co pozostało z autostrady północ-południe. W miarę jak zbliżali się do kaldery, coraz grubsza warstwa popiołu przesłaniała pejzaż, jaki istniał tu przed erupcją. Wkraczamy w prawdziwie wulkaniczną krainę, myślał Joshua; jakby w sprowadzony na Ziemię fragment obcego świata.

– Cywilizacja Ziemi Podstawowej nigdy już się nie odrodzi – mruknął Lobsang.

– To dość brutalny wniosek – uznał Joshua. – Minęło dopiero kilka lat...

– Zastanów się. Zużyliśmy już wszystkie łatwo dostępne rudy, ropę, prawie cały węgiel. A świat już wcześniej przechodził gigantyczne zakłócenia klimatyczne z powodu gazów przemysłowych, które wyrzucaliśmy do atmosfery. Kiedy skutki Yellowstone w końcu wygasną, możemy się spodziewać ogólnej destabilizacji, gdy świat będzie szukał nowej równowagi po dwóch potężnych wstrząsach środowiska, jednym wywołanym przez człowieka, a drugim wulkanicznym.

– Hm... To dlatego tyle się mówi o przywróceniu stanu naturalnego?

Pomysł polegał na tym, że kiedy wreszcie ustąpi zima, warto wykorzystać okazję i uzdrowić świat. Wszystkie gatunki, które wymarły na Podstawowej, wciąż prosperowały na światach sąsiednich (choć na niektórych Niskich Ziemiach zwierzęta już były w kłopotach). Do Ameryki Północnej można będzie znowu sprowadzić mamuty, mustangi, bizony, piżmowoły, foki do rzek i walenie do oceanów – wystarczy przekroczyć z tymi zwierzętami, być może noworodkami, na Podstawową. Można pozwolić, by lądy i morza powróciły do stanu naturalnego.

– To romantyczny pomysł – przyznał Lobsang. – Oczywiście trzeba wykonać wiele pracy, zanim Podstawowa w ogóle będzie bezpieczna.

– Na przykład trzeba zamknąć wszystkie elektrownie atomowe?

– I zaczekać, aż runą tamy, a woda zaleje osuszone mokradła... Trzeba dziesięcioleci, może stuleci, zanim stężenie metali ciężkich czy odpadów radioaktywnych zredukuje się do bezpiecznego poziomu. I nawet wtedy w miejscach, gdzie przeciągnęliśmy drogi albo wybiliśmy w skale macierzystej kopalniane szyby, ślady ludzkości przetrwają miliony lat.

– Powód do dumy...

– Skoro tak twierdzisz, Joshuo... W każdym razie próba uleczenia tego świata z wykorzystaniem jego wykrocznych braci to szlachetna ambicja, niezależnie od jej praktycznych ograniczeń.

W końcu zatrzymali się na północ od samego Yellowstone, zatrzymali się nad czymś, co kiedyś było miasteczkiem. Niewiele z niego pozostało poza rzadkimi zarysami fundamentów i liniami widocznych spod popiołu ulic. Cała reszta została kompletnie zasypana.

Joshua sprawdził mapę na ekranie. W wesołych kolorach bieli, zieleni i żółci przedstawiała krajobraz taki, jaki był kiedyś, z precyzyjnie wykreślonymi drogami lokalnymi i stanowymi.

– To Bozeman...

– Tak. To było Bozeman. Pomyślałem, że chciałbyś je zobaczyć, Joshuo. W rejestrach znalazłem zapis, że ty i Sally byliście tutaj w ostatnim dniu erupcji, kiedy zapadła się kaldera. Przekroczyliście w niebezpieczeństwo, by ratować innych, narażając własną krótkotrwałą egzystencję.

– Nie byliśmy jedyni – odparł Joshua bez emocji.

Twain zniżył lot; sunął ponad gruntem przysypanym nieznanej grubości warstwą popiołu i pumeksu.

– Nadal mamy jakieś osiemdziesiąt kilometrów do kaldery – stwierdził Lobsang. – To miejsce, jak wiele innych, znalazło się w zasięgu końcowego wypływu piroklastycznego. Erupcja dobiegła końca, kiedy kaldera opróżniła się z magmy. Wieża dymu i popiołu nad wulkanem zapadła się nagle i przegrzane fragmenty skorupy ziemskiej przelały się po okolicy z prędkością dźwięku. Zasypały wszystko na dziesiątki kilometrów dookoła.

Joshua tam był. Pamiętał.

– I teraz Bozeman, stan Montana, jest jak Pompeje. Trzeba lat, żeby ten popiół wystygł, a co dopiero mówić o rekultywacji terenu przez ludzi.

– A jednak coś tam rośnie na dole. – Joshua przez okno wskazał plamy zieleni.

Lobsang milczał przez chwilę. Joshua wyobrażał sobie, jak bada teren w dole swymi elektronicznymi zmysłami.

– Tak. Mech. A nawet sosny wydmowe. Tylko młode drzewka, ale jednak... Życie jest odporne.

Twain zmienił kurs i ruszył na południe, w stronę kaldery.

– No więc, Lobsangu, mówiłeś wczoraj, że zaniepokoiła cię plaga rozsądku, która opanowała planetę. Przyznaję, że to chyba się zdarzyło pierwszy raz.

– Mogę ci podać przykłady.

Monitory na ścianach rozbłysły, ukazując krótkie urywki historii z całych Stanów Zjednoczonych, z dni i lat katastrofy Yellowstone.

W szkole podstawowej w Kolorado, gdy nauczyciele zginęli pod opadem popiołu, jakiś chłopiec spokojnie zorganizował rozhisteryzowanych uczniów i wyprowadził ich z budynku w jednej linii, z głowami owiniętymi w mokre ręczniki, z rękami na ramionach osoby z przodu.

Młody nastolatek, uwięziony z dziadkami w domu opieki w Idaho, pełnym starych ludzi, którzy nie mogli albo nie chcieli przekraczać, sprawnie opracował system rozdziału żywności i wzajemnej pomocy.

W dobrze sytuowanej rodzinie w Montanie matka odmówiła opuszczenia domu z ocalałymi dziećmi, ponieważ jedna mała dziewczynka zaginęła, pewnie została w ruinach zmiażdżonej warstwą popiołów szklarni. Mąż szalał ze strachu i nie chciał przekopywać osypiska. Opiekunka, siedemnastoletnia dziewczyna, zorganizowała całą rodzinę, by wydobyć ciało zabitej i je przenieść, gdyż tylko w ten sposób mogła przekonać matkę, by ratowała pozostałe dzieci.

Joshua przypomniał sobie historie, które sam słyszał, jedną w samym Bozeman – opowieść o „rozsądnej młodej panience", która zjawiła się z niewiarygodnie mądrymi radami, jak przetrwać erupcję.

– Wszystkie te wiadomości dotyczą bardzo młodych ludzi – zauważył. – Czasami wręcz dzieci.

– Istotnie. Zauważ także, że te wyczyny nie charakteryzują się heroizmem czy demonstracją wytrzymałości. Spokój, zdolności przywódcze, mądrość... z pewnością niezwykłe jak na ten wiek. I chłodna racjonalność. Ci młodzi ludzie potrafili zrezygnować z typowych iluzji, które dają pocieszenie, ale otępiają normalny ludzki umysł. Ta kobieta w Montanie nie mogła się pogodzić ze śmiercią dziecka. Opiekunka nie tylko zaakceptowała ten fakt; uznała również, że słowami nie zdoła przekonać matki, więc zastosowała strategię, dzięki której uratowała całą rodzinę. Uwzględniła psychologię.

– Hm... – Joshua wpatrywał się w nieruchomą twarz jednostki mobilnej. – Co sugerujesz, Lobsangu? Już kiedyś o tym mówiłeś. Czy obserwujemy powstanie mądrzejszej odmiany człowieka, jakiegoś prawdziwego *Homo sapiens*, jak ich nazywałeś, w przeciwieństwie do zwyczajnej ludzkości, stada małp, które tylko uważają się za myślące?

– Owszem, na to wygląda. O ile skłonny jesteś budować górę hipotezy na tratwie kilku obserwacji.

Lobsang jednak, jak podejrzewał Joshua, miał więcej na poparcie tej tezy niż kilka przypadkowych świadectw.

– Więc jak do tego doszło? I dlaczego teraz?

– Podejrzewam, że te dwa pytania mogą się z sobą łączyć. Niewykluczone, że gdzieś na Długiej Ziemi istnieje jakiś... inkubator. Dopiero teraz, rozumiesz, z nadejściem powszechnego przekraczania, produkty takiego inkubatora mogły dotrzeć na Podstawową. Może mamy też do czynienia z nową jakością powstającą wskutek stresu. W rezultacie nacisku wywołanego ogromnym kryzysem po Yellowstone nastąpiła ekspresja jakiegoś zespołu genów. To by tłumaczyło, czemu widzimy to właśnie teraz. Dodatkowo jesteś też ty, Joshuo.

– Ja?

– Twoje bóle głowy. Ten dziwny parapsychiczny zmysł, który pozwala ci wyczuwać obecność nietypowego umysłu. Bardzo silny. Gdybym wkręcił ci w ucho żarówkę, pewnie zaczęłaby mrugać alarmowo.

– Ładny obrazek. Czyli to coś nowego na tym świecie czy światach. I coś, na co jestem wyczulony, tak jak wtedy na Pierwszą Osobę Pojedynczą.

– Nie tylko to. Za wszystkim może też stać jakaś rodząca się organizacja.

– Organizacja? Która co robi?

– Mój przyjaciel, Nelson Azikiwe, trafił na historię angielskiego dziecka; jego rodzina to obecnie uchodźcy we Włoszech. To kolejne niepokojąco inteligentne dziecko, ale terroryzowane przez przerażonych sąsiadów. Przebąkiwano nawet o czarach. Do jego rodziców, jak rozumiem, zgłosił się inny chłopak, nastolatek. Zaproponował im stypendium w jakiejś szkole z internatem, jak tłumaczył, przeznaczonej dla wyjątkowo uzdolnionych dzieci. Opowieść rodziców jest dość nieprecyzyjna, ale zadziwił ich niezwykły spokój chłopaka i to, jak na pozór bez wysiłku rozwiewał ich obiekcje co do tego planu.

– Pozwolili synowi odejść?

– Z jakimś obcym nastolatkiem? Oczywiście nie. Chociaż prawie ich przekonał. Nelson przewiduje, że kolejne podejście nastąpi przez pośrednika, dorosłego w uspokajająco dojrzałym wieku.

– Jeśli to wszystko prawda, co masz zamiar z tym zrobić?
– O ile istnieje taka mglista nowa jakość, jeśli pojawia się nowy rodzaj istoty ludzkiej, chcę go spotkać. Porozmawiać. Widzę siebie jako kogoś w rodzaju opiekuna ludzkości, Joshuo. Ten nowy rodzaj ludzi może właśnie docierać do końca długiego dzieciństwa. I gdy osiągnie dojrzałość, chcę być pewny, że nie ma złych zamiarów.
– I w tym, jak sądzę, potrzebna ci moja pomoc. Żeby znaleźć tych nowych ludzi.
– Twoja i kilku innych osób. Aha… Już czas.
– Na co?
Wszystkie ekrany zgasły.
– Wyjrzyj przez okno.

* * *

Od pewnego czasu teren się podnosił, ale grunt był popękany, pokryty popiołem, zasypany wielkimi głazami. Całkiem jakby podążali wzdłuż wyrzutu odłamków z wielkiego krateru księżycowego.

Całkiem nagle teren się zapadł, jakby przepłynęli nad urwiskiem. Joshua spojrzał z góry na pejzaż przypominający dzieło jakiegoś posępnego malarza: plamy czerwonawych skał, kałuże bulgoczącej wolno lawy, żółta siarkowa piana pod obłokami pary. Obserwację utrudniało falujące od żaru powietrze; słyszał stukot przełączników systemu klimatyzacji, który po długich godzinach walki z arktycznym chłodem musiał teraz zneutralizować niespodziewane ciepło.

A kiedy spojrzał w przód, poza gorącą równinę w dole, zobaczył jakby ścianę urwiska – bardzo daleką, przysłoniętą błękitną i falującą od żaru mgiełką.

– To jest kaldera, Joshuo. Krater. Tak wielki, że nie widzimy stąd nawet, że jest okrągły. Grunt leży prawie kilometr pod nami. Znajdujemy się ponad zapadniętą komorą magmową. Przeciwna ściana kaldery leży sześćdziesiąt pięć kilometrów stąd. Mieliśmy pecha.

– Pecha?
– Superwulkan wybucha mniej więcej co pół miliona lat. Niektóre erupcje są gorsze od innych, czasem uwalnia się więcej magmy, czasem mniej. Ta była najgorsza od dwóch milionów lat. Tyle powiedzieli nam geolodzy, chociaż nie potrafili jej przewidzieć. A efekty widzisz pod nami.

Joshua nie znalazł właściwych słów.

– Robi wrażenie, przyznasz. Nawet dla Boga musi to być niezwykły widok. Nawet dla mnie... – Głos Lobsanga zadrżał dziwnie.

Joshua zatroskał się nieco.

– Nic ci nie jest?

Lobsang nie odpowiedział na pytanie. Odezwał się jednak trochę niepewnie:

– Ta prośba nie przychodzi mi lekko, Joshuo. Prośba, żebyś znów ruszył w drogę. Stałem się bardziej świadomy zagrożeń, na które cię narażam, prosząc o wkroczenie w Długą Ziemię.

– O co ci chodzi?

– Czy zastanawiałeś się, co będzie, jeśli tam umrzesz? Chodzi mi o los twojej duszy nieśmiertelnej. Czy bezcielesna dusza potrafi przemieszczać się między wykrocznymi światami? Gdybyś był sam, w świecie bez innych istot ludzkich, które przyjęłyby twojego ducha, możesz w ogóle nie doznać reinkarnacji w ludzkiej postaci.

Joshua spotkał się już z takimi teoriami – zwykle głoszonymi przez fanatyków o rozbieganych oczach, zaczepiających ludzi w terminalach twainów. Trochę go zaszokowało, że słyszy to od Lobsanga. Mimo jego twierdzeń o własnym pochodzeniu – że jest duszą tybetańskiego mechanika motocyklowego, reinkarnowanego w żelowym substracie superkomputera – nigdy nie zagłębiali się zbytnio w mistyczne aspekty tej tezy. Teraz Joshua przypomniał sobie ukrytą w zakamarku gondoli małą buddyjską kapliczkę.

Być może Lobsang się zmieniał, sięgał głębiej do własnych korzeni.

– Zgaduję, że studiowałeś reinkarnację?

– Ty byś nie studiował? Zresztą w tej kwestii zachęcała mnie Agnes. Buddyzm, jak wiesz, to w zasadzie system pracy z umysłem.

Rozwijając potencjał umysłu, możesz osiągnąć wewnętrzny spokój, zespolenie i mądrość. Wszyscy są do tego zdolni. Ale ja jestem tylko umysłem, Joshuo. Jak mogłyby mnie nie interesować takie idee, nawet bez moich kulturowych korzeni? A temat reinkarnacji bardzo mocno zgłębiłem. Zaznajomiłem się z ponad czterema tysiącami tekstów, nie licząc własnych doświadczeń.

– Och...

– Słuchałem też rad Padmasambhavy, starego przyjaciela z poprzedniego życia, obecnie opata klasztoru w Ladakh. To w Indiach, zaraz za granicą Tybetu, gdzie mimo chińskiej okupacji przetrwała dawna mądrość. Chociaż sam Padmasambhava jest akcjonariuszem chińskiego konsorcjum produkcji drewna. Nie tracę rozumu, zapewniam – zakończył surowo.

– Nie mówiłem, że tracisz. Ale dziwnie jest słyszeć, jak wątpisz w siebie, Lobsangu...

– Wydaje mi się, że pamiętam swoją śmierć.

To poruszyło Joshuę.

– Jaką śmierć? Chcesz powiedzieć...

– W Lhasie. Moją ostatnią ludzką śmierć. I moją reinkarnację.

Joshua rozważał to przez chwilę.

– Czy to było tak jak wtedy, kiedy Doctor Who się regeneruje?

– Nie, Joshuo – odparł Lobsang z wymuszoną cierpliwością. – To nie było tak jak wtedy, kiedy Doctor Who się regeneruje. Pamiętam to, Joshuo. Tak myślę. Płacze kobiet w kuchni, kiedy nadszedł *sikhai bardo*, moment śmierci. Tybetańczycy wierzą, że dusza pozostaje jeszcze w martwym ciele, więc przez czterdzieści dziewięć dni nad zwłokami czytana jest Księga Umarłych, by pokierować duszę przez *bardo*, fazy egzystencji pomiędzy życiem a śmiercią. Pamiętam czytanie mojego przyjaciela Padmasambhavy. Nawet samą księgę, kiedy patrzyłem na nią spoza mojego ciała: strony drukowane z ręcznie rzeźbionych bloków, spięte drewnianymi okładkami. Byłem martwy, jak mi powiedziano. Wszyscy, którzy byli przede mną, umarli. Powiedziano, że muszę poznać własną prawdziwą naturę, promienne jasne światło ciągłej świadomości wewnątrz ociężałego fizycznego ciała. Po takim rozpoznaniu uwolnienie byłoby natychmiastowe.

Joshua słuchał w milczeniu.

– A teraz przemyśl to i spójrz na mnie, Joshuo: rozciągam się przez wszystkie światy Długiej Ziemi. Widzę wszystko, słyszę wszystko. Czy to nie brzmi jak *bardo* odrodzenia? Ale żeby przejść dalej, musisz porzucić wszystko, co znałeś w tym życiu. Jak mógłbym to zrobić? Czasami obawiam się, że utknąłem w *sidpa bardo*, Joshuo. Uwięziony między śmiercią a odrodzeniem. Że nigdy tak naprawdę nie doznałem reinkarnacji, że się nie odrodziłem. – Lobsang spojrzał na Joshuę oczami ciemnymi w blasku wulkanicznego nieba. – Może nawet ty jesteś tylko projekcją mojego ego.

– Znając twoje ego, wcale bym się nie zdziwił.

– I to wygląda coraz gorzej. Co z przyszłością? A jeśli nie mogę umrzeć? Jeśli muszę czekać, aż zgaśnie słońce, zanim zostanę uwolniony? Kto wtedy zostanie, żeby czytać nade mną Księgę Umarłych?

– To, co mówisz, zupełnie jest do ciebie niepodobne. A jeśli to fałszywe wspomnienia? Przypuśćmy, że ktoś, jakiś wróg, wprowadził ci wirusa, który szepcze teraz w tej żelowej głowie? Może to tylko ten dzieciak, którego zatrudniła Agnes, żeby cię testował? Czy to nie bardziej prawdopodobne?

Lobsang nie słuchał. Zdawało się, że nie potrafi słuchać. Twain zadygotał w burzliwych prądach powietrza, jak pyłek nad księżycowym ogromem kaldery Yellowstone.

ROZDZIAŁ 10

Przed wyprawą Sally Linsay na Marsa nie było żadnego zamieszania, typowego dla wielkich programów kosmicznych; żadnych morderczych treningów i ćwiczeń przetrwania, godzin spędzonych w symulatorach, fotografii na okładkach „Time'a". Chociaż trzeba było kilku tygodni, żeby Willis, Frank Wood i Sally się zgrali. Były też odprawy, które Sally opuszczała – z zasady.

Aż w końcu, zaskakująco, znalazła się w pomieszczeniu, które Raup nazywał białą salą. Był to pokój, gdzie astronauci wkładali skafandry.

Z pomocą kilku asystentek w kombinezonach z logo Boeinga Sally musiała się rozebrać, przetarto jej skórę alkoholem, a potem włożyła miękką białą bieliznę. Podczas całego lotu miała nosić na klatce piersiowej coś w rodzaju pasa z jakąś medyczną aparaturą telemetryczną – tego wymagały korporacyjne reguły Szczeliny Kosmosu. Na to wciągała skafander, ciężki kombinezon z wytrzymałej pomarańczowej tkaniny, z podobną do gumy hermetyczną warstwą wewnętrzną. Wchodziło się do niego tyłem, przez rozcięcie na brzuchu, które potem dało się zapiąć. Sally przeszła także przez próbę szczelności, kiedy musiała przykręcić hełm, a skafander napompowano powietrzem tak mocno, że aż pukało jej w uszach.

Jedna z techniczek, zabawnie wyglądająca starsza kobieta, poradziła jej, żeby doceniła swój skafander.

– Będziesz w nim chodziła po Marsie, kochana. I jest bardziej niż prawdopodobne, że po drodze ocali ci życie. Pokochasz go. Nawiasem mówiąc, opiera się na dobrej rosyjskiej technologii; przy konstrukcji tego ubranka wykorzystano całe dziesięciolecia doświadczeń. Gdybyś chciała, możemy ci nawet naszyć mały pasek z nazwiskiem na piersi...

– Nie warto.

A kiedy wyprowadzono ją z białej sali, techniczki kazały jej się podpisać na drzwiach, pokrytych już setkami autografów.

– To tradycja – wyjaśniły.

Na zewnątrz już czekali ojciec, Frank Wood i Al Raup, także w skafandrach. Z pomocą techników wszyscy wcisnęli się do kompaktowego „promu krokowego", stożkowej kapsuły, dość podobnej do modułu dowodzenia Apollo. Raup miał go pilotować, przerzucając załogę marsjańską do Szczeliny. W kapsule stały ciasno obok siebie cztery fotele; Raup zajął miejsce dowódcy po lewej stronie, Willis i Frank usiedli w środkowych, Sally po prawej. Kapsuła miała zaskakująco skomplikowany z wyglądu panel instrumentów, większość usytuowano przed Raupem, ale podstawowe zduplikowano także przed pozostałymi. Wszyscy mieli na sobie skafandry i hełmy, ale z otwartymi wizjerami. Szumiały wentylatory i pachniało świeżo wyczyszczonym dywanem; wrażenie było takie jak w niedawno sprzątniętym samochodzie, pomyślała Sally. Małe iluminatory ukazywały błękitne angielskie niebo.

Nad głową Willisa wisiał na łańcuszku plastikowy astronauta. Sally trąciła zabawkę palcem rękawicy.

– Co to jest, Raup? Kolejna głupia tradycja?

– Nie. To ważny wskaźnik. Zobaczysz. No dobra, możemy ruszać. Pasy zapięte? Trzy, dwa, jeden...

Nie było dalszych ceremonii. Nie dotknął nawet instrumentów, ale Sally wyczuła delikatne drgnienie przekroczenia.

* * *

Nagle niebo za oknami stało się czarne. A plastikowy astronauta popłynął w górę, luzując łańcuszek.

Silnik rakietowy promu zastartował i odrzut pchnął ich mocno do tyłu. Wszyscy byli mocno przypięci do foteli, ale i tak Sally zaskoczyło to uczucie. Może bardziej powinna uważać na odprawach. Silnik pracował jakieś dwadzieścia sekund, może mniej. I zgasł. Astronauta znowu zawisł na luźnym łańcuszku – wtedy naprawdę uderzyła nieważkość. Dla Sally wrażenie było takie, jakby spadała, jakby jej organy podnosiły się wewnątrz ciała. Głośno przełknęła ślinę.

Milczący Willis nie zdradzał żadnej reakcji. Frank Wood krzyknął radośnie. Wśród stuków i pchnięć kapsuła gwałtownie korygowała lot.

Al Raup wyjął plastikową butelkę i wycisnął z niej wodę, która zawisła w powietrzu jako błyszcząca kula. Zamknął na niej usta.

– Te hałasy to odpalanie silników manewrowych – powiedział. – Prom kieruje się do pierwszego dokowania na Ceglanym Księżycu.

Ceglany Księżyc – sztuczna stacja kosmiczna zajmująca na orbicie miejsce nieistniejącej Ziemi – była Houston dla Szczeliny, stałym centrum komunikacyjnym dla kosmicznych wędrowców, miejscem podstawowych badań oraz połączeniem z domem. Mieli tu zostać tylko kilka godzin, zanim wejdą na pokład „Galileo", statku marsjańskiego.

– Wszystko jest zautomatyzowane – wyjaśniał Raup. – Ponieważ wiem, że niektórzy z was niespecjalnie poświęcali czas naszym szkoleniom, chcę zwrócić waszą uwagę na ten oto wielki czerwony przycisk. – Wskazał ręką. – Rozumiecie oczywiście, że mamy do czynienia z rotacją Ziemi. To znaczy tej Ziemi, z której właśnie przekroczyliśmy. Kiedy myśleliście, że stoicie nieruchomo, w rzeczywistości przemieszczaliście się w przestrzeni razem z powierzchnią planety, z prędkością setek kilometrów na godzinę na szerokości kompleksu Szczeliny Kosmosu. Po przekroczeniu zachowujemy ten pęd i gdyby nie kompensacja, odrzuciłoby nas w przestrzeń. Za pierwszym razem, Sally, kiedy niechcący weszliście w Szczelinę na pokładzie sterowca, mieliście szczęście, że cofnęliście się tak szybko, zanim odlecieliście za daleko. Teraz musimy wytracić tę prędkość, więc prom krokowy odpala rakiety, żebyśmy znieruchomieli względem Ceglanego Księżyca. Ale gdybyśmy chcieli wrócić, trzeba znowu przyspieszyć, żeby się dopasować do obrotu Ziemi. Jasne? W przeciwnym razie będziecie jak liść w huraganie wiejącym tysiąc kilometrów na godzinę. Więc jeśli wszystko zawiedzie, ja będę niezdolny do działania i stracicie łączność z Ceglanym Księżycem, naciśnijcie ten guzik, a systemy zawiozą was do domu. *Comprende?*

– To jasne – potwierdził Willis.

– Inne prawdopodobne zagrożenie w czasie lotu promem to spadek ciśnienia. Wtedy zamknijcie hełmy. Przed wami są plastikowe torebki, jak w samolotach. Gdybyście musieli do toalety, to mamy taką muszlę wysuwaną ze ściany. – Uśmiechnął się złośliwie. – Ale w skafandrach są pieluchy. Moja rada brzmi: jeśli nie możecie już wytrzymać, to puśćcie...

– Może przejdźmy dalej – rzuciła chłodno Sally.

– Wszystko idzie świetnie. Zrelaksujcie się i bawcie się dobrze.

* * *

Sally pamiętała telewizyjne transmisje powolnych dokowań do Międzynarodowej Stacji Kosmicznej, więc zaskoczyła ją prędkość, z jaką prom krokowy zbliżył się do Ceglanego Księżyca. Stacja była zlepkiem kul i miała jakieś siedemdziesiąt metrów średnicy, a poszczególne składowe oznaczono jaskrawymi literami od A do K. Była pospiesznie poskładana z prefabrykowanych elementów z betonu i cegły, wzmocnionych, by wytrzymały próżnię, i wypełnionych hermetycznymi kapsułami. Sally ze zdumieniem dowiedziała się na odprawach, że do produkcji betonu wykorzystywano pracę trolli.

W nieważkości wydostali się z promu i przepłynęli przez właży. Dla Sally te otwarte luki – powierzchnie wystawione na działanie próżni – dziwnie pachniały rozgrzanym metalem.

Po drugiej stronie, już wewnątrz, unosił się pracownik wyglądający na klon Raupa; gdy go mijali, wręczył im chleb i miseczkę z solą.

— Tradycje dawnych kosmonautów — wyjaśnił Raup. — Rosjanie zawsze bardziej ich pilnowali niż my.

Wewnątrz Ceglanego Księżyca wielkie komory pełne były różnych przedmiotów — rozmaitego ekwipunku, zrolowanych legowisk i ubrań, worków śmieci, skrzyń czegoś, co wyglądało na nieotwarte pojemniki zaopatrzenia. Zdawało się, że wszystkie powierzchnie pokryte są rzepami; tam mocowano jeszcze więcej sprzętu, pospiesznie odsuwanego z drogi.

Sally przelatywała przez pomieszczenia, odbijała się od ścian i przyzwyczajała do poruszania się w takich warunkach. Bez grawitacji te przedziały o zaokrąglonych ścianach wydawały się przestronne mimo bałaganu. Miała przeczucie, że powrót do ciążenia okaże się o wiele trudniejszy.

Bezustannie szumiały wentylatory i pompy. Sally zauważyła jakieś strzępki papieru dryfujące w prądach powietrza do brudnych z wyglądu kratek wentylacyjnych. Po pięciu minutach w pełnej kurzu atmosferze zaczęła gwałtownie kichać — kurz wisiał w powietrzu i bez grawitacji nie opadał.

Podczas swej krótkiej wizyty spotkała na stacji zaledwie kilka osób. Większość tylko przesiadała się tutaj, zamieniając jeden specjalistyczny pojazd na inny. Jednak i tutaj przebiegały pewne badania, w które Raup szybko ich wprowadził. Testowano materiały, na przykład kompozyty ceramiczne; panele wystawiano poza śluzy, by obserwować, jak się sprawdzają w próżni. Trwał program badań medycznych nad wpływem braku grawitacji na ludzki organizm — kontynuacja studiów rozpoczętych już w połowie dwudziestego wieku, po pierwszych lotach kosmicznych; tutaj stosowano jednak o wiele bardziej skomplikowaną aparaturę.

Realizowano też bardziej intrygujące i mniej oczywiste projekty: hodowla kryształów w próżni, rozwój życia roślinnego i zwierzęcego w zerowej grawitacji... Sally dała się oczarować rzędowi drzewek bonsai rosnących w odbitym świetle słońca — żywe kolory na tle szarych betonowych ścian.

A za oknami Ceglanego Księżyca wisiał w pustce „Galileo".

Statek marsjański nie wyglądał imponująco, raczej jak dwie puszki połączone metalową kratownicą, z pojedynczą rozszerzoną dyszą u podstawy jednego walca i tępo zakończonym lądownikiem umocowanym z boku drugiej, oraz wielkimi skrzydłami ogniw słonecznych. Środkową rozporę otaczały kuliste zbiorniki paliwa pokryte posrebrzaną pianką izolacyjną – wyglądały jak ogromne perły. Sally dowiedziała się, że paliwa wystarczy, by przenieść „Galileo" na Marsa i z powrotem. Podróż w jedną stronę miała potrwać dziewięć do dziesięciu tygodni.

Lądownik nazywano MEM-em, formalnie Mars Excursion Module. Górny walec, do którego MEM przylgnął, był modułem mieszkalnym, gdzie ich troje miało przebywać w drodze na Marsa i z powrotem. Okładziny kadłuba będą ich chronić przed promieniowaniem i meteorytami. Przez wycięte w niej otwory iluminatorów z wnętrza padało światło, jasne, ciepłe i miłe.

Na Ceglanym Księżycu spędzili dwanaście godzin. Zdjęli skafandry ciśnieniowe, które sprawdzono raz jeszcze. Miejscowy lekarz zbadał ich szybko. Zjedli posiłek – pasty z tubek i kubków oraz kawę z miękkich pojemników. Korzystając z okazji, wszyscy użyli toalety.

Potem znów włożyli skafandry i przeszli na „Galileo". Sally Linsay znalazła się odrobinę dalej od Ziemi, a bliżej Marsa.

ROZDZIAŁ 11

Ziemia Zachodnia 1 617 524: ponad półtora miliona kroków od Podstawowej, rodzinnego świata ludzkości.
„Armstrong" i „Cernan" wisiały na bladoniebieskim niebie. Poniżej, na zielonym skrawku otoczonym jałowym pejzażem, w ten styczniowy dzień dym unosił się z ruin miasta.

Już teraz, po zaledwie szesnastu dniach wyprawy „Armstronga" i „Cernana", Maggie znalazła się daleko od domu. Próbowała sobie wyobrazić w ludzkiej skali, jak to daleko. Na przykład większą część ludzkiej populacji zostawili za sobą już po kilku godzinach. Po Dniu Przekroczenia nastąpiło kilka fal migracyjnych w głąb Długiej Ziemi: najpierw pojedynczy wędrowcy, potem zdecydowani pionierzy, kolejna fala, kiedy technologia twainów stała się powszechnie dostępna i można było przelecieć do celu, zamiast iść piechotą. A w końcu masowa ucieczka z Podstawowej po Yellowstone, ewakuacja milionów, nieplanowana i nieprzygotowana, przekraczająca wszystko, co zdarzyło się przedtem.

Ale nawet wtedy ludzkie osady były stosunkowo blisko skupione, z przesunięciem w stronę „centrum", czyli Podstawowej i Niskich Ziemi. Dalej ciągnęło się długie, bardzo długie pasmo przez szerokie wstęgi mniej czy bardziej podobnych Ziemi, którym ludzie nadali takie nazwy, jak Pas Lodowy, Pas Górniczy czy Pas Uprawny. Valhalla – na Zachodniej mniej więcej jeden koma cztery miliona – stanowiła kolejny użyteczny znacznik. To była granica wielkich twainowych szlaków handlowych, które promowały pewnego rodzaju kulturową wspólnotę w zasiedlanych nowych światach. Co ważniejsze, był to chyba ostatni punkt, w którym można było się spodziewać działającego outernetu.

Jednak coraz płytsza fala ludzkiej kolonizacji rozlewała się jeszcze dalej, we wciąż dziwniejsze, wciąż mniej znajome światy poza Valhallą. Takie jak ten. Maggie Kauffman stała teraz ze swoimi oficerami w naukowej sekcji galerii obserwacyjnej twaina, gdzie Gerry Hemingway przygotował krótką prezentację; pokazywał obrazy rejestrowane z ziemi i z orbitującego nanosatu, orientacyjne mapy, profile geologiczne i atmosferyczne, klasyfikacje i analizy.

Pod dziobem okrętu rozciągało się zrujnowane miasto – plątanina gruntowych traktów, murów i ścieżek. Z góry wyglądało to, jakby ktoś miasto najpierw rozpłaszczył, a potem podpalił, zostawiając na ziemi tylko wielkie poczerniałe blizny – choć nadal było zamieszkane, na co wskazywały smużki dymu z palenisk. Wszyscy na pokładzie byli weteranami Yellowstone, operacji ratunkowych i ewakuacyjnych, i ten obraz przywoływał ponure wspomnienia.

W dole żyli ludzie. „Armstrong" zawisł nad niewielką gromadką kopulastych namiotów i kilku ciężkich pojazdów terenowych. Grunt wokół znaczyły ślady opon. Ludzie tu przybyli, aby prowadzić badania naukowe. Nie oni byli oryginalnymi budowniczymi, ale obcy inteligentny gatunek. Maggie wydawało się to wręcz nie do wiary, nawet kiedy patrzyła z góry na miasto, którego przetłumaczona na ludzki język nazwa oznaczała „Oko Łowcy". Stworzyły je istoty nazywające siebie beagle'ami.

Trzy trolle na pokładzie zbiły się w ciasną grupkę i przyglądały ruinom. Pohukiwały cicho, co dla Maggie brzmiało jak wysoce złożona wersja hymnu pogrzebowego *Abide With Me*.

Na odprawie Maggie zebrała oddział, z jakim planowała zejść do miasta. W ramach przyjaźni międzynarodowej zabrała też z sobą Wu Yue-Sai. Nigdy jeszcze nie spotkała beagle'a, ale Joe Mackenzie, jej lekarz pokładowy, miał z nimi pewne doświadczenia. Już po

Yellowstone spędził tu dłuższy czas jako członek misji kontaktowej i badawczej; praktycznie nic o niej nie mówił. Wu wyglądała jak uosobienie szczerego zaciekawienia i entuzjazmu. Natomiast Mac, który nigdy nie należał do osób pogodnych, patrzył na miasto niechętnie, niemal wrogo.

– Hej... – Maggie klepnęła go w ramię. – Wszystko dobrze?
– Nie wiem, po co ci jestem potrzebny w tym zespole.
– Bo już tu pracowałeś. Choć nigdy o tym nie wspominasz.

Unikał jej wzroku.

– I wtedy dość się już naoglądałem. Ale właściwie po co się zatrzymaliśmy? Przecież lecimy o wiele, wiele dalej. To jakby Lewis i Clark siedzieli przez tydzień w jakimś barze w Chicago, zanim...
– Ale nie jesteśmy Lewisem i Clarkiem. Cele naszej misji są inne. Zobaczysz.

Hemingway wyświetlał właśnie mapy globalne, obrazy tej konkretnej Ziemi. Maggie widziała zarysy kontynentów, niezbyt się różniące od tych na Podstawowej, ale położone w nie całkiem właściwych miejscach; masy lądowe wydawały się powiększone, rozciągnięte, a nawet połączone: szeroki lądowy przesmyk biegł między Australią a południowo-wschodnią Azją, a Cieśnina Beringa była zamknięta. W sercach wszystkich kontynentów widziała żółtoczerwone plamy pustyń, oceany i czapy polarne wydawały się mniejsze.

– Niektórzy klimatolodzy nazywają takie światy wenusjańskimi czy parawenusjańskimi – tłumaczył Gerry Hemingway. – Chodzi o wodę. Ziemia Podstawowa i Wenus leżą na przeciwnych końcach skali możliwej zawartości wody dla takich planet jak nasza. Ziemia ma dużo wody na powierzchni, w formie oceanów, i w powietrzu. A także krążącej w płaszczu. Wenus zaczynała chyba z podobnymi zasobami, ale straciła je we wczesnych etapach. Ten świat leży gdzieś pomiędzy nimi; jest znacząco bardziej suchy od Ziemi, ale nie aż tak suchy jak Wenus. Istnieje tu życie, nawet bardzo złożone i świadome, ale rzadkie i izolowane. Początkowi badacze Długiej Ziemi, łącznie z pierwszą misją Valienté, przeoczyli ten wyjątek. I jego mieszkańców. Każdy by przeoczył, gdyby nie przebadał całej planety.

Yue-Sai pokręciła głową.

– Zawsze się spieszymy, zawsze pędzimy po Długiej Ziemi. My się spieszyliśmy na „Zheng He". Tak samo jak wy na tym cudownym okręcie. Człowiek musi się zastanowić, co omijamy tylko dlatego, że nie mamy czasu, by popatrzeć. Tak wiele światów, tak wiele cudów...

– Miejscową cywilizację odkryliśmy zaledwie pięć lat temu – mówił Hemingway. – Przez ten czas, mimo walki z kryzysem Yellowstone, międzynarodowe konsorcjum uniwersytetów założyło tu stacje obserwatorów i specjalistów od kontaktu: lingwistów, analityków kultury. Jeden taki obóz widzimy pod sobą. Nawiązaliśmy kontakt z miejscowymi istotami inteligentnymi. – Uderzył w klawisz i na mapie rozjarzyły się rozrzucone punkty, skupione na brzegach kontynentów i wzdłuż głównych szlaków wodnych. – To największe siedliska, jakie wykryliśmy do tej pory. Na ogół są niewielkie pod względem powierzchni i gęsto zamieszkane. To jakaś cecha biologii beagle'i: lubią żyć w ciasnych grupach. Ale mają środki łączności i połączenia handlowe obejmujące całe kontynenty.

– Ich wojny też obejmują kontynenty – dodał kwaśno Mac.

– Wojny, tak. Rozumiemy trochę tutejsze układy polityczne. Beagle'e grupują się w stada, które z grubsza odpowiadają naszym państwom. A może temu, co określamy jako narody. W stadzie północnoamerykańskim rządzi Matka, jak ją nazywają; żyje na zachodnim wybrzeżu, niedaleko Zatoki San Francisco. Są też mniejsze... no... jakby księstwa, zarządzane przez Córki albo Wnuczki Matki. To matriarchat, jak można zgadnąć z terminologii. Samce to wojownicy, robotnicy, partnerzy seksualni. Podwładni. Chociaż nie udało nam się wykryć żadnej różnicy w poziomie inteligencji obu płci.

Hemingway zastanowił się chwilę.

– A tak, wojny... Mordercze wojny wybuchają cyklicznie, o ile mogliśmy to stwierdzić na podstawie wstępnych badań archeologicznych i opisów historycznych samych beagle'i. Wojna i wynikające z niej zarazy i głód prowadzą do depopulacji, ale kiedy tylko liczba osobników wzrośnie, znowu wybucha wojna. Zwykle walki toczą się w ramach stada. Główne powody to rywalizacja Wnuczek z Córkami i Córek z Matką. Wojny między stadami zdarzają się rzadziej, ale w najgorszych przypadkach obejmują całe kontynenty... do diabła, nawet całą planetę. Potem odbudowują wszystko od początku, w tych samych lokalizacjach, na dymiących jeszcze ruinach. Jednak ostatnia wojna, i pierwsza, której ludzie byli świadkami, była chyba bardziej krwawa od wcześniejszych.

Maggie spodziewała się po Macu jakiegoś komentarza, ale on tylko patrzył w okno.

– Musiałeś ją oglądać – rzuciła cicho. – Mam wrażenie, że każdy na pokładzie ma przede mną jakieś tajemnice. Ty też, Mac?

Nie zareagował. Odwróciła się, trochę urażona.

– Dziękuję, Gerry – powiedziała. – Moi drodzy, mamy tu misję do wypełnienia, jak się niedługo przekonacie. Schodzimy na dół i do roboty.

* * *

Wylądowali w pobliżu grupki namiotów badaczy. Czekał na nich kierownik zespołu, Australijczyk Ben Morton, znajomy Maca – tego lekarz nie mógł przed nią ukryć. Starszy mężczyzna o znużonej twarzy ledwie dał poznać, że poznaje Maca; zaproponował, że jedynym sprawnym łazikiem podwiezie ich do miasta beagle'i, Oka Łowcy.

Podskakiwali po nierównym trakcie, mijając kępy niskich, poskręcanych drzew podobnych do paproci i pola wyznaczone kamiennymi murkami. Jakieś zwierzęta gryzły coś, co wyglądało na trawę: nie owce, krowy czy kozy, ale stworzenia podobne do tłustych jeleni oraz rodzaj muskularnych ptaków nielotów. Na niektórych polach pracowali robotnicy – chodzili wyprostowani, na dwóch nogach, okrywali się łachmanami i nosili laski. Z tej odległości Maggie nie mogła lepiej się im przyjrzeć, ale na pierwszy rzut oka wyglądali całkiem jak ludzie; w końcu ludzie miewają różną budowę ciała. Mimo to robotnicy w jakiś nieokreślony, subtelny sposób nie wydawali się właściwi; mieli za duże głowy, za niską talię, zbyt szeroko rozstawione oczy...

Jej towarzysze obserwowali wszystko; Hemingway w nerwowym milczeniu, Mac chyba z niechęcią. Maggie nabierała pewności, że w jego doświadczeniach z tego świata jest coś szczególnego, co przed nią ukrywa.

Wu Yue-Sai robiła notatki na małym tablecie.

Od samego początku Maggie widziała, że wiele farm jest obrabowanych, wypalonych czy zburzonych. A w miarę zbliżania się do centrum miasta ślady wojny stawały się bardziej widoczne, zwłaszcza odkąd minęli niskie, w większości pokruszone mury. Podejrzewała, że tutejsze budynki, głównie z drewna i gliny, dla ludzkich oczu zawsze wyglądałyby na nieregularne, nawet niedokończone; były też dziwnie rozstawione, skupione wokół rzadkich niebrukowanych ulic – nie zauważyła żadnej sensownej ich siatki. Teraz jednak te budynki były zburzone i spalone, a tylko nieliczne z grubsza naprawione.

Biorąc pod uwagę wielkość miasta, widziała bardzo niewielu mieszkańców, a z bliska jeszcze mniej. Ale kiedy przejeżdżali, wstało jakieś dziecko. Ubrana w łachmany dziewczynka całkiem oczywistym gestem wyciągała przed siebie pustą miseczkę. Taką scenę można było zobaczyć po zakończeniu dowolnej ludzkiej wojny, pomyślała Maggie. Tylko że oczy tej małej bardzo błyszczały, uszy miała cofnięte, a z ust zwisał różowy język.

W końcu dotarli do bardziej rozległej ruiny, poczerniałego od ognia krateru otoczonego przez zręby wypalonych ścian. W cieniu fragmentu muru leżał pies, wielki, większy od bernardyna. Uniósł głowę, obserwując, jak się zbliżają. Maggie zauważyła, że opięty jest pasem.

– Witajcie w pałacu Wnuczki – powiedział Ben Morton.

– Miała na imię Pet-hhra – odezwał się pies. – Dawno ma-hrrtwa.

Mówił zrozumiale, całkiem wyraźnie po angielsku, ale z warkotem, jakby chrapliwym szeptem wydobywanym z krtani.

Inteligentny pies. Maggie była uprzedzona, widziała nawet nagrania, ale nic jej nie przygotowało na rzeczywistość, nawet gadający kot. Shi-mi była ewidentnie sztuczna, była sprytną techniczną zabawką. Natomiast tutaj...

Szok kulturowy jeszcze się pogłębił, kiedy pies wstał. Stanął na tylnych łapach, jak wytresowany zwierzak pokazujący sztuczkę. Jego ruchy stały się bardziej płynne, anatomia zdawała się jakoś dopasowywać i po chwili stał już jak typowa istota dwunożna. Talię miał obniżoną, ale tylne łapy podtrzymywały go z łatwością. Miał na sobie krótki kilt i pas, z którego – teraz to było widać – zwisały rozmaite narzędzia. Twarz nie przypominała wydłużonego psiego pyska, była płaska, proporcjami zbliżona do ludzkiej, ale z szerokim nosem i czarnymi rozszerzonymi nozdrzami. Uszy miał szpiczaste i przylegające do czaszki, a oczy szeroko rozstawione i wpatrzone w Maggie bez mrugnięcia. Wzrokiem drapieżcy. Zapewne wiele przeżył – miał siwe włosy wokół ust, trzymał się trochę sztywno, uschniętą przednią łapę przyciskał do piersi.

Nie był psem. Był humanoidem, ale ulepionym z psiej gliny, tak jak ona z małpiej.

Prosiła o to spotkanie. Ale nie po raz pierwszy się zastanowiła, czy w rezultacie wystarczy jej sił i wyobraźni, by zmierzyć się z prawdziwą niezwykłością długiej misji – tak poruszyło ją to pierwsze spotkanie z obcą istotą.

– Jesteś beagle'em – powiedziała.

– Tak jesteśmy nazw-hani przez was. Moje imię dla was to B-hrr-ian. – Odchylił wargi, demonstrując wyraźnie psie zęby w grymasie, który mógł być aproksymacją uśmiechu. – Ja s-siedzę tu i czekam na was jak dob-hrry pies. Tak? A te-hrraz zawołam. – Odchylił głowę i zawył jak wilk. Dźwięk odbił się echem od ruin budynków.

– Brian – rzekł Morton do gości – to tutaj jeden z naszych podstawowych kontaktów. Należy do tych bardziej, hm... zhumanizowanych miejscowych beagle'i. Ma dość specyficzne poczucie humoru. Sarkastyczne, można powiedzieć.

– Sa-hrr-kastyczne? Nie znam słowa. Sp-hrrawdzę potem.

– Daliśmy mu słowniki języka angielskiego, podręczniki szkolne i inne materiały edukacyjne. Dużo się od niego uczymy.

– I ja się uczę – powiedział Brian. Maggie znowu się zdawało, że obserwuje sztuczkę tresowanego zwierzaka. – Moja p-hrraca zawsze

była się uczyć, kiedy Pet-hrra żyła. Wnuczka. Zabita w wojnie. Dla niej moja nauk-hha przydatna. O koboldach, o ludziach. Ale mną ga-hrrdziła. – Zwiesił wielką głowę. – Biedny B-hrrian.
– Chryste! – prychnął Mac z niechęcią. – Całkiem jakby żebrał o smakołyk.
– Nie zwracajcie uwagi – poradził Morton. – Popisuje się. Jest użyteczny, ale potrafi być prawdziwym dupkiem. Prawda, Brian?

Brian się roześmiał – dziwnie po ludzku.
– Dupek? To chodź i mnie obwąchaj, Ben-nn. Wiem, że ch-hhcesz. Dupek? P-hrrawda. Wszystkie beagle'e dupki. Widzicie, jak się mo-hrrdujemy w wojnach. Hrraz za hrrazem.

Pojawił się ktoś nowy – najwyraźniej przybył na wezwanie Briana. Pies, nawet większy. Biegł na czterech łapach, ale potem stanął na dwóch, wysoki i zwinny. Zatrzymał się. Miał czyste błękitne oczy i stał wyprostowany jak na baczność.

Maggie spojrzała na Mortona.
– To ten?
– Znaleźliśmy ochotnika, który pasował do typu, o jaki pani chodziło. – Wzruszeniem ramion mówił wyraźnie: raczej pani niż mnie. – Należy do pani.

Zebrawszy się na odwagę, Maggie wystąpiła naprzód i stanęła przed beagle'em. Pachniał piżmem, kurzem... mięsem. Pachniał zwierzęciem. Ale spojrzenie miał spokojne i czyste.
– Nazywają cię Śnieżek – powiedziała.
– Tak. Moje p-hrrawdziwe imię to... – Gardłowy dźwięk.
– Rozumiesz, dlaczego prosiłam o ochotnika? Wiesz, co cię czeka, jeśli pójdziesz z nami?
– Lot do światów bez zapachu. – Obejrzał się na smukłą sylwetkę „Armstronga" i wyszczerzył zęby.
– Ach, rozumiem! – zawołała Wu. – Beagle w załodze! Piękny eksperyment.
– Cała nasza wyprawa jest eksperymentem, poruczniku – odparła Maggie. – Nazwijmy to studium zrozumienia międzyświadomościowego.

Mac spojrzał na nią z niedowierzaniem.
– Chyba żartujesz...
– Nie mówiłam ci wcześniej, Mac, bo wiedziałam, że będziesz protestował...
– Mamy już na pokładzie chińską załogę – przypomniał Mac. – I trolle. A teraz ten kundel!
– Nie zwracaj na niego uwagi – zwróciła się do beagle'a Maggie. – Witam w załodze USS „Neil Armstrong II", tymczasowy kadecie... hm... Śnieżek.
– Dzięk-huję. – Odchylił głowę i zawył.
Kiedy mieli już odjeżdżać, Brian skinął na Maggie bardzo ludzkim gestem.
– Czek-haj. Zobacz mój ska-hrrb.
Wbiegł do wnętrza pobliskiego budynku i po chwili wrócił z jakimś obrazem, pogniecionym i brudnym. Temat był łatwo rozpoznawalny.
– Psy grające w pokera – mruknął Mac. – Dawna reklama cygar.
– Dahrr od Sally Lin-ssay. Dob-hrry sz-żahrt, mówiła. Dob-hrry żahrt, tak? – Roześmiał się w żałosnej imitacji ludzkiego śmiechu.
– Wynośmy się stąd – rzuciła Maggie.
– W-hrróćcie. Mam więcej ob-hrrazków. Zag-hrramy w pokehrra? Ruszyli z powrotem do twainów.
– No więc, kapitanie – odezwał się Mac – czy Ed Cutler wie o tym nieszczęsnym beagle'u, którego bierzesz na pokład?
– Jeszcze nie...

* * *

Kiedy Śnieżek wchodził na rampę do sterowca, Shi-mi – która zwykle wychodziła na powitanie wracającej Maggie – spojrzała tylko raz, wyprężyła grzbiet i odbiegła do gondoli. Nie pokazywała się potem przez kilka dni.

ROZDZIAŁ 12

Joshua zgodził się na prośbę Lobsanga, by odszukać i nawiązać kontakt z hipotetycznie wyższymi istotami ludzkimi, „prawdziwymi" *Homo sapiens*.

Jakoś nie wątpił, że jest coś w teorii Lobsanga, w jego dedukcji istnienia nowej odmiany człowieka na podstawie najdrobniejszych śladów i poszlak. Znał Lobsanga już od piętnastu lat; wiedział, że widzi on świat jako całość, że myśli w skalach dla Joshuy niewyobrażalnych. Sally Linsay powiedziała kiedyś: „Myśli holistycznie". Jeśli Lobsang uznał, że „prawdziwy" *Homo sapiens* istnieje, to Joshua był pewien, że tak jest. I że jeśli poszuka, to go znajdzie.

Gdzie powinien zacząć? Nie był naukowcem ani detektywem. Nie był już nawet wielkim samotnikiem – stał się ojcem rodziny, byłym burmistrzem Diabli Wiedzą Gdzie, podejrzewał też, że zawsze będzie wracał do swych korzeni w Madison, gdzie się wychowywał. Nie był za to wplątany w sprawy świata jako całości.

Jego droga do rozwiązania tajemnicy prowadziła przez przyjaźń z pewnym młodym człowiekiem.

* * *

Joshua poznał Paula Spencera Wagonera w Szczęśliwym Porcie w 2031 roku. Paul miał wtedy pięć lat, a Joshua dwadzieścia dziewięć.

To była jego trzecia wizyta w miejscu, które Sally Linsay nazwała Szczęśliwym Portem. Pierwszy raz zjawił się tam rok wcześniej w czasie podróży z Lobsangiem i Sally; na pokładzie prototypowego krokowego sterowca „Mark Twain" lecieli ku dalekim zachodnim rubieżom Długiej Ziemi – wyczyn ten później stał się znany jako Wyprawa. Drugi raz trafili do Szczęśliwego Portu, wracając – ciągnąc za sobą po niebie ciężko uszkodzonego „Twaina", bez Lobsanga i po wstrząsającym spotkaniu z Pierwszą Osobą Pojedynczą. Rok po Wyprawie Joshua przechodził przez ten konkretny świat, wracając do domu ze swych krótkich, oczyszczających umysł wakacji – a dom wtedy oznaczał dla niego miasteczko Restart w Pasie Uprawnym, gdzie miał się ożenić z Helen Green, córką rodziny pionierów.

Nie mógł się powstrzymać przed kolejną wizytą w Szczęśliwym Porcie, który znajdował się niedaleko wybrzeża Pacyfiku w tutejszej wersji stanu Waszyngton. Dokładniej – był to cień Humptulips z Podstawowej, z okręgu Grays Harbor. Joshua zawsze miał pamiętać swoje zdziwienie, kiedy pierwszy raz zobaczył to miasteczko w miejscu, gdzie żadne miasteczko nie miało prawa istnieć, daleko poza powszechnie uznawaną granicą zasięgu fali kolonizacji ledwie piętnaście lat po Dniu Przekroczenia. A jednak było tutaj.

Miasteczko przytuliło się do brzegu rzeki, otaczały je wycięte w lesie dróżki. Nie było tu pól ani żadnego śladu rolnictwa. Jak w wielkiej metropolii Valhalli kilka lat później, mieszkańcy tutaj żyli z tego, co dawała im natura. Było to łatwe, jeśli tylko ludzie kontrolowali swoją liczebność i rozprzestrzeniali się stopniowo. A nad rzeką, w samym mieście żyły trolle. Joshua widział je nawet z powietrza podczas pierwszej wizyty. Populacja Szczęśliwego Portu była niezwykła, bo ludzie i trolle mieszkali po sąsiedzku – i być może właśnie z tego powodu wydawała się tak dziwna również pod innymi względami.

Joshua szedł spacerowym krokiem przez miasto, kierując się mniej więcej w stronę ratusza. Zapadał zmierzch, ale rynek jak zawsze był pełen. Trolle śpiewały urywki pieśni, ludzie uprzejmie kiwali Joshui głowami – był obcym, który po raz trzeci wpadł z wizytą.

I jak zawsze wszystko wydawało się zadziwiająco łagodne, uprzejme i spokojne.

Paradoksalnie to właśnie budziło jego niepokój. Wszystko wydawało się nazbyt chłodne. Nie do końca ludzkie.

„Kojarzy mi się to z *Żonami ze Stepford*", wyznał kiedyś Sally, starając się jakoś opisać jej to uczucie, a ona odpowiedziała: „Zastanawiam się, czy nie zmierza w tę stronę coś tak ogromnego, że nawet Lobsang będzie musiał przekalibrować swój sposób myślenia. To tylko przeczucie, rozumiesz. Jestem zwyczajnie podejrzliwa. Chociaż z drugiej strony kroczący, który nie jest podejrzliwy, szybko staje się martwym kroczącym".

– Hej, proszę pana!

Jakiś chłopiec stał przed Joshuą i przyglądał mu się z dołu. Pięciolatek z ubrudzonym nosem, w ubraniu czystym, ale za dużym na niego i mocno połatanym – typowa wielokrotnie używana odzież kolonisty. Zwykły dzieciak, ale z zadziwiająco bystrym spojrzeniem.

– Cześć – powiedział Joshua znużony podróżą.

– Pan jest Joshua Valienté.

– Nie zaprzeczę. A skąd wiesz? Nie pamiętam, żebyśmy się wcześniej spotkali.

– Nigdy pana nie widziałem. Wydedukowałem, kim pan jest. – Zaciął się trochę przy słowie „wydedukowałem".

– Tak?

– Wszyscy słyszeli o tym sterowcu, co pan nim wcześniej przyleciał. Moi rodzice rozmawiali o ludziach na pokładzie. Tam był taki młody człowiek, a teraz wrócił i wszyscy o tym mówią. Pan jest obcy. I pan jest młodym człowiekiem.

– Brawo, Sherlocku.

Chłopiec nie zrozumiał odniesienia, ale nie skomentował tego.

– A kim ty jesteś? – zapytał Joshua.

– Paul Spencer Wagoner. Mój tato nazywa się Wagoner, moja mama Spencer, a Paul to ja.

– Świetnie. Spencer? Tak jak burmistrz?

– To kuzyn mojej mamy. Dlatego tu jesteśmy.

– Czyli nie urodziłeś się tutaj? Tak mi się wydawało, że mówisz trochę inaczej.

– Mama jest stąd, ale tato jest z Minnesoty. Urodziłem się w Minnesocie. Burmistrz nas tu zaprosił, bo jesteśmy rodziną. No, mama jest. Większość trafia tu przypadkiem.

– Wiem – zapewnił Joshua.

Chociaż nie rozumiał, w jaki sposób. To była kolejna tajemnica Szczęśliwego Portu; ludzie jakoś odklejali się od Długiej Ziemi i dryfowali tutaj zewsząd. Kiedyś spróbował omówić to z Lobsangiem.

„Może ma to jakiś związek z siatką czułych punktów. Ludzie dryfują i zbierają się tutaj jak płatki śniegu w zagłębieniu"...

„Owszem, to możliwe – przyznał wtedy Lobsang. – Wiemy, że stabilność jest w pewnym sensie kluczem Długiej Ziemi. Może Szczęśliwy Port to coś w rodzaju studni potencjału. Najwyraźniej funkcjonowała na długo przed Dniem Przekroczenia, głęboko w przeszłości"...

– Jak on lata? – pytanie Paula wyrwało Joshuę z zamyślenia.

I znowu Joshua, zmęczony po podróży, pozwolił sobie zatonąć w myślach.

– Co takiego?

– Ten sterowiec, którym pan przyleciał.

– Wiesz, ludzie dziwnie rzadko o to pytają. – Joshua się uśmiechnął. – A ty jak myślisz, czemu lata?

– Może być pełen dymu.

– Dymu?

– Dym unosi się nad ogniem.

– Hm... nieźle. Wydaje mi się, że dym jest unoszony gorącym powietrzem z ognia. A gorące powietrze się unosi, bo jest mniej gęste od zimnego. Niektóre statki unosi rozgrzane powietrze. Trzeba mieć palniki pod powłoką. Ale w powłoce „Marka Twaina" jest hel, taki gaz mniej gęsty od powietrza.

– Co to znaczy „gęsty"?

Joshua musiał się zastanowić. Był bardzo zmęczony.

– Chodzi o to, ile jest czegoś w danej przestrzeni. Ile molekuł, przypuszczam. Takie na przykład żelazo jest bardziej gęste od drewna. Blok żelaza wielkości cegły jest cięższy niż taki sam blok drewna. A drewno jest bardziej gęste od powietrza.

Paul zmarszczył nosek.

– Wiem, co to są molekuły. Hel to gaz.

– Tak.

– Powietrze to gaz. Dużo gazów pomieszanych z sobą. To też wiem.

Joshua zaczął odczuwać niepokój, jakby dał się prowadzić ścieżką w głąb coraz ciemniejszego lasu.

– Tak...

– Mogę sobie wyobrazić, jak żelazo jest gęstsze od drewna. Mówi się „gęstsze"? Bo nie wiem.

– Tak.

– Można upchnąć te molekuły bliżej siebie. Ale jak to działa z gazami? Kiedy wszystkie atomy latają sobie dookoła?

– No więc to ma jakiś związek z tym, że molekuły latają szybciej, kiedy materia jest cieplejsza... – Joshua nie lubił okłamywać dzieci.

– Nie wiem – przyznał szczerze. – Zapytaj nauczyciela.

Paul prychnął tylko.

– Moja nauczycielka jest bardzo miła, ale guzik wie.

Joshua musiał się roześmiać.

– Z pewnością to nieprawda.

– Jak ją o coś zapytam, a potem o coś jeszcze, robi się nieszczęśliwa, a inne dzieci się śmieją i ona mówi: „Innym razem, Paul". A czasem nawet nie mogę zadać pytania... no wie pan... tak jakbym je widział, ale nie znam słów.

– To przyjdzie z czasem, kiedy trochę urośniesz.

– Nie mogę tyle czekać.

– Mam nadzieję, że pana nie męczy... – Joshua usłyszał głos kobiety. Cichy i zdradzający lekkie napięcie.

Odwrócił się i zobaczył mężczyznę i kobietę z córeczką w spacerowym wózku. Dziewczynka wydawała się jakby rozproszona; śpiewała coś cicho i rozglądała się wokoło.

Mężczyzna wyciągnął rękę.

– Tom Wagoner. Miło pana poznać, panie Valienté.

Joshua uścisnął mu dłoń.

– Odnoszę wrażenie, że wszyscy tu znają moje nazwisko.

– Och, w zeszłym roku miał pan imponujące wejście – odparł Tom. – Mam nadzieję, że Paul pana nie zadręczał.

– Nie – uspokoił go zamyślony Joshua. – Tylko zadawał pytania i szybko sobie uświadomiłem, że nie znam na nie odpowiedzi.

– To cały Paul. Chodź, mały, pora na kolację i do łóżka. Dość na dziś wypytywania.

– Dobrze, tato. – Paul ustąpił bez oporu i wziął matkę za rękę. Po kilku minutach zwykłych uprzejmości rodzina się pożegnała.

Joshua patrzył za nimi. Dziewczynka, przedstawiona mu jako Judy, śpiewała przez cały czas ich krótkiego spotkania, a teraz, kiedy przestali rozmawiać, słyszał ją wyraźniej. Nie była to piosenka, raczej ciąg sylab – zmieszanych, może bez znaczenia, ale miał wrażenie, że słyszy jakieś motywy. Złożoność. Prawie jak długa pieśń trolli, którą Lobsang próbował odszyfrować. Ale jak, u diabła, taki maluch może wyśpiewywać wiadomość, która brzmi jak powitanie kosmicznych obcych? Chyba że jest jeszcze bardziej inteligentna niż jej bystry braciszek.

Mądre dzieciaki. To kolejne zjawisko w Szczęśliwym Porcie, które miał zawsze pamiętać.

Wystarczy. Rozejrzał się za jakimś barem i noclegiem. Odszedł następnego dnia.

Ale nie zapomniał Paula Spencera Wagonera.

Nie zapomniał też Szczęśliwego Portu. I w roku 2045 znów o nim pomyślał, zastanawiając się nad sugestią Lobsanga, że może gdzieś na Długiej Ziemi istnieją inkubatory dla nowej odmiany ludzi. Jak mógłby wyglądać taki inkubator? Jakie by sprawiał wrażenie?

Może takie jak Szczęśliwy Port?

ROZDZIAŁ 13

Moduł mieszkalny „Galileo" podzielony był na trzy poziomy. Oczywiście zawierał wspólne pomieszczenia, takie jak kambuz, toaleta i bezgrawitacyjny prysznic, oraz takie kluczowe systemy jak aparatura zamkniętego obiegu powietrza i recykling wody. Projektanci przeznaczyli jednak osobny poziom dla każdego z członków załogi, by służył im jako przestrzeń osobista. W godzinach i dniach, jakie nastąpiły po odpaleniu silnika i starcie z Ceglanego Księżyca w przestrzeń, Frank Wood docenił rozsądek takiej konstrukcji.

Przypadkowo dobrani członkowie załogi „Galileo" nie należeli do szczególnie towarzyskich.

Pewnie, współpracowali przy zwykłych obowiązkach: czyszczenie filtrów przeciwpyłowych, kontrola składu powietrza, dezynfekcja ścian w celu zapobieżenia wzrostowi pleśni i alg w zapomnianych kątkach i bez grawitacji. Sally i Willis bez większych dyskusji przyjęli rozkład zajęć, jaki Frank zgodził się ustalić. Szybko też opanowali rutynowe przygotowywanie posiłków, w większości oparte na rosyjskiej kuchni kosmicznej sprzed dziesięcioleci – mieli konserwy rybne, puszki mięsa i ziemniaków, zupę w torebkach, jarzynowe purée i pasty owocowe, orzechy i czarny chleb, kawę, herbatę i soki owocowe w plastikowych flaszkach... Frank wiedział, że niektóre załogi potrafiły inwestować sporo energii w stworzenie z tych składników urozmaiconego menu.

Nie ta załoga.

Frank uparł się także, by realizowali plan ćwiczeń fizycznych, co miało zredukować efekty długich tygodni nieważkości na ich sprawność po lądowaniu. Samo to zajmowało im kilka godzin dziennie. Jednak w każdym dwudziestoczterogodzinnym cyklu pozostawało dużo wolnego czasu – czasu, jaki ojciec i córka wykorzystywali, by trzymać się możliwie daleko od siebie. Przynajmniej na początku.

Willis Linsay znikał zwykle i poświęcał się własnym zaplanowanym eksperymentom. Używał sprzętu komputerowego i niewielkiego laboratorium, które zainstalował na swoim pokładzie. Zdawało się, że w ogóle się nie interesuje lotem.

Tymczasem jego córka, także typ samotniczki, uciekała w głąb siebie. Dużo spała, ćwiczyła gorliwie powyżej wymaganego minimum, całymi godzinami czytała, korzystając z pokładowej e-biblioteki, którą pomagała zaopatrzyć. Willis Linsay często słuchał muzyki: Chuck Berry, Simon i Garfunkel... Te antyczne utwory, odbijające się echem po całym module mieszkalnym, zdawały się irytować Sally. Frank zgadywał, że to ścieżki dźwiękowe jej dzieciństwa i niezbyt się cieszyła, słysząc je znowu.

Choć poznał Sally parę lat temu, przy okazji incydentu z trollami w Szczelinie Kosmosu, na początku trudno mu było wyciągnąć z niej choć słowo. Wyczuwał w niej obawę, choć udawała twardą. Musiał sobie przypominać, że przecież to ona (razem z Joshuą Valienté) odkryła Szczelinę. Może miało to jakiś związek z faktem, że nie wiedziała, po co się tu znalazła, czemu ojciec zabrał ją na tę wyprawę.

Frank był zachwycony, że może tu być. Przez kilka dni radość i tryumf przepełniały go całkowicie. Odwiedzał już kilka razy Ceglany Księżyc, a teraz w końcu znalazł się w dalekiej przestrzeni, w drodze na Marsa! No, w każdym razie na tutejszego Marsa.

Widoki były spektakularne. Widziany z zewnątrz Ceglany Księżyc przypominał pękatą kiść winogron otoczoną iskierkami świateł. A kiedy ruszyły jądrowe silniki „Galileo", Frank patrzył, jak ten roboczy kompleks odsuwa się niczym zrzucony do studni. Niezwykły widok, to prawda, ale Frank zawsze miał żałować, że w przeciwieństwie do astronautów z heroicznej ery NASA on nigdy nie zobaczy Ziemi z kosmosu. Oczywiście, na tym polegał cały zysk. W Szczelinie nie trzeba wyrywać się z Ziemi, by sięgnąć kosmosu, ponieważ nie ma tam Ziemi. Ale spektakl stawał się przez to zubożony.

Po pierwszych kilku godzinach, kiedy zniknął Ceglany Księżyc, Frank znalazł pocieszenie w gwiazdach. Widział nieskończenie wiele gwiazd we wszystkich kierunkach, gdziekolwiek spojrzał, jeśli tylko odwrócił się od słońca. Lubił siedzieć w swojej części modułu mieszkalnego i spoglądać w tę bezdenną otchłań; pozwalał, by podstarzałe oczy przyzwyczajały się do czerni, by rozszerzały się źrenice. Dostrzegł kolejną osobliwość: pas delikatnego, przyćmionego światła przecinający cały równik nieba. Pas regularnie przesuwał się przez pole widzenia, gdyż cały statek obracał się dostojnie wokół osi, by zapobiegać nierównomiernemu nagrzewaniu kadłuba.

Po paru tygodniach Sally zaczęła wynurzać się z własnej przestrzeni i siadać obok Franka przy iluminatorach. Frank nie był psychologiem i miał raczej zdroworozsądkowy pogląd na dynamikę stosunków interpersonalnych – w jego opinii to nieważne, czy załoga zaprzyjaźni się w drodze na Marsa, czy nie, byle tylko dotarła tam cała i zdrowa. Nie zamierzał dać się wciągnąć w sieć tego, co wyglądało na bardzo dziwaczne relacje córki i ojca. Kiedy więc pojawiała się Sally, skinieniem głowy akceptował jej obecność, ale zachowywał milczenie. Niech sama zacznie mówić, kiedy uzna, że to właściwy moment. Albo nie.

Pod koniec drugiego dnia tych niezobowiązujących spotkań zwróciła się do niego z czymś konkretnym.

– Asteroidy, tak? – Wskazała ten zodiakalny pas światła.

– Tak. Coś podobnego można zobaczyć w domu, to znaczy na Ziemi Podstawowej. Ale tutaj jest więcej asteroid. Cały dodatkowy pas pomiędzy orbitami Marsa i Wenus.

Zastanowiła się.

– Aha. To szczątki Martwej Ziemi rozbitej przez Bellosa.

– Tak jest. Ale się nie zmarnują. Już tam jesteśmy z takimi małymi rakietami; eksploatujemy szczątki planety, wydobywamy wodę, węglowodory, nawet żelazo z tego, co kiedyś było jądrem Ziemi.

Łatwo dostępne. I produkujemy paliwo rakietowe. W końcu, przynajmniej taki jest plan, całkiem się uniezależnimy od materiałów z wykrocznych światów. Są ludzie, którzy planują zamieszkać na asteroidach. Trzeba przyznać, niektórzy uznają to za makabryczne, że żywimy się na ruinach zniszczonego świata.

Sally wzruszyła ramionami.

– Już dawno pozbyłam się sentymentów. Odkąd trafiłam na ślady kilku katastrof w stylu karawany Donnera w dalekich regionach Długiej Ziemi. Kości zarżniętych ludzi. A to jest po prostu inny rodzaj kanibalizmu.

Powiedziała to z taką zimną stanowczością, że Frank zadrżał i musiał odwrócić wzrok.

– Daj spokój, Frank. Przecież jesteś twardy. Wszystko, żeby przetrwać, nie?

– Pewnie. Jasne. – Uśmiechnął się z przymusem. – Jak znajdujesz dotychczasową podróż?

Zastanowiła się.

– Szczerze mówiąc, trochę zaskakująca.

– Zaskakująca?

Luźno przypięta do fotela, dotknęła ściany kadłuba.

– Ten statek jest za wielki.

– No cóż, napędza nas niewiarygodna technika. Wieziemy maleńkie bomby termojądrowe, pigułki deuteru i wodoru przygotowane do detonacji pod ostrzałem laserów. Odpalimy za wielką płytą ochronną setki takich bombek na sekundę. Będziemy stopniowo zwiększać ich liczbę, by w przyszłości móc planować bardziej ambitne misje do Wenus, do Jowisza nawet...

– Zwolnijcie, Apollo 13, macie hiperwentylację!

– Przepraszam. Nad tym pracowałem całe dorosłe życie. A jako dzieciak o tym marzyłem.

– Nie rozumiem, po co w ogóle nam rakieta. Myślałam, że Szczelina nam tego oszczędzi.

– Wiesz, żeby dostać się na Marsa z Podstawowej, musisz najpierw wyrwać się z ziemskiej studni grawitacyjnej. Dlatego potrzebny jest Saturn V, choćby w lotach na Księżyc. Gdy korzystamy ze Szczeliny, nie potrzebujemy Saturna, żeby oderwać się od Ziemi. Ale nadal potrzebujemy rakiety do przelotu na Marsa. Ziemia i Mars podążają po swoich orbitach wokół Słońca, tak? Więc nawet jeśli znajdziesz się na orbicie Ziemi, potrzebujesz pchnięcia jakiejś rakiety, żeby dodać do własnej prędkości co najmniej jedenaście tysięcy kilometrów na godzinę i wejść na eliptyczną orbitę transferową, jak ją nazywamy. Potem następuje lot swobodny aż do orbity Marsa, kiedy potrzebne jest kolejne pchnięcie, tym razem dziewięć i pół tysiąca na godzinę, żeby zwolnić do jego prędkości. I lądujesz. W czasie powrotu te działania są odwrócone. Nasz silnik SSI daje ciąg o wiele większy niż wymagany.

– Wydaje się to całkiem logiczne.

– Tylko że przeskoczyłeś nad prawdziwymi tajemnicami tego procesu – odezwał się Willis Linsay.

Frank zobaczył Willisa, który przybył tu rurą strażacką biegnącą wzdłuż osi modułu.

– O czym mówisz?

– Jak działa zachowanie pędu między wykrocznymi światami? Albo nawet zachowanie masy? Sally, jeśli przekraczasz z Ziemi A do Ziemi B, sześćdziesiąt parę kilogramów masy nagle znika z A i pojawia się na B. Jak to możliwe? Zasady zachowania masy, pędu czy energii to podstawowe prawa fizyki, bez których, nawiasem mówiąc, ta fajerwerkowa rakieta wcale by nie działała.

– To prawda – zgodził się Frank. – Więc jaka jest odpowiedź?

– Mellanier… – zaczęła Sally.

– Ten oszust…

– …powiedziałby, że zasady zachowania działają w zbiorze światów, nie tylko w jednym. Ziemie A i B dzielą masę i pęd, więc ogólnie nic nie znika i się nie pojawia.

– Podczas gdy inni… – Willis wymówił to z naciskiem i Frank podejrzewał, że mówi o sobie – …argumentują nieco bardziej przekonująco, że takie zasady mogą działać tylko w zakresie jednego świata. I kiedy przekraczasz do świata B, pożyczasz od niego odrobinę pędu, więc B trochę zwalnia swój obrót. Pożyczasz też trochę masy-energii z jego pola grawitacyjnego.

– Z pewnością można przeprowadzić testy, żeby ustalić, co jest prawdą – wtrącił Frank.

Willis wzruszył ramionami.

– Efekty są zbyt słabe. Kiedyś to będzie możliwe. Ale to drugie wyjaśnienie jest chyba bardziej atrakcyjne. Gdy przekraczasz, świat docelowy na powitanie w pewnym sensie oddaje ci odrobinę siebie. I ty to zwracasz, kiedy przekraczasz z powrotem.

Sally skrzywiła się w brzydkim grymasie.

– Jeśli lubisz, by twoje hipotezy naukowe były obciążone ładunkiem emocji, to owszem, taki pomysł rzeczywiście jest atrakcyjny.

Frank wyczuwał, że pod powierzchnią tej z pozoru technicznej rozmowy kryją się długie lata słownej szermierki. Nawet mówili inaczej: Willis z wyraźnym akcentem Wyoming, co z pewnością sprawiało, że nie był doceniany przez co bardziej snobistycznych akademików, Sally natomiast miała akcent całkiem neutralny, jakby świadomie próbowała się zdystansować od swoich korzeni. Co prawda Frank nie wyczuwał realnej wrogości między ojcem i córką. Byli zbyt inteligentni oboje, mieli zbyt mocne osobowości, by łączyła ich tego rodzaju negatywna relacja. Na pewno jednak nie była całkiem pozytywna. Byli ludźmi silnymi o wspólnej przeszłości, owszem, pełnymi szacunku, ale czujnymi wobec siebie.

– A tak przy okazji – odezwała się Sally – w którą stronę jest Mars?

Frank spojrzał przez okno, zastanowił się i wskazał przez ramię.

– Tam. Jeszcze przez długie tygodnie będzie co najwyżej iskierką. Potem zobaczymy, że wisi tam jak pomarańcza. Ma wielkie formacje geologiczne, wiecie, ogromne góry i wąwozy widoczne z bardzo daleka... W audytorium widzieliście zdjęcia. A na tym Marsie są też oceany i zieleń życia.

Spojrzała na ojca.

– I to jest sens tej misji? Żeby sprawdzić, dlaczego Mars, ten Mars, jest ciepły, wilgotny i żywy?

– O nie – odparł lekceważąco Willis. – To trywialne.
– Życie na Marsie jest trywialne? – Frank uniósł brew. – Powiedz to Percivalowi Lowellowi. Jeśli życie na Marsie to tylko element scenerii...
– Chodzi mi o życie na Długim Marsie. Życie, umysł i to, co może... co musi osiągnąć.

Sally odwróciła się do niego.

– Czego naprawdę szukasz, tato? Nowej technologii, czegoś takiego jak nowy kroker? I co wtedy zrobisz? Uwolnisz ją? Mellanier porównał cię kiedyś do Dedala, ojca Ikara, tego chłopca, który wykorzystał wynalazek ojca, by polecieć zbyt wysoko i rozgniewać bogów. I to do ciebie pasuje, prawda? Lubisz majstrować dla samego majstrowania, w ogóle cię nie obchodzą konsekwencje. Dedal swojej epoki.

Willis potarł podbródek.

– Ale Dedal podobno oprócz innych zabawek wynalazł piłę, siekierę i świder. Nie taki zły łączny wynik. A co do... – Zabrzmiał cicho brzęczyk. – Aha, mój ostatni eksperyment. Przepraszam.

Trochę sztywno, ale z dziwną gracją popłynął przez mikrograwitację do strażackiej rury i przeciągnął się do laboratorium.

Frank zerknął na Sally.

– Wszystko w porządku?

Przez dłuższą chwilę milczała – skupiona i całkiem dla Franka nieodgadniona.

– Powiedz, co może pójść źle, Frank? – powiedziała w końcu. – Z „Galileo". Wiem, że przerobili z nami kilka procedur alarmowych, ale polegały głównie na tym, że wciskamy się do worków powietrznych, a ty ratujesz sytuację.

Wzruszył ramionami.

– Al i inni doszli pewnie do wniosku, że tyle zdołasz wysiedzieć. A Willis jeszcze mniej. Więc przekazaliśmy wam tylko najbardziej podstawowe informacje.

– No dobra. Ale teraz mi powiedz. Przyzwyczaiłam się do polegania na sobie, jeśli idzie o własne przetrwanie.

– Jasne. No więc jest wiele wypadków, których nie przeżyjemy. Masywne uderzenie meteoru. Dostatecznie poważne uszkodzenie systemu napędu w fazie odpalenia... w końcu tam z tyłu wybuchają bomby termojądrowe.

– A co można przeżyć?

– Mnóstwo sytuacji. Niewielkie przebicia. Możliwy do opanowania pożar. Wyciek atmosfery czy też inną awarię systemu dostarczania powietrza. Drastyczny zanik mocy. W większości tych sytuacji ocali was automatyka. W większości pozostałych będę na miejscu, żeby załatwić sprawę. Gdyby nie, zawsze możecie porozmawiać z Ceglanym Księżycem.

– A jeśli to wszystko zawiedzie?

Uśmiechnął się.

– Powiedziałbym, że dla ciebie zasadniczym kluczem do przetrwania jest umiejętność wkładania skafandra po ciemku, przy spadającym ciśnieniu, kiedy syreny alarmowe wyją dookoła jak pierwsze akordy Apokalipsy. Już w skafandrze masz czas, żeby poradzić sobie z resztą. Ale opanowanie tego wymaga długich godzin ćwiczeń.

– Mamy te godziny, jeśli się nie mylę.

Zaczęli więc. Sally jak najlepiej poznawała każdy centymetr statku i wyposażenia oraz rozmaite procedury awaryjne. Willis tymczasem zamknął się u siebie i zajmował własnymi projektami.

Tak to trwało praktycznie przez całą drogę na Marsa.

ROZDZIAŁ 14

W swoim dzienniku Maggie Kauffman zapisała, że dopiero kiedy odlecieli z Ziemi Zachodniej 1 617 524 – ze świata beagle'i, z ostatnim członkiem załogi na pokładzie – ich podróż zaczęła się naprawdę.

Harry Ryan wreszcie oświadczył, że jest zadowolony z tego, co nazwał „kuchnią fusion z maszynowni", dopracowanej amerykańskiej techniki opakowanej wokół rdzenia chińskiej żelowej pomysłowości. Pozwolił więc Maggie, by wydała rozkaz „Cała naprzód" – wreszcie.

Była w sterowni wraz z grupą oficerów przygotowanych na wielką mnogość przewidywanych przez Harry'ego awarii i katastrof. Wu Yue-Sai robiła notatki, jak zawsze. Maggie miała znakomity widok na zewnętrzne światy przez duże, panoramiczne okna z solidnymi ceramicznymi okiennicami, gotowymi błyskawicznie się zatrzasnąć w przypadku zagrożenia.

Przyglądała się, jak te światy przeskakują jeden za drugim, coraz szybciej, kiedy uruchomił się napęd.

Początkowo widok był całkiem rutynowy, jeśli rutynowym można nazwać cokolwiek na Długiej Ziemi – jeden pustynny świat po drugim w pasie „parawenusjańskim", znikający w tempie jednego co sekundę – w rytmie uderzeń serca. Potem szybkość wzrastała stopniowo do dwóch na sekundę i Maggie poczuła, że jej puls także przyspiesza, że rytmy organizmu podświadomie dopasowują się do muzyki światów. Ale kiedy szybkość jeszcze wzrosła, stroboskopowe rzeczywistości zaczęły być męczące. Nic nie powinno nikomu grozić, pasażerów i załogi twainów rutynowo badano, by wykluczyć przypadki epilepsji; zresztą na wszelki wypadek, nim Doc Mackenzie wydał zgodę na próby napędu, polecił, by wszyscy na pokładzie poddali się testom przesiewowym.

Światy przelatywały ciągle, szybciej i szybciej. Maggie zauważyła, że migoczące w dole Ziemie są teraz zieleńsze, a niebo bardziej błękitne – zatem musieli już opuścić pas Wenus. Ale światy przepływały przez pole widzenia zbyt szybko, by rozróżnić jakieś szczegóły. Dostrzegali jedynie główne elementy, niebo, horyzont, ląd oraz stalowy połysk rzeki – dalekiej kuzynki Ohio, jeśli wierzyć okrętowym geografom.

I wtedy światy się rozmyły. Osiągnęli punkt krytyczny, kiedy tempo przekraczania stało się zbyt szybkie, by potrafił sobie z tym poradzić jej system analizy widzenia, jak gdyby wszystkie te światy – a każdy był całą Ziemią – stały się zaledwie szybkim odświeżaniem cyfrowego obrazu. Zniknęło wrażenie przekraczania, zastąpiło je uczucie ciągłego ruchu, przepływu i ewolucji. Słońce było stałą, zawieszone na niebie będącym melanżem każdej możliwej pogody, o kolorze łagodnie ciemnego błękitu. W dole rzeka rozszerzała się na równinę zalewową niczym blady i większy duch samej siebie, a plamy lasu stapiały się w zielonkawą mgłę. Nie było już możliwe, by w dowolnym pojedynczym świecie dostrzec jakieś zwierzęta – nawet największe stado na dowolnej Ziemi znikało, zanim oko zdążyło je zarejestrować. A jednak Maggie miała poczucie ciągłości, spójności tych żywych światów, tych aktualizowanych opcji Ziemi. A wszystko to sporadycznie zaciemniały albo rozjaśniały przeskakiwane co kilka minut Jokery, wyjątki od normy.

„Cernan" wisiał nieruchomo obok nich, dodający otuchy towarzysz – dzieło ludzkiego umysłu trwające na tle migoczących rzeczywistości.

Zaszumiały potężne silniki, pchając sterowiec przez powietrze. Pod dziobem „Armstronga" pejzaż się przesunął. Dryf kontynentalny w pewnym zakresie był dość przypadkowy, a pozycje mas lądowych zmieniały się między jednym światem a następnym zwykle tylko trochę, czasami sporo, ale łącznie przemieszczenia były znaczące. Z tego powodu obie jednostki musiały nawigować także geograficznie, by się utrzymać mniej więcej w centrum kratonu północnoamerykańskiego, nad prastarą granitową masą w sercu kontynentu. Znowu powtarzały precedens chińskiej wyprawy sprzed pięciu lat.

Porucznik Wu Yue-Sai stanęła obok Maggie i śmiało wzięła ją za rękę.

– Tak samo wyglądało to dla nas, gdy byliśmy na pokładzie „Zheng He" – powiedziała. – Całkiem jakbyśmy widzieli wszystkie te światy, całą Długą Ziemię jednocześnie, oczami boga.

* * *

Ledwie kilka godzin później przemknęli przez Szczelinę w okolicach Ziemi Zachodniej 2 000 000. Harry Ryan oznajmił, że jest zadowolony z wytrzymałości obu sterowców, wystawionych na próbę próżni i nieważkości.

Za Szczeliną charakter Ziemi zmieniał się nieco, co odkrywali, gdy zatrzymywali się na krótkie wizyty, by pobrać próbki i zarejestrować obrazy. Światy wydawały się bardziej blade i bezbarwne, w łatach lasu dominowały gigantyczne paprocie. Potem pojawiły się krajobrazy bardziej pustynne, z roślinnością występującą głównie wzdłuż rzek i na wybrzeżach oceanów. Zdawało się, że zbliżone typy światów występują w ciągach szerokości dziesiątków, czasem setek tysięcy kroków, podobnych do pasów wyodrębnionych przez pierwszych badaczy Długiej Ziemi kilkadziesiąt lat temu.

Hemingway i jego naukowcy starali się opisać i badać reprezentatywne próbki. Zatrzymywali się, by analizować dane geologiczne i geomorfologiczne, klimatologiczne... nawet astronomiczne, bo obserwowali niezwykłe cechy Księżyca. Sprawdzali transmisje radiowe odbijające się wokół dalekich jonosfer i wypatrywali świateł ognisk rozpalonych ludzką ręką, ponieważ nikt nie wiedział, jak daleko sięgnęła fala kolonizacji w latach, jakie minęły od Dnia Przekroczenia.

Naukowcy raportowali, że podstawowe formy roślinności i typy zwierzęce są podobne po obu stronach wyrwy, jaką stworzyła Szczelina. Nie było to odkrycie zaskakujące. Poza Szczeliną nie trafili na żadne kroczące humanoidy, jak trolle czy koboldy. I znowu nie była to niespodzianka; Maggie uznała, że większość kroczących nie chciała ryzykować przejścia przez Szczelinę. Jednak dla takiego weterana wędrówek po Długiej Ziemi jak ona dziwne wydawały się światy, które nigdy nie poznały trolli, nigdy nie słyszały długiego wołania.

Okręty sunęły coraz dalej, nowe dane spływały jak rzeka.

Życie zawsze przyciągało uwagę. A życie, które spotykali, stawało się coraz dziwniejsze.

Większość światów była zasiedlona przez organizmy złożone – zwierzęta i rośliny, a nie tylko bakterie. Ale światy Długiej Ziemi różniły się między sobą przypadkowymi rezultatami dawnych zdarzeń losowych, co prowadziło do mniejszych czy większych odchyleń. Wielkie wymierania na Ziemi Podstawowej reprezentowały, zdaniem Maggie, najpoważniejsze skutki kosmicznych rzutów kostką.

Nawet światy leżące bliżej niż Valhalla zdradzały rozmaite skutki wielkiego uderzenia, które na Podstawowej zakończyło panowanie dinozaurów. Ludzie spotykali tam dziwne grupy stworów, podobnych do dinozaurów lub nie, do ssaków lub nie, do ptaków lub nie.

Ale tutaj, gdzie teraz przelatywał „Armstrong", sprawy wyglądały bardziej dziwacznie.

Maggie wiedziała, że na Ziemi Podstawowej miało miejsce także inne wielkie wymieranie. Ponad dwieście milionów lat przed powstaniem ludzkości wyginęły pierwsze ssaki, wczesne dinozaury i przodkowie krokodyli. Teraz, miliony kroków od Podstawowej, widzieli konsekwencje innych wyników tego epokowego wydarzenia, zmieszane ekologie, gdzie ssaki tropiły podobnych do dinozaurów roślinożerców albo owadzie drapieżniki ścigały krokodylowate ofiary. Trafiali na światy z krokodylami wielkości tyranozaurów albo raptorami rozmiarów myszy z zębami jak igły...

Głównym wrażeniem, jakie wyniosła Maggie z pierwszych dni szybkiego lotu, był niepowstrzymany, uniwersalny wigor siły życia szukającej ekspresji wszędzie, gdzie to możliwe, w każdy dostępny sposób, na każdym dostępnym świecie... ekspresji w żywych stworzeniach kształtowanych przez bezustanne współzawodnictwo, w istotach oddychających, rozmnażających się, walczących i ginących.

Po dłuższym czasie wszystko to stało się nieco męczące, więc Maggie wróciła do rutynowych zajęć.

ROZDZIAŁ 15

Dziewiątego dnia od uruchomienia chińskiego napędu Maggie – przygotowująca raporty w swojej kajucie – ledwie uniosła głowę, gdy wyczuła, że okręt znów się zatrzymał. Kolejny postój naukowy; gdyby okazało się konieczne, by poznała szczegóły, albo gdyby uznano, że ją zainteresują, ktoś by ją zawiadomił.

Dzień później twain wciąż wisiał nieruchomo.

– Przepraszam, że przeszkadzam, kapitanie – odezwał się Gerry Hemingway. – Myślę, że zechce pani sama to zobaczyć.

Sprawdziła ziemiometr – Ziemia Zachodnia 17 297 031. Może warto się zainteresować, chętnie odetchnie świeżym powietrzem.

– Zaraz tam będę. Jaka pogoda?

– Jesteśmy blisko wybrzeża. Raczej rześko, i jest luty. Proszę wziąć ciepłą odzież i buty wodoodporne. I jeszcze coś, kapitanie...

– Tak, Gerry?

– Proszę uważać, gdzie pani stawia stopy.

– Spotkamy się na pokładzie wejściowym. – Wstała i obejrzała się na Shi-mi. – Idziesz?

Shi-mi pociągnęła nosem.

– Śnieżek tam będzie?

– Prawdopodobnie.

– To przywieź mi koszulkę.

* * *

Maggie Kauffman stała na piaszczystej plaży w pobliżu pluszczących delikatnie morskich fal. Zastanawiała się, czy jest to wewnętrzne morze amerykańskie, jak w Pasie Valhallańskim, i czy takie określenia jak „amerykańskie" mają jeszcze sens, skoro kontynenty przesuwały się po powierzchni planety jak fragmenty układanki na przewróconej tacy.

Stała tu z Gerrym Hemingwayem, Śnieżkiem i kadetem Santorinim, którego wyznaczyła na nieoficjalnego towarzysza i opiekuna beagle'a. I nawet Śnieżek, który zwykle chodził boso, tym razem włożył zaimprowizowane ciężkie buty. Kawałek dalej inni członkowie zespołu naukowego Gerry'ego rejestrowali, kreślili, obserwowali i przyglądali się tej całkiem nieciekawej plaży, oceanowi i wydmom. W pobliżu stali też dwaj uzbrojeni marines wysłani przez Mike'a McKibbena, ich twardego sierżanta scrabblistę. Nikt z marynarki nie wiedział, czy marines towarzyszyli takim grupom, żeby uważać na miejscowe krokodyle i dinozaury, czy na marynarzy, czy na psa mówiącego po angielsku.

W grupie było także dwóch cywilów noszących na ramionach nietypowe pakiety sensoryczne. Zatrudniał ich Douglas Black, któremu przesyłali nagrania w czasie rzeczywistym. Black rzadko pokazywał się poza swoją kajutą, był jednak nieskończenie ciekawy nowych światów i lubił je odwiedzać, choćby pośrednio.

W każdym razie nie było tu żadnych dinozaurów ani krokodyli, przynajmniej Maggie żadnego nie zauważyła. W oceanie roiło się życie – dostrzegła ryby, wodorosty, resztki jakichś małży na granicy zasięgu przyboju...

Gerry obserwował ją uważnie.

– Nie złożyliśmy jeszcze oficjalnego raportu, kapitanie. Jak pierwsze wrażenia?

– Jestem wdzięczna, że uprzedziłeś mnie o butach. Wszędzie pełno tych przeklętych krabów.

– Dobrze, wystarczy. Trafiliśmy na cały pas światów zdominowanych przez kraby i skorupiaki. Ten tutaj jest jak dotąd najbardziej spektakularny. Jeśli zechce pani posłuchać, zademonstruję to krok po kroku. Pragniemy sprawdzić swoje konkluzje.

- Co mi zademonstrujesz, Gerry?
- Proszę zejść ze mną do oceanu.

Obejrzała się na Śnieżka, który zadziwiająco ludzkim gestem wzruszył ramionami, a potem ostrożnie ruszyła naprzód.

Zatrzymała się na granicy wody, a Hemingway poczłapał kawałek w głąb.

- Co pani powie na to, kapitanie? I na to? - Wskazał dużą plamę zieleni i plamę różu na dnie.

Przyjrzała się uważnie. Różową plamę tworzyła jakaś odmiana skorupiaków, może krewetek, a zieloną - wodorosty.

- Nie rozumiem...

I nagle uświadomiła sobie, że te niby-krewetki zgromadzone są na mniej więcej kwadratowym obszarze otoczonym murkiem kamieni usypanych na morskim piasku i patrolowanym przez kraby wielkości dłoni. Wodorosty także pokrywały kwadrat dna o boku około dwóch metrów. Przy nich też pracowały kraby - sunęły po powierzchni tam i z powrotem w równoległych liniach... jakby kosiły trawnik.

Całe przybrzeżne dno przy plaży, jak daleko sięgała wzrokiem w obie strony, pocięte było na kwadraty i prostokąty, zielone, różowe, fioletowe i w innych kolorach.

- Och...

Porucznik Hemingway wyszczerzył zęby w szerokim uśmiechu.

- „Och", kapitanie?
- Nie musisz tak się puszyć, Hemingway.
- Fa-hrrmy - odezwał się beagle, wpatrzony w wodę jak ona.
- Małe fa-hrrmy.
- Tak jest - zgodził się Hemingway. - Wyraźnie mamy przed sobą staranną, świadomą i celową kultywację dokonywaną przez ten gatunek krabów. Następny krok... Proszę za mną, kapitanie...

Przeszli plażą do czegoś, co wyglądało jak prosty, długi, sięgający poza wydmy rów melioracyjny. Do morza spływała nim woda. Miał ze trzy metry szerokości, a na powierzchni unosiły się różne śmieci. Maggie pomyślała, że są to różne odpadki z głębi lądu, spłukane przez sztorm...

Nie. „Śmieci" płynęły w dwóch kolumnach, jedna w stronę morza, druga z powrotem. Tworzyły niewielkie kwadraty i prostokąty. Te spływające do morza niosły coś, co faktycznie wyglądało na odpadki, jak na przykład puste różowe skorupki. Te płynące od morza ku wydmom niosły „krewetki" i wodorosty.

Śnieżek pochylił się; rozchylił czarne nozdrza i wciągnął zapach. Maggie przez moment poczuła ciekawość, co on widzi, co wyczuwa... Co widzi ona sama?

Te niewielkie jasnobrązowe maty były tratwami. Celowo skonstruowanymi. Przypominały jej duże podkładki na stół. W stronę morza spływały z prądem, ale te płynące w górę były cienkimi sznureczkami uwiązane do krabów na brzegu – większych niż widziała na farmach wodorostów, ciągnących tratwy w górę. Zauważyła także mniejsze kraby; każde z tych dużych zwierząt pociągowych miało obok co najmniej jednego małego kraba, którzy trzymał w szczypcach... bat? Coś w tym rodzaju. A na każdej tratwie także płynął jeden czy dwa małe kraby, w szczypcach ściskały uchwyty kierujące jakby sterem...

Cofnęła się.

– Niemożliwe.

– Możliwe, kapitanie. – Hemingway uśmiechnął się szeroko. – Wiele jest możliwości dla życia, a także wytwarzania narzędzi i budowy cywilizacji. Tutaj szansę wykorzystały kraby. Czemu nie? Na Podstawowej kraby pochodzą z okresu jurajskiego, są ich tysiące gatunków i bywają całkiem sprytne: porozumiewają się stukaniem szczypiec, walczą o samice, kopią nory. Nie mają rąk, ale takimi szczypcami można sporo zrobić.

– Nie reagują na nas, prawda? Sześciu stojących nad nimi wielkich osobników...

– Za duzi – warknął Śnieżek. – Nie widzą.

– To możliwe – zgodził się Hemingway. – Może są fizycznie niezdolne do patrzenia w górę. To im niepotrzebne. Albo może nie są zdolne, by nas rozpoznać, jesteśmy zbyt dziwni, jak chmury leżące na ziemi...

– Wspomniałeś o cywilizacji. Ja tu widzę mnóstwo tratw i rybaków. Jaka cywilizacja?
Wyprostował się.
– Zaraz za wydmami, kapitanie.

* * *

Miasto krabów rozciągało się wokół czegoś, co Gerry Hemingway uważał za kompleks świątynny. A może to był pałac. Duży kanciasty budynek z otwartymi portykami wzdłuż sadzawki pełnej mętnej zielonej wody. Nad tą „świątynią" wyrastał posąg kraba – ogromny, wysokości połowy wzrostu dorosłego człowieka. Wokół sadzawki stały rzędem mniejsze rzeźby krabów z uniesionymi szczypcami, choć Maggie wydawało się, że te kopie naturalnych rozmiarów wyglądają raczej jak zwłoki czy może odrzucone skorupy.

Kompleks sadzawki i pałacu otaczały ze wszystkich stron inne budynki, wszystkie mniej więcej prostokątne w formie, choć o zaokrąglonych krawędziach, i wszystkie zbudowane z jakiejś twardej brązowej substancji. Pałac stanowił centrum siatki prostych ulic. Kanał od morza prowadził do sporego obszaru, zajętego chyba przez składy. Maggie przypuszczała, że z jednej strony dociera tu żywność, z drugiej pakuje się i wysyła odpadki. Miała przed sobą prawdziwe miasto, w dodatku zbudowane w zaskakująco ludzkim stylu – całkiem niepodobne do nieregularnego miasta beagle'i. Wszystkie ulice roiły się od krabów biegających we wszystkie strony. Nie było żadnych pojazdów, choć Maggie zauważyła małe kraby jeżdżące na grzbietach większych.

Mogła przekraczać nad najwyższymi budynkami jak Guliwer w krainie Liliputów. Gdziekolwiek postawiła stopy – bardzo ostrożnie – kraby nadal chyba nie postrzegały jej właściwie, tylko biegły bokiem, omijając jej buty.

Kiedy uniosła głowę, zobaczyła na niebie uspokajające cielska twainów, jak przypomnienie rzeczywistości.

– Boże święty! – westchnęła, zwracając się do Hemingwaya. – To jak makieta zwykłego miasta. Ciągle mam wrażenie, że zaraz skądś wyjedzie zabawkowy pociąg.

Hemingway wyraźnie nie mógł się doczekać, by jej wszystko wyjaśnić.

– Trochę już wiemy, kapitanie. Obserwujemy te kraby od dwudziestu czterech godzin. Myślimy, że te... – Schylił się i pokazał jednego.

– Ci sternicy na tratwach?

– Tak. Myślimy, że to oni są inteligentni. To samce i wydaje się, że tu dominują. Te inne, trochę większe, to samice tego gatunku... Wiele typów krabów cechuje dymorfizm płciowy. Aha, wydaje się też, że wykorzystują inny gatunek jako zwierzęta pociągowe, możliwe, że też jako źródło pożywienia, jako robotników budowlanych... Chyba nie wynalazły koła; niech pani spojrzy, jeżdżą wierzchem na tych głupszych. Budynki zrobione są z jakiejś pasty, przeżutych muszli i śliny; kraby mają takie specjalne zwierzę, które się specjalizuje w jej produkcji. Tutaj widzi pani duży obszar obróbki żywności. Nie mamy pojęcia o przeznaczeniu innych budynków czy dzielnic, choć niektóre są chyba mieszkalne. Na Podstawowej kraby lubią zamieszkiwać zagłębienia, jaskinie, jamy, które sobie wykopują w dnie...

Maggie schyliła się i przyjrzała nieruchomym posągom krabów wokół sadzawki.

– Kraby zrzucają skorupę, prawda?

– Tak, pani kapitan. Zrzucają dość regularnie. I może z tym właśnie mamy do czynienia. To nie są rzeźby, jak w przypadku tego wielkiego koło pałacu, ale stare skorupy zrzucone przez... przez kogo? Przez władcę, przez jego przodków, linię kapłanów? Zachowano je tutaj w celach ceremonialnych.

– Sporo domysłów, Gerry.

– Tak jest, kapitanie.

– Więcej nadchodzi – ostrzegł Śnieżek i odsunął się z arterii prowadzącej do sadzawki.

Zbliżała się długa kolumna krabów zmierzająca w kierunku centralnego kompleksu. Większość miała rozmiar sterników tratew, ale było też kilka innych. Niektóre miały skorupy ozdobione kolorowymi plamami, czarnymi, czerwonymi, fioletowymi – możliwe, że wykorzystały jakąś pochodną atramentu mątwy, pomyślała Maggie. Inne, idące z boków, głośno szczękały wznoszonymi w górę szczypcami. Wśród tego tłumu szły też inne, smętne, z poobijanymi, podrapanymi skorupami. Niektóre nawet nie miały szczypiec – czyżby je im odcięto?

Jedynym dźwiękiem był grzechot szczypiec i chrzęst tysięcy skorup, odgłos podobny do niesionego wiatrem, uderzającego o szybę piasku.

– Żołnierze z pobitymi w-hrrogami – stwierdził Śnieżek ze smutkiem. – Od-hrrąbali im b-hrroń.

– Możliwe. W przeszłości na Podstawowej często organizowano takie defilady tryumfalne.

– A może ci, co grają na kastanietach, też nie wydają dźwięków losowo – zastanowił się Hemingway. – Niektóre gatunki krabów porozumiewają się w ten sposób. Na Podstawowej przekaz brzmi zwykle: „To jedzenie jest moje", ale tutaj musi być bardziej złożony.

– Ciekawe, jaki los czeka więźniów, kiedy dotrą do sadzawki – zastanowiła się Maggie.

– Coś się dzieje w pałacu – zauważył Hemingway. – Wychodzi jakaś grupa. – Skinął na swój zespół. – Uważajcie, żeby nagrać każdą chwilę.

– Tak jest.

Maggie schyliła się, by zobaczyć, kto wychodzi z tego pałacu z muszli i śliny. Duży krab w samym środku grupy z pewnością był tu postacią centralną. Maggie wydawał się starszy, cięższy i w nieokreślony sposób arogancki. Otaczał go krąg dziwnie wyglądających akolitów, różowych i jakby delikatnych...

– O Boże! – zawołała. – Nie mają skorup!

– Może je właśnie zrzuciły – odparł Hemingway. – W czasie linienia krab wychodzi ze swej skorupy... Chociaż te kraby mają odpowiedni rozmiar, żeby być samicami. U niektórych gatunków samice kopulują tylko po opuszczeniu skorupy, bo wtedy są miękkie. Hm... Być może ten władca ma jakiś sposób, by nie pozwolić swojemu haremowi na tworzenie nowych skorup. Wtedy samice są dla niego seksualnie dostępne w każdej chwili.

– Oj...

– Tak jest, kapitanie. O, procesja dotarła do wody.

Ostateczny los jeńców okazał się niegodny pozazdroszczenia. Żołnierze z malowanymi skorupami jednego po drugim wrzucali do wody. Cała sadzawka zawrzała od gorączkowej aktywności; zaraz na powierzchni gęsto było od kawałków ciał i skorup, i walczących, wyrywających się ofiar.

Wszyscy jeńcy zostali wrzuceni do wody; kraby z pałacu przyglądały się temu.

– Ciekawe, co trzymają w sadzawce – rzekł Hemingway. – Jakieś piranie?

– Dzieci – stwierdził Śnieżek.

– Co?

– Dzieci. K-hrrabowe dzieci matka hrrodzi do wody. Pływają, szukają jedzenia. Nie jak szczeniaki, nie ssą.

– Aha. I w tej sadzawce...

– Dzieci władc-cy tego miasta. Zjadają w-hrrogów. Przezz to dzieci mocniejsze. Walczą z sobą. Tak się zdarza u nass. Szczeniaki hrrozdzie-hrrają pokonanych w-hrrogów matki.

Hemingway i Maggie spojrzeli na siebie nawzajem.

– Nigdy bym o tym w taki sposób nie pomyślał – rzekł Hemingway. – To ma sens: logika kultury będąca pochodną imperatywu ich biologii.

Śnieżkowi musieli to przetłumaczyć na prostsze pojęcia, a kiedy zrozumiał, zwrócił się do Maggie.

– Twoja myś-śl, moja myś-śl zawsze na łassce k-hrrwi, ciała. Trzeba innej k-hrrwi, innego ciała, żeby wykazać myśl. Moja k-hrrew nie twoja. Moja myś-śl nie twoja.

Maggie się uśmiechnęła.

– Masz rację, do diabła. Właśnie dlatego chciałam cię mieć na pokładzie, Śnieżek. Inny sposób myślenia z innej perspektywy biologicznej. Dzięki temu możemy się pozbyć założeń, z których nie zdajemy sobie sprawy. Po co byłaby nam Długa Ziemia, gdybyśmy nie mogli łączyć umysłów? Liczę, że macie już bardziej konstruktywne wrażenia na nasz temat, kadecie, niż podobno ludzie z waszego świata.

Zdawało się, że Śnieżek zmarszczył czoło – zawsze trudno było odczytać wyraz jego twarzy.

– Kons-shrr... Konst-hrr...

– Chodziło mi o lepsze. Wiem, że nie podoba się wam, jak traktujemy nasze psy. Ale wiecie, że tak naprawdę opiekujemy się nimi.

Hemingwaya zainteresowała ich rozmowa.

– Nie tylko to, kapitanie. Niektórzy sądzą, że relacje z psami miały wpływ na naszą ewolucję. I może jeśli pociągniemy ten eksperyment ze Śnieżkiem, jeśli w przyszłości będziemy pracować wspólnie...

Śnieżek przyglądał mu się z powagą.

– Moż-że ludzie będą się hrrozmnażać lepiej niż dotąd.

Maggie uśmiechnęła się szerzej.

– Kadecie, zanotuję w dzienniku, że właśnie zażartowaliście po raz pierwszy. A teraz wracajmy do tych krabów... – Przykucnęła, obserwując krwawą ceremonię. – Wiecie, więcej mamy wspólnego z tymi maluchami, niż się wydaje – powiedziała. – My, to znaczy ludzie i beagle'e. Jak my, używają narzędzi. Jak my, budują miasta. Wiemy, czy potrafią liczyć, Gerry? Znają pismo?

– Ehm, kapitanie...

– Gdyby istniał jakiś sposób, żeby zwerbować jednego z nich do załogi „Armstronga"...

– Kapitanie! – To zabrzmiało nagląco.

– Co? – Odwróciła się.

Zakłopotany skinął ręką...

– Róg tej świątyni. Pani, ehm... pośladek...

Obejrzała się do tyłu.

– Oj... Zdemolowałam zachodnie skrzydło.

– Te-hrraz nass widzą – ostrzegł Śnieżek.

Maggie zobaczyła, jak ten jakoby władca wygraża jej swoimi wielkimi szczypcami, demonstrując nieco komiczną i miniaturową wściekłość; konkubiny z miękkimi ciałami rozbiegły się naokoło. Wszędzie rozbrzmiewał stuk szczypiec – narastająca fala cichego, lecz upartego dźwięku.

Obraziła króla Liliputów, trącając pupą jego pałac. Starała się nie roześmiać.

Aż nagle poczuła, że grunt zadrżał.

– Ehm... kapitanie – rzekł Hemingway. – Ten wielki krab przed budynkiem... Ten naprawdę wielki...

– Co z nim?

– Myśleliśmy, że to rzeźba.

– Tak?

– No więc nie.

– A co to jest?

– Skorupa, kapitanie. Jeszcze jedna skorupa.

– Skorupa czego? Aha... tego, co wyłazi spod ziemi, o tam... Rozumiem. Co radzicie, poruczniku?

Nie wahał się ani chwili.

– Uciekać, kapitanie!

Rzucili się do ucieczki przed krabem, który wyskoczył ze swej nory w piaszczystym gruncie – krabem wielkości małego niedźwiedzia i szybkim jak gepard, choć biegł bokiem.

* * *

Oba sterowce stały tam przez trzy dni, obserwując, mierząc i pobierając próbki. Zostawili na miejscu trzech ochotników z działu Hemingwaya, z zadaniem studiowania cywilizacji krabów, nawiązania kontaktu, jeśli zdołają – i przeżycia jako minimum.

Potem polecieli dalej.

ROZDZIAŁ 16

Frank Wood zrobił krok naprzód, oddalając się od MEM-a. Tu, na Marsie, na tym Marsie wszystko wyglądało dziwnie, wszystkie znajome elementy zostały zniekształcone. Słońce zmalało, ale świeciło bardzo jasno, skały wokół rzucały ostre cienie na czerwoną piaszczystą równinę. Frank mógłby stać w tej chwili na jakiejś pustynnej wyżynie na Ziemi, tyle że powietrze było tu bardziej rozrzedzone niż na szczycie Everestu. Mimo to warunki wydawały się stosunkowo łagodne. Nie tak złe jak na prawdziwym Marsie – Marsie Podstawowym. Owszem, zimno i atmosfera rzadka, ale nie aż tak zimno i nie aż tak rzadka.

Niebo nad horyzontem przybierało barwę brązu, lecz gdy Frank odchylił głowę, przekonał się, że w górze jest ciemnoniebieskie – choć ruchy głową nie były łatwe w skafandrze powierzchniowym, ciepłym i wielowarstwowym, z pełną maską na twarzy. Gdzieś na tym niebie powinna być Ziemia, gwiazda zaranna w pobliżu Słońca. Ale nie tutaj. Nie we wszechświecie Szczeliny.

Zrobił kolejny krok.

Ruchy były jak we śnie, coś pośredniego między chodzeniem i płynięciem w powietrzu. Po tygodniach spędzonych w stanie nieważkości potrzebował czasu, by organizm wrócił do normy – rozjechał się cały rozkład płynów organicznych, mięśnie osłabły mimo godzin spędzonych na bieżni. Wyczucie równowagi także było niepewne, więc ten nowy świat nieprzyjemnie się kołysał. Ale z każdym krokiem Frank czuł się odrobinę silniejszy. Był Frankiem Woodem, lat sześćdziesiąt jeden, i spacerował po Mangala Valles, równikowej lokalizacji o nazwie nadanej jeszcze przez kartografów NASA; pochodziła od określenia Marsa w sanskrycie, a jeśli rzeczywiście sanskryt był źródłem większości języków zachodnich, prawdopodobnie była to najstarsza znana nazwa Marsa.

Pierwszy człowiek na Marsie... w każdym razie na jakimś Marsie. Kto by pomyślał? Ta chwila wynagradzała mu lata rozczarowań, kiedy po Dniu Przekroczenia zamknięto program kosmiczny; wynagradzała trudy lotu, tygodni podróży bez żadnego towarzystwa prócz psychotycznych ojca i córki, a w końcu mrożące krew w żyłach lądowanie w Marsjańskim Module Ekspedycyjnym, niesprawdzonym pojeździe opadającym w praktycznie nieznaną atmosferę. To wszystko nie miało teraz znaczenia. Przeżył i był tutaj.

Krzyknął radośnie i zatańczył; butami wyrzucał w górę marsjański piasek. Nie spieprzy tej sprawy.

– Hej, Tom Swift... – zamruczał w słuchawce głos Sally. – Wracaj do programu.

Frank westchnął.

– Zrozumiałem, Sally.

Wziął się do pracy.

* * *

Najpierw odwrócił się do MEM-a.

Lądownik był tak zwaną dwustożkową kapsułą nośną – przypominał samolot z grubym kadłubem, umieszczony na delikatnych z wyglądu płozach; płytki osłony termicznej i krawędzie natarcia były przypalone po wejściu w atmosferę.

Frank podszedł do statku i z wysuwanej płyty zdjął kamerę telewizyjną. Pomęczył się trochę, ale w końcu umocował ją do uprzęży na piersi. Wziął też zestaw flagowy, czyli składany maszt i flagę w worku polietylenowym.

O kolejne kilka kroków przesunął granicę ludzkiej eksploracji tego Marsa.

– Odchodzę teraz od lądownika. Zamierzam przejść ostrożnie do obszaru oświetlonego słońcem.

Kiedy opuścił cień MEM-a, odwrócił się, by kamera szerokim ujęciem pokazała pejzaż.

– Obraz jest trochę rozmyty, Frank. Za szybko przesuwasz obiektyw.

Frank posłusznie zwolnił obrót. Marsjański grunt pod podeszwami wydawał się trochę śliski. W tym miejscu nie widział żadnych śladów lądowania, żadnego pyłu spod podwozia. Gleba pod nogami wydawała się dziewicza. Piaski Marsa, na Boga!

Kawałek dalej na zachód zobaczył ciemniejszą, delikatną linię na piasku. Wyglądała jak niski grzbiet, stromą stroną odwrócony od niego – może brzeg krateru. Ruszył tam, oddalając się od MEM-a.

– Nie wychodź poza pole widzenia – ostrzegła Sally.

Krater miał średnicę kilkudziesięciu metrów, przypominał płytką, regularną misę z ostro zaznaczoną, choć kruszącą się krawędzią. U jej podstawy migotał lód – wyglądał jak skorupa na ciekłej wodzie. A dookoła rozrzucone bryły podobne do piłek, gładkoskóre i na oko wytrzymałe, lekko zielonkawe pod patyną rdzawego pyłu.

– Są jak kaktusy – informował Frank podniecony. – Widzieliśmy takie na zdjęciach z lądownika. Bardzo odporne, z wysoką tolerancją na suszę... ale bez kolców. Pewnie tutaj nie ma żadnych marsjańskich zwierzaków, które podżerają je w poszukiwaniu wilgoci.

– Znowu wypadłeś z programu, Frank.

– Czy tylko o tym potrafisz myśleć? Nawet teraz?

– To twoja lista. Jak tylko próbuję jej przestrzegać.

– Szlag... No dobra.

Potrzebował tylko chwili, by rozłożyć teleskopowy maszt i wbić zaostrzony koniec w twardy grunt. Wyjął z torby i umocował do masztu amerykańską flagę. Flaga była udoskonalona, holograficzna, symbolizująca Egidę USA. To miejsce – tuż obok marsjańskiego ogrodu – nadawało się na niewielką ceremonię.

Frank ustawił kamerę na ziemi, stanął przed obiektywem i sprawdził, że jest w polu widzenia z MEM-a.

– Słyszysz mnie, Sally?
– Załatw to szybko.
Frank wyprostował się i zasalutował.
– Piętnasty marca roku 2045. Ja, Francis Paul Wood, niniejszym przejmuję to terytorium oraz wszystkie terytoria i ich wykroczne cienie na tym Marsie jako prawny obszar Stanów Zjednoczonych Ameryki Północnej, by stały się dominium Stanów Zjednoczonych Ameryki Północnej, podległym jej rządom i prawom...

Nagle obok wyrosła jakaś postać.

Frank zachwiał się zaszokowany. Człowiek w pokrytym szronem skafandrze pojawił się znikąd. W słuchawkach zahuczał stentorowy głos śpiewający jakąś pieśń. Frank nie rozumiał słów, ale poznał melodię.

– To hymn Rosji! Co u...
– Za późno, żeby przejąć te tereny, jankesie! Potrzebujecie większej flagi!

Frank wyprostował się.

– Kim jesteś, do cholery?
– Spóźniłeś się, Wiktor! – zawołał Willis Linsay.

Rosjanin zasalutował MEM-owi.

– Też się cieszę, że cię widzę, Willis. Przedstawisz mnie temu gościowi tutaj? Hej... Masz na imię Frank? Chcesz, to cię nauczę refrenu. Spróbuj po angielsku: *Chwała ci, nasza wolna Ojczyzno, prastary związku bratnich narodów...* Hej, Willis! – Klepnął plastikowe pudełko u pasa. – Przy okazji: krokery na Marsie działają.
– To widzę.
– *Ludowa mądrości dana przez przodków! Chwała ci, kraju! Jesteśmy z ciebie dumni!...*

ROZDZIAŁ 17

Załoga „Galileo", z niewielką pomocą Wiktora Iwanowa, nieoczekiwanej jednoosobowej grupy powitalnej – nieoczekiwanej dla Sally i Franka – przez kolejne dwadzieścia cztery godziny wyłączała funkcje lądownika MEM i rozpakowywała ładunek. Obejmował on również prefabrykowane komponenty dwóch samolotów. Miały to być szybowce, lekkie i wiotkie, co Sally zrozumiała, gdy tylko części rozmieszczono na cienkich płachtach ułożonych na piaszczystym gruncie. W tych delikatnych pojazdach mieli badać Długiego Marsa, jak dowiedziała się od ojca. Jeden miał się nazywać „Wodan", drugi – „Thor".

Potrzebowała kilku godzin, by się przyzwyczaić do marsjańskich warunków. Przy niskim ciśnieniu atmosferycznym skafander cały czas próbował nadąć się jak balon; na szczęście sztywne połączenia na łokciach, kolanach i kostkach ułatwiały poruszanie. Zapewne będzie gorzej na wykrocznych Marsach, gdzie powietrze jest o wiele rzadsze niż tutaj. Przy niższym ciążeniu – mniej więcej jednej trzeciej ziemskiego – mogła podnosić masywne obiekty. Jednak kiedy już taki ciężar zaczął się przesuwać, miał skłonność do utrzymywania prędkości, więc musiała uważać. Chodzenie wymagało skupienia, bieganie tym bardziej. Człowiek odrywał się od gruntu przy każdym kroku. Po kilku eksperymentach przekonała się, że najprostszy jest jednak lekki trucht, ale musiała mocno się pochylać, bo wtedy stopy silniej odpychały marsjański grunt, maksymalizując tarcie.

Frank łagodnie pokpiwał z jej wysiłków.
– Jeszcze cię zaangażujemy do szkolenia astronautów.
Sally ćwiczyła, całkowicie skupiona. Zdolność ucieczki należała do podstawowych warunków przetrwania, a zatem miała zamiar jak najlepiej opanować bieganie na Marsie.

Gdy Willis i Frank pracowicie składali szybowce, Sally bliżej poznała ich niespodziewanego gościa.

– Ty lubiła niespodziankę? Lądujecie na pustym Marsie, Boże chroń Amerykę, aż tu ziuut! Wielki gruby Ruski tu pierwszy! Ha, ha!

* * *

Wiktor zaprosił Sally, żeby odwiedziła jego bazę i poznała kolegów.

– Marsograd. Willis ją nazywa Marsograd. To nie nazwa, wy nie wymówicie jej nazwy. Niedaleko stąd, paręset kilometrów. Na boku Arsia Mons, jednego z wielkich kraterów Tharsis. Monitorujemy wulkany, ważna robota, próbujemy rozumieć. Przyjedź z wizytą.

Dlaczego nie, u diabła? Niech Willis i Frank sami się bawią samolocikami.

Pojazd Wiktora, zaparkowany w głębokim młodym kraterze poza polem widzenia z MEM-a, okazał się dużą, solidną ciężarówką na wielkich oponach, z kabiną okrytą bąblem podrapanego perspexu. Dla Sally wyglądał jak podrasowany traktor. W kabinie mocno pachniało olejem i brudnymi Rosjanami płci męskiej, a system obiegu powietrza grzechotał alarmująco. Ale było tu ciepło i wygodnie.

Potoczyli się mniej więcej na północny wschód, podskakiwali na zasypanym kamieniami gruncie, podążając za śladami opon, które ten pojazd zapewne sam wcześniej zostawił. Niebo, bezchmurne dzisiaj – w drugim dniu jej pobytu na Marsie – było niebieskie, z wyjątkiem pasa nad horyzontem, gdzie nabierało bardziej marsjańskiej rdzawobrązowej barwy. Wyraźnie widziała, że istnieje tu życie: te okrągłe i twarde niby-kaktusy, coś podobnego do drzew, pogiętych i pochylonych, z niedużymi ostrymi liśćmi... Nawet coś w rodzaju trzcin czy wysokiej trawy, w której każde źdźbło zwracało się wklęsłą stroną w stronę światła. Wyobraziła sobie, jak te źdźbła śledzą Słońce, kiedy toczy się po niebie w czasie marsjańskiego dnia.

– Jak w książce – powiedziała.

– Hm?

– Tak sobie wyobrażali Marsa ponad sto lat temu. Surowy, ale podobny do Ziemi, tylko że z bardziej odpornymi formami życia. A nie taka wypalona słońcem pustynia bez powietrza, jaką naprawdę znaleźliśmy, kiedy nasze sondy tam dotarły.

Wiktor wzruszył ramionami.

– Większość Marsów jak nasz Mars. Zobaczysz. Tutaj wyjątek. Specjalna okoliczność.

Wydawał się dumny ze swego wehikułu. Poklepał ciężką kierownicę.

– Willis to nazywa Marsochod. Nie jego nazwa, nie wymówicie nazwy. Jedzie na paliwie metanowym z naszych zakładów chemicznych.

– Nawet nie wiedziałam, że Rosjanie badają Szczelinę.

Uśmiechnął się. Miał około czterdziestu lat, smagłą twarz, pomarszczoną i ze śladami potu po długich godzinach spędzonych w masce, i rozczochrane czarne tłuste włosy.

– Szczelina Kosmosu to osada kowbojów w Anglii. Nie wiedzą o Rosjanach. Nie są ciekawi i nie patrzą. Pewnie, że Rosjanie tu są. Mamy bazę na świecie po drugiej stronie Szczeliny, na wybrzeżu Bałtyku, wysoka szerokość. Nazywa się Gwiezdne Miasto. Jak miasteczko akademickie, zakłady produkcyjne i baza wojskowa naraz. Chińczycy też są, ale niedużo. Większość o sobie nie wie. Skąd mamy wiedzieć? Wielkie puste Ziemie. Nie ma satelitów szpiegowskich. Jaka różnica, jeden tutaj czy wszyscy? Szczelina to brama do wielkiego wszechświata. Willis wie.

– Pewnie wie. – I pewnie dlatego na przykład znał prawdziwy kolor marsjańskiego nieba. – To znaczy, że Rosjanie byli tu pierwsi, na tym Marsie Szczeliny?

– Oczywiście. Nasze flagi, nasze hymny. Ale pomagamy Willisowi. Czemu nie? Ludzie razem, paru nas tylko na wielkim zimnym świecie. Teraz on zbada Długiego Marsa. Co znajdzie, się podzieli.

Może i tak, pomyślała.

– Słuchaj, Wiktorze, kiedy się spotkaliśmy, mówiłeś coś o tym, że kroker działa. Jaki kroker?

Znów się uśmiechnął.

– Tatuś nie powiedział? Jest z tyłu.

Za siedzeniami piętrzył się bezładny stos bagażu. Zaczęła w nim grzebać, podskakując nieprzyjemnie, kiedy w niskiej grawitacji łazik przetaczał się nad kamieniami. Wreszcie znalazła plastikowe pudełko, które Wiktor nosił u paska, kiedy pierwszy raz go zobaczyli. Otworzyła je bez trudu, gdy odgięła kilka zatrzasków. Wewnątrz znalazła zwój przewodów i elektroniki, w których rozpoznała obwody krokera, aparatu pomagającego ludziom przekraczać – przynajmniej większości ludzi, nawet jeśli nie mieli naturalnych zdolności, takich jak ona i Joshua. Zasadniczo był to wynalazek jej ojca. Jedynym, co różniło go od tysiąca podobnych pudełek – od kłębków przewodów lutowanych przez nastolatków po eleganckie i kuloodporne modele wydawane policji i wojsku – był brak ziemniaka, typowego i niemal komicznego elementu zasilającego cały układ. Zamiast niego wewnątrz tkwiła szarozielona purchawka.

– Co to jest?

– Marsjański kaktus. Miejscowy. Mój kolega Aleksiej Kryłow nadaje im wymyślne łacińskie nazwy. Używamy tu zamiast ziemniaka. Oczywiście ziemniaki też hodujemy. Z kaktusa nie zrobi się wódki. Zobaczysz.

* * *

Droga do Marsogradu zajęła im tylko kilka godzin.

Przez ostatnią godzinę, mniej więcej, teren wznosił się jednostajnie; wjeżdżali do Tharsis, regionu ogromnych wulkanów, łącznie z Olympus Mons. Wiktor wskazał na północnym zachodzie Arsia

Mons, jeden z mniejszych. Było to lekkie wzniesienie, jakby wybrzuszenie horyzontu. Wulkany Tharsis na tym Marsie, tak samo jak na Marsie Podstawowym, były tak wielkie, że człowiek nie widział ich z poziomu gruntu.

Rosyjska baza rozciągała się wokół pęku żółknących plastikowych kopuł, wyraźnie prefabrykowanych. Wokół nich tłoczyły się budowle dziwnie podobne do tipi – wsporniki z czegoś będącego chyba miejscowym „drewnem" owinięte jakimś rodzajem skór. Skóry zwierząt? Wszystkie tipi były uszczelnione starymi płachtami polietylenowymi i połączone rurami z sypiącym się trochę systemem cyrkulacji powietrza oraz uprawami roślin oczyszczających atmosferę. W pewnej odległości od centralnego kompleksu mieszkalnego skalisty teren pokrywały wielkie panele baterii słonecznych.

Wiktor podjechał łazikiem do plastikowej rury, która okazała się prymitywną śluzą, wystarczającą jednak na tym zadziwiająco łagodnym Marsie. Tamtędy wprowadził Sally do kopuły. Rozpinając skafandry, przeszli do czegoś, co najwyraźniej było kambuzem. Mocne zapachy kawy i alkoholu przesłaniały nieprzyjemny odór ciał i odpadków. Ekran telewizora na ścianie pokazywał mecz hokejowy Rosja–Kanada.

– To tylko program telewizyjny – wyjaśnił z żalem Wiktor. – Nagrany, przeniesiony przez dwa miliony światów, transmitowany do nas ze stacji w Szczelinie. Teraz nie ma już hokeja.

– Bo nie ma Rosji po Yellowstone?

– Właśnie. Niektóre mecze oglądamy i oglądamy. Czasami pijemy tyle, żeby zapomnieć wynik i robić zakłady.

Dwóch mężczyzn weszło do kambuza, najwyraźniej ściągniętych tu rozmową. Jeden był podobny do Wiktora – wysoki, smagły, pod pięćdziesiątkę; nosił niebieski kombinezon w stylu dawnych kosmonautów, a nazwisko na naszywce wypisano alfabetem łacińskim i cyrylicą: Djanibekov, S. Wiktor przedstawił go jako Siergieja. Drugi, w przybrudzonym białym fartuchu laboratoryjnym, szczuplejszy, jasnowłosy, przed czterdziestką – Krilov, A. – to Aleksiej.

Trzej mężczyźni, od dawna bez kobiet, pożerali ją wzrokiem. Ale Sally spojrzała im prosto w oczy, Wiktorowi także, odpychająco.

Miała to wypraktykowane. Już jako nastolatka wędrowała samotnie po Długiej Ziemi i była weteranem takich spotkań. Ci trzej wydawali się całkiem niegroźni.

Gdy już minęła pierwsza chwila niepewności, okazali się sympatyczni. Nawet nadskakiwali jej trochę, jak dzieci, które chcą się przypodobać rodzicom. Angielski Siergieja był o wiele gorszy niż Wiktora, natomiast Aleksieja – o wiele lepszy. Oczywiście nawet ten Siergieja był o niebo lepszy od rosyjskiego Sally, która w ogóle nie znała tego języka.

Zaprowadzili ją do czegoś, co nazywali „pokojem gościnnym", zajmującego jeden z tych podobnych do tipi szałasów. Zaciekawiona, rozejrzała się po wnętrzu. Na podłodze leżał jakby chodnik zrobiony z grubej brązowo-białej wełny. Zewnętrzna powłoka wydawała się całkiem zwyczajną, z grubsza wyprawioną skórą, natomiast marsjańskie drewno było tak twarde i gładkie, że sprawiało wrażenie plastiku – uznała to za jakąś adaptację, by lepiej chronić wilgoć.

Wróciła do kambuza. Siergiej uprzejmie, choć niemal bez słowa, zaproponował jej wielki luźny sweter, najwyraźniej zrobiony z tej samej wełny co chodnik. Wprawdzie sweter mocno pachniał regularnym użytkownikiem, ale wciągnęła go z wdzięcznością; był przyjemnie ciepły w bazie, która słabo chroniła przed marsjańskim chłodem. Podali jej spóźniony obiad z kapusty i buraków, a nawet parę małych, pomarszczonych jabłek – domyśliła się, że stanowią wielki skarb i ten poczęstunek jest ogromnym zaszczytem. Zaproponowali wódkę, której odmówiła, i kawę, a raczej jakąś imitację kawy, mocno paloną, którą przyjęła.

Aleksiej uparł się, że przed zachodem słońca pokaże jej resztę kompleksu bazy.

– Jestem biologiem stacji – wyjaśnił z niejaką dumą. – A także kimś najbliższym medyka, jakim tu dysponujemy. Wszyscy mamy po kilka funkcji, to konieczność w tak małym zespole.

Kopuły łączyły się tunelami z przezroczystego plastiku, więc można było przemieszczać się po bazie, nie wychodząc na marsjańską atmosferę; śluzy zamykały się automatycznie w przypadku utraty szczelności. Ponieważ cała baza była w ten sposób połączona, Sally nie mogła uciec przed dominującym odorem niemytych ciał – na szczęście dalej od centralnych pomieszczeń stawał się wyraźnie słabszy. Aleksiej kazał jej przez cały czas nosić na szyi maskę tlenową, na wypadek gdyby coś przebiło ścianę. Sally całe dziesięciolecia przeżyła samotnie na Długiej Ziemi, więc nie musiał jej przekonywać do środków ostrożności.

Niektóre kopuły miały przeznaczenie przemysłowe; zwarte, prymitywne z wyglądu maszyny przerabiały marsjańską atmosferę i wodę na zdatne do oddychania powietrze i paliwo, takie jak metan i wodór, albo z tutejszej rdzawej gleby wydobywały żelazo. Aleksiej wyjaśnił, że pracują także nad „zestawami Zubrina" – jak tłumaczył, były zaadaptowane, by wytwarzać metan i tlen w surowszych warunkach bardziej typowych wersji Marsa, takich jak Mars Ziemi Podstawowej.

– Na ubogie Marsy trzeba importować wodór. Ale tona wodoru przerobiona z marsjańskim powietrzem daje szesnaście ton metanu i tlenu. Niezły zysk.

Przeszli przez kopuły rolnicze, skrywające starannie obrobione zagony zwykłych i słodkich ziemniaków oraz fasolki szparagowej. Ogrom wysiłku, jaki Rosjanie włożyli w te uprawy, był boleśnie widoczny w jakości gleby, którą udało im się stworzyć z marsjańskiego gruntu.

– To było wyzwanie. Miejscowa ziemia to rdzawy żwir pokryty siarczanami i nadchloranami.

Importowali nawet dżdżownice. Ale jak dotąd ich jedyną nagrodą były smętne pożółkłe rośliny.

Poza kopułami, otwarty na marsjańską atmosferę, znajdował się założony przez Aleksieja niewielki ogród botaniczny. Rosjanin z satysfakcją pokazał Sally swoją kolekcję miejscowej roślinności. Kaktusy były pomarszczone i twarde, a drzewa, jakie próbował wyhodować z nasion zebranych od osobników dorosłych na zboczach Arsia Mons, ledwie wyrosły.

Ze szczególną dumą zademonstrował jej kępę wysokich na kilkadziesiąt centymetrów roślin; tworzyły coś jakby wir żółtych liści na podstawie z zielonych.

– Co o tym sądzisz?
Wzruszyła ramionami.
– Brzydkie. Ale ta zieleń wydaje się bardziej ziemska niż marsjańska.
– Bo tak jest. To *Rheum nobile*, rabarbar szlachetny, a raczej jego genetycznie podrasowana wersja. Rośnie w Himalajach. Te żółte liście owijają się wokół wewnętrznej łodygi, w której są nasiona. Zaadaptował się do dużych wysokości, rozumiesz, do rozrzedzonego powietrza. Ta żółta kolumna to jakby naturalna cieplarnia.
– Nieźle. I teraz rośnie na Marsie.
Wzruszył ramionami.
– To jedna z zestawu ziemskich roślin, które prawie że dają sobie radę na tym Marsie. No i można zjadać łodygi, mniam, mniam.
Jego końcową niespodzianką, trzymaną pod osobną kopułą, było stadko alpak. Niezgrabne z wyglądu zwierzaki, przeniesione tu jako embriony z gór Ameryki Południowej, gryzły twardą trawę. Patrzyły na ludzi, a ich wełniste pyszczki wydawały się zaciekawione i dziwnie wzruszające.
– Ach, stąd macie wełnę – domyśliła się Sally. – I skórę do tipi.
– Zgadza się. Mamy nadzieję, że potomkowie tych stworzeń mogą pewnego dnia zaadaptować się do życia w naturalnych marsjańskich warunkach, przynajmniej dla tego Marsa. Żeby miały się czym żywić, trzeba będzie genetycznie przystosować ziemskie trawy. A jeśli alpaki, to czemu nie ludzie? Dzisiaj ten konkretny Mars jest jak ziemia na wysokości dziewięciu, dziesięciu tysięcy metrów. Najwyżej położone miasto Ziemi Podstawowej leży w Peru, mniej więcej na pięciu tysiącach. Ludzie nie mogą żyć wyżej na stałe. A raczej my nie możemy. Nasze dzieci mogą być inne. Ten Mars jest prawie w zasięgu... dla nas, dla alpak...
– Dla rabarbaru.
– Właśnie. To jest nasza misja wyznaczona przez rząd w Moskwie. My, Rosjanie, zawsze patrzyliśmy w gwiazdy. Odkrycie tej prawie że możliwej do zasiedlenia wersji Marsa zachwyciło naszych naukowców i filozofów. My trzej byliśmy awangardą. Wysłali nas,

żebyśmy zbadali, jak ludzie mogą przeżyć na tej planecie, a także przestudiowali formy życia już tu obecne.

– Awangarda? Czyli mieli przybyć następni?

– Marsograd powinien już być wielkim miastem. Taki był plan. Wasz amerykański superwulkan zmienił wszystko, rozwiał wszystkie marzenia Rosji. No ale jesteśmy tutaj i wiele się uczymy...

Pracując właściwie samotnie, Aleksiej Kryłow zdołał wiele odkryć na temat dziwnych form życia na tym względnie łaskawym Marsie.

– Zebrałem próbki z różnych środowisk, od głębokich wilgotnych dolin po brzegi wielkich wulkanów, gdzie życie dociera prawie na krawędź kosmosu. Kaktusy mają twardą, skórzastą powłokę, która idealnie ochrania ich zapasy wody. Drzewa mają pnie twarde jak beton, a liście jak igły, żeby nie tracić wilgoci. Ale nie wyobrażaj sobie, że to prymitywne formy życia. Przetrwały w niezwykle surowych warunkach, są wysoko wyewoluowane, wysoko specjalizowane, nadzwyczaj efektywne w wykorzystaniu masy i energii. Kaktusy i drzewa fotosyntetyzują pilnie, czyli wykorzystują do rozwoju energię słoneczną. A nawiasem mówiąc, ta fotosynteza ma formę znaną z Ziemi. Wydaje się oczywiste, że życie na tym Marsie pochodzi z Ziemi.

Sally zmarszczyła brwi.

– Nie rozumiem. To jest Szczelina. Nie ma tu żadnej Ziemi.

– Och, ale są inne Ziemie niedaleko...

Jak tłumaczył Aleksiej, za czasów swej młodości Mars – wszystkie wersje Marsa – był prawdopodobnie ciepły i wilgotny, z głębokimi oceanami, okryty grubą warstwą atmosfery. Pod wieloma względami przypominał Ziemię, a w tamtych czasach był nawet łaskawszy. Biolodzy uważali, że złożone życie, rośliny i coś w rodzaju zwierząt, mogło wystartować na tym przyjaznym młodym świecie już w trakcie pierwszego miliarda lat. Na Ziemi trwało to kilka miliardów.

Ale Mars był mniejszy od Ziemi i bardziej oddalony od Słońca – i to okazało się jego zgubą. Kiedy ustaliła się geologia i wygasły wulkany, kiedy światło słoneczne zaczęło rozkładać górne warstwy atmosfery, Mars stracił dużą część powietrza. Woda zamarzła wokół biegunów, cofnęła się do wiecznej zmarzliny albo głębokich warstw podziemnych.

– Tak było na Marsie Ziemi Podstawowej i na większości pozostałych wersji planety. A tutaj Mars najwyraźniej dostawał regularne zastrzyki żywej materii z sąsiednich wykrocznych Ziemi. Pomyśl. W naszej standardowej rzeczywistości wierzono, że życie może się przenosić z Ziemi na Marsa albo odwrotnie przez wielkie wyrzuty po uderzeniach meteorytów. Tę naturalną propagację życia z planety na planetę nazywano panspermią. W Szczelinie nie ma tej oryginalnej Ziemi, ale przez ostatnie parę milionów lat istniały przekraczające istoty świadome. I co jakiś czas jakiś nieszczęsny humanoid spada z wykrocznej Ziemi do Szczeliny. Ginie w próżni, ale część jego ładunku mikroorganizmów przetrwa, wyniesiona w przestrzeń przez energię o wiele mniejszą niż katastrofalny wyrzut skał. Niektóre mikroby przeżyły i zasiały życie na Marsie. Nie raz, ale znowu i znowu.

– Rozumiem. Chyba. Pchły pechowych trolli kolonizują Marsa.

– Raczej bakterie żołądkowe. Jeśli życie dostanie szansę, będzie się rozwijać tam, gdzie jest woda, w skorupie lodowej, w zmarzlinie, w podziemnych zbiornikach. Z czasem tworzą się wielkie pętle sprzężeń zwrotnych, jak na Ziemi. Żywe organizmy pośredniczą w cyklach przemian masy i energii, w szczególności wody. Ten Mars był geologicznie i fizycznie bardzo podobny, jeśli nie identyczny z Marsem Podstawowej. Życie uczyniło go tak łagodnym, uruchamiając rezerwy wody i gazów. Ziemskie życie pomogło odtworzyć klimat i umożliwiło rozkwit marsjańskiego życia, dawnych organizmów miejscowych. Ale rozumiesz chyba, że to nietypowe. Zdarzyło się tylko z powodu Szczeliny. W języku Długiej Ziemi ten Mars jest Jokerem, wyjątkiem pośród Marsów.

– Ale i tak cudownym – stwierdziła Sally.

– O tak. Ale to nie nasze odkrycie, niestety. Pięć lat temu Chińczycy znaleźli drugą Szczelinę na wschodzie i zaobserwowali ten sam mechanizm rozprzestrzeniania życia w tamtym systemie słonecznym.

Chińczycy! Typowe. Lecz nawet pomijając panspermię, myślimy, że na wszystkich Marsach mogły przetrwać ślady oryginalnego złożonego życia, jako zarodniki, nasiona, cysty... Kto wie? Czekają na przebudzenie jak Śpiąca Królewna. Na pocałunek ciepła i wody.
– To możliwe?
Mrugnął porozumiewawczo.
– Zapytaj ojca o życie na Marsie.

* * *

Kiedy nadeszła marsjańska noc, mieszkańcy Marsogradu razem z Sally usiedli w kambuzie, najbardziej przytulnym pomieszczeniu bazy. Zjedli posiłek, którego głównym elementem były grube steki z cennego mięsa alpaki, oraz gotowany cieplarniany rabarbar na deser. Wypili jeszcze kawy i wódki, choć alkoholu Sally odmawiała.

Czuła dziwną sympatię dla tych trzech dziwaków w ich nędznych kwaterach. Wydawało się, że mają bardzo wyraźne poczucie misji.

Bardzo rozczarowała ją ludzkość, aż nazbyt często spotykała zniechęcające przykłady jej działań. Długa Ziemia okazała się w pewnym sensie zbyt łatwo dostępna. Dopiero kiedy jakaś banda idiotów zbudowała swoje śliczne miasteczko na obszarach zalewowych wykroczej Missisipi i wody zaczęły się podnosić – czy coś w tym rodzaju – zwracali na siebie uwagę Sally. Tymczasem ci Rosjanie przybyli w miejsce, gdzie przetrwanie, a nawet dostanie się tutaj było ekstremalnie trudne. I teraz demonstrowali nadzwyczajną inteligencję – choć na swój specyficzny, dość niechlujny sposób – poznając tutejsze środowisko i ucząc się w nim żyć.

Ich tragedia polegała na tym, że kraj, który powierzył im tę misję, praktycznie się rozpadł.

Dla Aleksieja Kryłowa zasadniczym problemem było to, że akademie, którym referowałby swoje odkrycia, konały powoli, jeśli w ogóle jeszcze działały.

– Nikt nie czyta moich prac. Nie ma uniwersytetów, które by mi proponowały stanowiska i dawały nagrody. Biedny Aleksiej...

Wiktor, już pijany, parsknął tylko.

– Akademie? Na Podstawowej cała Rosja opuszczona. Nie ma. Moskwa pod lodem. Niedźwiedzie polarne na placu Czerwonym. I grupy Chińczyków, które przebijają się tam od Władywostoku.

Siergiej rzadko się odzywał.

– Chińskie sukinsyny! – warknął teraz.

– Ha! My jesteśmy ostatni obywatele Rosji, jak ten kosmonauta na stacji Mir, kiedy rozpadł się Związek. Ostatni radziecki obywatel.

– Nie jest tak źle – zaprotestowała Sally. – Oczywiście, Rosja Podstawowa właściwie nie nadaje się do zamieszkania. Ale większa część ludności uciekła do cieni na Niskich Ziemiach. Długa Rosja przetrwała.

– Pewno – burknął Wiktor. – A tam próbujemy od nowa budować kraj. Jak wtedy, kiedy Mongołowie zniszczyli Kijów. A Napoleon zniszczył Moskwę. A Hitler zniszczył Stalingrad. – Pomachał Sally swoją na wpół opróżnioną szklaneczką. – My, Rosjanie, mamy powiedzenie: „Pierwsze pięćset lat jest najgorsze". Zdrowie!

Dopił alkohol i nalał sobie z butelki.

– Chińskie sukinsyny! – krzyknął Siergiej.

Wiktor poklepał go po ramieniu.

– Spokojnie, chłopie. Co tam... Niech sobie Chińczycy biorą te zamarznięte ruiny Podstawowej. A dla nas Długa Ziemia, Długi Mars... i gwiazdy!

Wypili za to. Potem za Nagrodę Nobla, której Aleksiej nigdy nie dostanie. Potem za duszę alpaki, która oddała życie, by zjedli świetne steki.

A potem próbowali nauczyć Sally słów rosyjskiego hymnu, po angielsku i po rosyjsku. Wymknęła się, by iść do łóżka, kiedy doszli do trzeciej zwrotki: *Siłę nam daje nasza wierność Ojczyźnie. Tak było, tak jest i tak będzie zawsze!...*

ROZDZIAŁ 18

Minął rok od pierwszego spotkania w Szczęśliwym Porcie, kiedy Joshua znowu zobaczył Paula Spencera Wagonera – tym razem w Madison Zachodnim 5.
– Dzień dobry, panie Valienté!
Joshua stał z siostrą Georginą na małym cmentarzyku koło Domu, którym jego stara przyjaciółka wtedy zarządzała. Po zamachu w Madison Dom został skrupulatnie odtworzony tutaj, na Zachodniej 5, a na nowym cmentarzu stały tylko dwa nagrobki. Ten nowszy należał do siostry Serendipity, kochającej gotowanie, której entuzjazm zawsze rozświetlał młode życie Joshuy – i która, według legendy Domu, ukrywała się przed FBI. Joshuę ściągnął tu pogrzeb Serendipity.

A teraz Paul głosem niemożliwym do pomylenia zawołał do niego z drugiej strony ulicy.

Joshua wraz z siostrą Georginą przeszedł przez jezdnię. Zajęło to dłuższą chwilę – Georgina także była weteranką z czasów dzieciństwa Joshuy, prawie tak starą jak Serendipity.

Paul Spencer Wagoner, teraz sześcioletni, stał obok ojca. Joshua miał wrażenie, że obaj są trochę skrępowani w nowych, szytych na Podstawowej ubraniach. Ale Paul miał podbite oko i spuchnięty policzek, a jego włosy wyglądały dziwnie, jakby nierówno obcięte. Mały synek Joshuy, Daniel Rodney, miał dopiero parę miesięcy i siostry rozpływały się nad zdjęciami, które specjalnie dla nich przywiózł.

Joshua miał w sobie dość ojcowskich odruchów, żeby drgnąć niespokojnie na widok problemów, jakie chłopiec wyraźnie przeżywał.

Nastąpiła szybka prezentacja; siostra Georgina podała rękę Paulowi i jego ojcu, który wydawał się trochę zakłopotany.

Paul uśmiechnął się do Joshuy.

– Miło znów pana poznać, panie Valienté.

– Pewnie wydedukowałeś, że tu jestem.

– Oczywiście. Wszyscy znają pańską historię i wiedzą, gdzie się pan wychowywał. Pomyślałem, że przyjdziemy zobaczyć, skoro teraz my też mieszkamy w Madison.

– Naprawdę? – Joshua spojrzał na jego ojca. – Miałem wrażenie, że Szczęśliwy Port to miejsce, gdzie ludzie raczej trafiają i zostają, niż odchodzą.

Tom Wagoner wzruszył ramionami.

– Jak dla mnie, zrobiło się tam trochę nieswojsko, panie Valienté…

– Joshuo.

– Moja żona była ze Szczęśliwego Portu. Znaczy, tam się urodziła. Ja nie. Pochodziła ze Spencerów. W Szczęśliwym Porcie żyją stare i wielkie rodziny, Spencerowie, Montecute'owie… Ale ona przyjechała na uczelnię na Podstawowej, w Minnesocie, gdzie się wychowałem. Zakochaliśmy się w sobie, pobraliśmy, chcieliśmy mieć dzieci, przeprowadziliśmy się do Szczęśliwego Portu, żeby być bliżej jej rodziny…

– I co się stało? – ponagliła go siostra Georgina.

– No cóż, siostro, Szczęśliwy Port nie jest już taki jak dawniej. Nie tak szczęśliwa to przystań, można powiedzieć. Odnoszę wrażenie, że to narastało od Dnia Przekroczenia. Wcześniej Port był czymś w rodzaju sanktuarium, miejscem, gdzie mogli zdryfować i zostać ludzie, którzy tak jakby się zagubili. Były tam również trolle, co dla mnie wydawało się trochę dziwaczne, ale można się przyzwyczaić. Tylko że przez ostatnie lata, kiedy wszyscy wszędzie przekraczali, ludzie trafiali do Szczęśliwego Portu i było zbyt wielu obcych. No a trolle też nie lubią, kiedy w pobliżu jest zbyt wielu ludzi. Nowo przybyli, tacy jak ja, już nie pasowali.

– Więc postanowiliście wyjechać.
– Bardziej ja niż Carla. Ona tam jednak miała rodzinę. Prawdę mówiąc, doprowadziło to do napięcia między nami. Przyjechaliśmy tutaj, znaleźliśmy pracę... Jestem księgowym, a Madison Zachodnie 5 szybko się rozwija od wybuchu, łatwo znaleźć pracę. Ale nasze małżeństwo przechodzi trudny okres. – Poklepał Paula po głowie.
– W porządku. On o tym wie. W ogóle za dużo wie, żeby to czasem nie przerażało. – Zaśmiał się z przymusem.
Siostra Georgina dotknęła policzka chłopca, jego oka. Mały drgnął.
– To są świeże ślady – powiedziała. – No więc co ci się przytrafiło?
– Szkoła – odparł krótko Paul.
– Te uharatane włosy to chłopak z sąsiedztwa – wyjaśnił Tom.
– Policzek to inne dzieciaki w szkole. Oko to jeden z nauczycieli.
– Chyba żartujesz?! – Joshua nie uwierzył.
– Niestety. Wyrzucili go z pracy, ale Paulowi to nie pomogło. Cały czas mu powtarzam, że nikt nie lubi mądrali.
– Szkoła jest denerwująca, panie Valienté – oświadczył Paul, najwyraźniej bardziej zdziwiony niż zmartwiony. – Nauczyciele stale każą mi czekać na inne dzieci.
Tom uśmiechnął się smętnie.
– Dyrektor mówi, że jest jak młody Einstein, gotów się zabrać do teorii względności. A nauczyciele nie mogą go nauczyć niczego poza dzieleniem pisemnym. Nie ich wina.
– Na ogół coś sobie czytam. Ale nie mogę siedzieć cicho, kiedy widzę, że inne dzieci w klasie albo nauczyciel robią błędy. Wiem, nie powinienem się odzywać.
– Hm... – mruknęła siostra Georgina. – A te siniaki to twoja nagroda.
– Ludzie bardziej dbają o swoją dumę niż o to, co jest prawdą. Jaki to ma sens?
– Siniaki nie są najgorsze – powiedział Tom. – Niektórzy rodzice chcieli, żeby usunąć Paula ze szkoły. Nie dlatego, że przeszkadza

na lekcjach, chociaż przeszkadza, trudno zaprzeczyć. Ale dlatego, że... no, że się go trochę boją.

Siostra Georgina spojrzała na Paula z troską.

– Proszę się nie przejmować, możemy mówić otwarcie – uspokoił ją Tom. – On to wszystko rozumie lepiej ode mnie.

– Czytałem o ludziach – wyjaśnił spokojnie Paul. – Psychologię. Dużo słów nie znam, więc idzie mi powoli, ale trochę rozumiem. Ludzie boją się niezwykłych rzeczy. Uważają, że nie jestem taki jak oni. Pewnie, nie jestem. Ale aż tak się nie różnię. Jakaś pani powiedziała, że jestem jak kukułka w gnieździe. A potem jakiś pan mówił, że jak odmieniec podrzucony przez elfy. Że nie jestem człowiekiem. – Zaśmiał się. – A jakiś dzieciak mówił, że jestem E.T. Nie z tego świata.

Siostra Georgina zmarszczyła czoło.

– W dzisiejszych czasach ludzie w ogóle są przestraszeni. Przekraczanie wprowadziło wielkie zmiany dla nas wszystkich. A potem mieliśmy atak atomowy i wszyscy odczuwamy jego skutki. W takich czasach ludzie szukają kozłów ofiarnych, kogoś, kogo można wygodnie nienawidzić. Nada się każdy, kto jest inny. Dlatego wysadzili Madison.

Joshua kiwnął głową.

– Kiedy byłem mały, zawsze próbowałem ukrywać swoją zdolność przekraczania. Czułem się podobnie; wiedziałem, jak zareagują ludzie, jeśli się dowiedzą, jeśli pomyślą, że jestem inny. Siostra Georgina może wam opowiedzieć, była przy tym. A to było na Podstawowej. Na Długiej Ziemi sam widywałem takie zjawiska. Dużo tam jest małych, izolowanych społeczności. Ludzie stają się zabobonni, myślą inaczej niż w wielkich miastach Podstawowej...

Ku zaskoczeniu Joshuy Paul odpowiedział z irytacją, niemal ze złością:

– W Szczęśliwym Porcie były inne takie dzieciaki. Znaczy, mądre. A tutaj wszystkie są tępe. No więc wolę raczej oberwać czasem w szkole, niż być taki jak reszta.

Tom wziął syna za rękę.

– Chodźmy. Załatwiliśmy sprawę, przywitaliśmy się z panem Valienté. Teraz dajmy tym dobrym ludziom spokój.

Joshua zapewnił, że Paul może go odwiedzać, kiedy tylko go znajdzie, „wydedukuje", gdzie on przebywa. A siostra Georgina obiecała Tomowi wszelkie wsparcie, jakiego Dom może udzielić jego i jego nieszczęśliwej rodzinie.

Kiedy odeszli, siostra Georgina powiedziała do Joshuy:

– Ten Szczęśliwy Port zawsze wydawał mi się dziwny, sądząc z twoich opisów. Mam nadzieję, że współczesna generacja łowców czarownic nie znajdzie go za szybko…

ROZDZIAŁ 19

Dwa szybowce, „Wodan" i „Thor", stały obok siebie na czerwonym marsjańskim gruncie.

Były bardzo lekkie. Miały skrzydła długie na prawie dwadzieścia metrów, każde dłuższe od kadłuba, a przy tym zaskakująco wąskie i z ostrym wygiętym profilem, co miało związek – jak dowiedziała się Sally – z kierowaniem opływem bardzo rzadkiego marsjańskiego powietrza. Smukłe kadłuby okazały się bardzo chytrze zaprojektowane, co odkryła, kiedy zaczęli załadunek. Miały dość miejsca na żywność i wodę, sprzęt do działań na powierzchni, pompowane kopuły na tymczasowe schronienia, części zamienne i narzędzia do obsługi samych szybowców... A także pewne elementy, które ją zaskoczyły, takie jak awaryjne hermetyczne bąble, każdy mieszczący jedną osobę, oraz mały dron mający służyć za oczy na niebie.

Grzebiąc wewnątrz przestrzeni ładunkowej, Sally odkryła także, że oba szybowce zabierały całe zestawy krokerów, gotowe, by zasilać je marsjańskimi kaktusami.

Willis był bardzo dumny z szybowców i długo się nimi przechwalał.

– Zasadę działania łatwo zrozumieć. Te szybowce posłużą nam jako odpowiedniki twainów na Długiej Ziemi. Będziemy przekraczać wysoko na niebie, bezpieczni powyżej wszelkich nieciągłości na poziomie gruntu: lodu, wody, wstrząsów tektonicznych, wypływów lawy, wszystkiego. Sterowce nie polecą w takiej rzadkiej atmosferze, byłyby zbyt wielkie, żeby sensownie ich używać, zresztą i tak nie mamy gazu nośnego. Natomiast te szybowce oparte są na konstrukcjach, które sprawdziły się na Podstawowej w lotach na wysokości ponad dwudziestu siedmiu kilometrów, gdzie ciśnienie jest mniej więcej takie jak na lokalnym Marsie... tutaj wyższe, naturalnie... Szybowce przekraczają tak jak twainy, to znaczy tak naprawdę przekracza sterująca świadomość, tutaj pilot metaforycznie ciągnący maszynę za sobą. Prawdopodobnie nie będziemy zbytnio się oddalać na boki. Będziemy sporo krążyć. W ten sposób w razie wypadku zachowujemy szansę, by przekroczyć piechotą z powrotem do MEM-a. To kolejne zabezpieczenie. Zgadza się, Frank?

Przed startem Sally miała jeszcze dwa pytania.

– Dwie maszyny, tak?

– W razie konieczności moglibyśmy zapakować trzy osoby do jednego – odparł Frank. – Zabieramy dwa, żeby mieć rezerwę.

Sally niemal z sympatią pomyślała o Lobsangu.

– Nie ma czegoś takiego jak nadmiarowy backup...

– Zgadza się – przyznał Frank.

– Czyli dwa szybowce. Potrzebni są dwaj piloci z nas trojga. Zatem kto prowadzi?

Frank i Willis podnieśli ręce.

Sally pokręciła głową.

– Nie będę tracić czasu na dyskusje z takimi podstarzałymi męskimi szowinistami jak wy.

– Przyjdzie i twoja kolej – obiecał Willis. – I tak musimy się zmieniać.

– Jasne. Nie przeszkadza mi jazda jako pasażer. Mogę wybrać, z kim polecę? – I zanim zdążyli odpowiedzieć, dodała: – Wyciągnąłeś krótszą słomkę, Frank.

– Tego mi tylko trzeba... krytyki z tylnego siedzenia.

– Nie bądź taki Chuck Yeager. Tato, moje drugie pytanie: po co nam tyle krokerów?

– Na wymianę – odparł krótko. Nie tłumaczył nic więcej.

Spojrzała na niego z irytacją, ale dała spokój. Tego rodzaju tajemniczość była dla niego typowa – dużo wiedział o Długim Marsie, zanim jeszcze tu dotarli, współpracował z tutejszymi Rosjanami, o czym nie wspominał przed lądowaniem, znał sekrety samego Marsa – „Zapytaj ojca o życie na Marsie" – a teraz te krokery, zabierane na ewentualność, którą najwyraźniej przewidywał, ale nie chciał jej wyjaśnić. Zawsze tak się zachowywał, jeszcze kiedy była nastolatką; w ten sposób kontrolował sytuację, a ją doprowadzało to do zimnej furii.

Ale przecież znała jego charakter, kiedy godziła się na ten lot. W końcu nadejdzie czas, by mu rzucić wyzwanie. Jeszcze nie teraz. Jeszcze nie.

Frank skupił się na planowanym locie.

– Załatwimy to etapami – oznajmił surowo. – Włożymy pełne skafandry, na wypadek gdyby któraś kabina nie była szczelna. Pierwszy krok zrobimy na gruncie. Potem, jeśli wszystko pójdzie dobrze, wystartujemy i dalej będziemy przekraczać w powietrzu.

Willis skrzywił się tylko.

– W porządku, Frank. Skoro się upierasz. Bezpieczeństwo przede wszystkim.

– Dzięki temu zachowamy życie. Bierzmy się do pracy.

* * *

Ostatniej nocy Rosjanie zawieźli ich do Marsogradu, poczęstowali kawą, wódką i czarnym chlebem z jakąś pastą algową, a potem zmusili do obejrzenia filmu *Białe słońce pustyni*.

– To dawna tradycja kosmonautów – wyjaśnił im Wiktor. – Ten film oglądał Jurij Gagarin przed historycznym pierwszym lotem w kosmos. Wszyscy Rosjanie pamiętają Gagarina.

Frank zasnął na filmie. Sally przesiedziała do końca, starając się unikać rozmów z ojcem.

Nocą, po ciemku, Rosjanie odwieźli ich na miejsce swoim pojazdem. Dotarli jeszcze przed świtem. MEM był martwą bryłą w mroku; wysyłał tylko uspokajające sygnały do tabletu Franka i czekał, by zabrać ich z powrotem do domu.

Wygramolili się z łazika i pożegnali Rosjan. W skafandrach ciśnieniowych przeszli do szybowców. Po chwili Sally siedziała w ciasnym fotelu, patrząc na tył hełmu Franka Wooda. Jeszcze przed pierwszym ograniczonym startem Frank postanowił przeprowadzić kilka „testów integralności".

– Możemy zaczynać – odezwał się po chwili. – „Thor", tu „Wodan". Słyszysz mnie tam, Willis?

– Głośno i wyraźnie.

– Sally, mam swojego krokera i sam się zajmę przekraczaniem. Chwilowo to ja przeniosę ciebie i samolot, jasne?

– Zrozumiałam, kapitanie Astral.

– Tak, jasne. Podejdź do tego poważnie, a może pożyjesz dłużej. Willis, na zero. Trzy...

Zanim doszedł do „dwa", szybowiec Willisa zniknął. Frank westchnął.

– Wiedziałem, że tak będzie. No, ruszamy...

* * *

Przekraczanie na Marsie, jak przekonała się Sally, było całkiem podobne do przekraczania na Ziemi. Tyle że pejzaż za kabiną szybowca zmienił się dramatycznie – różnica była o wiele większa niż przy dowolnym pojedynczym kroku na Długiej Ziemi, chyba że się trafiło na Jokera.

Dookoła obu stojących na ziemi szybowców teren w zarysach był podobny – zniszczone erozją pozostałości dolin Mangala, a na północnym wschodzie wzniesienie będące początkiem wielkiej wypukłości Arsia Mons. Jednak otaczała je pokryta piaskiem równina, zasypana rzeźbionymi wiatrem odłamkami skał, pod niebem koloru toffi. Ani śladu życia.

Oczywiście sam MEM i ślady opon rosyjskiego łazika zniknęły. Frank teatralnym gestem postukał w jeden z ekranów przed sobą.

- Powietrza nie ma. Ciśnienie spadło do jednego procentu ziemskiego i... tak jest, głównie to dwutlenek węgla. Całkiem jak nasz Mars.

Wysiedli ostrożnie. W rozrzedzonej atmosferze skafander Sally napełnił się i poruszała się trochę sztywno. Sprawdzili szczelność swoich skafandrów i kabiny szybowca. Tego zażądał Frank – uznał, że pewnie przeżyliby awarię sprzętu nad Marsem w Szczelinie, jednak tutaj raczej nie. Na przeciętnym Marsie bez osłony zginęliby z braku powietrza, z zimna, od ultrafioletu... Nawet promienie kosmiczne, przebijające rzadką atmosferę, w sześć miesięcy generowały dawkę promieniowania odpowiadającą zajęciu pozycji o dziesięć kilometrów od wybuchu jądrowego.

Frank spojrzał w stronę słońca, dłonią osłaniając przed światłem szybę hełmu; po chwili znalazł gwiazdę zaranną – Ziemię, element brakujący na marsjańskim niebie w Szczelinie.

Otworzył owiewkę kabiny, wyjął mały teleskop optyczny i składaną antenę radiową.

Od strony drugiego szybowca nadszedł Willis.

– To przynajmniej jest autentyczny Mars, taki jak nasz. Taki Mars być powinien.

– Uważałam, że Mars Szczeliny jest jałowy – powiedziała Sally. – Nie zdawałam sobie sprawy, ile tam jest życia, widocznego już na pierwszy rzut oka. Aż do teraz, kiedy to wszystko zniknęło.

– Lepiej się do tego przyzwyczajaj.

Frank zaglądał w swój teleskop i nasłuchiwał sygnałów radiowych.

– Miałeś rację, Willis.

– Zwykle mam. A w jakiej sprawie konkretnie?

Frank wskazał niebo.

– Tam jest Ziemia. Przekroczyliśmy na wschód, tak? Kompleks Szczeliny Kosmosu jest o jeden krok na wschód od Szczeliny. Ale z tej Ziemi nie dochodzą żadne sygnały radiowe; na ciemnej stronie nie widać żadnych świateł. Jeśli to ma być Ziemia Szczeliny Kosmosu, powinniśmy coś zobaczyć, usłyszeć...

Sally próbowała jakoś to przetrawić.
– Zrobiliśmy krok na Długiego Marsa. Ale on... jak by to... on nie jest równoległy do Długiej Ziemi.
– Wychodzi na to, że nie. – Willis popatrzył w niebo. – Łańcuch wykrocznych alternatyw tworzący Długą Ziemię i łańcuch Długiego Marsa są od siebie niezależne. Przecinają się tylko w Szczelinie. To żadna niespodzianka. Oba stanowią pętle w jakimś kontinuum w wyższym wymiarze.
Sally nie czuła ani zachwytu, ani lęku. Dorastała wśród niezwykłości Długiej Ziemi i dodatkowa egzotyka nie robiła jej wielkiej różnicy.
Frank jak zawsze był praktyczny.
– To znaczy, że nasza jedyna droga do domu prowadzi tędy... z powrotem do wszechświata Szczeliny, MEM-a i „Galileo", a potem przez kosmos.
– Zapamiętam to – obiecał Willis. – Ktoś jeszcze musi do ubikacji? Bo jeśli nie, to weźmy te ptaszki w powietrze.

By szybowce mogły wystartować, wyposażono je w niewielkie metanowe rakiety – dzięki nim rozpędzały się ślizgiem po gruncie i wznosiły ostro, a potem szybowały po wyłączeniu silnika. Niosły duży zapas paliwa, metanu i tlenu, a także rosyjskie wersje zestawów Zubrina, niewielkie instalacje pozwalające wytworzyć więcej gazów, gdyby było trzeba.

Bez pośpiechu wytyczyli pas startowy na piaszczystej równinie, odrzucając na bok duże kamienie. Potem ustawili szybowce. Z góry wyglądali pewnie jak Liliputy Swifta, z wysiłkiem ciągnące delikatne zabawkowe samolociki.

W końcu byli gotowi.

Pierwszy wystartował Willis, tym razem w „Thorze". To był kolejny środek ostrożności – Frank chciał mieć dwoje ludzi na dole, by mogli pomóc, gdyby pierwsza próba lotu skończyła się katastrofą. Willis poprowadził swój szybowiec przez serię przechyłów, zwrotów i beczek, sprawdzając reakcje maszyny w sposób, który byłby niemożliwy w gęstej atmosferze Marsa Szczeliny.

Kiedy skończył i zameldował, że wszystko w porządku, Frank i Sally wystartowali „Wodanem". Metanowe rakiety były hałaśliwe i dawały mocne pchnięcie.

Wkrótce już szybowali wysoko nad powierzchnią Marsa.

Lecieli w milczeniu. Sally słyszała tylko własny oddech i brzęczenie miniaturowych pomp we wciśniętym za oparcie fotela zestawie plecakowym skafandra. Nie dobiegał do niej szept marsjańskiego powietrza spływającego z długich i wąskich skrzydeł szybowca. Kabina stanowiła szklany bąbel dający doskonały widok na wszystkie strony. Sally znajdowała się pomiędzy bezchmurnym żółtobrązowym niebem a równiną w dole, mniej więcej tego samego koloru. Bez żadnych barw kontrastujących z powszechnym karmelowym brązem krajobraz wyglądał jak ulepiona z gliny makieta.

Z góry Sally widziała wyraźne kształty Mangala Valles, złożonej sieci dolin i wąwozów sięgającej ku wyżej położonym, gęściej poznaczonym kraterami terenom na południu. Wyglądało to, jakby kiedyś płynęła tu rzeka, pozostawiając za sobą wyrzeźbione i wygładzone prądem łachy, groble i wyspy. Ale co równie oczywiste, woda zniknęła już dawno i struktury gruntu były bardzo stare. Doliny przecinały najstarsze kratery, ogromne i zwietrzałe wały, które pasowały raczej do Księżyca, ale same groble i wyspy nosiły ślady młodszych kraterów, małych, perfekcyjnie okrągłych. W przeciwieństwie do Ziemi Mars był geologicznie statyczny, praktycznie niezmienny; nie istniały tu mechanizmy pozwalające się pozbyć takich blizn.

Horyzont, trochę rozmyty zawieszonym w atmosferze pyłem, wydawał się bliski i ostro wygięty. A na północnym wschodzie Sally widziała wznoszący się teren i wyobrażała sobie, że dostrzega potężne zbocza Arsia Mons. Mars był małą planetą, ale z przerośniętymi elementami geograficznymi – wulkanami sterczącymi wysoko w atmosferę czy systemem dolin obejmującym połowę równika.

Nigdzie w tym krajobrazie nie zauważyła ani odrobiny życia, ani plamki zieleni, ani kropli wody.

– Kiedy zaczniemy przekraczać?

– Już zaczęliśmy – odparł Frank. – Spójrz w dół.

Wprawdzie ogólne zarysy powierzchni pod skrzydłami szybowców pozostały niezmienione – horyzont, potężny masyw Arsii, kanały wylewowe – jednak z każdym uderzeniem serca zmianom ulegały szczegóły, jak różne desenie nowych kraterów na południu, subtelności niewielkich łuków i skrętów skomplikowanych kanałów Mangali na północy. Potem nastąpiło mgnienie ciemności w odcieniu fioletu, szybowiec zatrząsł się, jakby wpadł w turbulencje. I równie nagle ciemność się rozwiała, a szybowce poleciały dalej.

– Burza piaskowa! – krzyknął Willis.

– Owszem. Zawsze trochę przeszkadza – przyznał Frank. – Ale nie mamy wlotów do zapchania ani silników do zatarcia. Takie burze potrafią trwać miesiącami.

– Nie musimy tu tkwić i ich oglądać – stwierdził Willis.

Przeskoczyli w karmelowe światło słońca następnego świata, a potem jeszcze następnego. Marsy prześlizgiwały się w dole, co sekundę jeden.

Lecieli dalej; Sally poczuła się swobodnie, więc uchyliła wizjer hełmu i rozpięła skafander. Przekraczali nie szybciej niż stary „Mark Twain", prototypowy sterowiec kroczący, którym piętnaście lat temu podróżowała przez Długą Ziemię z Lobsangiem i Joshuą Valienté, nie szybciej niż współczesne komercyjne frachtowce, natomiast o wiele wolniej niż najszybsze statki eksperymentalne czy najlepsze jednostki wojskowe. Jednak jej zdaniem prędkość była dostateczna przy takiej podróży w obszary całkowicie nieznane.

Tyle że podróżowali w obszarach całkowicie identycznych. W kabinie mieli prosty licznik kroków i patrzyła, jak z upływem czasu zmieniają się cyfry; sześćdziesiąt światów na minutę, ponad trzy tysiące na godzinę. W tym tempie na Długiej Ziemi w nieco ponad godzinę przekroczyliby serię zamarzniętych światów epoki lodowcowej, po mniej więcej dziesięciu godzinach lecieliby przez tak zwany Pas Górniczy, wstęgę światów o całkiem innym klimacie, jałowych i surowych... Nawet w mniejszej skali Długa Ziemia była pełna szczegółów, rozmaitości. Tutaj nie było nic – nic oprócz Marsa i znowu Marsa, z jedynie najdrobniejszymi różnicami marginalnych detali. I nigdzie ani śladu życia. Jeden martwy świat za drugim.

Od czasu do czasu zauważała jednak u siebie dziwne uczucie, jakby skręcenia czy odciągania... Z wypraw przez Długą Ziemię znała to wrażenie, że w pobliżu jest czuły punkt, skrót przez łańcuch światów. Przypuszczała, że dla kogoś takiego jak Frank czułe punkty byłyby wręcz niewyobrażalną egzotyką. Dla niej te subtelne wrażenia emanowały znajomym ciepłem.

Szybowce leciały wciąż dalej, chwytając prądy powietrza niczym wielkie ptaki na pustym niebie. Wyruszyły wkrótce po wschodzie słońca. Gdy mijało marsjańskie popołudnie, Sally postanowiła się zdrzemnąć. Poprosiła Franka, żeby ją obudził, kiedy dotrą do Barsoomu.

ROZDZIAŁ 20

Spała tylko parę godzin. Zbudził ją nie Frank, ale kolejne mocne szarpnięcie szybowca. Ocknęła się gwałtownie i sięgnęła do szyby hełmu. W kabinie było ciemno i zdawało jej się, że trafili w następną burzę. Zaraz jednak sobie uświadomiła, że to tylko słońce wisi już nisko nad zachodnim horyzontem, a kolory odpływają z nieba – jednak te kolory, w tym konkretnym świecie, były raczej sinofioletowe niż jasnobrązowe jak zwykle.

Frank i Willis rozmawiali cicho przez radio.

– Wejście w ten świat z jego gęściejszą atmosferą było jak zderzenie ze ścianą – mówił Frank. – To gorsze niż burza piaskowa. Nie spodziewaliśmy się tego.

– Owszem, ale szybowce wytrzymują.

– Może dałoby się zamontować jakiś przerywacz, żeby nie przekraczać dalej. Albo wejść wyżej, gdzie atmosfera nie będzie katastrofalnie gęsta...

Sally rozejrzała się z zaciekawieniem. Unosili się nad równiną pokrytą pyłem i odłamkami skał, niezbyt daleko na północ od wylotu niezmiennie trwałej sieci dolin Mangali. Przez niemal dwanaście godzin podróży pokonali ponad czterdzieści tysięcy światów, o czym przekonała się, zerkając ponad ramieniem Franka na instrumenty. I teraz coś takiego – nowy, całkiem inny świat. Powietrze tu było gęściejsze i natlenione, zawierało też parę wodną. Nie było tak sprzyjające życiu jak atmosfera Marsa Szczeliny, ale jednak bardziej niż wszystko, co do tej pory mijali.

Na ziemi w dole trwał jakiś ruch. Z początku Sally widziała jakby zmarszczki na piasku, ale zmarszczki, które przesuwały się i zmieniały. Przy niskim słońcu rzucały długie cienie, dzięki czemu łatwo było śledzić ich ruch.

Po chwili z piasku coś się wynurzyło. Zobaczyła rozwartą paszczę, a za nią cylindryczne cielsko pokryte lśniącymi w niskim słońcu chitynowymi płytami. Miała wrażenie, że patrzy na wieloryba wynurzającego się z morza. Wielka paszcza otworzyła się szeroko i zaczęła zgarniać piasek. Sally spostrzegła, że spod ziemi wydobywa się więcej takich kształtów, choć żaden tak wielki jak pierwszy. Może to młode, niedojrzałe wersje, pomyślała. Sunęły przez piasek, odpychając się płetwami. U wielkiego osobnika Sally naliczyła kilkanaście par kończyn.

– Życie na Marsie – szepnęła. – Zwierzęta...

– Tak – zgodził się Willis przez radio. – Wieloryby w morzu piasków żywiące się planktonem. A tutaj przecież nie ma Szczeliny... Te bestie mogą mieć jakieś wspólne korzenie z życiem na miejscowej Ziemi, ale to bardzo dalekie pokrewieństwo.

– Trudno ocenić skalę.

– Ta wielka matka ma rozmiar atomowego okrętu podwodnego – wtrącił Frank. – Jeśli to samica... Co za widok!

– To logiczne – mruknął Willis. – Ekologię kształtuje środowisko. Tutaj piasek musi być tak drobny, że zachowuje się jak ciecz i może podtrzymać coś w rodzaju bioty morskiej...

– Och, daj spokój z wykładami. Popatrz tylko! To jak hołd dla dawnych marzeń science fiction. Miałem taką książkę, w młodości ją uwielbiałem. Wydana dwadzieścia lat przed moim narodzeniem. Więcej się z niej dowiedziałem o ekologii niż później w szkole. Nie tłumaczy mi, że science fiction nie jest w stanie niczego przewidzieć...

– Przyhamuj trochę, fanie – odezwała się cicho Sally.

– Przepraszam.

– Czy możemy wrócić do czegoś przypominającego racjonalność? – wtrącił Willis. – Dlaczego widzimy te... wieloryby na tym konkretnym świecie? Ponieważ jest tu cieplej i bardziej wilgotno. Niedużo, ale trochę. Miejscowa atmosfera zawiera sporo produktów wulkanicznych. Dwutlenek siarki...
– Wulkaniczne lato? – spytał Frank.
– Chyba tak.
– Czyli tak jak przewidywałeś, Willis.
– Musimy to potwierdzić. Chciałbym wypuścić sondę. Wystarczy jakiś powolny dron; mamy parę przystosowanych do podwieszania pod balonem. Jeśli to był superwulkan, tutejsze Yellowstone, najbardziej prawdopodobną lokalizacją jest Arabia, bardzo stary obszar po drugiej stronie planety. Może tam udałoby się znaleźć kalderę.

Sally zmarszczyła czoło.
– Nie rozumiem. Co wulkany mają do rzeczy?
– Myślę, że ten świat jest Jokerem – odparł jej ojciec. – Życie, w każdym razie takie działające, złożone, aktywne życie, na Długim Marsie będzie raczej rzadkie. Na Długiej Ziemi światy są zwykle siedliskiem życia; tylko Jokery, wyjątki, które ucierpiały od jakichś katastrof, bywają martwe. Zgadza się? No więc tutaj jest odwrotnie. Długi Mars jest w większości martwy. Jedynie Jokery, rzadkie wyspy ciepła, mogą stworzyć życie... W początkowym okresie Mars był wilgotny i ciepły, z grubą powłoką atmosfery i głębokimi oceanami. Pod wieloma względami podobny do Ziemi. I powstało życie.
– Ale Mars zamarzł. Aleksiej mi o tym mówił.
– Za to życie trwa, Sally, kuli się pod ziemią, trzyma się kurczowo egzystencji jako zarodniki albo jako bakterie przetwarzające wodór czy siarczki w dawno zagrzebanych podziemnych słonych zbiornikach... nawet jako otorbione hibernatory. Odporne na upał i zimno, na promieniowanie, na suszę, na brak tlenu albo silny ultrafiolet... A czasami takie życie ma szansę dokonać czegoś więcej. Wyobraź sobie na przykład lodową asteroidę przechwyconą przez Marsa i krążącą po jego orbicie. Asteroida rozsypuje się wolno, jej szczątki spadają na planetę, dostarczając tam wodę i inne substancje...

Naszkicował też inne sposoby, by Mars zbudził się do życia, choć na krótko. Potężne uderzenie asteroidy albo komety mogłoby utworzyć krater tak gorący, że przez stulecia, nawet tysiąclecia pozostałby dość ciepły, by utrzymać jezioro wulkaniczne w stanie ciekłym.

Albo mogło się zdarzyć coś, co nazywał "osiowym wypadem" – okres, kiedy oś obrotu planety przechyliła się albo zakołysała, wskutek czego do regionów polarnych dotarło słońce, a na świecie nastąpiły wstrząsy i zwiększyła się aktywność wulkaniczna. I znowu na Marsie zdarzało się to częściej niż na Ziemi, ponieważ Mars nie miał masywnego, stabilizującego obrót księżyca. Z ich obserwacji wynikało wręcz, że większość Marsów w ogóle nie ma księżyca; dwa obserwowane z Ziemi Podstawowej księżyce, Fobos i Deimos, ewidentnie przechwycone asteroidy, były nietypowe – tamten Mars, okazuje się, sam był Jokerem.

– A na tym świecie – tłumaczył Willis – na tym Jokerze docieramy do końca wulkanicznego lata. Mars wciąż ma ciepłe wnętrze. Od czasu do czasu wielkie wulkany Tharsis przedmuchują wierzchołki. Na Ziemi wulkany powodują katastrofy. Tutaj potrafią wypluć całą zastępczą atmosferę z dwutlenku węgla, metanu i innych składników, plus powłokę pyłu i popioły, które dostatecznie ogrzewają planetę, by woda chlusnęła na powierzchnię z wiecznej zmarzliny.

– Jasne – zgodziła się Sally.

– Na tym Marsie niedawna erupcja rozgrzała atmosferę na sto, tysiąc albo dziesięć tysięcy lat. Uśpione może od megalat nasiona gwałtownie wykiełkowały, a marsjańskie odpowiedniki sinic wzięły się do pracy, wzbogacając wulkaniczną zupę tlenem. Te bestyjki na dole ewoluowały, by przetrwać i działać skutecznie, jeśli tylko pojawi się szansa. To musi być niesamowity widok, kiedy w ciągu zaledwie kilku tysięcy lat Mars pokrywa się zielenią... Jak naturalne terraformowanie. I takie formy życia jak te wieloryby w dole mają swoją chwilę w słońcu. Ale potem, wcześniej czy później, szybko albo powoli, ciepło ucieka i atmosfera zaczyna rzednąć. Koniec, gdy już nadchodzi, prawdopodobnie jest szybki.

Sally pokiwała głową.

– A potem wracamy do piaskowej kuli...

– Tak. Naukowcy z Podstawowej uważają, że na naszej kopii Marsa trafili na pięć takich epizodów, pięć okresów lata zagubionych głęboko w czasie. Pierwszy miał miejsce prawie miliard lat po uformowaniu planety, ostatni sto milionów lat temu.

– Podobnie tutaj – stwierdziła. – W czasie podróży po Długim Marsie będziemy pewnie trafiać na te rzadkie wyspy życia... tak rzadkie w wykrocznej przestrzeni, jak te epizody z naszego Marsa są rzadkie w czasie.

– Coś w tym stylu. Przynajmniej taką mam teorię. I jak dotąd wszystko się potwierdza.

– Spójrzcie tylko... – Frank patrzył w dół. – Jeden z tych maluchów odłączył się od stada.

Młody wieloryb, jeśli rzeczywiście był młody, oddalił się od grupy otaczającej wielką matkę.

Inny rodzaj stworzenia pojawił się jakby znikąd, by go zaatakować. Sally spostrzegła wielkie kształty z giętkimi płytami pancerzy, ale bardziej zwarte od wielorybów – coś jakby wielkie i głodne skorupiaki z oczami na szypułkach.

Doścignęły młodego wieloryba, rzuciły się na niego. Wieloryb szarpał się i wyrywał, wyrzucając w górę wielkie fontanny piasku.

– Rejestrujemy to, Frank?! – zawołał Willis.

– Oczywiście. Każdy z tych drapieżnych skorupiaków ma wielkość ciężarówki. Zauważ, jak się poruszają: nisko przy powierzchni piasku, czasem pod nią. Założę się, że to adaptacja do niskiego ciążenia, trzymając się gruntu, wykorzystują tarcie, by szybko biegać. Chcesz, żebyśmy zeszli w dół i wzięli jakieś próbki? Osobiście głosuję na nie. Wygląda to raczej groźnie, a nasze szybowce są dość kruche.

– Lecimy dalej – zdecydował Willis. – W końcu nie szukam tu życia, ale inteligencji, a na dole nie widzę znaczących jej przejawów. Jeszcze godzinkę? Potem znajdziemy jakiś bezpiecznie martwy świat i zatrzymamy się na noc. Na zero: trzy... dwa...

Sally pochwyciła jeszcze scenę na porytym gruncie poniżej. Coś, co wyglądało jak krew, sączyło się z wielu ran na skórze młodego wieloryba, gdy skorupiaki rwały go i szarpały. Krew w słabym świetle wydawała się fioletowa.

Potem ta scena zniknęła, zastąpiona martwą równiną pełną rozrzuconych kamieni, które być może nie poruszyły się od miliona lat i rzucały długie, nieciekawe cienie, kiedy słońce zachodziło po kolejnym dniu bez żadnych zdarzeń na jeszcze jednym uśpionym Marsie.

ROZDZIAŁ 21

Profesor Wotan Ulm, obecnie z uniwersytetu w Oxfordzie Wschodnim 5, autor bestsellerowej, choć kontrowersyjnej książki *Niedostrojona złota struna. Wielowymiarowa topologia Długiej Ziemi*, wystąpił w programie informacyjnym kanału BW7BC (British West 7 Broadcasting Corporation), by wypowiedzieć się o naturze „czułych punktów" – te tajemnicze skróty były podobno czymś więcej niż tylko legendą kroczących i coraz szerzej mówiono o nich publicznie.

– Widzę to tak, że przejście przez taki czuły punkt to jak noszenie butów siedmiomilowych, Wotanie... Mogę cię nazywać Wotanem?

– Nie, nie może pan.

– Ale bardzo by mi pomogło, gdybym zrozumiał, w jaki sposób robi się te siedmiomilowe buty.

– Lepszą metaforą dla czułych punktów byłby tunel podprzestrzenny. Trwały korytarz między dwoma punktami. Tak jak w filmie *Kontakt*. Pamięta pan?

– Czy chodzi o to porno, w którym...

– Nie. To może *Gwiezdne wrota*? No tak, tyle jeśli chodzi o odwołania kulturowe. Mniejsza z tym. Młody człowieku, słyszał pan kiedyś o diagramie Sekwencji Mellaniera?

– Nie.

– Nie da się go dobrze narysować, dopóki nie wynajdziemy druku n-wymiarowego, ale mówiąc najogólniej, przedstawia on

Długą Ziemię jako splątany kłębek nici. Czy też, jeśli zdoła pan to przełknąć, ogromne jelito. Ziemia Podstawowa to punkt mniej więcej w rejonie wyrostka robaczkowego. Matematycznie taka plątanina może... i podkreślam tu słowo „może"... być reprezentowana przez solenoid, pewną matematyczną strukturę, coś w rodzaju samoprzecinającej się nici, połączenie liniowego porządku z chaosem... Ma pan minę tępą jak szympans, który zobaczył banan z zamkiem błyskawicznym. Zresztą mniejsza... Sprawa jest dość prosta. Technologia krokera pozwala nam na poruszanie się „w górę" albo „w dół" jelita, rozumie pan, wzdłuż łańcucha światów. Ale Mellanier, zanim jeszcze istnienie czułych punktów stało się powszechnie znane, argumentował czysto teoretycznie, że może być możliwe przebicie się do przyległego włókna, zamiast iść krok po kroku przez całą drogę wzdłuż łańcucha. Skuteczny skrót.

– Mellanier... Pamiętam go. Parę lat po Dniu Przekroczenia pokazywały go wszystkie media. Z Princeton, tak?

– To on. Wiele spraw dedukował poprawnie, ale tylko zamoczył palec w teoretycznych odmętach.

– Mam ważenie, że niezbyt go lubisz, Wotanie. Dlaczego uczony rywal z Princeton tak cię irytuje?

– Ponieważ Claude Mellanier to oszust, który żywił się analizami Willisa Linsaya i moimi, przepakował je, trochę ogłupił i pokazał jako własne.

– Ten człowiek dostał Nagrodę Nobla, Wotanie. Prawda?

– Bo komitet noblowski to banda skończonych idiotów, prawie takich jak pan.

– Wydał też bestsellerową książkę...

– I proszę mnie nie nazywać Wotanem. Och, czy zawsze musisz mnie sadzać przed takimi małpowatymi bufonami, Jocasto?

ROZDZIAŁ 22

Pod koniec lutego „Armstrong" i „Cernan" minęły Ziemię Zachodnią 30 000 000. Nie odbyła się żadna szczególna uroczystość – tak samo jak parę dni wcześniej, kiedy oba twainy przekroczyły 20 000 000, bijąc tym samym pięcioletni rekord Chińczyków. A przynajmniej nie fetowano w przestrzeni publicznej na dyskretne polecenie Maggie.

Zostawili za sobą wstęgę światów opanowanych przez kraby i inne skorupiaki, a teraz mijali takie, gdzie – jak odkryli biolodzy pobierający próbki mułu w jeziorach – nie tylko nie było organizmów wielokomórkowych, żadnych zwierząt ani roślinności, ale też żadnych śladów złożonych organizmów jednokomórkowych, to znaczy komórek z wyodrębnionym jądrem, jak na przykład komórki w ciele Maggie Kauffman. Te światy zamieszkiwały tylko najprostsze bakterie gromadzące się w pasmach albo w rozległych matach.

Marynarze nazywali je „światami fioletowych ścieków".

Ale nawet w takich światach pojawiała się złożoność, choć innego typu. Odkryto struktury stromatolitów – kopce bakterii budujących je warstwa po warstwie w cieple słońca i bezmyślnie współpracujących w czymś, co na Ziemi Podstawowej nazwano by prymitywnymi ekosystemami. Po miliardach lat odmiennej ewolucji struktury takie na pewno nie były już prymitywne. Zwłaszcza te, które skradały się do nieświadomej załogantki, odwróconej plecami i zajętej pobieraniem próbek...

Dwa dni lotu później, w okolicach Ziemi Zachodniej 35 000 000, po milionach mniej czy bardziej podobnych światów ścieków, trafili do następnej wstęgi z odmienną charakterystyką. Tutaj zawartość tlenu w atmosferze była niska, a dwutlenku węgla wysoka. Sterowce zatrzymały się na przypadkowo wybranej Ziemi – Zachodniej 35 693 562. Biolodzy w maskach tlenowych ostrożnie zbadali brzegi jałowego kontynentu. Nawet według standardów światów „fioletowych ścieków" ta planeta była uboga w życie.

By odkryć przyczynę tego stanu, niezbędna okazała się praca detektywistyczna na większą skalę. Na prośbę Gerry'ego Hemingwaya Maggie wyraziła zgodę na start balonów, sond rakietowych i jednego z niewielkiego zapasu bezcennych nanosatów. Powstała mapa globalna. Tutaj Ameryka Północna połączyła się z większością pozostałych kontynentów – granitowych tratew pływających na prądach płaszcza – by utworzyć jeden superkontynent. Maggie dowiedziała się, że przypomina to znaną z Ziemi Podstawowej Pangeę, która rozpadła się ćwierć miliarda lat temu. Jeden ogromny kontynent, a poza nim jedynie ocean.

A światy superkontynentalne, jak się okazuje – jak przekonali się także Chińczycy, o czym Maggie dowiedziała się od Wu Yue-Sai – niezbyt sprzyjały życiu. Rozległe wnętrze kontynentu było jałowe i pustynne niczym gigantyczna Australia. Tylko regiony przybrzeżne przejawiały jakąkolwiek płodność.

Ekspedycja ruszyła dalej, przez jeden superkontynentalny świat po drugim – geografowie nazwali to Pasem Pangeańskim. Nie widzieli życia bardziej złożonego niż stromatolity na obrzeżach lądów, a jeśli nawet jakiś egzotyczny stwór wędrował po ogromnych równinach tych światów, Maggie wolała pozostawić jego odkrycie przyszłym podróżnikom.

Okazało się, że Pas Pangeański ma szerokość około piętnastu milionów światów. Piętnastu milionów! Czasami Maggie nie dawała sobie rady z takimi liczbami. Ta szerokość była dziesięć razy większa niż wykroczna odległość między Podstawową a Valhallą, rozsądna miara zasięgu ludzkiej kolonizacji Długiej Ziemi w ciągu jednej generacji od Dnia Przekroczenia. Mimo to, podróżując z nominalną prędkością podróżną obu twainów, przekroczyli Pas Pangeański w ciągu tygodnia.

Po Pangeach, pięćdziesiąt milionów światów od domu, wlecieli w kolejny pas fioletowych ścieków, gdzie rozdzielone kontynenty prezentowały rozmaitość scenerii. Warunki klimatyczne i skład atmosfery były niekiedy dostatecznie bliskie Ziemi Podstawowej, by Maggie pozwoliła na zejście na ląd bez specjalnego ekwipunku ochronnego; jej załogi, złożone z bardzo sprawnych i w większości bardzo młodych ludzi, mogły się wyrwać z przestronnych, ale zamkniętych wnętrz gondoli. Jednak na dole nie było nic do roboty, nic do oglądania – brud w wodzie się nie liczył – więc ludzie tylko błaznowali z nudów. Chociaż rzucanie kamieniami w stromatolity też z czasem traciło swoją atrakcyjność.

Za to beagle Śnieżek zachowywał się inaczej. Maggie obserwowała, jak włóczy się samotnie po najbardziej monotonnej z okolic, prostując ciało w mundurze marynarki, który Maggie kazała uszyć specjalnie dla niego. Jego wilcze oczy błyszczały; odchylał głowę, by nozdrza wchłaniały lokalne zapachy. Zdawało się, że znajduje coś ciekawego na każdym świecie, na którym się zatrzymywali. Prowadził własny dziennik z zapisem dźwiękowym; Gerry Hemingway przygotował mu specjalny sprzęt, ponieważ beagle'e nie opanowały konwencjonalnego pisma. Maggie obiecywała sobie, że postara się przetłumaczyć i przestudiować ten dziennik. Miała przeczucie, że opisuje ich wyprawę całkiem inaczej, niż widzą ją ludzcy członkowie załóg. Dlatego go zabrała.

Próbowała z Mackenziem porozmawiać o Śnieżku i sprawach, jakie ich dzielą. Jedyną odpowiedzią było kamienne milczenie, będące specjalnością Maca, kiedy wpadał w odpowiedni nastrój.

Gdy Śnieżek schodził na ląd, Shi-mi opuszczała kajutę Maggie i biegała po gondoli „Armstronga", prawdopodobnie żeby na swój sposób pozbyć się stresu; pozwalała się trochę rozpieszczać członkom załogi. Oprócz Maca oczywiście.

Lecieli dalej przez tysiące tysięcy kroków. Nawet Jokery zdarzały się tutaj rzadziej. Maggie zaczynała już się obawiać, że cała wyprawa zmienia się w rodzaj eksperymentu masowej deprywacji sensorycznej. To dość zaskakujące ryzyko dla pioniera, pomyślała.

Z początku utrzymywali nominalną prędkość rejsową na trochę powyżej dwóch milionów kroków na dobę, uzyskiwane przy tempie pięćdziesięciu kroków na sekundę przez dwanaście godzin pracy silników dziennie. Maggie zdawała sobie sprawę, że dowodzi dwoma eksperymentalnymi jednostkami, a Harry Ryan – wspierany przez swego chińskiego odpowiednika, Billa Fenga, z którym, mimo początkowej wrogości, zdążył się zaprzyjaźnić – był niechętny jakimkolwiek zmianom planów. Maggie jednak skłoniła go, by maszyny pracowały osiemnaście godzin, pozwalając na prędkość lotu bliższą trzem milionom kroków na dobę zamiast dwóch. Nadal mieli dwie godziny przerwy podczas przeciętnej wachty. Pozwoliła też Harry'emu na jeden pełny dzień w tygodniu bez żadnego przekraczania, na testy i serwisowanie obu twainów.

Poza tym starała się wymyślić zajęcia dla obu załóg. Na szczęście gondole były dostatecznie obszerne do ćwiczeń fizycznych i treningów, nawet w czasie lotu. Porozumiała się z sierżantem Mikiem McKibbenem, dowódcą dwóch plutonów marines, jakich miała na obu okrętach, i tak ustaliła program wspólnych ćwiczeń, by obie formacje były zadowolone. Z pewnym wahaniem zgodziła się także na pewien zakres współzawodnictwa między marynarką i marines w różnych dziedzinach, od squasha do scrabble'a – zaskakującego hobby McKibbena. Potem dyskretnie poleciła Nathanowi, by dopilnował zablokowania żołdu jej załóg – bała się, że w przeciwnym razie przegrają swoje pieniądze, obstawiając wyniki zawodów.

– Tak jest, kapitanie. Mam uprzedzić Mike'a McKibbena, żeby zrobił to samo dla swoich chłopców?

Uśmiechnęła się.

– Zobaczymy, czy sam na to wpadnie.

– Tak jest.

Nawet z większą prędkością potrzebowali jeszcze dziewiętnastu dni, by zostawić za sobą fioletowe ścieki.

* * *

Którejś nocy pod koniec tego okresu Joe Mackenzie zdradził Maggie, że on także prowadzi dziennik podróży.

– Boże wielki, Mac, czy każdy na tym nieszczęsnym okręcie prowadzi pamiętnik? Jesteśmy jak dysfunkcjonalny Biały Dom.

– To przyzwyczajenie samotników, ale bywają gorsze. I według mojego osobistego dziennika... Widzisz, trudno ocenić skalę tego, co tutaj robimy, ponieważ epickie wyprawy wykroczne to coś nowego. Ale długie wędrówki geograficzne na Ziemi zajmowały nas od... bo ja wiem? Od wikingów? Od Polinezyjczyków? Ale i tak mam wrażenie, że zbliżamy się do swego rodzaju kamienia milowego. Pomyśl: kiedy Armstrong poleciał na Księżyc, skala tego osiągnięcia dalece przekroczyła wszystko, co znano w ludzkiej historii, a nawet prehistorii. Odległość do Księżyca, trzysta osiemdziesiąt cztery tysiące kilometrów, to mniej więcej sześćdziesiąt razy promień Ziemi. Zgadza się? Otóż między Podstawową a Valhallą leży cywilizowana Ziemia, o tyle, o ile w ogóle jest cywilizowana. To mniej więcej jeden koma cztery miliona kroków. A sześćdziesiąt razy ta odległość, wykrocznie, to...

Przeliczyła szybko.

– Jakieś osiemdziesiąt cztery miliony.

– I ten etap powinniśmy pokonać jutro. – Uniósł szklaneczkę single malt, jakiej mu nalała. – Cokolwiek zdarzy się później, w porównaniu z innymi ludzkimi osiągnięciami udało nam się dolecieć do Księżyca, Maggie.

– Kupuję to. Dobra okazja do świętowania – stwierdziła, zawsze myśląc o morale załóg. – Zaokrąglimy to do stu milionów, lepiej brzmi. – Spojrzała w kalendarz. – Wygląda na to, że dotrzemy tam na prima aprilis.

– Brzmi całkiem odpowiednio – uznał Mac.

– Zrobimy sobie dzień wolnego, wygłosimy parę mów, zrobimy zdjęcia, wbijemy flagę...

– Myślałem, że to może dobre miejsce, żebyś wyrzuciła tego kota. Ale niech będzie po twojemu.

ROZDZIAŁ 23

Wkrótce po przekroczeniu granicy stu milionów kroków pas fioletowych ścieków ustąpił miejsca światom innego rodzaju – kolejnemu pasowi, gdzie pojawiło się życie wielokomórkowe. Była to przyjemna zmiana scenerii po tych fioletowych, a czasem zielonych ściekach. Jednak stworzenia, jakie spotkali na tych światach, nie przypominały niczego, co ktokolwiek wcześniej oglądał.

Ziemia Zachodnia 102 453 654: na tym świecie lądy zostały skolonizowane przez stworzenia podobne do drzew, jednak zdaniem biologów były raczej rozwiniętymi ewolucyjnie morskimi wodorostami. Istoty podobne do ukwiałów pełzały po gruncie, szukając pożywienia. Natomiast w koronach wodorostowych lasów i większej części przestrzeni poniżej dominował rodzaj meduz.

Meduzy żyjące na drzewach...

Były to ogromne skórzaste stwory, przeciętnie tak masywne jak trolle. Ich stałym środowiskiem było chyba płytkie morze. Niektóre wypełzały na ląd, inne leciały, wykorzystując odrzut morskiej wody pompowanej z płaszczy, a potem szybowały, używając sterczących płetw jak „skrzydeł", by dostać się na szczyty drzew.

Między koronami wisiały organiczne kable podobne do lian. Meduzy opuszczały się po nich na wyprawy łowieckie, by chwytać swoich chodzących po gruncie kuzynów oraz inne formy życia, takie jak ukwiały. Naukowcom udało się raz zaobserwować jakby wojnę, kiedy grupa meduz z jednej kępy drzew przerzuciła kable oraz siatki na drugą kępę i zaatakowała wszystkimi siłami.

Ludzcy przybysze rejestrowali to wszystko z powietrza. Marynarze po służbie cały wolny czas spędzali przy oknach w galeriach widokowych. Kapitan Kauffman nie pozwoliła nikomu zejść na ląd – zawartość tlenu była tak niska, że ludzie musieliby nosić maski i zbiorniki. Tak obciążeni, byliby zbyt narażeni na ataki drapieżnych parzydełkowców z gałęzi nad głowami.

Bill Feng zaskoczył Maggie, zdradzając niezwykłą fascynację rozgrywającym się w dole spektaklem. Zainteresowanie żywymi istotami było dość dziwne u człowieka, którego brała za typowego inżyniera.

– Ja sam odebrałem wykształcenie wojskowe – wyjaśnił Chińczyk w swym dziwnie akcentowanym angielskim. – Nigdy jednak nie należałem do takich, co cenią wojnę dla niej samej. Przebyliśmy sto milionów kroków od Podstawowej, znajdujemy systemy życiowe całkiem niepodobne do naszego... A mimo to nadal widzimy wojnę. Czy tak musi być zawsze?

Maggie nie miała na to dobrej odpowiedzi.

Po opisaniu, zarejestrowaniu i pobraniu próbek z tych światów okręty ruszyły dalej.

Teraz, kiedy za oknami było na co patrzeć, Maggie zredukowała prędkość podróżną do nominalnych dwóch milionów kroków dziennie. Jednak po kilku dniach lotu światy należące do Pasa Parzydełkowego – jak go ochrzcili biolodzy – znowu ustąpiły miejsca fioletowym ściekom. Wtedy dyskretnie poleciła ponownie zwiększyć tempo przekraczania.

* * *

Na Ziemi Zachodniej 130 000 000 – w przybliżeniu – osiągniętej siedem dni od opuszczenia Pasa Parzydełkowego, siedem dni kolejnych fioletowych ścieków, wyprawa dotarła do światów innego rodzaju. Tutaj typowa Ziemia wydawała się całkiem pozbawiona tlenu – istniał tylko w ilościach śladowych, w atmosferze zdominowanej przez azot, dwutlenek węgla i gazy wulkaniczne. I nawet ta odrobina, jak powiedział Maggie Gerry Hemingway, prawdopodobnie była skutkiem procesów geologicznych, a nie działalności czegokolwiek żywego. Na tych światach nigdy nie powstało życie wytwarzające tlen, nigdy nie odkryło sztuki fotosyntezy – wykorzystania przez rośliny zielone energii słonecznej w celu rozkładu dwutlenku węgla, by zdobyć węgiel do budowy organizmu, a przy okazji uwolnić do atmosfery nadmiar tlenu.

Sterowce przygotowano na takie warunki. Przy braku tlenu atmosferycznego wielkie turbiny, które popychały je po niebie, były zasilane z wewnętrznych zbiorników. Wobec tego nowego technicznego wyzwania Harry Ryan poczuł się w swoim żywiole, a zafascynowana Maggie dowiedziała się, że w tym trybie silniki działają jak scramjety. Jednak wewnątrz gondoli powietrze – z konieczności krążące w obiegu zamkniętym – wkrótce wydawało się stęchłe.

Tymczasem pod dziobem odsłaniały się krajobrazy wyjątkowo posępne. Tylko biolog mógł się zachwycać dziwacznymi czerwonofioletowymi plamami i kopcami bakterii anaerobowych, będących władcami tych światów. Maggie poleciła utrzymać zwiększoną prędkość przekraczania, ale uprzedziła Harry'ego Ryana, by obserwował pokładowe rezerwy. Nie chciałaby piechotą wracać do domu przez te światy.

Kwestia tlenu poskutkowała długą rozmową z Douglasem Blackiem – pierwszą od dnia, kiedy jej najdostojniejszy pasażer zjawił się na pokładzie „Armstronga".

* * *

Maggie dotarła do apartamentów Blacka w towarzystwie Maca – miała za zadanie wspierać argumenty lekarza.

Poprosiła o to spotkanie, ale nawet na jej własnym okręcie Douglas Black nie należał do ludzi, którzy przybiegną na wezwanie. I nie zdziwiła się, że kazał im czekać pod drzwiami. Jego ochroniarz Philip przekazał, że Black właśnie się obudził po drzemce.

– Arogancki jest – mruknął Mac.
– Rozegrajmy to grzecznie, Mac, przynajmniej na początku. Zobaczymy, co ma do powiedzenia...
Drzwi się otworzyły.

Black miał cały zespół do obsługi, ale w tej chwili towarzyszył mu tylko jeden człowiek, surowy ochroniarz Philip, który szybko oprowadził gości po apartamencie. Cały czas obserwował ich ponuro.

Apartament – dumna nazwa na kilka kajut, które Black zajął do własnego użytku – okazał się wyposażony mniej luksusowo, niż Maggie sobie wyobrażała. Była tam mała kuchenka, ponieważ Black wymagał, żeby jego posiłki były przygotowywane specjalnie, w miarę możliwości ze świeżych składników – najwyraźniej Philip był także kucharzem. W saloniku stały głębokie, wygodne fotele i kanapy oraz rząd sprzętu elektronicznego: monitory, tablety, banki danych...

Na pierwszy rzut oka sypialnia Blacka przypominała zwarte stanowisko intensywnej opieki medycznej, z jednym wypakowanym gadżetami posłaniem pod przezroczystą zasłoną – praktycznie namiotem tlenowym, stwierdził niechętnie Mac – otoczone przez monitory, kroplówki i nawet coś, co wyglądało na ramię robota chirurgicznego. Niewielkie posłanie w kącie za lekkim parawanem musiało być przeznaczone dla Philipa, na służbie przez dwadzieścia cztery godziny na dobę, siedem dni w tygodniu.

Właśnie namiot tlenowy był powodem wizyty.

Black przyjął ich w saloniku. Siedział na bardzo zaawansowanym technicznie wózku inwalidzkim, ubrany w luźne kimono, jedwabne spodnie i kapcie. Nawet w zamkniętym, sztucznym, podobnym do okrętu podwodnego wnętrzu gondoli nosił ciemne okulary. Z uśmiechem na pomarszczonej twarzy poczęstował ich całkiem dobrą kawą.

– Witam w swoim legowisku, kapitanie. Ludzie spodziewają się, że powiem coś takiego, prawda? Ale przejdźmy do rzeczy. Zdaję sobie sprawę, że obecny tu doktor interesował się moim zdrowiem, ale jak widzieliście, mam tutaj własny ekwipunek medyczny.

– Na tym okręcie ja jestem głównym lekarzem – burknął Mac.
– I pańskie zdrowie należy do moich kompetencji.
– Oczywiście. Uznaję pański autorytet. Nie ma innej możliwości.
– Obawiam się, że to jest właśnie powód tarć – wtrąciła Maggie.
– Konkretnie, chodzi o pańskie zużycie tlenu.

– Kapitanie, zapewniłem doktora Mackenzie, że dysponuję własnymi rezerwami oraz własnym sprzętem do recyklingu i uzupełniania zapasów.

– Niemniej jednak jest pan podłączony do zapasów okrętu – odparł Mac. – To nieuniknione, konieczność techniczna. I pan, sir, zużywa ich bardzo wiele. Nie podnosiłbym tej kwestii, kapitanie, ale że obecnie nie dysponujemy rezerwą O-dwa poza powłoką, musimy to jednak omówić.

– Nie rozumiem, panie Black – rzekła Maggie. – Na co zużywa pan tyle tlenu?

– Żeby przez cały dzień i całą noc napełniać tę komorę hiperbaryczną – wtrącił Mac. – Widziała pani namiot nad łóżkiem, kapitanie. On tam praktycznie mieszka i oddycha powietrzem o zawartości tlenu o wiele punktów procentowych wyższej niż na Ziemi Podstawowej.

Dla Maggie wydawało się to raczej ekscentryczne. Miała za sobą pracowity dzień, ale naprawdę wolałaby przyjść na spotkanie lepiej przygotowana.

– Rozumiem – powiedziała. – Nie jestem lekarzem. Czemu pan to robi, panie Black?

– Z bardzo poważnych powodów: by zachować jedyną rzecz, której nie mogę kupić za wszystkie moje pieniądze... przynajmniej jeszcze nie. Żartowała pani, kapitanie, że poszukuję źródła wiecznej młodości. Otóż w pewnym sensie to prawda.

Przez kilka minut zaprezentował jej – łącznie z wizualizacjami na tablecie – wszystkie kuracje, jakie stosuje, nie tylko by spowolnić proces starzenia, ale czasem wręcz go odwrócić. Hormony, które zanikały z wiekiem, były dostarczane z zewnątrz, w tym hormon wzrostu, testosteron, insulina, melatonina i inne, by naprawiały i odtwarzały funkcje ciała, tak jak to się dzieje w młodych organizmach. Dokonywał prób napraw genetycznych z użyciem retrowirusów, by budowały lub rozrywały łańcuchy DNA i usuwały uszkodzone lub niepożądane sekwencje. Jeszcze na Niskich Ziemiach promował metody eksperymentalne z użyciem komórek macierzystych, pozwalające na regenerację tkanki, a nawet całych organów. Rozłożył ręce, całe w plamach wątrobowych.

– Niech pani na mnie spojrzy, kapitanie. Zawsze ćwiczyłem, zdrowo się odżywiałem, unikałem większości nałogów. Szczęśliwy los oszczędził mi wielu powszechnych schorzeń. I oczywiście moje rozwijane od dziesiątków lat środki ostrożności wobec ambicji rozmaitych zamachowców jak dotąd się sprawdzają. – Postukał się w skroń. – Psychicznie jestem sprawny jak zawsze, mam dobrą pamięć... Ale mam też osiemdziesiąt lat i mój czas dobiega końca. Tak wiele jeszcze zostało do zobaczenia, tak wiele do zrobienia... Proszę rozważyć choćby obecną misję. Rozumie pani, że zrobię wszystko, by jeszcze nie odchodzić. Czy może mnie pani winić, pani kapitan?

– No dobrze, ale co to ma wspólnego z tlenem?

– To jedna z terapii – wyjaśnił Mac. – Jedna z tych niepewnych.

Blask pochylił głowę.

– Nie będę dyskutował z adeptem medycyny, ale trudno mieć pretensje, że próbuję wszystkich opcji, prawda? Owszem, użycie tlenu jest kontrowersyjne. Lecz wyjrzyjcie przez okno! Nie ma tu tlenu i wszystkie światy są praktycznie martwe. Siłę życiową napędza tlen! Przecież nawet pan zastosowałby tlen u pacjenta w sytuacji ekstremalnej, prawda? Właściwy termin to tlenoterapia, pani kapitan; stosowanie tlenu pod wyższym ciśnieniem cząstkowym dla wspomożenia leczenia i odmłodzenia organizmu. Jest tania, łatwa i niektórzy twierdzą, że mają dowody na jej działanie na mrówkach, myszach i tak dalej. Czemu nie spróbować?

Mac pewnie jeszcze by się spierał, lecz Maggie uniosła dłoń.

– Wydaje mi się, że mam już obraz sytuacji. Ale wciąż nie rozumiem, jakiego rodzaju „źródła młodości" szuka pan na pokładzie tej jednostki marynarki.

– Mogę jedynie zapewnić, że poznam je, kiedy je znajdę. O ile istnieje.

Maggie wstała.

– Myślę, że nie warto tego ciągnąć. Mac, bardzo pilnujemy zapasów tlenu, ale nasza załoga to dziewięćdziesięciu ludzi, więc zużycie go przez pana Blacka, przy jego prywatnych rezerwach, nawet uwzględniając ten namiot, to tylko niewielki ułamek całości. – Zwróciła się do Blacka. – Mój mechanik będzie kontrolował zużycie i jeśli zajdzie potrzeba podjęcia działań, ograniczę panu dostęp do poziomu normy dla innych członków załogi.

– Oczywiście. – Wydawał się nieco urażony. – Nigdy bym nie dopuścił, by moje osobiste interesy naraziły kogoś z pani młodych podopiecznych. Czy sprawa jest załatwiona? Mogę już nie stać w kącie?

Maggie roześmiała się uprzejmie i szturchnęła Maca, który też uśmiechnął się z przymusem.

– W takim razie, jeśli macie chwilę, możemy poświęcić ją na przyjemniejsze zajęcia. Siadajcie, proszę. Może zechcecie przejrzeć najnowszy pakiet danych naukowych, przygotowanych dla mnie przez waszego uprzejmego porucznika Hemingwaya? Jestem pewien, że wszystko to już wiecie, ale obrazy są niekiedy szokujące.

Skinął na Philipa, który szybko przygotował sprzęt. Po chwili na ekranach pojawiły się zasłony fioletu i czerwieni.

– Kto by przypuszczał, że życie, nawet bez potęgi tlenu, zdolne jest tworzyć takie piękno, tak pomysłowe wzory? Może napijecie się jeszcze kawy? A może czegoś mocniejszego?

ROZDZIAŁ 24

I tak, przez lata, Joshua sporadycznie kontaktował się z Paulem Spencerem Wagonerem. Uważał, że to w pewnym sensie jego obowiązek – poza najbliższą rodziną był prawdopodobnie jedynym znajomym chłopca z dzieciństwa w Szczęśliwym Porcie. Joshua Valienté zawsze poważnie traktował obowiązki.

Ale też był ciekawy. A w Paulu Spencerze Wagonerze wiele było rzeczy ciekawych. Dziwny chłopczyk wyrósł na trochę dziwniejszego młodego mężczyznę.

O ile Joshua mógł to stwierdzić, Tom i Carla Wagonerowie zawsze chcieli jak najlepiej dla Paula i jego siostry Judy. Z pewnością nigdy nie skrzywdzili swych dzieci. Ale kiedy małżeństwo się rozpadło, w opinii Joshuy wskutek stresu powodowanego przez dzieci, Tom musiał sobie sam radzić z Paulem. Ale nie mógł znieść tego, że jego syn – zyskujący wiedzę, choć niekoniecznie mądrość, i pewną siłę umysłową, choć niekoniecznie fizyczną – zwrócił się przeciwko ojcu.

Paul miał dziesięć lat, kiedy go ojcu odebrano.

* * *

– Paul za dobrze mnie zna – tłumaczył Tom Joshui.

Spotkali się w Domu na wiosnę 2036; Joshua wrócił, by zobaczyć, jak siostry radzą sobie rok po śmierci siostry Agnes.

– Wie, jak rozstałem się z jego matką – mówił Tom. – Zabrała wtedy małą Judy. Nawiasem mówiąc, Carla nie radzi sobie lepiej ode mnie. Ma z Judy te same problemy, jakie mieliśmy z dorastającym Paulem. On wie też, jak zawaliłem w pracy. Widział to wszystko i rozumiał o wiele więcej, niż powinien dowolny dzieciak. Rozumiał, co dzieje mi się pod czaszką. – Z żalem pokręcił siwiejącą głową. – Kiedy zaczyna mnie rozkładać z powodu jakiejś wady czy porażki, to jest... dobijające. Nie czuję się jak ojciec przemądrzałego syna. Czuję się jak ukarany pies. Całkiem podległy. Ale jeszcze gorzej, kiedy jest świadomie okrutny. Nie fizycznie, z tym bym sobie jakoś poradził, lecz słowami potrafi pociąć człowieka na plasterki. Piekielny dzieciak. A wiesz, co jest w tym najgorsze? Robi to, bo może. Dla zabawy... nie, nawet nie to. Z ciekawości. Żeby zobaczyć, co będzie, jeśli rozłoży człowieka na części, jakby rozcinał żabę. On nie rozumie, co robi, to tylko dzieciak. Ale...

Joshua pogrzebał trochę w dokumentach i odkrył, że Judy, siostra Paula, także została odebrana matce. A system opieki miał taki kaprys, by rodzeństwo trzymać osobno.

Było też jasne, że Paul nie jest szczęśliwy. Nigdzie nie mógł zagrzać miejsca i pojawiło się realne zagrożenie, że całkiem wyrwie się spod kontroli. Po paru katastrofalnych próbach w rodzinach zastępczych Joshua uruchomił kilka kontaktów i Paul trafił do Domu w Madison, pod opiekę surowych, ale wnikliwych sióstr.

Potem Joshua widywał go bardziej regularnie. Chłopiec jednak pozostał tajemnicą dla niego i dla sióstr. Powoli dorastał do dziwnej dojrzałości.

ROZDZIAŁ 25

Jak zauważył Frank Wood, Willis Linsay chyba miał rację co do geografii Długiego Marsa. Większość wykrocznych Marsów – na pierwszy rzut oka, widziana z szybowców unoszących się w rozrzedzonej atmosferze – wydawała się identyczna. Piloci utrzymywali maszyny mniej więcej nad miejscem lądowania w Mangala Valles, rozległym jałowym regionem, który prawie się nie zmieniał przy przekraczaniu ze świata do świata. Tak jak przewidywał Willis, jedyną odmianą były rzadkie Jokery – światy, gdzie z jakiegoś powodu zaistniała wilgoć, ciepło, ulotna szansa, by ocalałe życie mogło się rozwinąć.

Jednak wszystkie te sprzyjające przypadki wydawały się ograniczone w czasie. Trwały lata, stulecia, tysiąclecia, może nawet dziesiątki tysięcy lat, ale w końcu erupcje wygasały, gazy wulkaniczne się rozwiewały, a wulkaniczne jeziora zamarzały do dna. Mars powracał do zwykłego stanu śmiertelnego bezruchu. O wiele częściej niż funkcjonujące biosfery – jak świat tych piaskowych wielorybów, napotkany szczęśliwie na początku podróży – wędrowcy widywali światy niedawno wygasłego życia. Poza burzami piaskowymi na Marsie niewiele się działo; erozja przebiegała powoli i takie ślady mogły przetrwać długo.

Na przykład około dwustu tysięcy kroków na wschód od Szczeliny szybowce przemknęły nad czymś, co wyglądało jak pozostałości wielkiego oceanu, który przez krótki czas musiał pokrywać równiny półkuli północnej. Sądząc po śladach, takie miejsca jak Mangala musiały być wybrzeżami. Willis wskazał puste plaże, słone równiny na wyschniętym dnie oceanu, a nieco w głębi lądu coś, co wyglądało jak skamieniały las.

Kiedy zniżyli lot, by przyjrzeć się bliżej, zauważyli stożki jakby skór zrzuconych przez gigantyczne węże, stożki wielkości piramid; być może pochodziły od krewnych – w sensie wspólnego pochodzenia – tych piaskowych wielorybów, które spotkali wcześniej. A także rozrzucone płyty, niczym puste pancerze, jakie mogły należeć do czegoś w rodzaju tamtych drapieżnych skorupiaków. Widzieli nawet kości przypominające ogromne żebra wieloryba.

Aż wreszcie dwunastego dnia, jakieś pół miliona kroków na wschód od punktu startu, natrafili na ślady inteligencji. Znaleźli miasto.

* * *

Znaleźli je na wyżynie na południe od Mangali – pod piaskiem wciąż rysowały się proste linie ulic, a wieże wznosiły się wysokie i białe jak kość. Ale nie dostrzegli żadnych śladów życia.

Standardowo przesiadali się co jakiś czas i pilotowali na zmianę, by każdy zdobywał doświadczenie i poznawał kaprysy obu maszyn. W dniu, kiedy znaleźli miasto, Frank leciał jako pasażer za Sally w „Thorze", natomiast Willis samotnie pilotował „Wodana". Dlatego Frank obserwował teren, gdy Sally zeszła szybowcem bliżej gruntu i skręciła w stronę miasta.

Jedną ze szczególnych właściwości lotu w bardzo rozrzedzonej atmosferze była wysoka prędkość, niezbędna szybowcom do utrzymania się w powietrzu. Na dużej wysokości nie było to specjalnie widoczne, ale niżej przemykali nad gruntem jak jaskółka ścigająca muchę. W rezultacie miasto pojawiło się jak znikąd. Nagle Frank pędził nad spękanym brukiem alei, między wieżami – niemożliwie wysokimi, ale strzaskanymi i połamanymi. Nie mógł się powstrzymać i krzyknął z radości.

– Próbuję się tu skupić – burknęła Sally.
– Przepraszam.
– Jak idzie zbieranie danych?

Frank zerknął na tablet obok fotela; pokazywał spływające do pamięci szybowca megabajty danych z systemów obrazowania, sonaru, radaru czy analiz atmosfery. Nasłuchiwali nawet, czy nie działają gdzieś nadajniki; jonosfera Marsa była cienka i słabo odbijała fale radiowe, ale nigdy nie wiadomo... Niedbałością byłoby nie słuchać.

– Wszystko pod kontrolą – zapewnił. – Niezwykłe miejsce, przyznasz. Z góry to miasto wyglądało... jak szachy. Stąd, nisko i blisko, te wieże przypominają raczej połamane zęby. Ale są wyższe niż cokolwiek, co można zbudować na Ziemi.

– Tak to jest w niskiej grawitacji – odezwał się Willis.

– Ale te wieże ich nie ocaliły, kiedy wybuchły ostateczne wojny – powiedziała Sally. – Spójrzcie w dół.

Teraz, na zasypanych odłamkami ulicach, a nawet wewnątrz zniszczonych budynków Frank dostrzegł szczątki: fragmenty osłon, wieloprzegubowe ramiona, jakby urwane wielkiemu pająkowi. Zrobione chyba z jakiegoś metalu, może ceramiki, też były połamane, zgniecione, rozerwane, a powierzchnie dróg i mury poznaczone kraterami bombowymi. Wszystko pokrywała cienka warstwa naniesionego wiatrem rdzawoczerwonego pyłu.

– Czemu powiedziałaś „ostateczne wojny"? – spytał Frank.

– Bo wyraźnie po zakończeniu nie został już nikt, kto by to sprzątnął. Wiele z tych Jokerów, tych wysp w rzece czasu, musiało się skończyć wojną. Nie sądzicie? Kiedy klimat się załamywał, ocaleni walczyli o resztki wody, o ostatnie drzewa do spalenia... Może składali ofiary, by przebłagać bogów. Wszystko to dobrze znamy z ziemskiej historii; tak właśnie sami byśmy się zachowywali. Wydaje się, że głupota jest uniwersalna.

W mieście będącym wielkim cmentarzem Frank skrzywił się, słysząc tę wygłoszoną chłodnym tonem uwagę.

– Wątpię, czy jest tu dla nas coś więcej – uznał Willis. – Wyląduję i wezmę parę próbek. Lećcie za mną, jeśli chcecie.

Frank zobaczył, jak „Wodan" kieruje się ku rozległej płaskiej równinie poza miastem.

– Co ty na to? – zwrócił się do Sally. – Chcesz rozprostować nogi?
– Nie muszę. Co z tobą?
– Odpuścimy sobie. Poćwiczę jogę dla opornych.

Aby oszczędzać konieczne do startu metanowe paliwo, starali się lądować jak najrzadziej.

Sally pociągnęła dżojstik. Szybowiec uniósł nos i wzleciał spiralą. Miasto znowu zmieniło się w zabawkową dioramę, bez żadnych widocznych śladów wybuchów bomb ani owadzich maszyn bojowych.

Frank przełączył się na wewnętrzny kanał interkomu, żeby Willis ich nie słyszał.

– Wiesz, Sally…
– Co?
– Powiedziałaś: „głupota jest uniwersalna". Już wcześniej słyszałem od ciebie takie sformułowania. Mówisz poważnie?
– A czemu chcesz wiedzieć?
– Pytam tylko.
– Wiesz… Nie urodziłam się z pogardą dla ludzkości. Musiałam się tego nauczyć. Znasz moją historię…

Znał podstawowe fakty. Większości dowiedział się od Moniki Jansson, która pod koniec życia zbliżyła się do Sally – zbliżyła przynajmniej w kategoriach Sally. To było wtedy, kiedy razem wykręciły numer z uwolnieniem trolli ze Szczeliny Kosmosu. Potem Jansson stała się bliska Frankowi, ale zbyt szybko ją stracił.

Sally Linsay była naturalnym kroczącym, ale mieszanego pochodzenia; ojciec, Willis, nie miał takiej zdolności. Przed Dniem Przekroczenia rodzina jej matki – podobnie jak pewnie wiele innych takich dynastii – co zrozumiałe, wiedzę o swoich supermocach zachowywała dla siebie. Używali ich jednak, kiedy mieli ochotę.

– Przekraczałam już jako dziecko – mówiła Sally. – Moi wujowie wyruszali na Niskie Ziemie, żeby polować z kuszami i tak dalej, i pamiętali, że na grizzly lepiej uważać. Tato zawsze wolał majstrować, niż polować, więc wybudował sobie wykroczny warsztat. Wykopał

ogród. Zabierałam go tam i pomagałam, a on wymyślał różne historie i zabawy. Długa Ziemia była moją Narnią. Znasz Narnię?
– To ta z hobbitami, tak?
Prychnęła tylko.
– Dla mnie przekraczanie było radością. I użytecznym doświadczeniem, ponieważ otaczali mnie inteligentni ludzie, którzy rozumieli, co robią, mądrze wykorzystywali swój dar i zachowywali ostrożność. A potem nadszedł Dzień Przekroczenia i nagle każdy idiota z krokerem mógł tam przejść. I co? Natychmiast zaczęli tonąć, zamarzać na śmierć albo dawali się rozszarpać jakiejś pumie, bo przecież te małe pumiątka były takie słodkie... A najgorsze jest to, że ci idioci zabrali z sobą nie tylko swoje zidiocenie, ale też swoje wady. Swoje okrucieństwo. Zwłaszcza okrucieństwo.
– A już szczególnie okrucieństwo wobec trolli, tak? Tyle wiem o tobie z czasów, kiedy pojawiłaś się koło Szczeliny.
Siedziała przed Frankiem, w fotelu pilota; widział, jak jej kark zesztywniał. Można było przewidzieć, że stanie się wroga.
– Jeśli już wszystko o mnie wiesz, po co pytasz?
– Nie wiem wszystkiego. Tylko tyle, ile słyszałem, na przykład od Moniki. Stałaś się swego rodzaju samotnikiem. Aniołem miłosierdzia, pomagającym ratować tych „idiotów" przed nimi samymi. Ale też... – Szukał jakiegoś nieantagonizującego określenia. – Stałaś się sumieniem Długiej Ziemi. Tak sama siebie widzisz.
Zaśmiała się.
– Różnie mnie określano, ale nigdy w ten sposób. Ale wiesz, większa część skolonizowanej Długiej Ziemi daleka jest od cywilizacji. Jeśli widzę, że ktoś czyni zło...
– Zło w twojej opinii.
– Dbam o to, żeby złoczyńca się dowiedział.
– Zachowujesz się jak samozwańczy oskarżyciel, sędzia... i kat?
– Staram się nie zabijać – odparła dość enigmatycznie. – Pewnie, wymierzam karę. Czasem oddaję przestępcę w ręce sprawiedliwości, jeśli to możliwe. Martwi niczego się nie uczą. Ale wszystko zależy od sytuacji.

– Rozumiem. Lecz nie każdy się zgodzi z twoimi osądami. Ani z tym, że przyznajesz sobie prawo działania według tych osądów. Niektórzy nazwaliby cię wigilantką.
– To tylko słowo.
– Widzisz, Sally, dręczy mnie coś takiego. Przecież twój ojciec to zrobił, był przyczyną Dnia Przekroczenia. A teraz ci „idioci" zalewają twoją Długą Ziemię... bo uważasz ją za swoją. Zabijają lwy w twojej Narnii. Mam rację? Na tym polega twój problem? Że wszystko to umożliwił twój ojciec...
– A teraz co? – warknęła. – Jesteś psychoanalitykiem?
– Nie. Ale w czasie służby spotkałem ich paru i wiem, jakie pytania zadają. Pewnie, mogę się zamknąć. Twoje sprawy to twoja sprawa. Ale Sally... czyń dobrze, zgoda? Uważaj na ten swój gniew. Myśl, skąd się bierze. Jesteśmy bardzo daleko od domu, polegamy na sobie nawzajem i musimy nad sobą panować. To tylko chciałem powiedzieć.

Nie odpowiedziała. Prowadziła szybowiec w szerokich, przesadnie precyzyjnych pętlach, aż Willis skończył na dole i wystartował, by do nich dołączyć.

Wtedy, po szybkiej synchronizacji banków danych, przekroczyli i szachownica miasta zniknęła spod kadłubów ich maszyn.

ROZDZIAŁ 26

Kolejne martwe Marsy, jeden po drugim, dzień po dniu lotu, przerywane wieczornymi lądowaniami na kopiach pejzażu Mangali, z rzadkimi postojami na badania.

Trzydziestego dnia zatrzymali się na świecie trochę przed Marsem Wschodnim Milion – milion kroków na wschód od Szczeliny – i Frank Wood, opatulony w ciśnieniowy skafander, wybrał się na krótki spacer w ciemności. Tej nocy podwójna gwiazda Ziemi i Księżyca była wyraźnie widoczna wysoko nad wschodnim horyzontem. Znaleźli się na typowym Marsie, podobnym do Marsa na firmamencie Podstawowej, świata nienadającego się do życia, ale Frankowi sprawiało przyjemność samo lądowanie i szansa na rozprostowanie kości.

Takie spacery stały się jego zwyczajem, trochę niewygodnym i odrobinę ryzykownym sposobem oddalenia się jakoś od Linsayów – tylko kilka minut każdego dnia, by on także mógł swobodnie odetchnąć i odzyskać coś zbliżonego do formy. Spacery po planetach odległych od siebie o czterdzieści czy pięćdziesiąt tysięcy światów – taki dystans pokonywali w ciągu dnia – a jednak tak do siebie podobnych, czy raczej podobnie martwych. Tej nocy, jak już tyle razy wcześniej na pustynnych Marsach, zastanawiał się, jaki jest sens tego wszystkiego, wszystkich tych martwych planet, pustki tym gorszej, że niekiedy przerywanej przez rzadkie i krótkie okna życiodajności – prawie wszystkie zatrzaśnięte ostateczną zagładą. Czy okrutniej jest żyć i umrzeć, czy nie żyć w ogóle?

I jakie to ma znaczenie? Czy każdy świat posiadający inteligencję będzie Długi, jak Mars albo Ziemia? Wyobraził sobie niebo pełne włókien Długich Światów niczym rozerwane naszyjniki dryfujące w ciemnym oceanie. Może istnieje też Długa Wenus, a nawet Długi Jowisz, jeżeli umysł kiedykolwiek się tam zagnieździł? Ale dlaczego tak się dzieje? Po co?

Podejrzewał, że nigdy nie pozna sensownej odpowiedzi na takie pytania. Rób swoje, pilocie...

Tak się złożyło, że już następnego dnia trafili na ślady bliskiego trafienia cywilizacji, zaledwie pięćdziesiąt tysięcy światów z drobnymi poza całkiem nieistotną granicą miliona kroków.

* * *

Krater znajdował się o sto kilometrów na południe od samej Mangali; błysk metalu był wyraźnie widoczny z powietrza i systemy analizy obrazu wykryły go zaraz po przekroczeniu.

W chwili przejścia Frank pilotował i miał Willisa jako pasażera. Krater był wielką misą w gruncie, głęboki i wyraźny, średnicy niecałego kilometra. Ale jego wewnętrzna powierzchnia połyskiwała jakąś metaliczną powłoką. Z góry Frank widział, że misa zasypana jest nieruchomymi obiektami, połamanymi i martwymi – może jakimiś maszynami. Niektóre części krateru i teren dookoła były czarne, jakby zbombardowane wielkimi workami sadzy. Zdawało się, że krater łączą z zewnętrznym terenem proste szlaki, stare, niewyraźne i przysypane pyłem.

– Znowu byliśmy blisko – burknął zirytowany Willis. – Następny jeszcze ciepły trup. Nie widzę żadnego ruchu, nie odbieram sygnałów. Sprowadzisz nas na dół, Frank? Sally, trzymaj pozycję.

– Dobrze, tato – nadeszła oschła odpowiedź.

W takich sytuacjach Sally tolerowała wprawdzie polecenia ojca, ale z wyraźnym brakiem entuzjazmu.

Frank obniżył nos szybowca. Kiedy sunęli ku misie krateru, zauważył, że spore plamy terenu dookoła wydają się szkliste i migoczą w słabych promieniach słońca, przepływając pod skrzydłami. Powiedział o tym Willisowi.

– Zgadza się – przyznał Willis. – I popatrz na sam krater.

Kiedy raz jeszcze przelecieli nad misą, Frank zobaczył, że wewnętrzna powierzchnia została pokryta płachtami jakiegoś metalu, jednak bardzo uszkodzonymi, porwanymi wybuchami, a częściowo stopionymi.

– Broń radiacyjna? Lasery?

– Coś w tym rodzaju. Myślę, że to był jakiś rodzaj teleskopu, coś w typie Arecibo, tylko skonstruowane w naturalnym zagłębieniu krateru. Jeśli to lustrzana powierzchnia, mógł być optyczny. Przy tym położeniu dawałby piękne obrazy Ziemi.

Wlecieli głębiej do krateru. Frank pilnie uważał na możliwe konstrukcje, które przetrwały atak, ale zniszczenie było całkowite. W głębi misy leżała plątanina rozbitego sprzętu, głównie precyzyjnie kształtowanego metalu. Z początku nie dostrzegł tam śladu życia, żadnej biologii, lecz po chwili zauważył lśnienie chityny, która wydała się znajoma.

– Lądujˇ – polecił Willis. – Weźmiemy trochę próbek. Sally, zostań w powietrzu.

Zatrzymali się niedaleko lustrzanej misy i przeszli do niej piechotą.

Kiedy opuścili się do zagłębienia, niezgrabni w ciśnieniowych skafandrach, wrażenie zimna stało się bardziej intensywne. Warstwa nawianego pyłu na dnie wyglądała na nienaruszoną. Willis pobrał próbki metalowych elementów, odbijającej powierzchni, podobnych do chityny szczątków.

– Te skorupy coś mi przypominają – zauważył Frank. – Te skorupiaki, które widzieliśmy na początku.

– Zgadza się. Pojawia się pewna konsekwencja, prawda? Znaleźliśmy skorupiaki, wieloryby... Wspólna paleta. Możliwe, że gdziekolwiek dotrzemy, znajdziemy zniekształcone wersje tych rodzin na różnych etapach ewolucji. Wydaje mi się, że rozumiem, jak to działa. Kiedy Mars jest młody, następuje gwałtowna ewolucja form życia, gatunków, rodzin, rodzajów... Praktycznie taka sama na każdym świecie Długiego

Marsa. Ale potem dany Mars zamiera i cokolwiek przeżyło, musi hibernować, estywować... W większości przypadków Mars pozostaje martwy, ale na takich Jokerach jak ten ta baza życiowa wykorzystuje wszelkie szanse, jakie się trafią. Adaptuje się w różny sposób, zależnie od konkretnego środowiska. To nieskończone przekształcenia tych samych pierwotnych form, wariacje na temat wielorybów i skorupiaków, może też innych organizmów, które jeszcze zidentyfikujemy.

Mówiąc, Willis nie przerywał pracy, cierpliwie oglądając smętne ruiny.

– Przepuszczę to wszystko przez układy analityczne w szybowcu.

– Rozumiem, że nie ma tu tworów techniki, jakich szukasz.

– Nie. Jestem rozczarowany. Chociaż to najwyżej technicznie rozwinięta cywilizacja, jaką spotkaliśmy.

– Będziesz wiedział, kiedy zobaczysz, prawda? Cokolwiek to jest.

– Możesz się założyć.

– A skąd w ogóle wiesz, że to coś istnieje?

Willis nie uniósł głowy.

– Jesteśmy na Marsie. Na takim świecie to logiczna konieczność.

Frank wiedział, że wszyscy nawzajem działają sobie na nerwy, ale te świadome niejasności Willisa coraz bardziej go irytowały. Jak ten człowiek go traktuje? Jak szofera, któremu nie można zaufać i zdradzić prawdy?

– Tajemniczość i pewność, tak? Te cechy pomogły ci w karierze, co?

Willis zignorował te słowa, co rozzłościło Franka jeszcze bardziej.

– Sally porównała cię do Dedala. Sprawdziłem. W pewnych wersjach mitu to on zbudował labirynt na Krecie, gdzie trzymali Minotaura. Kłopot polegał na tym, że nie przemyślał sobie konsekwencji. Stworzył labirynt tak skomplikowany, że trudno było w nim odszukać bestię, jeśli ktoś chciał ją zabić. Nie tylko to; labirynt miał wadę konstrukcyjną. Dysponując zwykłym kłębkiem wełny, można było zaznaczyć drogę, a potem łatwo dotrzeć do wyjścia. Dedal tego nie przewidział.

– Czy ta historyjka ma jakiś cel?

– Może jesteś bardziej podobny do Dedala, niż ci się wydaje. Co zrobisz z tym kawałkiem marsjańskiej techniki, jeśli go znajdziesz?

Wypuścisz go na świat, tak jak krokery? Sam wiesz, że ty i Sally traktujecie ludzkość jak niesforne dziecko. Sally czasem daje nam po łbie, kiedy uważa, że źle się zachowujemy. A twój sposób wpajania nam odpowiedzialności to wręczyć nabity pistolet i pozwolić się uczyć metodą prób i błędów.

Willis zastanawiał się przez chwilę.

– Masz mi to za złe, bo jesteś dawnym kadetem kosmicznym. Zgadłem? Dzień Przekroczenia spowodował, że nie mogłeś latać w kółko na stacji kosmicznej i mierzyć średnicy strumienia własnego moczu w nieważkości, czy co tam jeszcze ci chłopcy robili przez całe lata. Miałeś pecha. A cokolwiek my robimy, ja i Sally, przynajmniej mamy na celu najlepsze interesy ludzkości. Czy ta obecna rozmowa ma jakiś cel?

Frank westchnął.

– Próbuję tylko was zrozumieć. – Rozejrzał się po otaczającej ich strefie walk. – Bóg świadkiem, że w tej podróży niewiele więcej jest do roboty...

– Grupa naziemna, „Thor".

Frank stuknął w panel kontrolny na piersi, uruchamiając komunikator.

– Mów, Sally.

– Wykrywam tam szczątkowe promieniowanie tła.

Kątem oka Frank dostrzegł jakiś ruch. Smuga zielonkawego dymu unosiła się w powietrze ze stosu pokrytych pyłem odpadków.

– Budowniczowie i żołnierze mogą od dawna być martwi, ale może złom, jaki po sobie zostawili, nie jest. Sugeruję, żebyście się stamtąd wynieśli.

– Zrozumiałem. Chodźmy, Willis.

Willis nie dyskutował. Ruszyli w górę z zagłębienia. Frank uniósł głowę i spojrzał na Sally wysoko w powietrzu – marsjański Ikar. Zaraz jednak spuścił wzrok, koncentrując się na tym, gdzie stawia nogi na nierównym zboczu.

ROZDZIAŁ 27

Wszyscy w załodze Maggie sądzili, że muszą najpierw opuścić Pas Anaerobowy, zanim znów trafią na złożone życie. Jak się okazało, mylili się, i to nie po raz pierwszy.

Ziemia Zachodnia 161 753 428; dziesięć dni od chwili, kiedy wlecieli w szerokie pasmo beztlenowych światów. Twainy płynęły nad pejzażem rojącym się od życia – istot dużych, ruchliwych. Najwyraźniej był to nowy pas złożoności, ale tak daleko w głębi Długiej Ziemi obserwowane w dole formy życia różniły się od wszystkiego, co do tej pory widzieli.

Maggie stała w galerii obserwacyjnej z kilkoma przedstawicielami załogi. Na jej prośbę znaleźli się wśród nich także Mac i beagle Śnieżek – miała nieśmiałą nadzieję, że jeśli obaj znajdą się blisko siebie, może dzielący ich wyraźnie konflikt jakoś się rozstrzygnie.

W galerii był też kapitan Ed Cutler, który przybył na cotygodniowe osobiste spotkanie z Maggie.

Okręty burta w burtę dryfowały po żółtawym niebie z bardzo dziwnymi chmurami. Pod nimi fale zielonkawego morza pluskały o jasnobrązowy brzeg z pasami szkarłatu i fioletu. Sam schemat barw był niepokojący, jakby powstał w wyobraźni naćpanego studenta. Pasy na ziemi musiały być roślinnością, Maggie widziała nawet drzewa, wysokie struktury z pniami i jakimiś liściopodobnymi systemami u góry – najwyraźniej to uniwersalna konstrukcja, jeśli trzeba czerpać światło z nieba, a równocześnie zapuszczać korzenie w glebę, by pobierać substancje odżywcze. Liście były fioletowe, nie zielone. Gerry Hemingway powiedział, że też prowadzą fotosyntezę, wykorzystują energię słońca, tylko w przeciwieństwie do drzew na Podstawowej absorbowały z powietrza nie dwutlenek, lecz tlenek węgla, a produkowały nie słodki tlen, lecz siarkowodór i inne nieprzyjemne związki.

Wokół obszarów „leśnych" ciągnęły się tereny pokryte „prerią", bardziej urozmaiconą roślinnością, ale na razie nikt nie widział, co właściwie tam rośnie.

A wśród roślin poruszały się zwierzęta. Całkiem niepodobne do zwierząt na Podstawowej. Na przykład przejrzysty, wielki dysk, jakby skrzyżowanie meduzy z hollywoodzkim UFO. Pełzał, sunął, przelewał się po gruncie. Nie, to nie jeden dysk; cała rodzina, może stado, wielkie dorosłe osobniki z brykającymi wokół młodymi. Gerry Hemingway zastanawiał się, czy poruszają się dzięki jakiemuś rodzajowi efektu przypowierzchniowego, jak poduszkowce.

Nie pomagał w zrozumieniu fakt, że wszystko działo się z obłąkaną szybkością, jakby cały świat na zewnątrz zablokował się na szybkim przewijaniu. Biolodzy Hemingwaya sugerowali, że ma to związek z wyższymi temperaturami tego świata, przyrostem dostępnej energii. Niezależnie od tłumaczeń Maggie naprawdę by wolała, żeby wszystko to po prostu zwolniło. I...

– Na brwi Mao! – Zadziwiające, ale okrzyk ten wydała porucznik Wu Yue-Sai. Zaczerwieniła się. – Muszę przeprosić, kapitanie.

– Do diabła z tym. Co zobaczyłaś?

Wu wyciągnęła rękę.

– Tam! Nie, tam! Między drzewami... jest długi, gruby... jak wąż. Wielki. Tylko że...

Tylko że ten „wąż" skakał w powietrzu od drzewa do drzewa. Był opływowy, przypominał giętką łopatę wirnika helikoptera. Wił się, płynąc w powietrzu. Szybował, a nawet latał, jeśli nieco naciągnąć definicję latania.

Gerry Hemingway gwizdnął.

– Czterometrowy latający wąż... Teraz widziałem już wszystko. Nie, zaczekajcie! Jeszcze nie widziałem.

Ponieważ w tej właśnie chwili „wąż" rzucił się na dyskowatą istotę – jedną z tych mniejszych, trochę z boku. Uniosła się para, dysk szarpał się i wyrywał, ale wąż wnikał do wnętrza. I kiedy już się tam znalazł, zaczął się skręcać i wyrywać sobie drogę wyjścia.

– Pożera ofiarę od środka – stwierdził Mac. – Żeby się tam dostać, przepalił skórę jakąś żrącą wydzieliną. Milutko. Wszędzie są roślinożercy i drapieżniki, trwa wieczny taniec łowcy i ofiary.

Maggie zaśmiała się z przymusem, próbując nieco poprawić nastrój.

– Możliwe, ale założę się, że takiej wersji jeszcze nie oglądałeś.

Cutler stał dość sztywno obok niej. Nie lubił towarzyskich spotkań.

– Musimy poszukać spokojniejszego miejsca, żeby wysłać tam ludzi – powiedział. – Przyda im się trochę odpoczynku, już bardzo długo nie schodzili na ląd.

Wszyscy zamilkli. Maggie poczuła się zakłopotana zachowaniem oficera, Mac jednak nie miał takich wahań.

– Kapitanie, czy sugeruje pan, żebyśmy wysłali nasze załogi na dół?

– Nie rozumiem, dlaczego nie. Lądowaliśmy już przecież na egzotycznych Ziemiach.

– Sir, czy pan w ogóle słucha raportów swoich oficerów naukowych?

– Mac... – mruknęła Maggie ostrzegawczo.

– Nie, jeśli tylko mogę tego uniknąć – odparł wyzywająco Cutler.

Mac się rozejrzał.

– Gerry, masz jeszcze to, co zostało z naszego pierwszego wysłanego drona, żebyśmy mogli pokazać panu kapitanowi? Uszkodzenia kadłuba... Nie? Nie szkodzi, mam lepszy pomysł.

Podszedł do ściany, gdzie umieszczono ciąg wąskich śluz pozwalających na pobieranie próbek atmosfery. Wciągnął rękawicę ochronną, sięgnął do jednej ze śluz i wyjął pojemnik z gazem, żółtym we fluorescencyjnych lampach w galerii.

– To jest powietrze Ziemi Zachodniej 160 000 000 z drobnymi – oświadczył. – I wie pan, co tu znaleźliśmy?

– Zero wolnego tlenu. Tyle wiem. Para wodna?

– Nieźle. Ale nie tylko wodna. To woda mocno kwasowa. Kapitanie Cutler, oto historia tego świata. Oceany tutaj tworzy rozcieńczony kwas siarkowy. Także rzeki. I deszcz. Podobnie krew tych stworzeń na dole, przynajmniej tych kilku, które udało nam się złapać dronami. Przed chwilą widział pan je w działaniu. Wężowaty stwór musiał jakoś skoncentrować płyny ustrojowe, żeby wypalić sobie drogę do tej protoplazmowej bestii...

– Ed... – wtrąciła szybko Maggie, starając się rozładować sytuację. – Naukowcy sądzą, że na tym świecie, w tym pasie światów woda... to znaczy kwasowo obojętna woda... nie jest tym, co życie wykorzystuje jako... Jak to się nazywało, Gerry?

– Rozczynnik. W tym kontekście oznacza coś, co daje płynne środowisko, w którym może zachodzić chemia życia. Na Ziemi Podstawowej wykorzystujemy wodę. Tutaj...

– Kwas? – domyślił się Cutler.

– Zgadza się. Cała biosfera opiera się właśnie na tym prostym fakcie; to cała różnica. Ale na razie ledwie zaczęliśmy badania. Mamy tu system życia oparty na tych samych molekułach co nasz, sir, ale na zupełnie innych podstawach chemicznych. Rośliny zapewne pochłaniają tlenek węgla, a emitują siarkowodór. W każdym razie dla człowieka byłoby czymś wyjątkowo ryzykownym, delikatnie mówiąc, zejście bez ciężkiego skafandra ochronnego.

– Ale okręty są bezpieczne – dodała Maggie. – Kadłuby i powłoki wytrzymają niewielką kwasowość deszczu. Oczywiście wewnętrzny obieg powietrza jest odcięty od atmosfery. Twój zastępca uprzedziłby cię, gdyby były jakieś problemy.

Ed przyjął to wszystko spokojnie. Był człowiekiem o umyśle podzielonym na osobne komórki – i to mu odpowiadało. Wiedza o naturze egzotycznych światów, o ile nie zagrażały bezpośrednio jego okrętowi, nie była dla niego konieczna i z pewnością poinstruował swoją załogę w tej kwestii. Teraz jednak przejawił odrobinę ciekawości.

– Więc co poszło nie tak? – zapytał.

Hemingway spojrzał zdziwiony.

– Słucham, sir?

– Pytałem, w jaki sposób światy stały się właśnie takie, zamiast wydać normalne stworzenia oddychające tlenem jak my.

– Możemy tylko zgadywać – odparł ostrożnie Hemingway. – Ledwie parę dni mogliśmy badać taką biosferę.

– Zgaduj, Gerry – uśmiechnęła się Maggie. – Nie mamy nic lepszego.

– Uważamy, że z nieznanej przyczyny światy te przeszły w okresie młodości fazę bardzo wysokiej temperatury. Może przez pewien czas były jak Wenus, z gęstą atmosferą i piekielnie gorącą powierzchnią. Co do Wenus jednak zawsze podejrzewaliśmy, że życie jest możliwe w chmurach, gdzie na odpowiednich wysokościach jest dostatecznie chłodno. Mogłyby tam istnieć jakieś stworzenia wykorzystujące słoneczny ultrafiolet i wszelkie związki chemiczne, jakie można znaleźć. A zwłaszcza kropelki kwasu siarkowego, ponieważ kwas, rozumie pan, sir, ma wyższą temperaturę wrzenia od wody i pozostaje dostępny jako rozczynnik tam, gdzie woda nie istnieje już w postaci ciekłej. Ogólnie chodzi o to, że ta Ziemia w młodości była jak Wenus, to znaczy nasza Wenus.

– Ale teraz nie przypomina Wenus.

– Nie, sir. Może... wróciła do siebie. Czyli znowu ostygła, zamiast cierpieć to katastrofalne przegrzanie naszej Wenus. Stała się bardziej... no, bardziej ziemska. Ale życie oparte na kwasie, kiedy już powstało, utrzymało się jakoś. I rezultatem jest ta kwasowa biosfera.

– Hm... Patowa sytuacja, moim zdaniem... I uważam... Co jest...? Cofnąć się!

Ku zdumieniu Maggie Cutler wyrwał z kabury pistolet, przykucnął i trzymając broń oburącz, wymierzył w ścianę gondoli.

Odwróciła się i zobaczyła węża.

Nadleciał, wijąc się i płynąc w żółtawym powietrzu – tak, bez wątpienia latał. Celowo. I zmierzał prosto do okrętu, do galerii obserwacyjnej, do czegoś, co latającemu, kwasokrwistemu i wężowatemu drapieżnikowi musiało się wydawać świeżym mięsem.

– Spokojnie – rzucił Nathan Boss. – Nic nam nie może zrobić. Kadłub i okna są odporne na...

Bestia przylgnęła do ściany, rozciągając cielsko wzdłuż okna. Maggie zobaczyła koszmarny obraz dolnej powierzchni potwora, rzędy przyssawek, prążkowane cielsko i nawet jakby małe wargi, które przywarły do powierzchni okna. Jakiś płyn pienił się na szybie. Wspomniała los meduzy na ziemi i dreszcz przebiegł jej po skórze, gdy wyobraziła sobie kontakt z kwasem.

Ed Cutler z pistoletem w ręku podbiegł do ściany, do węża.

– Załatwię to! – zawołał.

Maggie próbowała go chwycić, ale nie zdążyła.

– Ed! Nie! Jeśli tu wystrzelisz, to albo przebijesz pancerz i wszyscy zginiemy, albo rykoszety...

– Nie jestem durniem, kapitanie! – Wcisnął broń do jednej ze śluz do próbek atmosfery. – Są samouszczelniające, zgadza się? Takie same mamy na „Cernanie". Zeżryj to, kwasowcu!

Strzelił. W zamkniętej przestrzeni huk był potworny. Maggie zobaczyła, jak pocisk przebija się przez ciało węża i odlatuje, pozostawiając wyrwany otwór. Zwierzę szarpało się i wiło; straciło przyczepność i zaczęło opadać.

– Wykończę go! – Ed Cutler zmienił pozycję i wymierzył.

– Niech ktoś go powstrzyma! – wrzasnęła Maggie.

Mac stał najbliżej, Śnieżek był najszybszy. Razem odciągnęli Cutlera od ściany, a Mac wyrwał mu z ręki pistolet.

Cutler przestał się szarpać, więc go puścili.

– No dobra, przedstawienie skończone. – Twarz miał zaczerwienioną i dyszał ciężko. Z nienawiścią spojrzał na beagle'a, a potem zwrócił się do Maggie. – Zdecydowanie, kapitan Kauffman, to cecha, którą mi się zwykle przypisuje w obliczu zagrożenia...

– Jedynym zagrożeniem byłeś ty i twój pistolet. Wynoś się z mojego okrętu, idioto!

Odwróciła się do niego plecami. Podeszła do Śnieżka i Maca, którzy stali obok siebie zakłopotani.

– Dobrze się razem spisaliście – pochwaliła ich.

Beagle z powagą kiwnął głową.

– Dziękuję, kapitanie.

Mac tylko wzruszył ramionami.

– Dobre współdziałanie – mówiła dalej Maggie. – Mimo że normalnie unikacie się nawzajem jak zarazy. Powiecie mi w końcu, co to za sprawa między wami?

– Hono-hrrowa... – odparł z wahaniem Śnieżek.

– Honorowa? A o co chodzi?

– Mo-hrrdowanie mojego ludu.

– Kto? Mac? Mówisz poważnie? Cóż, później to wyjaśnimy. A tymczasem... Mac, chodź ze mną.

– Tak jest.

Podeszli do okna i wyjrzeli. Widziała, gdzie wylądował wąż – wciąż się wił i przewracał.

– Mieliśmy być badaczami. A ledwie się pokazaliśmy, nawet nie zdążyliśmy zejść z pokładu, a już zaczęliśmy strzelać. Zabijać. Tyle że nie zabiliśmy tego potwora.

– Nie, nie zabiliśmy.

– Ale jest ciężko ranny. I bardzo cierpi, według mojej niemedycznej opinii.

– Trudno się spierać, kapitanie.

– Co masz zamiar z tym zrobić?

– O co ci chodzi?

– O to, żebyś zszedł tam na dół i go naprawił.

– Niby jak, u diabła, mam się do tego zabrać? Słyszałaś, jak Gerry opisał tutejszy ekosystem? Czego mam użyć do znieczulenia, kwasu z akumulatora?

– Wymyśl coś. Jesteś lekarzem. Pomyśl, czego się dowiesz o anatomii tych stworów. – I już ciszej dodała: – Pomyśl też, jakie wrażenie zrobisz na załodze po tym cyrku Cutlera.

Otworzył usta, zamknął je i wyraźnie zaczął się zastanawiać.

– Hm... Jeśli Hemingway ma rację co do ekosystemu, to takie zwierzę musi się odżywiać jakąś kombinacją produktów roślinnych. Gdyby Harry Ryan przygotował mi parę kanistrów siarkowodoru, dwutlenku siarki...

– Poproś go.

– I potrzebne mi grube rękawice. Takie naprawdę grube... – Obejrzał się. – Hemingway, lepiej zejdź ze mną. Przyda mi się pomoc.

Maggie raz jeszcze spojrzała w dół, na wijącego się węża, po czym wróciła do pracy.

Spotkali więcej kwasowych światów, o wiele więcej – ich pas okazał się szeroki na miliony kroków, spory procent szerokości wielkiego pasa biologii opartej na wodzie i obejmującego Ziemię Podstawową. I zawierał zbliżoną rozmaitość istot. Dominowały tu formy życia, których istnienia nikt nie podejrzewał przed tą misją.

I wciąż lecieli dalej.

ROZDZIAŁ 28

tak, wciąż słysząc w uszach zachętę Lobsanga, by dowiedzieć się więcej o niespodziewanej epidemii rozsądku, i wspominając wcześniejsze rozmowy z Paulem Spencerem Wagonerem, wiosną 2045 roku Joshua ruszył, by spotkać się z nim ponownie. Dziewięć lat po tym, jak trafił do Domu, Paul wciąż mieszkał w Madison, nawet więcej – nadal Dom stanowił jego bazę. Miał dziewiętnaście lat i pozwolono mu zostać w nieformalnej funkcji asystenta opiekuna. Podobnie było z Joshuą. Już jako młody mężczyzna wciąż potrzebował schronienia w Domu – tak przynajmniej uważał – by nie zdradzać się ze swoją zdolnością przekraczania. Czy Paul ze swoim nienormalnym intelektem też miał takie wrażenie?

– Nie było w tobie niczego złego, Joshuo – powiedziała siostra Georgina, dzisiaj już prawie unieruchomiona staruszka z uśmiechem promiennym jak słońce. – W nim też nie ma niczego złego. Podobnie jak w huraganie czy błyskawicy. Nic zamierzonego. Nie tak naprawdę...

Joshua spotkał się z Paulem kilka razy przez te lata, odkąd chłopiec tu zamieszkał – za każdym razem kiedy odwiedzał Dom. Odkryli, że łączy ich makabryczne poczucie humoru, i często robili żarty nieszczęsnym siostrom – niekiedy z wykorzystaniem odkręconej protezy ręki Joshuy. Ale trzeba było uważać. Nie wszystkie żarty Paula były zabawne dla innych.

I teraz, gdy tylko Joshua dotarł do Domu, niespecjalnie się zdziwił, widząc wybiegającą dziewczynkę we łzach. Paul Spencer

Wagoner podążał za nią bez przekonania, za to bardzo wyraźnie starał się nie śmiać.

* * *

Paul zgodził się pójść z Joshuą do kawiarni w centrum Madison Zachodniego 5, na bladej imitacji State Street z dawnego miasta na Podstawowej. Uparł się jednak, że zapłaci; miał portfel pełen kart kredytowych.

Nad stolikiem przyglądał się Joshui.

– Mój dobry stary wujek. Honorowy wujek. Wróciłeś, żeby mnie sprawdzić, tak?

Wyzwanie nie było poważne, Joshua od razu to zrozumiał. Nie było też żartobliwe, nie całkiem. Miało raczej być próbą, testem.

Chłopiec, który z nim siedział przy stoliku, nie był tym samym Paulem Spencerem Wagonerem, którego znał wcześniej. Zrobił się twardszy. Joshua widział, że zaczyna wyglądać jak ojciec – zwyczajny, ani zbyt przystojny, ani zbyt pospolity. Najlepszą jego cechą wydawały się gęste czarne włosy. Ubranie wyglądało na całkowicie przypadkowe, bez wyraźnego stylu czy kolorystyki – choć oczywiście Joshua nie był żadnym guru w sprawach mody. Miał wrażenie, że Paul wpadł do schowka z zapasową odzieżą w Domu i wyszedł, mając na sobie to, co akurat pasowało i co uznał za praktyczne w danym dniu.

Zmężniał, nabrał ciała. Joshuy wcale to nie zdziwiło; nieważne, jak był inteligentny – a może właśnie dlatego, że był niesamowicie inteligentny – taki chłopak musiał czasem bronić się fizycznie. Joshua udzielił mu kilku lekcji. Sam jako chłopiec toczył sparingowe starcia z Billem Chambersem i innymi kumplami; potem zresztą powtarzał to z Lobsangiem, w bardziej niezwykłych okolicznościach. Paul jednak nosił blizny, które pozostaną na zawsze: zniekształcony łuk brwiowy, złamany nos, ślad paskudnego skaleczenia na szyi.

Joshua zignorował jego otwierającą uwagę.

– Kim była ta dziewczyna przy drzwiach? – zapytał. – Co to za historia?

– Dziewczyna? – Ku zaskoczeniu Joshuy Paul musiał się chwilę zastanowić, nim w pamięci odgrzebał jej imię. – Miriam Kahn. Miejscowa, poznałem ją na tańcach.
– Ty tańczysz? Naprawdę?
– To takie dziwne? W Szczęśliwym Porcie często organizowali tańce. Prawdę mówiąc, niewiele tam było innych zajęć. Ale kiedy grajkowie pracują na całego, trolle śpiewają swoje... Rozumiesz, sama rozrywka jest trywialna. Powtarzalna muzyka, prościutkie kroki... Lecz to radość dać się czasami pochłonąć sprawom fizycznym, prawda? Nie jesteśmy bezcielesnymi inteligencjami. Taniec i seks. Świetna zabawa, jedno i drugie. Jakieś zwierzęce szaleństwo ogarnia człowieka...
– Aha. Miriam Kahn była dla ciebie tylko świetną zabawą? To jej powiedziałeś?
– O nie. W każdym razie nie tak otwarcie. Joshuo, my kochamy seks. Chodzi mi o mój rodzaj. Najlepszy jest seks między nami, równoczesne fizyczne i umysłowe zjednoczenie równych sobie partnerów.

Joshua zastanowił się. „Mój rodzaj"?
– Ale kłopot polega na tym, rozumiesz, że wciąż nie ma nas zbyt wielu. Dlatego czasem szukamy innych partnerów. Widzisz, Joshuo, wiem, że trudno cię zaszokować. Otóż wydaje mi się, że do biednej Miriam właśnie to dotarło. Seks z nią, z kimś z was... możesz sobie wyobrazić uprawianie seksu z bezmyślnym zwierzęciem? I nie chodzi mi o jakieś dziwaczne odloty z Wysokich Meggerów, samotnego czesacza z jego mułem... Ale na przykład kopulację z *Homo erectus*. Słyszałeś o tym gatunku? Byli w pełni ludźmi od czoła w dół, znaczy anatomicznie. Ale od brwi w górę mózg szympansa, mniej więcej przeskalowany dla większego ciała. Możesz sobie wyobrazić seks z kimś takim? Zwierzęcą ekstazę chwili... piękne i puste oczy... miażdżący wstyd, jaki czujesz, kiedy już jest po wszystkim?
– Chcesz powiedzieć, że tak było z tobą i Miriam?
– Mniej więcej. Ale nie mogę się powstrzymać, Joshuo. I boli mnie to tak samo jak te dziewczyny.

– Bardzo w to wątpię. Paul, co rozumiesz przez swój rodzaj?
Paul się uśmiechnął.
– Zamierzałem ci powiedzieć, kiedy znowu się zjawisz. Wiem, że umiesz dochować tajemnicy, bo dochowałeś wielu własnych sekretów, prawda? Wiesz co? Pokażę ci. Mam swój kroker i wiem, że tobie nie jest potrzebny. Zapłaciłem już, więc wynieśmy się stąd...
Przekroczył i zniknął z najcichszym puknięciem wypełniającego pustkę powietrza, pozostawiając niedopitą kawę.

* * *

Kiedy Joshua zbudował swój pierwszy kroker, w Dniu Przekroczenia, w wieku trzynastu lat, przekroczył z Domu w mieście Madison Podstawowym do lasu – pierwotnego, nietkniętego ludzką stopą, niezbadanego. Od tego czasu minęło trzydzieści lat i w Niskie Ziemie wsiąkła większa część wykrocznych migracji z Podstawowej, łącznie z wielką falą po wybuchu Yellowstone.

Ale – nawet Joshua czasem o tym zapominał – każda wykroczna Ziemia była całym światem, tak wielkim i rozległym jak oryginał, tyle że przed Dniem Przekroczenia pozbawionym ludzi; mógł więc zaabsorbować wielką przekraczającą populację, równocześnie zachowując wiele z tego, co było dzikie i pierwotne.

Właśnie dlatego zaledwie kilka kroków od Zachodniej 5, w cieniu samego Madison, Joshua znalazł się na leśnej polanie tak samo dziewiczej jak dowolny niezbadany świat w Wysokich Meggerach. Joshua zawsze uważał, że dowodem na to są stare drzewa. Jeśli człowiek widzi naprawdę stare drzewo, mające setki, nawet tysiące lat, przygarbione przez czas, porośnięte egzotycznym mchem czy grzybami, to wie, że trafił w miejsce, jakiego nie karczował jeszcze żaden farmer, nie eksploatował żaden drwal.

Na polanie bawiło się kilkunastu młodych ludzi, od nastolatków po dwudziestokilkulatków. Większość siedziała wokół stosu jedzenia w puszkach albo w folii – pospiesznie urządzony piknik. Dwie dziewczyny pływały nago w jeziorku. Dwóch chłopców i dziewczyna uprawiali hałaśliwy i rozchichotany seks w cieniu drzew. Mogłaby to być dowolna grupa dzieciaków na wycieczce, pomyślał Joshua. Jeśli nie liczyć tego pomysłowego seksu pod gołym niebem. I tego, jak bez przerwy do siebie mówili: przyspieszona paplanina, czasem przypominająca skondensowany angielski, a czasem dziecinne mamrotanie siostry Paula, Judy. Po tylu latach Joshua wciąż je pamiętał.

Teraz z trudem rozumiał pojedyncze słowa.

Nie zachowywali się jak zwykła młodzież. Najbliżsi otoczyli Joshuę, gdy tylko przekroczył z Paulem. Wszyscy byli uzbrojeni w noże z brązu, a kilku w kusze.

– W porządku! – zawołał Paul, unosząc ręce, i wyrzucił z siebie dawkę tego przyspieszonego gaworzenia.

Joshua pozostał celem podejrzliwych spojrzeń, ale noże zniknęły.

– Poczęstuj się kanapką – zaprosił go Paul.

– Nie, dzięki. Co im powiedziałeś?

– Że jesteś tępakiem. Bez urazy, Joshuo, ale to było dla nich oczywiste od początku. Poznali po tym, jak się rozglądałeś z rozdziawionymi ustami. Jakbyś wszedł, ciągnąc dłonie po ziemi, rozumiesz.

– Tępakiem?

– Ale powiedziałem też, że jesteś sławnym Joshuą Valienté, że znam cię od dziecka i ufam ci. Więc możesz poznać naszą tajemnicę. Zresztą nie ma tu wiele tajemniczości. Przemieszczamy się cały czas i nigdy dwa razy nie odwiedzamy tego samego miejsca.

– Dlaczego tak?

– Wiesz, wszyscy mamy blizny. Jeśli chcesz wiedzieć dlaczego, spytaj ludzi, którzy nam je zostawili.

– Rozumiem. I mówisz, że to twój rodzaj?

– Mówimy o sobie „Następni". Wcale nie aroganckie, prawda? Myśleliśmy o innych nazwach, na przykład „Rozbudzeni", jako przeciwieństwo was, lunatyków. Ale Następni lepiej brzmi.

– Jak się odnajdujecie?

Wzruszył ramionami.

– Na Niskich Ziemiach to łatwe. Macie tu dokładne rejestry. Wielu z naszego rodzaju miało problemy w szkole i tak dalej. I wielu trafiało do takich czy innych instytucji opiekuńczych... niekiedy szpitali dla wariatów albo domów poprawczych. Tropem są też niektóre nazwiska. Spencer, jak nazwisko panieńskie mojej matki. Montecute.

– Nazwiska ze Szczęśliwego Portu...

– Tak. To wylęgarnia, czy też jedna z nich. Nie pasujemy do waszego świata, ale przynajmniej zostawiamy ślad, kiedy przechodzimy. A skoro już o tym mowa, to muszą być też tacy, którzy pasują, którzy się nie wychylają i jakoś znajdują sobie miejsce w waszym społeczeństwie. Jeszcze ich nie znaleźliśmy. Sądzę, że pewnego dnia się spotkamy.

– Hm... Będę szczery, Paul. To, jak mówisz „my" i „wy", trochę mnie niepokoi.

– Lepiej się przyzwyczaj. Bo dla mnie było to oczywiste od chwili, kiedy spotkałem innych mojego rodzaju, pierwszy raz od dnia, gdy rozdzielili mnie z siostrą i nie miałem już z kim rozmawiać... Jesteśmy innym rodzajem człowieka, fundamentalnie różnym. To nie znaczy, że nie miewamy ostrych dyskusji. Jesteśmy aroganccy i wszyscy się przyzwyczailiśmy do bycia najmądrzejszymi we własnym otoczeniu. Ale kiedy jesteśmy razem, zwyczajnie pędzimy naprzód. Tylko nie myśl, Joshuo, że budujemy tu następną bombę atomową... Jesteśmy superinteligentni, lecz chwilowo nic nie wiemy. Nie więcej od ciebie, rozumiesz, przy czym połowa z tego jest błędna, a reszta to w większości złudzenia... Jesteśmy jak młody Einstein w biurze patentowym w Szwajcarii, kiedy patrzył w pusty notes i marzył, by polecieć na promieniu światła. Miał wizję, ale brakowało mu matematycznych narzędzi, żeby zrealizować swoją teorię.

– Skromni jesteście, co?

– Nie. Ani nieskromni. Po prostu uczciwi. Na razie więcej mamy potencjału niż dokonań. Ale to przyjdzie. Już przychodzi, w pewnym sensie. Widziałem, jak mi się przyglądasz w kawiarni.

Zastanawiałeś się, skąd mam tyle forsy, prawda? Wszystko legalne, Joshuo. Jesteśmy szczególnie uzdolnieni w matematyce, dziedzinie, w której niekoniecznie trzeba mieć doświadczenie, by osiągać sukcesy. Niektórzy z nas stworzyli algorytmy analiz inwestycyjnych; nietrudno było znaleźć luki w regułach, sposoby pokonania systemu. Sami nie gramy na rynku; znaleźliśmy tylko pośredników, żeby sprzedawali software. W ten sposób zarabiamy pieniądze.

– Brzmi to, jakbyście bawili się ogniem. Musicie być ostrożni.

– Och, jesteśmy ostrożni. Zresztą nie wydajemy dużo. Przynajmniej teraz, kiedy jeszcze nie wiemy, co chcemy zrobić, dokąd pójść... Słuchaj, sprowadziłem cię tutaj, bo sądziłem, że zrozumiesz. Dla nas takie zbieranie się razem... nie chodzi o matematykę albo filozofię, o zarabianie pieniędzy czy coś podobnego. Nawet nie o przyszłość. Chodzi o bycie razem, z innymi jak my. Możesz sobie wyobrazić, jakie to doświadczenie dla takiego dzieciaka jak ja, dotąd samotnego? Jesteś otoczony przez stado dwunożnych małp z umysłami jak skwierczące świece, które jednak stworzyły ogromną cywilizację pełną reguł i przytłaczającego ciężaru tradycji, co zwyczajnie nie ma sensu, jeśli się zastanowić. A musiałem się zachowywać jak wszyscy. Wyobraź sobie uczucie, kiedy pierwszy raz w życiu spotykasz ludzi, którzy potrafią ci dotrzymać kroku. Dla których nie musisz zwalniać ani tłumaczyć... albo, co jeszcze gorsze, udawać? Gdzie możesz być taki, jaki chcesz?

Joshua spojrzał w rozpłomienione oczy Paula i starał się nie wzdrygnąć. Widział zwyczajnego, marnie ubranego dziewiętnastolatka. Ale widział też jego oczy drapieżnika – jak oczy lwów jaskiniowych, które swego czasu spotykał na Długiej Ziemi.

Poznał już wcześniej co najmniej jedną superinteligentną istotę, przypomniał sobie. Lobsanga. Ale nawet sztuczne wizerunki Lobsanga zdradzały więcej empatii, niż wykrył we wzroku Paula.

Joshua był wystraszony i nie chciał tego zdradzić.

Żeby jakoś rozładować napięcie, spojrzał ponad ramieniem Paula na trzyosobową kopulację, jak dla niego krępująco głośną.

– Widzę, że zajmujecie się też ostrym seksem.

– To ważne. Kiedy jestem z Gretą, Janet albo Indrą, to coś całkiem innego niż z jakąś dziewczyną tępaków, jak ta biedna Miriam Kahn. Wtedy to jest prawdziwe, wtedy angażuję się w pełni, nie chodzi tylko o moje szukające ekspresji hormony. Nie musimy nawet przestrzegać waszych reguł ani tabu.

– To widzę.

– Ludzie boją się nas, bo jesteśmy mądrzejsi. Myślę, że to naturalne. Ale nie chcą pojąć, że oni nas zasadniczo wcale nie interesują. Rozumiesz? Dopóki nie stoją przed nami, nie blokują drogi. Tylko my jesteśmy fascynujący dla siebie nawzajem. To nas wzbogaca. Myślałem, że zrozumiesz, bo sam byłeś wyjątkowy, prawda? Kiedy byłeś w moim wieku albo młodszy. Myślałeś, że jesteś jedynym naturalnym kroczącym na świecie.

– Tak... – Prawdę mówiąc, dopiero w wieku dwudziestu ośmiu lat, kiedy spotkał Sally Linsay, Joshua w pełni sobie uświadomił, że nie jest sam, że na świecie żyją w ukryciu całe rodziny kroczących... Trzeba tylko wiedzieć, gdzie ich szukać.

– Może pamiętasz, co to znaczy ukrywać się, ciągle udawać. I jak się bałeś, co mogą ci zrobić, jeśli cię odkryją. Mówiłeś mi o tym.

– Jasne, Paul. Jestem ci wdzięczny za zaufanie. Pokazałeś mi to wszystko... Pokazaliście mi siebie. Wiem, że podjąłeś ryzyko. Może później będę mógł wam pomóc.

Paul parsknął z niedowierzaniem.

– Niby jak? Będziesz ostatni w długiej kolejce powtarzających, że musimy się dopasować?

– Cóż, to możliwe. Ale pamiętaj, że jestem Joshuą Valienté, królem kroczących. Może znajdę wam lepszą kryjówkę. Na Długiej Ziemi jest dość miejsca. Mogę wam pokazać, jak tam żyć, nauczyć zakładania sideł i wnyków, polowania...

– Hm... Muszę to przemyśleć...

Ale nie mieli już czasu na rozmowę, bo wtedy właśnie zjawiła się policja. W przytłaczającej przewadze. Było ich dwudziestu, może więcej. I przekroczyli wprost na polanę – przeprowadzili chyba dokładne rozpoznanie. Rzucili się na dzieciaki i odebrali im albo porozbijali krokery. Joshua zobaczył, że wyrwała się tylko jedna dziewczyna, najwyraźniej naturalna krocząca, ale dwóch gliniarzy ruszyło za nią w pościg.

Joshua słyszał o takiej taktyce, opracowanej na Niskich Ziemiach po trzech dekadach konfliktów z kroczącymi, którym tak łatwo przychodziła ucieczka czy uniki. Trzeba wejść twardo, bez wahania, bez ostrzeżenia, z przytłaczającą siłą. Trzeba natychmiast odebrać krokery tym, którzy ich używają, zanim zdążą zareagować. Naturalnych kroczących unieszkodliwić, zwykle natychmiast pozbawiając przytomności.

W teorii brzmiało to brutalnie, w rzeczywistości okazało się jeszcze gorsze. Skuty i przyciśnięty do ziemi Joshua zobaczył, kto zdradził tych, których Paul nazywał „moim rodzajem", „Następnymi". Miriam Kahn, którą ostatnio widział, jak ze złamanym sercem wybiega z Domu.

Zimno wskazała palcem Paula.

– To on, panie policjancie.

ROZDZIAŁ 29

Długi Mars, półtora miliona kroków na wschód, prawie dokładnie. Ponad czterdzieści dni wykrocznej wędrówki.

I nagle czerwona równina pod szybowcami cała zaczęła się ruszać.

Frank siedział za sterami „Thora", Sally za nim jako pasażerka. Pierwsze wrażenie sugerowało tumany kurzu wyrzucane przez pędzące pojazdy, stado jakichś ogromnych bestii w galopie, błysk metalu... i ogień, strumienie ognia jak napalm w wietnamskiej dżungli.

Pierwszym odruchem Franka było pociągnięcie dżojstika, uniesienie nosa szybowca wyżej i dalej.

– Wejdź wyżej! – krzyknął do Willisa w „Wodanie". – Wyżej! Żeby ta ognista broń nas nie dosięgła!

– Zrozumiałem – odpowiedział spokojnie Willis. – Ale nie sądzę, żeby to była broń, Frank. Przyjrzyj się.

Kiedy szybowiec zaczął nabierać wysokości, Frank znowu spojrzał w dół, tym razem za pośrednictwem panelu na konsoli, ze sterowanym dotykowo zoomem. Zobaczył wielkie zwierzęta (jak wielkie? – umysł wzdragał się przed oceną) uciekające przez równinę; całe stado, kilkanaście sztuk, duże i mniejsze, dojrzałe i młode osobniki. Z góry wyglądały jak dinozaury z książeczek dla dzieci: masywne ciała z długimi szyjami, długie ogony pomagające utrzymać równowagę, nogi wytrwałych biegaczy.

– Przypominają sauropody – stwierdził.

– Możliwe. Ale są większe niż wszystko, co żyło na Ziemi – odparł Willis. – Rejestruję całkowitą długość rzędu osiemdziesięciu metrów, od nosa do czubka ogona. To jak trzy płetwale błękitne ułożone jeden za drugim. Całkowita wysokość piętnaście metrów, więcej nawet niż amficelias, który, jak właśnie przeczytałem, był największym sauropodem na Ziemi. Marsjańska grawitacja w działaniu... I mają po dwanaście par nóg każdy. Nic dziwnego, że są takie szybkie. Są też opancerzone, mają skorupę na grzbietach.

– Te piaskowe wieloryby też miały po dwanaście par płetw – przypomniała Sally. – Podobna anatomia.

– Przypuszczam, że są tutejszą wersją tych wielorybów. Potomkami jakichś wspólnych przodków. Spójrzcie na te szyje jak rury, na te szerokie paszcze. I jeszcze... a niech mnie!

Jedna z wielkich bestii zahamowała i zawróciła, ślizgając się na piaszczystej powierzchni kolejnego wyschniętego jeziora. Uniosła się, zginając ciało tak, że dwie, trzy, cztery pary odnóży oderwały się od podłoża, wysoko uniosła długą szyję i pochyliła do ścigających pojazdów – Frank jeszcze się im nie przyjrzał. A potem otworzyła wielką jak u piaskowych wielorybów paszczę i wypluła strumień ognia. Płomienie liznęły łowców, których pojazdy skręciły i rozjechały się na boki.

– Masz swój napalm, Frank – rzucił Willis.

– Zieje ogniem – szepnęła Sally. – Co za widok!

– Dobrze, że nie umieją latać – mruknął zawsze praktyczny Frank. Willis w „Wodanie" parsknął cicho.

– Pewnie po prostu zapalają metan z systemu trawiennego.

– W wojsku znałem gościa, który pierdział i własne gazy odpalał zapalniczką. – Frank zaśmiał się z przymusem.

– Nie niszcz magii – upomniała go Sally. – Pewnie nigdy w życiu nie zobaczę niczego bardziej podobnego do smoka.

– Z jakichś powodów ten Mars jest najwyraźniej pełen życia – wtrącił Willis. – I to bardzo energicznego życia. Zastanówcie się. Na co bestii tej wielkości potrzebne są pancerne płyty i miotacz ognia? Wyobraźcie sobie prawdziwe drapieżniki.

– Prawdziwe?
– W przeciwieństwie do tych łowców, których widzimy w dole. A przy okazji, chyba już zostaliśmy zauważeni.

Frank z trudem oderwał wzrok od wielkich bestii. Ścigająca ognistego smoka niewielka flotylla pojazdów rozsypała się i zwolniła. Mógł rozróżnić szczegóły, kiedy opadł pył. Pojazdy nie były wozami – nie miały kół i przypominały raczej piaskowe łodzie z żaglami, sunące na jakimś systemie płóz. Zakurzone konstrukcje wydawały się tak prymitywne, że pewnie zbudowano je z drewna czy jego lokalnego odpowiednika. Pasażerowie – dwóch lub trzech w każdym pojeździe – w ogóle nie przypominali ludzi. To były skorupiaki, forma znana już z wcześniejszych spotkań, jednak w tym konkretnym teatrze ewolucji uzyskały giętkie opancerzone ciała oraz długie chwytne kończyny, teraz trzymające broń: włócznie, być może łuki.

Owszem, szybowce zostały zauważone. Frank dostrzegł coś, co wyglądało na uniesioną gniewnie chitynową kończynę, a nawet oszczep ciśnięty w daremnej próbie ataku.

– Zgaduję, że raczej nie będziemy lądować – powiedział.

– Ja bym nie lądowała – zgodziła się Sally. – I popatrzcie tam...
– Wyciągnęła rękę ponad ramieniem Franka.

Daleko na równinie byli kolejni łowcy i kolejne smoki, zapewne nieświadomi obecności szybowców. Jedna z grup dogoniła uciekającą bestię – Frank widział włócznie sterczące ze skóry, a umocowane do nich liny wlokły za sobą kilka jachtów. Niewątpliwie potrzebne są spore umiejętności, żeby wbić harpun między płyty pancerne... Jakaś łódź przewróciła się i pasażerowie wypadli; Frank zauważył białe jak kość płozy.

– Płozy wyglądają na kostne – rzekł. – Może ci w dole są jak wielorybnicy z dziewiętnastego wieku, którzy wbudowywali do swoich łodzi kawałki zwierząt, które upolowali... Co ty śpiewasz, Sally?

– To *Harpun miłości*... Tak mi się skojarzyło. Nie zwracaj uwagi.

– Popatrzcie przed siebie – rzucił Willis. – Na północ.

Frank wyrównał lot i spojrzał we wskazanym kierunku, odwracając wzrok od krwawego zamętu w dole. I zobaczył wyrastające

z gładkiej płaszczyzny dawnego dna morskiego ciemne pasma; smukłe, pionowe, czarne na tle lekko fioletowego nieba tego świata. Monolity. Pięć.
Tego było już dla Franka za wiele.
– Nie wierzę w to wszystko. Smoki? Skorupiaki jako wielorybnicy na piaskowych jachtach? A teraz jeszcze to?
– Wolałbyś jeszcze jeden martwy Mars? – spytała Sally.
– Jestem na granicy rozdzielczości zooma – odezwał się Willis – a ta przeklęta atmosfera jest pełna pyłu i wilgoci, ale na tych blokach są jakieś inskrypcje.
– Jakie inskrypcje? – Frank nie dowierzał. – Ciąg liczb pierwszych? Podręcznik, jak w garażu zbudować tunel podprzestrzenny?
– Możliwe – odparł Willis, w tych okolicznościach zachowując rozsądną cierpliwość. – Dziedzictwo Pradawnych.
– O czym ty gadasz? – zdenerwowała się Sally. – Jakich Pradawnych?
– Daj spokój – odpowiedział jej Frank z uśmiechem. – Mars w opowieściach zawsze jest starym światem, starym i zniszczonym. Zawsze stoją na nim pomniki z enigmatycznymi inskrypcjami, zostawione przez starożytnych, którzy zaginęli...
– Trzymajmy się rzeczywistości – burknął Willis. – Nie dowiemy się nic więcej, dopóki nie zabierzemy kopii tych inskrypcji do domu i nie przeprowadzimy porządnej analizy. – Zmienił kurs, skręcając w stronę monolitów. – Musimy się tam dostać i nagrać wszystko, może też pobrać próbkę materiału samych monolitów. Dopiero wtedy polecimy dalej.
– Znalazłeś coś takiego i chcesz lecieć dalej?
– Oczywiście. To cudowne. Ale nie tego szukam.
I wtedy...
– Boże! Moja głowa! – krzyknęła Sally.
Ułamek sekundy później Frank też to poczuł.

* * *

Przez resztę dnia próbowali różnych sposobów, żeby zbliżyć się do monolitów i zarejestrować obrazy ich powierzchni, ale coś blokowało im drogę.

Jeśli lecieli, albo nawet jeśli wylądowali i próbowali podejść, zaczynała ich przerażająco boleć głowa. Ból oślepiał. Sally przypominało to ucisk, o jakim opowiadał jej Joshua Valienté – odczuwał go w obecności potężnej jaźni określającej się jako Pierwsza Osoba Pojedyncza. Albo to, jak trolle były odpychane przez zagęszczenie ludzkich świadomości na Ziemi Podstawowej. Najwyraźniej humanoidy łączyła jakaś wspólna cecha, wyczulenie na umysł, a ci hipotetyczni Pradawni potrafili tą cechą manipulować.

Willis spróbował oszukać ten mechanizm, przekraczając do sąsiedniego świata, podchodząc bliżej i przekraczając z powrotem – ale ból go niemal obezwładnił, chociaż w wykrocznym świecie nie było bezpośredniego śladu monolitów.

Próbowali wysłać drona, lecz wtedy zaczynała działać inna technika obronna. Małe samolociki były odpychane fizycznie, jakby przez niewidzialną rękę w powietrzu, aż do pewnej granicy, gdzie znowu włączał się system automatycznego sterowania, po czym zawracały i próbowały znowu. Willis chciał posłać tam jeden z szybowców z uruchomionym systemem zdalnego sterowania, ale pozostała dwójka go przegłosowała.

– Cokolwiek tam jest napisane – uznał Frank ze smutkiem – nie jest przeznaczone dla nas. Ci Pradawni nie chcą nas dopuścić, Willis.

– Och, jeszcze nie przegraliśmy. Znajdziemy sposób.

* * *

Wylądowali w bezpiecznej odległości od piaskowych wielorybników. Później, kiedy gasł już dzień i rozbijali na noc bąbel namiotu, Sally wyciągnęła rękę ku północy.

– Patrzcie! U podstawy tych monolitów coś się dzieje. Czy to piaskowe jachty?

Tak było, co potwierdził Frank, przyciskając lornetkę do szyby hełmu. Trzy, cztery, pięć wielorybniczych łodzi pędziło tam, jakby monolity nie istniały.

– Nawet nie zwalniają.

– Można się wściec – stwierdził Willis. – Ci wielorybnicy w ogóle się nie orientują, z czym mają do czynienia. Dla nich monolity to tylko element krajobrazu.

– Może dlatego mogą tak się zbliżyć – wysunęła przypuszczenie Sally.

– Może te monolity przeznaczone są dla nich, nie dla nas? – rzekł Frank. – Słuchajcie. Zgadzam się, że jesteśmy dostatecznie daleko od tych wielorybników, żeby nie robili nam nocą kłopotów. Ale nie należy ryzykować. Powinniśmy trzymać warty, na wypadek gdyby wpadli tu z wizytą.

Willis wstał, wciąż w skafandrze ciśnieniowym.

– Wyślijmy w powietrze jeden z szybowców. Dopilnuje, żeby się do nas nie podkradli.

Frank rozważył propozycję.

– To chyba przesada, Willis. Całkiem wystarczy dron.

– Nie, nie. – Willis się odwrócił. – Wezmę „Wodana". Lepiej mieć pewność...

Oczywiście, nie mogli mu przeszkodzić. I oczywiście kłamał. Nie miał zamiaru pełnić roli powietrznego strażnika.

A kiedy „Wodan" wzniósł się w powietrze, Sally i Frank nie mogli już w żaden sposób powstrzymać Willisa od skierowania nosa maszyny w stronę głównej grupy wielorybników.

– Nie uruchomił nawet łączności, szlag by trafił! – warknął Frank, zdenerwowany i zalękniony. – Co on wyprawia?

Sally wydawała się spokojna.

– Poleciał szukać sposobu, żeby zdobyć te obrazy, na których mu zależy – odparła. – Cóż by innego? Tak postępuje mój ojciec. Idzie i dostaje, co chce.

– Zabiją go i tyle dostanie. Jest twoim ojcem. Wygląda na to, że w ogóle się nie przejmujesz.

– Co mogę zrobić? – Wzruszyła ramionami.
Frank pokręcił głową.
– Skończ z tym namiotem, a ja sprawdzę „Thora". Będzie gotów, jeśli się okaże, że trzeba lecieć i go wyciągać.
– Rozsądny pomysł.

* * *

Ostatecznie Willis odczekał do świtu i dopiero wtedy zbliżył się do wielorybników. Franka, który spędził nerwową, bezsenną noc, otulony na wpół rozpiętym skafandrem, obudził cichy sygnał systemu łączności.
– Sally! Włączył się.
Natychmiast usiadła. Zawsze miała lekki sen.
– Mów, Willis.
Frank spojrzał na ekran przedstawiający uniesione ciało ogromnej owadopodobnej istoty, w pozycji pionowej wyższej od człowieka. Na twardym egzoszkielecie nosiła pasy i bandoliery z narzędziami i zwojami liny, a w trzech czy czterech z licznych kończyn ściskała włócznię z umocowaną do niej liną – harpun. Wszystko to było widoczne przez szarą mgiełkę. A stwór mierzył włócznią prosto w kamerę.
– Konwergencja ewolucji – zamruczał głos Willisa.
– Willis?
– Widzicie to, co ja widzę, przez kamerę hełmową. Konwergencja ewolucyjna. Ten harpun mógłby się znaleźć na statku wielorybniczym z Nantucket. Podobne problemy rodzą podobne rozwiązania.
– Co to za mgła? – spytała Sally. – Obraz jest nieostry.
– Jestem w worku ratowniczym. – Pojawiła się dłoń w rękawicy i pchnęła przezroczystą ściankę. – W skafandrze i w worku.
Worki były prostymi pojemnikami z folii z niewielkim zapasem sprężonego powietrza. Miały ratować życie w sytuacjach dekompresji, kiedy człowiek nie mógł włożyć skafandra; wskakiwał wtedy do

worka, zapinał się, a zapas powietrza przez jakiś czas utrzymywał go przy życiu. Ruchliwość była bardzo ograniczona – rury na nogi i ręce pozwalały na pewną aktywność, ale zasadniczo człowiek miał leżeć i czekać na pomoc kogoś lepiej wyposażonego.

– Przygotowałem parę tych worków z miejscową atmosferą, żeby ci wielorybnicy mogli ich używać.

Sally zmarszczyła czoło.

– Miejscowa atmosfera? Po co im worki z miejscową atmosferą? Przecież oni tu żyją...

– Nagrywam spotkanie, na wypadek gdyby coś poszło nie tak. Następnym razem możecie się uczyć na moich błędach.

– Co następnym razem? – burknął Frank z irytacją.

– Następnym razem, kiedy nawiążecie kontakt z tymi gośćmi i poprosicie, żeby zarejestrowali dla was inskrypcje na monolitach.

Podniósł drugą rękę – dłoń w rękawicy trzymała niezgrabnie małą kamerę i stosik krokerów.

– Rozumiem kamerę – powiedziała Sally. – Musisz sfotografować monolity albo skłonić wielorybników, żeby zrobili to za ciebie. Ale po co krokery?

– Mówiłem ci na samym początku: na wymianę. Krokery będą cenne dla dowolnych istot świadomych, jakie możemy spotkać. Nawet jeśli na tych marsjańskich Jokerach potrzebny jest skafander, żeby przeżyć choć jeden krok. Dlatego daję im też worki ratownicze...

Willis, otoczony przez uzbrojone i sprawne w polowaniach dwumetrowe skorupiaki, musiał się sporo napracować, by pantomimą przekazać, o co mu chodzi. Najpierw zademonstrował, do czego może się przydać kroker. Przede wszystkim dokończył montaż – była to kwestia wciśnięcia kilku złącz w gniazda. Przesunął przełącznik i przekroczył, ku zdumieniu łowców, i pojawił się znowu za plecami przywódcy, ku ich wyraźnej konsternacji.

– To jest to, kolego – powiedział. – Masz z grubsza pojęcie. Wyobraź sobie, jak z czymś takim podkradasz się do tego waszego Smauga. Teraz ty spróbuj. Ale sam musisz go dokończyć, jeśli ma działać. Musisz też użyć takiego worka ratowniczego, bo Marsy po obu stronach zabiją cię jednym oddechem...

Ledwie godzinę później domyślny przywódca skorupiaków w komicznie niedopasowanym plastikowym bąblu przekraczał tam i z powrotem, i wyskakiwał znikąd, żeby przestraszyć kolegów. A może koleżanki, poprawił się w myślach Frank. Trudno było nie zauważyć, że jeden z towarzyszy stał się obiektem wyjątkowych ataków. Jakiś rywal przywódcy? Ojciec, brat, syn, matka, siostra? Wszystko jedno, posiadacz krokera skakał na niego, przewracał, popychał i potrącał.

– Jeśli te zwierzaki przejawiają jakieś podobieństwo do ludzkich osobowości, ten dzieciak będzie mocno wkurzony na tatę.

– Owszem – zgodził się Frank. – Gniewny młody książę. Czy co tam innego.

Płynął czas, a Frank obserwował wszystko z rosnącą niecierpliwością. W pewnym momencie miał wrażenie, że słyszy jakby odległy grom. Ale niebo było bezchmurne. Czy na tej wersji Marsa bywają burze?

Skorupiaki szybko się uczyły. Od razu zrozumiały potencjał nowej technologii i wkrótce do nich dotarło, że za swoje magiczne krokery Willis chce tylko jednego: żeby przeniosły małą kamerę jak najbliżej monolitów.

– Jeśli to nie poskutkuje, to nic innego też nie. Dałem im też nasiona tego marsjańskiego kaktusa, który zasila krokery. Pochodzi z Marsa w Szczelinie i jest spora szansa, że może rosnąć także tutaj.

– Wielki Boże! – westchnął Frank. – Dopiero co spotkałeś te istoty. A po kilku godzinach urządzasz ich własny Dzień Przekroczenia...

– To nie tak – odparł Willis z powagą. – Pamiętaj, kroker to tylko narzędzie pomagające uwolnić zdolność przekraczania, która sama w sobie jest wrodzona. Musieli istnieć świadomi Marsjanie, żeby przekraczać, inaczej nie byłoby Długiego Marsa. Tyle że przekraczanie jest tutaj nie tak użyteczne, ponieważ światy sąsiadujące z taką wyspą życia jak tutaj prawie zawsze są zabójcze. Daję im to, co i tak już miały, Frank. A poza tym ci goście muszą zaliczyć renesans i rewolucję przemysłową, żeby zrozumieć znaczenie Długiego Marsa, nie mówiąc już o produkcji przyzwoitych skafandrów.

– Ale technicznie są bardzo pomysłowi – zauważyła Sally.

– I odważni – dodał Frank. – Poza tym szybko się uczą.

– No trudno, puszka Pandory jest otwarta – stwierdził Willis.

– Czy może ty i ten osioł Mellanier powiecie, że to nieodpowiedni mit? Musimy zostać na tym świecie, dopóki nie uzyskamy obrazu z monolitów. Wtedy ruszymy dalej. Ale teraz sugeruję, żeby za chwilę podnieść szybowce w powietrze.

– Czemu?

– Wydaje mi się, że uczę się mowy ciała tych gości. I wydają się trochę wystraszeni. Pamiętacie, zastanawiałem się, jaki drapieżnik może zmusić osiemdziesięciometrowego zwierza, żeby wyhodować sobie pancerz. Ten grom, który chyba słyszeliście przed chwilą... ja też słyszałem... to nie był grom...

ROZDZIAŁ 30

Ziemia Zachodnia 170 000 000 i dalej. Był maj, czwarty miesiąc ekspedycji.

Wokół solidnych i niezmiennych form „Armstronga" i „Cernana" migotały osobliwości światów zebranych w wielkie ryzy. Światy, gdzie jedynymi oceanami były skurczone słone jeziora wśród skalnej dziczy. Światy, gdzie kontynenty nigdy się nie uformowały i jedynym suchym lądem była rozrzucona garść zalewanych przez sztormowe fale wulkanicznych wysepek. Światy, gdzie przeważały inne formy życia.

Na podstawie zebranych danych statystycznych Gerry Hemingway i Wu Yue-Sai próbowali poskładać teorię probabilistyczną na temat istnienia złożonego życia na Długiej Ziemi. Życie jakiegoś typu występowało prawie na wszystkich Ziemiach, ale tylko mniej więcej połowa posiadała atmosferę wzbogaconą tlenem z fotosyntezy, a tylko jedna na dziesięć była siedliskiem życia wielokomórkowego, roślin i zwierząt. Być może rejestrowana wykroczna geografia reprezentowała coś w rodzaju historii życia na Ziemi w czasie, rzutowanej na wielowymiarową przestrzeń Długiej Ziemi. Na Podstawowej trzeba było miliardów lat, by wyewoluowała pełna fotosynteza, a organizmy wielokomórkowe pojawiły się stosunkowo niedawno. Im bardziej złożone życie, tym trudniejsza była jego ewolucja.

Maggie nie udawała nawet, że rozumie wszystkie argumenty. Zresztą uważała, że wyciąganie ostatecznych wniosków jest prawdopodobnie przedwczesne.

W okolicach Ziemi 175 000 000 znowu trafili na odchylenie od typowych tu protokomórkowych fioletowych ścieków. Na tej wyspie wśród światów pojawiła się złożoność, ale nie na poziomie komórki czy grup komórek, lecz w skali globalnej. Jeziora, czasem nawet morza, roiły się od mikrobów, ale wszystkie łączyły się w hierarchie i grupy służące jednej złożonej, zmiennej formie życia. Piętnaście lat temu ekspedycja Valienté odkryła jedną taką jaźń – oceniając w retrospekcji, znalazła ją zadziwiająco blisko Podstawowej. Tę istotę Joshua Valienté nazwał Pierwszą Osobą Pojedynczą i należała do typu określanego później jako trawersery. Może mijany właśnie pas światów był pierwszą kolebką tych stworów.

Pamiętając o doświadczeniach Valienté, załogi sterowców zachowywały szczególną ostrożność.

I nadal oba okręty pędziły w nieznane. Maggie fascynowały ewoluujące panoramy lądu, morza i nieba, jakie widziała przez okna galerii obserwacyjnej, intrygowały bliższe spotkania ze światami, na których się zatrzymywali, by zbadać szczegóły. A jednak, kiedy lecieli wciąż dalej, dzień za dniem, coś w niej cofało się przed tym bombardowaniem niezwykłością. Coś tęskniło za jakimś punktem końcowym.

* * *

Na Ziemi Zachodniej 182 498 761 Maggie obserwowała zespół marynarzy w skafandrach, badających kolejnego dalekiego krewniaka Ameryki Północnej, bogatego w złożone, skomplikowane i całkowicie obce formy życia.

Gerry Hemingway postarał się dostarczyć egzemplarz na pokład „Armstronga". Umieścił go w laboratorium, głęboko w trzewiach gondoli, pod lampami symulującymi miejscowe światło dzienne i w plastikowej kopule, gdzie odtworzył lokalną atmosferę, bogatą w metan i ubogą w tlen. Kiedy był gotów, zaprosił na pokaz Yue-Sai, Maggie i Maca.

Stanęli dookoła i patrzyli z ciekawością, marszcząc czoła. Pod szczelną kopułą, na tacy z miejscową glebą, rosło coś podobnego do małego drzewka z twardym pniem i fioletowymi liśćmi. Wokół pnia wiło się żółtawe włókno, a z fioletowego listowia sterczały biało-żółte kwiatki.

– Bonsai – uznał Mac.

Yue-Sai roześmiała się.

– Tak, hodowane przez kogoś na lekach halucynogennych. Na pewno Japończyka.

– Powiedzcie, co widzicie – poprosił cierpliwie Hemingway.

– Drzewo – oświadczyła Maggie.

– Właśnie. Chociaż nie ma nawet odległego pokrewieństwa z żadnym gatunkiem drzew z Podstawowej. Teraz ani w przeszłości.

– Ale jak wszystkie drzewa, to też dąży do światła – zauważył Mac. – To znaczy, że korzysta z fotosyntezy. Przypuszczam, że można to poznać po tych fioletowych i żółtych liściach.

– To prawda – zgodził się Hemingway. – A zatem na tym świecie wyraźnie istnieją organizmy wielokomórkowe i niektóre z nich odkryły fotosyntezę. Ale przyjrzyjcie się dobrze. Oba fotosyntetyzują.

Maggie poskrobała się po głowie.

– Oba?

– Obie formy życia, jakie tu widzicie.

Yue-Sai pochyliła się nad kopułą.

– Prawdę mówiąc, wygląda to na drzewo atakowane przez fikusa pnącego.

– Nie „atakowane". To by było niesprawiedliwe. Oczywiście, mam przewagę, bo wykonałem pełną analizę biochemiczną obu egzemplarzy. Poruczniku Wu, na naszej Ziemi całe życie opiera się na DNA, prawda? DNA, jego system kodowania i cała reszta łączy nas z najprostszą nawet bakterią. Możemy więc powiedzieć, że całe życie na Ziemi Podstawowej bierze się ze wspólnych początków. Ale nawet dotarcie do tego początku, to znaczy początku życia opartego na DNA, wymagało wcześniejszych wyborów, selekcji dokonanych przez rozmaite procesy ewolucyjne: wybór zestawu aminokwasów do pracy, tych dwudziestu z wielu możliwych alternatyw, wybór sposobu kodowania przez DNA... Były możliwe inne drogi. Mogły się zdarzyć początki życia oparte na innych wyborach. Jeśli tak, te inne dziedziny zostały wyparte przez nas, tryumfujących zwycięzców.

– Genocyd, nawet u korzeni drzewa życia – mruknął Mac. – Tak to bywa. Hemingway, z twojego wstępu wnioskuję, że tutaj jest inaczej.

– Owszem. Pod tą kopułą widzimy dwie różne formy życia. Drzewo opiera się na DNA, takim jak nasze, i aminokwasy też są identyczne z naszym zestawem. Ale ta druga forma, ten „fikus", ma inny zestaw aminokwasów. I wykorzystuje inne kodowanie genetyczne; część informacji przenoszona jest przez wariant DNA, reszta przez białka...

– Niezłe. – Mac się wyprostował. – Przetrwało tu życie mające różne początki?

– Tak się wydaje. Kto wie, w jaki sposób i dlaczego? Może powstał jakiś rezerwat, wyspa... Przede wszystkim chiralność ich obu się różni. Cząstki organiczne nie są symetryczne; określamy je jako lewoskrętne albo prawoskrętne. Wszystkie nasze aminokwasy są lewoskrętne. Te w „drzewie" także. Ale aminokwasy „fikusa" są prawoskrętne.

– I co z tego wynika? – zapytała Maggie.

– Zgaduję, że lewoskrętny nie może zjeść prawoskrętnego – stwierdził Mac.

– No, nie może go strawić – poprawił go Hemingway. – Mogą się nawzajem zniszczyć. Ale spójrzcie, co się tu rzeczywiście dzieje. Fikus używa drzewa jako podparcia. Nie widzicie innego szczegółu. W ich splecionych systemach korzeniowych fikus rewanżuje się, ściągając do drzewa substancje odżywcze.

– To współpraca – szepnęła Yue-Sai. – Nie ma tu genocydu, doktorze. Pracują wspólnie, żeby przeżyć. Współdziałanie dwóch różnych dziedzin życia! Cudowne odkrycie. Odzyskałam wiarę we wszechświat. – Żartobliwie klepnęła Hemingwaya po ramieniu. – No proszę! Jeśli dwie obce istoty, takie jak te, mogą współpracować dla wzajemnej korzyści, to czemu nie my, Chińczycy i Amerykanie?

– Urodziłem się w Kanadzie, nie w Stanach – odparł Hemingway obojętnie i przysunął się bliżej do splecionych roślin.

Pod wpływem nagłego impulsu Maggie podjęła decyzję.
– Nie przeszkadzajmy mu w pracy. Mac, proszę ze mną.
Mac uniósł brew.
– Jakiś problem, kapitanie?
– Tak – potwierdziła, kiedy byli już sami. – Ta sprawa między tobą a Śnieżkiem. Dość mam tych lodowatych spojrzeń i smętnego milczenia. Problem dojrzewa od dawna i chcę wiedzieć, o co chodzi.
– A co spowodowało, że akurat teraz? Przez to drzewo żyjące w harmonii z fikusem? Za chwilę zaczniesz śpiewać *Wszystkie dzieci nasze są*.
Spojrzała gniewnie, ale milczała.
Westchnął.
– W twojej kajucie?
– I to ty przynosisz single malt.

* * *

Shi-mi uparła się, że zostanie. Maggie zażądała, żeby się nie pokazywała i siedziała pod biurkiem.
Mac, kiedy już wyraźnie okazał, jak jest urażony, że go do tego zmusza, opowiedział Maggie całą historię.
– Najważniejsze, co musisz pamiętać – zaczął, sącząc swoją ulubioną whisky, Auld Lang Syne. – Chcieliśmy dobrze.
– Chcieliśmy dobrze… Boże wielki, ile występków było usprawiedliwianych takim zdaniem…
– Widzisz… Wszystko to stało się w latach 2042–43. Parę lat po Yellowstone. W tym czasie „Franklin" nadal wypełniał misje przesiedleńcze na Niskich Ziemiach…
Maggie pamiętała to aż za dobrze. Wojskowe twainy z ładowniami pełnymi przerażonych uchodźców, mężczyzn, kobiet i dzieci, zabranych ze zniszczonych przez wulkan domów i wysadzanych w całkowicie nieznanych sobie światach…
– Jeśli sobie przypominam, mniej więcej rok nie było cię na „Franklinie".

– Tak. Zanim mnie wezwali, żebym doradzał przy wyposażeniu „Armstronga" i „Cernana". Byłaś dość zapracowana i nie wypytywałaś dokładnie, co robiłem przez ten rok.

– Hm... Nie sprawdzałam też akt. W twoim przypadku uznałam, że to zbędne. Tak myślałam.

– Niewiele byś znalazła, gdybyś zaczęła w tym grzebać. Rezultaty były tak jakby zatuszowane... Widzisz, posłali mnie na Zachodnią 1 617 524.

Znała ten numer i nie była zaskoczona.

– Ziemia beagle'i. Świat Śnieżka.

– Tak. Dostałem przydział, na rozkaz admirała Davidsona, ale zlecenie przyszło z góry. Zostałem członkiem specjalnego zespołu dobranego ze wszystkich rodzajów sił zbrojnych i z fachowców w rozmaitych dziedzinach. Posłali nas, żeby ustanowić jakiś formalny kontakt z beagle'ami, po pierwszym spotkaniu w 2040. Prezydent Cowley i jego doradcy uznali tę misję za dostatecznie ważną, by wysłać ją nawet w czasie krytycznym dla państwa. Chciał mieć pewność, że wstawimy nogę w drzwi. Byliśmy zasadniczo wojskowymi, ale mieliśmy autentycznych naukowców: anatomów, lingwistów, psychologów, etnologów... nawet tresera psów. I wiesz, projekt się powiódł. Sama widziałaś, że w pewnym zakresie nadal działa pod kierunkiem Bena Mortona.

Napił się whisky.

– Studiowaliśmy każdy aspekt społeczeństwa beagle'i. Przynajmniej każdy, jaki nam pokazali, a podglądaliśmy prawie całą resztę. Maggie, beagle'e nie potrafią przekraczać, nawet z krokerami. Do diabła, przecież sama wiesz. Ale poza tym wydają się bardzo inteligentne, indywidualnie równie mądre jak my. Ale to tylko początek. Mimo inteligencji ich kultura jest uboga. Nie tylko technologicznie, materialnie, chociaż utknęli na poziomie pasterzy z epoki kamiennej. A raczej tkwiła tam, zanim koboldy sprzedały im technologię wytopu żelaza i trochę zaawansowanej broni.

Koboldy były dość kłopotliwe. Chytre humanoidy pasożytowały na ludzkiej kulturze i ewidentnie używały jej resztek, by wpływać na przeznaczenie innych.

– Sztuka beagle'i jest prymitywna – mówił Mac. – Nie mają złożonego pisma, religia i formy cywilizacji są proste. Nauka nie istnieje, choć mają niezłą tradycję medycyny opartej na metodzie prób i błędów, wykorzystującej głównie eksperymenty z pola walki.

Maggie zmarszczyła czoło.

– Co z tego? Może nie potrzebują pisma. Wiem, że komunikują się z pomocą węchu, z pomocą słuchu... to wycie Śnieżka, kiedy wybiega w noc... A czy współcześni ludzie, choć już wyewoluowali, nie stali w miejscu przez wieki, zanim zaczęli malować w jaskiniach i latać na Księżyc?

– To prawda. Ale w końcu wystartowaliśmy, uruchomiliśmy spiralę wynalazków. Poza tym, Maggie, chociaż zdarzały nam się nieszczęścia, upadki imperiów, zabójcze plagi i tak dalej, rozwijaliśmy się... nie, to kwestia oceny... w każdym razie zmierzaliśmy ku coraz większej złożoności. Tak?

– Owszem.

– I na ogół nie zapominamy tego, co wynaleźliśmy. Pewnie, pojedyncze cywilizacje czasem tracą wszystko, lecz...

– Rozumiem. Kiedy raz wymyślono wytop żelaza, to już pozostawał wymyślony. Ale beagle'i to nie dotyczy, jak zgaduję?

– To odkryliśmy. Widzisz, beagle przeżywały wzloty i upadki, katastrofalne upadki. Ponieważ ich społeczeństwa nie są stabilne. Bierze się to z cyklu rozrodczego. Niestety, mnożą się jak psy, to znaczy obficie, z licznymi miotami. Ich stado jest rodzajem wojskowego matriarchatu, gdzie autorytet Matki przekazywany jest w dół na Córki i Wnuczki, a nawet Prawnuczki. Więc każdy okres pokoju kończy się eksplozją demograficzną, a co ważniejsze, pojawia się zbyt wiele Córek i Wnuczek.

– Hm... I każda ma ochotę na tron. Wiem o tym z rozmów ze Śnieżkiem. Zabicie cię honorowo traktują jako dar.

– Bardzo klingońskie. A każdy dłuższy okres pokoju...

– Nieuchronnie kończy się przeludnieniem i wyniszczającą wojną.

– Na tym to mniej więcej polega. W końcu konflikt zwykle obejmuje kontynent, jeśli nie cały glob, kiedy sąsiadujące stada atakują walczących sąsiadów, a rywalizujące Córki rozrywają się na strzępy w walce o łupy. Każdy okres poprawy trwa stulecie, góra dwa, po czym znowu spadają do poziomu łowiectwa i zbieractwa, i wszystko zaczyna się od początku.

Westchnął.

– Wszystkiego dowiedzieliśmy się z badań archeologicznych, ale też z wyjaśnień samych beagle'i. One wiedzą, co się z nimi dzieje; mają ustne przekazy, mają legendy. Jedno tylko próbują zachować z każdego cyklu: produkcję broni. Zwykle giną technologie rolnicze. Każde stado ma nadzieję, że to ich potomkowie następnym razem wygrają globalną wojnę. Właśnie dlatego ich technika broni jest stosunkowo rozwinięta, ale praktycznie niewiele więcej. Lekarze to wyjątek, muszę zaznaczyć. Oni przynajmniej starają się nie zapominać tego, czego się nauczyli. W każdym razie sama widzisz, że cykl historyczny jest całkiem niepodobny do naszego. I chociaż istnieją o wiele dłużej niż my, może o pół miliona lat na podstawie wstępnych ocen, to ich rozwój jest wciąż ograniczony. A wszystko z powodu niewielkiej skazy biologicznej.

Nagle Maggie zrozumiała, do czego to zmierza.

– Skazy? A czym to jest, jeśli nie arbitralnym osądem?

– Mają za dużo dzieci, za wiele miotów – tłumaczył Mac. – Ich nauki medyczne nie wykraczają właściwie poza leczenie ran urazowych. Nie doszli do idei antykoncepcji...

– I nagle zjawia się banda ludzi z prościutkimi teoriami, ale zaawansowaną wiedzą medyczną i imperatywem manipulacji...

– Maggie, to nie było takie proste. Wyobraź sobie, co tam znaleźliśmy po przybyciu. Beagle'e same wybiły się do nogi. Elita rządząca wyginęła. Tym razem zniszczenia były gorsze niż dawniej z powodu broni energetycznej, którą wyhandlowali od koboldów. Czuliśmy, że musimy coś zrobić. Przecież sposób naprawy był łatwy do znalezienia, bo znamy psią anatomię, i łatwy do zastosowania...

– Jak to zrobiliście?

– W zasobach wody. Środki zrzucone z powietrza przez drony, na całym kontynencie. Nie uniemożliwiliśmy samicom rodzenia szczeniąt, zmniejszyliśmy tylko liczebność miotów. Uznaliśmy, że to najlepszy sposób. Później, kiedy poznaliby zalety takiego rozwiązania, moglibyśmy im wytłumaczyć, co zrobiliśmy, i dać wybór.

– O Boże... Chociaż właściwie mamy w historii przypadki podobnego traktowania populacji na Podstawowej... I co się stało, Mac?

– Kiedy przestały się rodzić liczne mioty, ci, którym podaliśmy lek, uznali, że to klątwa ich bóstw, a może zakażenie czymś przez ich wrogów. Jakąś zarazą, która uczyniła samice praktycznie bezpłodnymi. Próbowaliśmy tłumaczyć, ale nie chcieli słuchać.

– Nie obwiniali was?

– Nie traktowali ludzi poważnie. Wewnętrzna polityka ich zaślepia. Córki i Wnuczki zwróciły się przeciw sobie, podejrzewając siebie nawzajem o otrucia albo zakażenia. A sąsiednie stada, widząc trwałe osłabienie, zaatakowały ze wszystkich stron. Kiedy sytuacja stawała się coraz gorętsza, niektórzy rzeczywiście zaczęli wskazywać na nas.

– Nic dziwnego. I wojna okazała się jeszcze gorsza, tak?

– Pozwoliliśmy, żeby wygasła. Potem Ben Morton wrócił tam z pierwszą grupą badawczą.

– Kto wie, jakie będą konsekwencje długofalowe. „Mordowanie mojego ludu", powiedział Śnieżek. I właściwie miał rację, prawda?

Mac dolał sobie whisky.

– Znasz mnie, Maggie. Jestem lekarzem. Chciałem pomóc.

– Myślałam, że pierwszą zasadą medycyny jest „nie szkodzić". W każdym razie powinieneś mi o tym powiedzieć wcześniej. Wracaj do pracy. Nie, do diabła... Poszukaj Śnieżka. Spróbuj z nim pogadać. Nie licz na wybaczenie, nie zasługujesz na nie. Nawiasem mówiąc, to jest rozkaz. I przyślij go do mnie.

* * *

Śnieżek zjawił się w końcu następnego dnia. Shi-mi wyniosła się z kajuty kwadrans przed jego przybyciem.

Kiedy Maggie poznała już źródło konfliktu, starała się ocenić stosunek Śnieżka do Maca i do ludzkości ogólnie.

– Mac mówi, że próbowali wam pomóc. Błędnie, być może, ale…
– Nie pomóc-ss. Kont-hrrolować.
– Nie wydaje mi się, żeby mieli taki zamiar.
– Kont-hrrola.

A może miał rację? Nawet jeśli ta ekipa manipulantów nie zdawała sobie sprawy z własnych ukrytych motywów.

– A jednak poleciałeś z nami. Jesteś tutaj i rozmawiasz ze mną.
– Uczę się o wass. – Patrzył na nią, ogromny w kajucie przeznaczonej dla człowieka; wilcze oczy spoglądały chłodno. – T-hrrochę dobrze, t-hrrochę źle, w hrrodzaju cuchnącego k-hrrocza.
– Dzięki.
– Dob-hrro w Macu nawet. Dokto-hrr. Mamy dokto-hrrów.
– Tak. To dobry człowiek, chociaż czasami błądzi.
– Ale nie wolno kont-hrrolować beagle'i. Nigdy więc-ssej.
– Rozumiem.

Zamrugało światełko komunikatora. Śnieżek wstał, zasalutował sprężyście i wyszedł.

Wiadomość była pilna, od Eda Cutlera z „Cernana". Bliźniaczy okręt poleciał sam, zagłębiając się dalej we wstęgę światów, którą Gerry Hemingway nieoficjalnie nazwał Pasem Bonsai. Teraz wrócili pospiesznie.

– Kapitan Kauffman, powinna pani to zobaczyć.
– Powiedz, co znaleźliście, Ed.
– Wrak „Neila Armstronga I".

ROZDZIAŁ 31

Ziemia Zachodnia 182 674 101. Kolejny świat z Pasa Bonsai, z mniej więcej tym samym zestawem życia o różnych początkach. I rozbity sterowiec.

„Cernan" wykrył go dzięki sygnałowi radiolatarni odebranemu w chwili, kiedy przekraczał ten świat w locie zwiadowczym. Maggie nakazała zespołom łącznościowym, by sprawdzali transmisje radiowe rutynowo, nawet przy prędkości rejsowej pięćdziesięciu kroków na sekundę – ułamek sekundy wystarczał, by wykryć sygnał. O ile geografowie mogli to stwierdzić, „Armstrong" zszedł na ziemię na strzępie kontynentu, który na innych światach mieściłby większą część stanu Waszyngton. „Cernan", a teraz również „Armstrong II" musiały pokonać tysiące kilometrów w bok, by dotrzeć do miejsca katastrofy.

Widziany z powietrza profil „Armstronga I", sterowca tej samej klasy co „Benjamin Franklin", był niemożliwy do pomylenia.

– Wygląda jak zrzucone z nieba cielsko wieloryba – stwierdził Mac.

Załogę ogromny wrak fascynował nie mniej niż wszelkie naturalne zjawiska, jakie do tej pory oglądali. Typowi marynarze...

– Niektórzy ocaleli. – Maggie wskazała ręką.

Było to widoczne od razu. Niedaleko leżącego sterowca w mulistym gruncie wyskrobano prostokątne poletka, choć plony wydawały się raczej ubogie. Stały tam konstrukcje podobne do tipi, najwyraźniej wzniesione z odzyskanych elementów „Armstronga".

Maggie widziała też ludzi w dole – patrzyli w górę i machali rękami. Wśród nich stali też niedawno przybyli marynarze z „Cernana", łatwo rozpoznawalni w swoich mundurach.

– Niech pani do nas zejdzie, kapitanie – odezwał się z dołu Ed Cutler. – Powietrze jest świetne, woda czysta, gościnność ujmująca, a placki już się smażą.

Maggie uśmiechnęła się na te słowa, ale Mac zmarszczył brwi.

– To naprawdę on? Nie brzmi jak Ed Cutler.

– Nie wolno mu się cieszyć? Odszukanie „Armstronga" było jednym z celów naszej misji, przypominam. A jeśli ludzie ocaleli...

– Maggie, wzrok mam już nie taki jak dawniej, ale ci ludzie nie wyglądają, jakby nosili mundury marynarzy albo marines.

– Najwyraźniej stali się rolnikami, Mac.

– Możliwe. Lecz ja bym wygrzebał stary sprzęt, kiedy przybywają okręty naszej floty. Ty nie? Choćby po to, żeby przez pomyłkę mnie nie ostrzelali. Poza tym Cutler nie przesłał żadnych danych osób, które z nim stoją. A tego należałoby się spodziewać. Mamy listę załogi „Armstronga".

– Hm...

– Nie mamy pojęcia, skąd „Armstrong" się tu wziął ani kim są ci goście.

– No dobra, marudo. Podejmiemy środki ostrożności. Ale uważam, że przesadzasz. Hej, Nathan!

– Tak, kapitanie?

– Mamy na tej łajbie czwartolipcowe fajerwerki?

Zastępca wyszczerzył zęby w uśmiechu.

– Mamy wielokolorowe flary.

– Wystrzel parę.

* * *

– Mam na imię David.

Maggie doprowadziła swój oddział z punktu wyładunku obok wraku „Armstronga" do niewielkiej osady. Mężczyzna, który ją przywitał, był młody, miał nie więcej niż dwadzieścia pięć lat. Przystojny, pewny siebie, z akcentem, którego nie potrafiła zidentyfikować, podszedł energicznym krokiem i uścisnął jej rękę. Towarzyszyli mu trzy kobiety i mężczyzna, wszyscy mniej więcej w tym samym wieku. Wszyscy robili świetne wrażenie, uznała Maggie, mimo dość obszarpanych ubrań.

I żadne z nich nie należało do załogi „Armstronga".

Maggie przedstawiła swoją grupę, pochodzącą z „Armstronga II" i z „Cernana": Mac, Śnieżek, Nathan, Wu Yue-Sai, inni. Obcy patrzyli na beagle'a z ciekawością, ale bez obawy. Cutler uśmiechał się od ucha do ucha, jakby właśnie spotkał Świętego Mikołaja. Przedstawił towarzyszy Davida.

– Zobaczymy, czy dobrze zapamiętałem. – Kolejno wskazywał ich palcem. – Rosalinda, Michael, Anna, Rachela. Wszyscy mają to samo nazwisko, Spencer. Nie są rodzeństwem, ale należą do jednej bardzo licznej rodziny.

David poklepał go po ramieniu.

– Doskonała pamięć, sir.

I zaczęli przyjaźnie gawędzić.

– Miałeś rację – mruknęła Maggie do Maca. – To całkiem niepodobne do Eda Cutlera. Czy on się zarumienił, kiedy ten chłopak go pochwalił?

– Ci osobnicy są... jak to się nazywa... charyzmatyczni – odparł Mac. – Mama kiedyś zabrała mnie do Houston, kiedy wciąż jeszcze astronauci latali promami. Pełno tam było różnych funkcjonariuszy, urzędników, ale kiedy przechodził astronauta, wszystkie głowy się odwracały...

Maggie poczuła delikatny nacisk na łydkę. Shi-mi chowała się za jej nogami i pocierała pyszczkiem nogawkę. Maggie przyklękła.

– Myślałam – szepnęła – że nie wychodzisz, kiedy Śnieżek jest w pobliżu. Albo Mac.

– Pies mnie wyczuwa. Wiem, że może mnie wywąchać... Ale to ważne. Niebezpieczeństwo, Maggie Kauffman. Zagrożenie!

– Ze strony tych rozbitków? Jakie zagrożenie?

– Nie jestem pewna. Jeszcze nie. Kapitanie, wystaw warty. Ustaw żołnierzy na perymetrze, żeby nie można ich było zdjąć równocześnie. Niech sterowce monitorują wasze poruszenia. Na twoim miejscu wysłałabym jednego twaina poza horyzont albo przekroczyła... Zadbaj o środki ostrożności. Jakie tylko uznasz za najlepsze.

Maggie zmarszczyła czoło. Ale pamiętała o sugestiach Maca.

– Dobrze. Wbrew własnej opinii.

Wezwała Nathana i wydała rozkazy, by przekazał je załodze i marines McKibbena.

* * *

– Bądźcie naszymi gośćmi. Tak się cieszymy, że w końcu nas znaleźliście...

David i jego towarzysze poprowadzili grupę oficerów obok wraku, przez pola, w stronę tipi. Maggie przekonała się, że tipi rzeczywiście zbudowane są z elementów „Armstronga", aluminiowych wsporników i tkaniny z rozerwanej powłoki. W drodze dwie kobiety rozmawiały cicho. Mówiły jakby w przyspieszonym tempie i Maggie nie rozumiała ani słowa.

Gerry Hemingway zwolnił nagle, najwyraźniej zaciekawiony tym, co zobaczył na polach. Na Maggie nie robiły najlepszego wrażenia – ledwie bruzdy w gruncie, ale rosły tam ziemniaki i buraki. Jednak uwagę Gerry'ego przyciągnęło pole, na którym rosły jakieś miejscowe rośliny. Miały dziwaczne kolory, a zapach nieznany i egzotyczny. Wyglądały niczym wystawa bonsai. Drzewka połączono siecią cienkich przewodów, z pewnością także wyrwanych ze sterowca. Przewody były umocowane do korzeni, a prowadziły do zestawu akumulatorów i do szklanych naczyń, w których wolno bulgotała woda.

– Idźcie dalej, szefie – powiedział Hemingway. – Ja chciałbym się przyjrzeć, co oni tu mają.

Kiwnęła głową.

– W porządku, ale nie sam. Santorini, zostań z nim.

– Tak jest.

Największe tipi okazało się dostatecznie obszerne, by kilkanaście osób mogło usiąść dookoła na rozłożonych na ziemi kocach. Dzień był ciepły, spokojny i bezwietrzny, więc odrzucono ciężką płachtę z otworu wejścia. W palenisku na środku płonął niewielki ogień. Maggie, Mac, Cutler, Nathan Boss i Wu Yue-Sai wcisnęli się do środka, Rachela odeszła gdzieś z resztą załogi, a Michael na kracie nad ogniem przygotował jakiś gorący napój.

David usiadł na skrzynce między Rosalindą i Anną. Mac skrzywił się, widząc to ustawienie.

– Gość jest jak saski król ze swoimi thanami – mruknął niechętnie.

– Owszem – zgodziła się Maggie. – Ale przyznasz, że ma do tego odpowiednią osobowość.

– Mhm. I popatrz, jak Wu się na niego gapi. Jakby chciała urodzić mu dzieci tu i teraz.

– Mówiłem już, bardzo się cieszę, że tu dotarliście – przemówił David. – Jak widzicie, jesteśmy rozbitkami. Tylko nas pięcioro uratowało się z „Armstronga". Oczywiście, moglibyśmy przekroczyć. Ale nie wiemy nawet, jak daleko jesteśmy od domu.

Nathan Boss wyrecytował mu numer świata. David podziękował, a ku rozczarowaniu Maggie Nathan wydawał się zadowolony z tej pochwały. Jak Cutler.

– Ale numer nie ma większego znaczenia – podjął David. – Nawet gdybyśmy mogli przekroczyć tak daleko, nie przetrwamy tych śmiertelnych światów, które już minęliście, światów bez tlenu, światów, gdzie całe biosfery przesiąknięte są kwasem siarkowym. Nie mogliśmy się z wami skontaktować. Musieliśmy czekać na pomoc. – Uśmiechnął się. – Teraz możecie przenieść nas do domu.

To będzie dla mnie zaszczyt, pomyślała bezradnie Maggie. Jakbym znalazła Elvisa...

Ten gość rzeczywiście był przekonujący. Spróbowała się otrząsnąć.

– Opowiedz, co się stało.

– Prawdę mówiąc – wtrącił Mac – możesz zacząć od wyjaśnienia, skąd, u diabła, wzięliście się na pokładzie „Armstronga".
David oszacował ich wzrokiem.
– Zręcznie pani działa, kapitanie. Zadaje pani miękkie pytania i pozwala, żeby doktor używał pałki.
– Chciałabym, żebyśmy byli tacy sprytni – odparła Maggie z żalem. – Zresztą to przecież nie jest przesłuchanie, Davidzie. Proszę, odpowiedz.
– Pochodzimy z osady znanej wam jako Szczęśliwy Port. Tyle możecie stwierdzić na podstawie dziennika pokładowego „Armstronga".
Mac kiwnął głową.
– Słyszałem o nich. To jakieś półtora miliona kroków od Podstawowej, tak? Dość niezwykłe miejsce, kapitanie. Chyba wyjaśnia ich akcent.
David mówił dalej:
– Pierwszy „Armstrong" odwiedził nas tam na trasie swojej wyprawy na daleki wykroczny zachód. Naszą piątkę wybrano, byśmy polecieli z nimi jako pasażerowie, goście na kolejnym etapie. Byliśmy zachwyceni. Wyprawa w dalekie rejony Długiej Ziemi na pokładzie wojskowego twaina! Ale sprawy źle się potoczyły. Silniki... załoga straciła kontrolę...
Dokładne ustalenie szczegółów wypadku Maggie zostawiła Macowi. David i kobiety dość mgliście wypowiadali się na ten temat – na czym polegał problem z silnikami, gdzie dokładnie na wielkiej Długiej Ziemi się znajdowali, kiedy załoga straciła kontrolę nad okrętem, jakie było tempo przekraczania, jak załoga starała się opanować sytuację.
Po chwili, kiedy Mac wciąż zadawał pytania, a David starał się odpowiedzieć, Nathan Boss pociągnął Maggie za rękaw.
– Czy Mac musi ich tak ostro przesłuchiwać? Przeżyli katastrofę. Przez lata byli tu rozbitkami odciętymi od reszty ludzkości. W dodatku otoczonymi obcym ekosystemem. To naprawdę imponujące, że w ogóle przeżyli, a co dopiero, że są tacy... opanowani.

– Rzeczywiście są opanowani, prawda?
– To oczywiste, że nie znają technicznych szczegółów awarii. Załoga raczej ich izolowała, dbała o bezpieczeństwo, chroniła przed kryzysem... Wydawało się, że Yue-Sai opanowała jakoś pierwszą reakcję zauroczenia.
– Ale mimo to wydają się bardzo niezorientowani jak na ludzi tak ewidentnie inteligentnych.
Maggie zauważyła, że Rosalinda i Anna obserwują ich dyskusję na stronie. Szeptały chwilę między sobą i Maggie znowu spróbowała zrozumieć ten ich specyficzny, przyspieszony sposób mówienia.
– Kapitanie – odezwała się głośno Yue-Sai. – Jeśli wolno, chciałabym lepiej obejrzeć tę osadę.
– Zajmij się tym.
Kiedy Yue-Sai wstała, David z uśmiechem wyciągnął do niej rękę.
– Nie zostawiaj nas, proszę.
To była prośba, nie rozkaz. Ale wywarła dziwny skutek. Yue-Sai znieruchomiała na moment, jakby nie chciała okazywać mu nieposłuszeństwa. Jednak prawie natychmiast potrząsnęła głową, odwróciła się i wyszła z namiotu.
– Mówicie, że nikt nie przeżył – naciskał Mac. – Nikt oprócz was pięciorga?
– Co mogę powiedzieć? Starali się, żebyśmy byli bezpieczni. Siedzieliśmy w wewnętrznej kajucie, daleko od ścian gondoli, gdy oni walczyli o ocalenie sterowca. Wyrwaliśmy się stamtąd później, już po katastrofie. Jeśli chcecie, mogę wam pokazać tę kajutę.
David opowiedział, jak przez kolejne dni i tygodnie wynosili ciała i transportowali na miejsce pochówku dość daleko stąd.
– Musieliśmy zostać tutaj, przy wraku. Żeby przeżyć, potrzebowaliśmy materiałów i sprzętu. A wiedzieliśmy, że ekipy ratownicze trafią właśnie tutaj. Ciała pogrzebaliśmy z szacunkiem.
Mac chciał wiedzieć, gdzie dokładnie. David odpowiadał wymijająco, jakby niechętnie wracał pamięcią do trudnych chwil.

– Wszystkie pytania, które pan mi zadaje, doktorze Mackenzie... Widzi pan, załoga „Armstronga" nas ocaliła. Oddali życie dla nas. Nie można sobie wyobrazić szlachetniejszej ofiary. Co jeszcze można tu dodać?

Nawet Maggie poczuła, że właściwie nic.

– Zróbmy sobie przerwę.

Jednak dyskretnie poleciła Nathanowi, by starał się zająć czymś Davida i pozostałych.

– Reszta niech się rozejdzie. Jest ich tylko pięcioro, nie mogą chodzić za nami wszystkimi. – Zwróciła się do Maca, który miał twarz nieprzeniknioną. – Nie wiem, czy coś tu jest nie w porządku. Ale...

– Te dzieciaki za bardzo budzą sympatię, prawda?

– Coś w tym rodzaju. Wolałabym sama się rozejrzeć...

ROZDZIAŁ 32

Maggie przekonała się, że reakcje załogi na rozbitków ze Szczęśliwego Portu były krańcowe – ale różne.
– Jakby każdy musiał ich kochać albo nienawidzić – irytował się Mac. – Chociaż większość kocha – przyznawał.

W takich kategoriach Gerry Hemingway należał do kochających.
– Powinna pani zobaczyć, co zrobili z miejscowym ekosystemem, kapitanie. To te eksperymentalne pola od frontu. Mamy tu połączenie różnych początków życia w tym świecie, typów z Podstawowej, to znaczy naszego rodzaju DNA, z co najmniej jednym innym. No więc oni uratowali sprzęt z laboratorium „Armstronga" i prowadzili doświadczenia, próbowali udomowiania, a nawet trochę pomajstrowali przy genach. Z tych, co mają DNA, wyhodowali użyteczne rośliny, które dają im jedzenie, tkaniny, leki. A partnerskie formy życia wykorzystują przy wsparciu hodowli, na przykład do wiązania azotu, zwalczania szkodników, a nawet jako naturalne i samonaprawiające się wsporniki.

– A o co chodzi z tymi przewodami, akumulatorami i słojami?
– Produkcja energii. Wykorzystują fotosyntezę roślin, żeby ściągać z nich energię i magazynować w akumulatorach albo rozkładać wodę i mieć wodór. Osiągnęli nieprawdopodobne postępy, choć trudno ocenić szczegóły, trudno pojąć, co dokładnie zrobili, bo chyba niczego nie zapisują. A kiedy próbują wytłumaczyć... Rachela poświęciła mi piętnaście minut i była bardzo otwarta, ale...

– Pokręcił głową. – W szkole zawsze trudno mi było zacząć, wie pani, dopiero potem nadrabiałem. Ale rozmowa z nią, tą dziewczyną z jakiejś głuszy, gdzie nie mają nawet normalnego szkolnictwa... przecież ona musiała samodzielnie uczyć się każdej dziedziny wiedzy... No więc, kapitanie, od tego w głowie mi się kręciło. Czułem się, jakbym znowu był w szkole, a ona się niecierpliwiła, kiedy nie nadążałem. Jakby nie była przyzwyczajona do wyjaśniania.

– Wiesz co? – Mac się uśmiechnął. – Mniej więcej tak się wszyscy czujemy przy tobie, Gerry.

– Cicho bądź, Mac – rzuciła Maggie. – Czyli oni są... no, inteligentniejsi od nas. Bardziej pomysłowi, szybciej się uczą...

– Powiedziałbym, że dość wyraźnie – odparł z powagą Hemingway.

– Z tym bym się zgodził – przyznał Mac. – I nie tylko inteligentniejsi naukowo, ale też w postępowaniu z ludźmi. Widzisz przecież, że oszałamiają każdego. Stosują różne subtelne sygnały, podteksty, mowę ciała... Wszystko to działa trochę poniżej radaru świadomości.

– Ale ciebie nie oszukali, Mac?

– Może lepiej potrafię rozpoznawać takie sztuczki. Zaliczyłem parę wykładów psychologii, zanim wypuścili mnie na swobodę. Pisałem pracę semestralną o Hitlerze. W jaki sposób zdołał tak wielu ludzi skłonić do robienia tego, co chciał. Można to przeanalizować całkiem szczegółowo.

– Nie porównuje pan chyba takiego Davida z Hitlerem – żachnął się Hemingway.

– Ci ludzie są potencjalnie groźniejsi. Hitler miał charyzmę, ale nie był specjalnie mądry. W przeciwnym razie może nie przegrałby wojny. Ci tutaj są mądrzejsi od nas... Maggie, chciałbym im zrobić testy IQ i podobne, ale i tak przewiduję, że nie mieściliby się w skali. Zdecydowanie bardziej inteligentni. A inteligentni ludzie potrafią fascynować, oszałamiać, tak jak iluzjonista pokazujący sztuczki pięciolatkowi.

Jeśli Hemingway był fanem, a Mac twardym sceptykiem, Wu Yue-Sai, mimo początkowego oczarowania, wyraźnie stawała się podejrzliwa. Oprowadziła Maggie po osadzie. Większość pól była ledwie zaznaczona, budowle niedokończone. A w nierówno wykopanym dole leżały stosy opakowań po wyskrobanych do czysta racjach żywnościowych z „Armstronga", nawet tych gotowych do spożycia – wojskowe posiłki zawsze były ostatnim możliwym wyborem.

– Pani kapitan, trzeba im współczuć w tej sytuacji. Cokolwiek się zdarzyło, że się tutaj znaleźli. W rezultacie mamy pięciu Robinsonów na obcym pustkowiu i starających się przetrwać. Ale jednak jest to pięcioro młodych ludzi, zdrowych, silnych i bardzo inteligentnych, którzy spędzili tu całe lata. I mimo to, jeśli pominąć te eksperymentalne uprawy, które pokazał pani porucznik Hemingway, bardzo niewiele dokonali. Całkiem jakby wszystkie ich dzieła, poza budową podstawowych schronień i tak dalej, były... no, na pokaz. Na wpół skończone i porzucone.

– Przejadali racje z ładowni, a równocześnie grzebali w genetycznym kodzie tutejszych roślin. Pięcioro doktorów Frankensteinów.

– Ale bez Igora – stwierdziła z uśmiechem Maggie.

– Rozumiem to odwołanie – zapewniła spokojnie Wu Yue-Sai. – To zabawne, że pani to mówi, kapitanie. Prawdę mówiąc, podejrzewam, że mieli swojego Igora.

– O co ci chodzi?

– Proszę spojrzeć tutaj.

Pokazała im jedną z pomocniczych konstrukcji, prymitywne tipi mieszczące jedynie stos nadpalonych ubrań, zapewne uratowanych po katastrofie. Yue-Sai zbadała konstrukcję uważnie, nawet wyjmując maszty z gruntu, i w końcu znalazła wydrapane nierówno na jednym z nich – tak daleko, że musiały być niewidoczne, przykryte ziemią – inicjały.

– SA – przeczytał Mac. – W tej grupie, którą poznaliśmy, nie ma nikogo o imieniu na S.

– Rzeczywiście nie – zgodziła się Yue-Sai. – Więc kim jest SA? Czy on zbudował ten namiot?

Wtedy właśnie nadbiegł Śnieżek. Kiedy naprawdę się spieszył, opadał na cztery łapy – wielki, silny i podobny do wilka, bardzo zwierzęcy mimo zaadaptowanego munduru, w rękawicach na rękach podobnych do łap. Stanowił niezwykły i przerażający widok.

Kiedy dotarł do grupy, zatrzymał się i wyprostował, jakby przybrał ludzką postać. Zasalutował.

– Kapitanie, znall-lazłem... Zz-zobaczcie...

Prowadząc własne badania, podążał za zapachami. Zachowywał się w tym jak wilk, pomyślała Maggie. Szybko pobiegł za jakimś tropem do niewielkiego zagajnika z relatywnie wysokich w świecie bonsai drzew. W sercu tego zagajnika znalazł klatkę osłoniętą foliami ratowniczymi i okrytą liśćmi – te folie, jak uświadomiła sobie Maggie, perfekcyjnie kryłyby klatkę przed czujnikami podczerwieni.

W klatce Śnieżek znalazł mężczyznę – związanego i zakneblowanego, w resztkach munduru marines.

Maggie natychmiast wydała rozkazy.

– Nathan, pójdziesz i zbierzesz te gwiazdy. Zwiąż ich. W razie potrzeby użyj broni.

Nathan Boss wahał się przez sekundę – urok rozbitków walczył w nim z wojskową dyscypliną. Ale powiedział:

– Tak jest.

– Mac, Yue-Sai, Śnieżek, pójdziecie ze mną. Wyciągniemy tego żołnierza.

* * *

Klatka okazała się łatwa do otworzenia.

Kiedy się przełamali, Maggie sama weszła do środka, żeby uwolnić więźnia. Ostrożnie wyjęła mu knebel z ust. Był brudny i nieogolony.

– Dzięki – wyszeptał chrapliwie.

Yue-Sai miała manierkę z wodą. Podała mu, a on pił łapczywie, nerwowo przesuwając wzrok z jednej twarzy na drugą.

– Hej, Wolverine – odezwał się w końcu. – Tylko mnie nie zjedz.

– Jest członkiem mojej załogi – uspokoiła go Maggie. – Nazywa się Śnieżek, pełni obowiązki kadeta. – Zwróciła się do Maca. – Teraz widzisz, po co go zabrałam.

– Dzięki, Śnieżek – rzekł z powagą marine. – Gdybyś mnie nie znalazł... myślę, że ci szczęśliwoportowcy by mnie tu zostawili na

śmierć, odlatując z wami. Pewnie zachowali mnie żywego po waszym przybyciu, bo miałem być jakby polisą ubezpieczeniową. Albo może zakładnikiem. Oni zawsze mają wszystko dobrze przemyślane.
– Znam cię – powiedziała Maggie. – Chociaż wtedy wyglądałeś lepiej. Służyłeś pod moją komendą na „Franklinie".
Uśmiechnął się szeroko.
– Dopóki mnie pani nie wykopała, kapitanie, za spapranie patrolu w osadzie Restart, Ziemia Zachodnia 101 754.
– Pamiętam. Przykro mi.
– Nie, miała pani rację.
– Porucznik Sam Allen, tak?
– Tak. US Marines. Ale jestem teraz kapitanem.
– W porządku, Sam. To jest Joe Mackenzie, mój lekarz okrętowy.
– Pana także pamiętam, sir.
– Na pewno, synu.
– Mac szybko cię obejrzy, a potem odprowadzimy cię na pokład. I wtedy poważnie sobie porozmawiamy z Davidem i całą resztą.
– Kapitanie...
– Tak, Sam?
– Moja żona i mały... Pewnie myślą, że nie żyję.
Łzy stanęły mu w oczach. Maggie wyobraziła sobie, jak powstrzymywał je przez pięć lat.
– Wiem, że są zdrowi. Spotkałam ich na...
– Na pogrzebach?
– Czekają na ciebie w rodzinnym domu. Benson, Arizona. Zgadza się? Tam gdzie dorastałeś. Zabierzemy cię tam, synu. Zabierzemy cię.

**

– Jesteśmy aresztowani?
David i pozostali siedzieli na ziemi, pod gołym niebem, trzymając ręce na widoku. Otaczali ich uzbrojeni marines, poza zasięgiem ataku. Cała scena była obserwowana z obu sterowców.

– No więc? – ponaglił David. – A jeśli tak, to jakim prawem? Wojskowym, cywilnym? Twierdzicie, że działacie pod Egidą USA? Czy taka koncepcja może być czymś więcej niż tylko fikcją na świecie tak odległym, że sama genetyczna podstawa życia jest całkiem inna? Gdzie nie da się choćby rozpoznać czegoś podobnego do Ameryki Północnej?

Maggie go obserwowała. Był przystojny, władczy, opanowany i stanowczy. Zdawało się, że wierzy w swoje przyrodzone prawo do rządzenia innymi; widywała takie zachowania – na przykład u dziedziców starych bogatych rodów. Ale tu chodziło o coś więcej, coś przekraczającego ludzkie normy. Coś fascynującego, hipnotycznego.

– Jeśli zacznę ulegać jego czarowi – szepnęła do Maca – uszczypnij mnie.

– Obiecuję, dowódco.

Sam Allen, umyty, nakarmiony i opatrzony przez Maca, w czystym mundurze, który trochę na niego nie pasował, stał teraz obok Maggie.

– Proszę im nie pozwalać na przejęcie inicjatywy, pani kapitan. W wysławianiu się jest bardzo sprawny. Nawet jeśli nie wie, o czym mowa, szybko to rozgryza. Wypełnia luki, domyśla się reszty. Zanim się człowiek zorientuje, potrafi mu całkiem zakręcić w głowie.

David skrzywił się szyderczo.

– Zastanawiam się, jak w ogóle przeżyłeś między nami.

– Nie słuchając ani jednego twojego słowa, chłoptasiu.

– Wystarczy, Davidzie. Co masz do powiedzenia? Ale samą prawdę, jeśli wolno. Pochodzisz ze Szczęśliwego Portu? Tam się wychowałeś?

Z fragmentarycznych odpowiedzi Davida i pozostałych, przerywanych ich naradami w tym przyspieszonym prywatnym języku – i przez Sama Allena, który przez te lata odkrył więcej, niż tamci podejrzewali – Maggie zdołała jakoś posklejać całą historię. Prawie wszystko, co mówili im wcześniej, było kłamstwem. Ale rzeczywiście pochodzili ze Szczęśliwego Portu.

Szczęśliwy Port był niezwykłym miejscem, to jasne. Nawet w annałach USLONGCOM, wojskowego dowództwa Długiej Ziemi, był legendą, czymś egzotycznym, dziwną małą społecznością na pustkowiu, istniejącą jeszcze przed Dniem Przekroczenia. Był naturalnym punktem zbornym kroczących, gdzie trolle żyją razem z ludźmi, najwyraźniej w zgodzie i harmonii. I gdzie – co stwierdzał każdy przyjezdny – wiele dzieci wykazywało niepokojącą inteligencję. Maggie uparła się, żeby Shi-mi uczestniczyła w rozmowach jako dodatkowe źródło informacji. Teraz kotka wymruczała do niej dyskretnie:

– Wiedziałaś, że Roberta Golding też jest ze Szczęśliwego Portu? A teraz jest w Białym Domu.

Nawet przed Yellowstone, przed wielką falą uciekinierów z Ameryki Podstawowej i innych krajów, w Szczęśliwym Porcie rodziły się niepokoje. Od Dnia Przekroczenia więcej ludzi poruszało się po Długiej Ziemi niż ta wcześniejsza garstka naturalnych kroczących; więcej ich docierało do Szczęśliwego Portu, niż społeczność mogła zaabsorbować. Ten nagły dopływ obcych niepokoił wszystkich. Trafiali się ludzie, którzy nie pasowali do miejscowych zwyczajów i nie chcieli się dopasować – a co gorsze dla takiej zamkniętej społeczności, zaczęli przekazywać raporty o jej niezwykłych cechach władzom z Podstawowej. To z kolei ściągnęło jeszcze więcej niepożądanej uwagi.

– Nie wiedzieli, co robić – oświadczył David pogardliwie. – Burmistrz. Nasi tak zwani przywódcy, starcy co do jednego.

– Pozwól, że zgadnę. Zaproponowaliście pomoc.

– Nasze analizy były głębsze. Nasze umysły były jakościowo silniejsze. Jakościowo. Wie pani, co to oznacza, pani kapitan? Myślimy lepiej niż ci, którzy byli przed nami. To fakt możliwy do udowodnienia. I to pomimo naszej młodości.

– Zaproponowaliście, że przejmiecie rządy, tak? – warknął Mac. – Dobroczynna dyktatura.

– Zaproponowaliśmy nasze przywództwo. Nie chcieliśmy wykluczać starszych. Wiedzieliśmy, że potrzebna nam będzie ich wiedza, ich doświadczenie. Ale mądrość była po naszej stronie.

– No tak. Mądrość i prawo podejmowania decyzji. Domyślam się, że wasza oferta została grzecznie odrzucona. Domyślam się też, że byliście przygotowani na tę odmowę.

To było coś w rodzaju zamachu stanu.

– Mieliśmy zwolenników we wszystkich osadach – mówił David niemal z rozmarzeniem, jak nastolatek opisujący swoje zwycięstwo w szkolnych zawodach. – Mieliśmy broń. Plany były skrupulatnie dopracowane, przygotowania nie wzbudziły podejrzeń. Pewnego ranka Szczęśliwy Port zbudził się pod naszym panowaniem.

– Które nie potrwało długo – wtrącił pogardliwie Sam Allen.

– Chociaż usunięcie ich doprowadziło do przelewu krwi. Kapitan Stringer z „Armstronga I" znał więcej szczegółów ode mnie. Na pewno jednak, zanim zrzucono tę gromadkę, było wielu zabitych wśród ich zwolenników, ale także tych, którzy wspierali „starszych", jak to określali. Oni to przywódcy. Pięcioro dwudziestoletnich Napoleonów. Według burmistrza nie okazywali żadnej skruchy.

– Skruchy? – rzucił David takim tonem, jakby to sformułowanie go zaskoczyło. – Odczuwać skruchę oznaczałoby, że ktoś przyznaje się do jakiegoś błędu, prawda? Nie popełniliśmy żadnego błędu. Nasza władza pozwoliłaby na pójście optymalną drogą rozwoju dla Szczęśliwego Portu. Można to wykazać logicznie, nawet matematycznie...

– Nie chcę wiedzieć... – rzuciła gniewnie Maggie.

– Wydaje się, że starsi nie wiedzieli, co z nimi zrobić – powiedział Sam. – W Szczęśliwym Porcie nie stosują kary głównej. Nie chcieli też zamykać ich na zawsze, bo w końcu by się jakoś wyrwali, to pewne jak dwa a dwa cztery... no, tutaj pięć. Nie chcieli też wypuścić tych pięciorga psychotycznych geniuszy na resztę ludzkości.

– Bardzo to wielkoduszne – stwierdził kwaśno Mac.

– I wtedy, w samym środku całego zamieszania, na niebie pojawił się nasz twain...

Po powitaniu załogi „Armstronga" starsi Szczęśliwego Portu wystąpili z prośbą do kapitana. Wiedzieli, że okręt poleci dalej na zachód, w głąb Długiej Ziemi. Jego misja była swego rodzaju prekursorem wyprawy Maggie, jeszcze sprzed Yellowstone. Starsi chcieli więc, by Stringer zabrał Davida i pozostałych do... no, do takiego miejsca jak to właśnie, do świata na tak dalekich rubieżach

Długiej Ziemi, by nigdy nie zdołali wrócić piechotą. Permanentne wygnanie. W przyszłości można by pewnie sprowadzić ich do domu, o ile okażą skruchę, poprawią się albo jeśli znajdzie się jakiś sposób, żeby ich powstrzymywać. A tymczasem ludzkość byłaby bezpieczna.

Maggie zmarszczyła brwi.

– A skąd starsi wiedzieli, że takie miejsce istnieje? „Armstrong I" był pierwszą jednostką, która mogła tam dotrzeć.

– Wydedukowali to – rzekł Sam Allen. – Udowodnili sobie, że musi istnieć, że te jakby fale zabójczych światów, które spotkaliście, muszą tam być. Nie są tacy mądrzy jak ci tutaj, ale dostatecznie mądrzy. I mieli rację, prawda? W każdym razie kapitan Stringer się zgodził. Pewnie uznał, że jeśli nie uda się zrealizować tego wygnania, może ich przywieźć z powrotem na Niskie Ziemie i tam jakoś załatwić sprawę.

– Ale się nie udało – mruknął posępnie Mac.

Pięcioro więźniów zdołało uwieść połowę załogi i oszukać resztę. Wkrótce wyrwali się ze swoich cel i znaleźli sposób, by obejść zabezpieczenia okrętu.

– A najgorsze jest to, że niektórzy z nas, z załogi, sami im pomagali – ciągnął Allen. – Nie uwierzyłaby pani własnym oczom, kapitanie. Potrafią czytać w człowieku jak w książce. Do diabła, zanim się wyrwali, próbowałem z nimi grać w pokera i obrobili mnie do czysta. Ich mężczyźni polowali na nasze kobiety, a ich kobiety na naszych mężczyzn. Wydawało się, że potrafią czytać w myślach. Zorganizowali to tak sprytnie, że kiedy powstali, przejęli prawie wszystko, zanim się zorientowaliśmy, o co chodzi. Kapitan Stringer, ja i jeszcze paru innych stawiliśmy opór. Wtedy polała się krew.

– Tak to jest, kiedy się hoduje małych Napoleonów – mruknął Mac. – Rozpętali dwie wojny, zanim skończyli dwadzieścia jeden lat.

– Tym razem wygrali – mówił dalej Allen. – David ze swoją bandą i ich zwolennicy wśród załogi. Wygrali. Polecieliśmy dalej niż ten świat… podam pani pozycję, kapitanie. Więcej ludzi czeka tam na pomoc, więcej rozbitków z „Armstronga"…

David, panujący nad okrętem, zarządził przeczesanie pokładów i zebrał wszystkich, którzy przeżyli. A potem usunął ich z pokładu.

Wyrzucił nawet tych, którzy go wspierali, bo nie można było im ufać.

Wszystkich oprócz Sama Allena, który zrozumiał, do czego zmierzają, i ukrył się wewnątrz ogromnej powłoki „Armstronga". Dalszy ciąg opowieści był już krótki. „Armstrong" zawrócił. David i reszta, po zajęciu kwatery dowódcy, zaczęli snuć plany powtórnego, tym razem udanego przejęcia władzy w Szczęśliwym Porcie. I jak później pomaszerują na Niskie Ziemie, a nawet na samą Podstawową. Allen tylko się ukrywał. Kiedy był pewien, że twain jest odcięty od ocalałej załogi z jednej strony i od ludzkich światów z drugiej, wyszedł z kryjówki i doprowadził do rozbicia sterowca tutaj.

– Nie miałem żadnych dalszych planów, pani kapitan. Uznałem, że nie są mi potrzebne, bo nie przeżyję katastrofy, a jeśli nawet przeżyję, to niedługo. Kiedy byliśmy już na ziemi, zastanawiali się, czy mnie zabić. – Zadrżał, po raz pierwszy zdradzając jakieś emocje. – Nie z zemsty, rozumie pani. Robili to zimno i logicznie. Jakbym był koniem ze złamaną nogą, którego trzeba zlikwidować. Albo psem, który dostał wścieklizny. Jakbym ja sam, całe moje życie do tej pory... moja żona i dziecko, do diabła... w ogóle się nie liczyły. Oni naprawdę uważają, że są inni niż my. Że są ponad nami. Zresztą może to i prawda. Ale w końcu zachowali mnie przy życiu. Zaprzęgli do pracy. Uznali, że dysponuję wiedzą, którą mogą wykorzystać. A może planowali użyć mnie jako zakładnika, gdyby zdarzyła się konieczność. Jak mówiłem, mieli plany na każdą sytuację. Kazali mi zbudować klatkę w lesie, tę klatkę, w której mnie trzymali.

– Z pańskimi inicjałami na niej – wtrąciła Yue-Sai.

– Tak. Poznaczyłem też inne rzeczy, które kazali mi dla siebie zbudować. Są sprytni, ale nie widzą wszystkiego. Wiedziałem, że pewnego dnia ktoś się zjawi, szukając „Armstronga". Oni też wiedzieli. Dlatego nie próbowali naprawić sterowca ani wyprodukować skafandrów, żeby stąd odejść, ani na poważnie zająć się uprawą, ani w ogóle nic. Wiedzieli, że ludzie wyślą misję ratunkową. To wy mieliście ich zawieźć do domu. Musieli tylko zaczekać... a potem was przejąć, tak jak przejęli „Armstronga I".

– No więc taka to historia. – Mac zwrócił się do Davida. – Przyznajecie się?

David zmarszczył czoło.

– Czyli nagle to jest proces? Wierzycie w wymysły tego człowieka?

– W każde słowo.

– W takim razie powołam się na obowiązek. Wobec mojego rodzaju i wobec waszego.

Mój rodzaj... To określenie wzbudziło u Maggie dreszcz.

– Wydają się... pasywni – mruknęła do Maca.

– Nie pasywni – odparł. – Po prostu spokojni. Niektórzy z oskarżonych w Norymberdze też się tak zachowywali. Jest pewny siebie. Przekonany, że nadal kontroluje sytuację. Albo że przejmie inicjatywę już wkrótce.

– Nie musicie nas zabierać do Szczęśliwego Portu – powiedział David. – Wróćcie z nami do waszych światów, na Niskie Ziemie. Od waszej załogi dowiedzieliśmy się o Yellowstone. Pozwólcie nam pomóc odbudować Ziemię Podstawową. W takiej chwili nasze przewodnictwo, nasza mądrość będą wręcz nieocenione. Więcej – od waszej załogi wiemy, że niektórzy z nas już tam pracują. Dyskretnie. Pomoc dla was jest naszym obowiązkiem. A waszym obowiązkiem, kapitanie, jest pozwolić nam jej udzielić.

Maggie pokręciła głową.

– Kiedyś musisz mi pokazać tę swoją pracę o Hitlerze, Mac. Davidzie, naprawdę jesteś świetny. Jakieś dwadzieścia procent mnie pragnie przyznać ci rację.

– Więc niech pani pozwoli sobie na przyznanie mi jej. Proponujemy wam porządek. Bezpieczeństwo.

– Hm... Bezpieczeństwo owiec w zagrodzie? Porządek wśród poddanych lorda posiadłości, jak ten nieszczęsny Sam Allen? Nie, dzięki.

Zastanowiła się.

– Uważam, że ten świat to dla was najbezpieczniejsze miejsce na razie. Gdybyście potrafili się stąd wyrwać, już byście to zrobili.

A zatem dokończymy naszą ekspedycję. Po drodze zabierzemy załogę „Armstronga". Zajrzymy tu, wracając. Może was zabierzemy, jeśli uznam, że da się to zrobić bezpiecznie... Taki mam plan. A ty jesteś przekonany, że możesz mnie pokonać, jeśli tylko dostaniesz szansę? Jak biednego Stringera... No więc nie dostaniesz tej szansy. Nie ode mnie. Jeśli nie będę całkowicie pewna, że mogę utrzymać was pod kontrolą, zwyczajnie was tutaj zostawię, a kiedy wrócę do USLONGCOM, przerzucę tę tykającą bombę wyżej. Teraz zostawię tu ludzi, żeby was pilnowali. Mac, porozmawiaj z Nathanem i McKibbenem, wybierzcie paru upartych, którzy nie pójdą na ich pochlebstwa. Sam, możesz im pomóc.

– Tak jest.

– Z całą pewnością rozbitkowie staną przed sądem federalnym oskarżeni o sabotaż, zabójstwo... Nieważne, czy to miejsce znajduje się pod Egidą USA. Szczęśliwy Port na pewno jest nią objęty, tak samo jak „Armstrong".

Wstała.

– Nie skończyłem jeszcze mówić, kapitanie – odezwał się David. Nawet w tej chwili mówił swobodnie, choć rozkazującym tonem.

– Ale ja skończyłam słuchać. Sam, pójdziesz ze mną. Świetnie się tu spisałeś. Zapraszam na kolację przy kapitańskim stole. Mac, musimy zorganizować jakąś pomoc psychologa dla naszych ludzi, na których zdołali wpłynąć. Myślę o Gerrym na przykład. I Wu.

– Dobry pomysł, kapitanie.

– Właściwie wszystkim się to przyda. Wszystkim, którzy mieli kontakt z tymi osobnikami. Owszem, ja też. Czuję, że przyda mi się detoks duszy. A teraz wynośmy się stąd.

ROZDZIAŁ 33

Kiedy Joshua Valienté wyszedł z aresztu, w którym policja trzymała Paula Spencera Wagonera i jego kolegów, opowiedział Lobsangowi, co zaszło.

A Lobsang poprosił o pomoc innego ze swych przyjaciół.

Nelson Azikiwe, który znowu pomagał Davidowi Blessedowi w niskoziemnym cieniu swej dawnej parafii w Anglii, szybko ustalił, że Paul Spencer Wagoner i jego towarzysze z Madison byli częścią większej grupy młodych Następnych, zatrzymanych bez ostrzeżenia w równoczesnej akcji policji, wojska i służb bezpieczeństwa wewnętrznego. Akcja objęła Amerykańską Egidę na Długiej Ziemi. W maju 2045 roku Paula i część pozostałych przeniesiono do Pearl Harbor, dawnej bazy marynarki na hawajskiej wysepce Oahu, Ziemia Podstawowa.

Nelson nie zdziwił się specjalnie istnieniem Następnych. W końcu Lobsang od wielu lat przewidywał pojawienie się kogoś takiego i wiele razy dyskutował o nich z Nelsonem. Na przykład pięć lat temu, w twainie wiszącym nad żyjącą wyspą, siedemset tysięcy kroków na zachód od Podstawowej.

– Ludzkość musi się rozwijać – tłumaczył wtedy. – Taka jest logika naszego skończonego kosmosu. W ostatecznym rachunku musimy wznieść się i zmierzyć z jego wyzwaniami, bo inaczej przepadniemy wraz z nim. Rozumiesz chyba. Ale mimo Długiej Ziemi wcale się nie rozwijamy. Jesteśmy tylko coraz liczniejsi. Głównie dlatego, że nie mamy pojęcia, co zrobić z wolnym miejscem. Może przyjdą inni, którzy będą wiedzieli.

– Inni? To znaczy uważasz, że zgodnie z logiką wszechświata musimy ewoluować poza nasz stan obecny, by być zdolni do realizacji kolejnych celów? Poważnie? Naprawdę wierzysz, że w rozsądnym czasie można się spodziewać nowego wspaniałego gatunku?

– Czy nie jest to przynajmniej możliwe? Przynajmniej logiczne?

Nelson dobrze pamiętał rozmowy z Lobsangiem na żyjącej wyspie. Tam gdzie żyła Cassie. Nosiła czerwony kwiat we włosach, a Nelson kochał się z nią szaleńczo – tylko raz, ale to wystarczyło. Była to jedna z najjaśniejszych chwil jego życia i moment nieostrożności, gdyż ani on, ani Cassie nie używali żadnych zabezpieczeń. Często się zastanawiał, co się z nią dzieje, często strofował sam siebie za tchórzostwo, za to, że tam nie wrócił. Postanawiał, że to zrobi, gdy tylko zakończy się obecny kryzys. Ale zawsze następował kolejny i następny, i chwila nigdy nie była odpowiednia…

Już wtedy Lobsang wiedział, że powstaną nadludzie. Oczywiście, że wiedział – był dostrojony do głębokich prądów całego świata, wszystkich światów Długiej Ziemi. A więc wyszło na to, że jego przepowiednia się spełnia. Tylko że w końcu okazało się, że *Homo superior* to tylko banda porozrzucanych tu i tam dzieciaków, które potrzebują pomocy Nelsona. Tak mówił Lobsang.

No to niech będzie.

* * *

Nelson odkrył, że hawajskie wyspy uniknęły najgorszych skutków erupcji Yellowstone. Marynarka zaadaptowała dla zatrzymanych stary schron bombowy w pobliżu dawnej bazy. Choć teraz dzieliła ją z lotnictwem, baza wciąż stanowiła sztab Floty Pacyfiku, a także ośrodek USLONGCOM, dowództwa sił Długiej Ziemi pod dowództwem admirała Davidsona. Kiedy Nelson Azikiwe tu dotarł, ujrzał zabudowania zalane ostrym słońcem Pacyfiku, tłumy żołnierzy, podziemny bunkier zabezpieczony przed kroczącymi – zresztą gdyby nawet ktoś stąd przekroczył w cienie na Niskich Ziemiach, wciąż znajdowałby się na Hawajach, na wyspie otoczonej oceanem. Trudno sobie wyobrazić miejsce bardziej bezpieczne.

To znaczy bardziej bezpieczne więzienie.

Nelson musiał naprawdę się wysilić, żeby stworzyć rozsądne wyjaśnienie, które pozwoliłoby mu dostać się do środka. Oficjalna wersja mówiła, że zgłosił się na ochotnika, by pełnić funkcję kapelana dla więźniów. Fakt, że przez długie lata był pastorem Kościoła anglikańskiego, oczywiście pomógł w uprawdopodobnieniu tej legendy.

Pomogła mu także siatka internetowych znajomych z grupy Quizmasters – takie operacje były ich specjalnością, ich „kubkiem herbaty", jak mogliby powiedzieć dawni parafianie Nelsona ze Świętego Jana nad Wodami. Niektórzy byli tak błyskotliwi, że sami mogli należeć do Następnych.

Jednak musiał pokonać stały problem w kontaktach z Quizmastersami. Mnóstwo wysiłku kosztowało go odciągnięcie ich od obsesyjnego przekonania, że Yellowstone było albo aktem wojny przeciwko Podstawowym Stanom Zjednoczonym, albo spiskiem administracji prezydenta Cowleya, który chciał osiągnąć jakieś własne cele.

Kiedy samolot transportowy zaczął ostatnie podejście, Nelson skupił się na sprawach bieżących.

* * *

Wysiadł i przeszedł przez pas otwartego terenu; w panującym upale mocno odczuwał wszystkie swoje pięćdziesiąt trzy lata. Wprowadzono go do budynku na powierzchni, do holu z klimatyzacją, palmami w doniczkach i recepcjonistką za biurkiem, holu jasnego od pacyficznego słońca. Gdyby nie insygnia rozmaitych jednostek na ścianie, mogłaby to być poczekalnia wziętego dentysty. Na spotkanie wyszła mu kobieta po czterdziestce, oficer w nienagannie wyprasowanym mundurze marynarki wojennej.

– Wielebny Azikiwe?
– Proszę mi mówić Nelson. Obecnie jestem raczej wolnym strzelcem.

Uśmiechnęła się i odgarnęła z czoła kosmyk jasnych, siwiejących włosów.

– Jestem Louise Irwin. Porucznik. Kieruję tu leczeniem pacjentów. Korespondowaliśmy, ale miło poznać pana osobiście.

Wyprowadziła go z holu, skinąwszy głową recepcjonistce; przeciągnęła kartą przez czytnik, żeby otworzyć drzwi. Przeszli wąskim korytarzem z niskim sufitem krytym panelami polistyrenu – w stylu połowy dwudziestego wieku.

– Jak się udał lot? Wojskowe transportowce bywają trochę niewygodne. Przydzieliliśmy panu pokój w sąsiednim bloku. Gdyby chciał się pan odświeżyć...

– Niczego mi nie trzeba.

– Woli pan od razu zobaczyć podopiecznych, prawda? To zrozumiałe. Nic nie zastąpi bezpośredniego kontaktu z nimi. Dotyczy to większości przypadków psychiatrycznych. Będzie pan potrzebował pełnego dostępu, ale na razie sama pana przeprowadzę.

Podeszli do windy, która otworzyła się dzięki karcie Irwin. Potem ruszyła w dół, gładko, choć powoli.

– Tak pani o nich myśli? – zapytał Nelson. – Jak o pacjentach? Nie więźniach?

– Takie mam wykształcenie. Jestem psychiatrą. W pewnym momencie uznałam, że pragnę w życiu czegoś bardziej podniecającego, więc zaciągnęłam się do marynarki. Teraz jestem psychiatrą, który dużo podróżuje. – Znowu się uśmiechnęła. – Myślę, że każdy z nas jest trochę kameleonem. Każdy zmienia w życiu kształt i barwy.

Przyjrzała mu się z wnikliwością, która wydała się Nelsonowi odrobinę niepokojąca.

– Przeglądałam pańskie akta, oczywiście. Każdy, kto trafia do takiej instytucji jak nasza, musi mieć życiorys długi jak moje ramię. A pan uzyskał rekomendacje z najwyższych szczebli, by służyć jako osobisty kapelan naszych osadzonych. Dzieciak z południowoafrykańskiego miasteczka, który zyskał swoją szansę dzięki stypendium Korporacji Blacka, znakomity archeolog, pastor w Kościele anglikańskim... Pełnił pan wiele ról. Nelson wiedział, skąd się wzięły te rekomendacje. Jego listy polecające były w większej części stworzone przez Quizmastersów oraz Lobsanga, poprzez siatkę nieoficjalnych kontaktów. Ze zdziwieniem odkrył, że niewielkiej pomocy udzieliła także Roberta Golding, popularna w prasie asystentka z Białego Domu, która przejawiała pewne zainteresowanie więźniami, odkąd zostali tu przeniesieni. Nelson na razie nie miał pojęcia, co ją łączy z tą sprawą.

Kluczowe elementy jego prezentowanej dowództwu marynarki biografii były całkiem prawdziwe. Kiedy człowiek kłamie, zawsze warto możliwie najściślej trzymać się prawdy. Zresztą miał szczery zamiar służyć jako opiekun duchowy tych uwięzionych dzieci, jak najlepiej potrafi. Dopóki nie nadejdzie właściwy moment, by ujawnić ukryte cele.

Winda zahamowała i rozsunęły się drzwi, odsłaniając ażurowy pomost zawieszony nad swego rodzaju piwnicą podzieloną na niewielkie pomieszczenia.

Irwin poprowadziła go i Nelson mógł zajrzeć do ciągu pokoi – zajrzeć, ponieważ wszystkie miały przezroczyste sufity, nawet łazienki, choć domyślał się, że dzięki jakiejś optycznej sztuczce od środka wydawały się matowe. Nie było w nich niczego zaskakującego czy niezwykłego, przypominały niewielkie pomieszczenia hotelowe: pokój dzienny z łóżkiem, wyposażony w telewizor, terminal komputerowy i inny zwykły sprzęt, do tego mała łazienka. Pokoje były zindywidualizowane przez plakaty, jakieś drobiazgi, ubrania w szafach (z których żadna nie miała drzwi) albo rzucone w stos na podłodze. Nelson miał wrażenie, że zagląda do akademika dla zamożniejszych studentów. Ale po pomoście krążyli ciężko uzbrojeni marines w kamizelkach kuloodpornych, kierując lufy w stronę pokoi w dole.

W większości pomieszczeń przebywały pojedyncze osoby – wszyscy młodzi, w wieku od mniej więcej pięciu do dwudziestu kilku lat, obojga płci i różnych ras – niektórzy grubi, inni chudzi, wysocy i niscy. Na pierwszy rzut oka całkiem zwyczajni. Niektórzy mieli towarzystwo, kogoś dorosłego, czasem dwoje; rozmawiali cicho. Był tam jakby hol, gdzie zebrało się kilku więźniów, i niewielkie przedszkole, gdzie wśród stosów zabawek bawiły się dzieci. I hol, i przedszkole nadzorowali dorośli, mężczyźni i kobiety w cywilnych ubraniach. Jedno pomieszczenie przypominało raczej nieduże laboratorium medyczne; jakaś dziewczyna oddawała tam próbki krwi i pozwalała pocierać sobie policzek od środka wacikiem do badań DNA.

Nelson szybko zauważył Paula Spencera Wagonera, przyjaciela Joshuy Valienté – siedział sam w pokoju i czytał z tabletu.

Lobsang i siostra Agnes doprowadzili w końcu do prawdziwego spotkania Nelsona z Valienté. Joshua był człowiekiem, którego wyprawy na Długą Ziemię Nelson analizował od lat, a także, jak podejrzewał, jeszcze jednym sojusznikiem Lobsanga w długoterminowej rozgrywce prowadzonej przez tę niesamowitą osobowość. I właśnie Joshua prosił Nelsona, żeby zaopiekował się szczególnie młodym Wagonerem, który wychował się w tym samym domu dziecka, Domu siostry Agnes, co wiele lat temu sam Joshua. A teraz Nelson zobaczył Wagonera w klatce w wojskowej bazie...

– Kilkuset takich osobników znajduje się pod Amerykańską Egidą i nadal ich poszukujemy. To największa grupa, jaką zebraliśmy. Muszą też istnieć inni, różnych narodowości. A więc... Jakie jest pańskie pierwsze wrażenie?

– To więzienie. Imponująca organizacja, ale więzienie.

Kiwnęła głową.

– Obawiamy się ich. Nie wiemy, do czego są zdolni.

– Siedzą w szklanych klatkach jak szczury laboratoryjne. Uzbrojeni strażnicy pilnują ich dwadzieścia cztery godziny na dobę. Macie tutaj młodych ludzi, wielu to często nastolatki. Nie możecie im dać trochę prywatności?

– Takie wprowadzono protokoły bezpieczeństwa. Staramy się ich otoczenie w miarę możliwości znormalizować. Może pan krzywić się na ich uwięzienie. Przecież wyglądają na normalnych młodych ludzi, prawda? Zwyczajni młodzi Amerykanie. Ale to nieprawda. Wystarczy osobisty kontakt z nimi, a sam się pan przekona. Zresztą oni też podkreślają to, że się różnią. Określają się jako Następni. Tak, są młodzi. Ale dysponują sporymi pieniędzmi, przynajmniej niektórzy. Także ich rodzice niekiedy mogą sprawiać kłopoty. Musieliśmy mocno się okopać, żeby uniknąć wniosków różnych modnych prawników.

– Hm, modnych prawników, którzy zapewne powołują się na takie nieistotne drobiazgi jak konstytucyjne prawa tych dzieciaków, obywateli Stanów Zjednoczonych aresztowanych i uwięzionych bez nawet pozorów uczciwego procesu. Są jacyś cudzoziemcy?

Uniosła brew.

– Z przyjemnością będę z panem o tym dyskutowała, Nelsonie. Ale wydaje mi się, że zbyt pospiesznie wyciąga pan wnioski. Musieliśmy coś zrobić. I proszę pamiętać, jestem oficerem marynarki wojennej. Ta instytucja ma zagwarantować bezpieczeństwo państwa.

– Nie wydają mi się strasznym zagrożeniem dla bezpieczeństwa państwa.

Kiwnęła głową.

– To jedna z kwestii, którą staramy się tu ustalić. Ogólnie nie sprawiają kłopotów z punktu widzenia dyscypliny. Większość przystosowała się do życia w celach, zresztą wielu z nich przeszło przez zakłady opiekuńcze, rodziny zastępcze, nawet więzienie dla młodocianych lub już dorosłych. Przechodząc przez te instytucje, przyzwyczaili się do ograniczeń swobody. To wiele mówi o tym, jak nasze społeczeństwo potrafi sobie radzić z takimi przypadkami, prawda? A jeśli zaczynają szaleć, są stąd usuwani.

– Dokąd? Do karceru?

– Do działu terapii specjalnej. – Przyglądała mu się z uwagą. – Próbuje pan wyrokować, Nelsonie. Niech pan się stara zachować otwarty umysł, dopóki ich pan lepiej nie pozna. Są niewiarygodnie bystrzy, spostrzegawczy, potrafią rozmówcą manipulować. W bezpośrednim kontakcie jeden na jeden trudno sobie z nimi radzić. A kiedy zbiorą się razem... no, wtedy odlatują. Ich język jest niesamowity, oparty na angielskim, ale superszybki i bardzo skoncentrowany. Nasi lingwiści usiłowali analizować ich rozmowy. Możemy zmierzyć samą złożoność wypowiedzi. I to już daleko wykracza poza nasze normy. Widziałam transkrypcje jakiejś argumentacji prowadzonej przez dziewczynę o imieniu Indra; było tam pojedyncze zdanie, które ciągnęło się przez cztery strony. A to jeden z prostszych przykładów. Często zwyczajnie nie wiemy, o czym w ogóle mówią...

– Może o koncepcjach poza ludzkim zasięgiem – powiedział Nelson. – Tak dla nas niewyobrażalnych, jak byłaby tajemnica Trójcy Świętej dla szympansa. Jeśli te dzieciaki rzeczywiście przyszły na świat wyposażone w supermocne umysły, bardzo szybko musiały dotrzeć do granic naszej zwykłej ludzkiej kultury. – Uśmiechnął się. – To musi być cudowne, kiedy mogą swobodnie rozmawiać między sobą. Na pewno wiele odkrywają poza możliwościami wyobraźni wszystkich ludzi, jacy żyli na świecie.

Irwin przyglądała mu się z uwagą.

– Wie pan, Nelsonie, będzie z pana świetny kapelan. Ale powiem panu coś jeszcze bardziej niezwykłego. Bardziej odmiennego. Mamy tu kilkoro małych dzieci... a monitorujemy nawet niemowlaki jeszcze będące pod opieką rodziców. Przed drugimi urodzinami próbują mówić jak zwykłe ludzkie dzieci. Paplają w sposób dla nas, dorosłych, niezrozumiały... ale nie całkiem. Nasi lingwiści próbowali analizować nagrania i twierdzą, że to jakby studiować strukturę pieśni delfinów. Ich dziecięce gaworzenie to mowa, Nelsonie. W takim sensie, że ma realną treść lingwistyczną. My przychodzimy na świat ze zdolnością opanowania mowy, ale uczymy się jej z otoczenia. Dzieci Następnych usiłują wyrażać myśli, tworzą własne języki niezależnie od kultury, słowo po słowie, jedną gramatyczną regułę po drugiej. Dopiero później zaczynają przejmować język pozostałych. A co jeszcze bardziej niezwykłe, inni adaptują niektóre z dziecięcych pomysłów do własnego wspólnego postangielskiego. Całkiem jakby na naszych oczach pojawiał się i w niesamowitym tempie mutował zupełnie nowy język.

– Kiedy na to pozwalacie. Kiedy w ogóle mogą z sobą rozmawiać.

Nie zareagowała.
— Ważne jest, Nelsonie, żeby pan zrozumiał, z czym mamy tu do czynienia. Te dzieci prezentują inny porządek, skokową zmianę. Coś nowego.
— Uhm. A jednak są dziećmi pod naszą opieką.
— To prawda.
— Chyba powinienem się teraz rozpakować. Podejrzewam, że są tu jacyś starsi oficerowie, którym trzeba mnie przedstawić.
— Obawiam się, że tak. Musimy także przeprowadzić pana przez procedury bezpieczeństwa.
— Potem chciałbym porozmawiać z osadzonymi. Na początek pojedynczo.
— Oczywiście. Jakieś preferencje, od którego zacząć?
Jakby losowo, Nelson wskazał na Paula Spencera Wagonera.
— Od tego.

* * *

Nelsonowi pozwolono, wręcz go zachęcono, żeby porozmawiał z Paulem w jego pokoju. Rozumiał, że z punktu widzenia bezpieczeństwa tak będzie łatwiej, chociaż nie był pewien kwestii psychologii tej decyzji. Kiedy on był dwudziestolatkiem, nie miał własnego pokoju, ale gdyby miał, z pewnością uznałby za natręctwo, gdyby jakiś obcy typ wszedł tam i zaczął mówić o Bogu. Ale takie były warunki spotkania i musiał się dostosować.

Pokój Paula tylko trochę się różnił od innych, które Nelson oglądał – a raczej do których zaglądał od góry. Plakaty na ścianach: obraz galaktyki, egzotyczne zwierzęta z Długiej Ziemi, jakaś gwiazda muzyczna, której Nelson nie rozpoznał. Na biurku telefon, tablet, telewizor, choć Nelson dowiedział się, że połączenia możliwe z tych urządzeń były nieliczne i ściśle kontrolowane, wyłącznie w granicach tej bazy.

Paul był szczupły i smagły, ubrany w czarny dres. Wszyscy tu osadzeni musieli nosić dresy, jak się dowiedział Nelson, ale przynajmniej mogli wybierać kolory i tylko najbardziej zbuntowani wybierali pomarańczowy w odcieniu Guantanamo. Paul najwyraźniej do nich nie należał. Siedział na łóżku ze skrzyżowanymi nogami, z rękami zaplecionymi na piersi i kamiennym wyrazem twarzy; w klasycznej pozie nadąsanego nastolatka.

Nelson przysunął sobie krzesło i usiadł naprzeciwko.

– Założę się, że nie wybierałeś tych plakatów i całej reszty – zagaił. – Tak pewnie jakiś podstarzały oficer marynarki wyobraża sobie, co interesuje ludzi w twoim wieku. Mam rację?

Paul spojrzał na niego, ale poza tym nie zareagował.

Nelson kiwnął głową.

– Porucznik Irwin, która oprowadziła mnie wcześniej, wiele mówiła o tobie i twoich kolegach tutaj.

Paul parsknął i odezwał się po raz pierwszy.

– Kolegach?

– Ale najbardziej trafnym zdaniem, jakiego użyła, było, że przeszliście przez rozmaite instytucje opiekuńcze. I teraz wracasz do tamtych zachowań, prawda? Milczenie, tępy wzrok... Stare sztuczki, których się nauczyłeś, żeby przetrwać w tym czy innym domu dziecka. To zrozumiałe. Ale muszę ci powiedzieć, że są gorsze niż ten, w którym się w końcu znalazłeś. Chodzi mi o Dom, w Madison Zachodnim 5.

– Zakonnice... – Paul wzruszył ramionami.

– To prawda. I Joshua Valienté. To mój przyjaciel i przesyła ci pozdrowienia. – Nelson patrzył w skupieniu na Paula, starając się przekazać mu bezgłośny sygnał: *Nie jesteś sam. Joshua o tobie nie zapomniał. Dlatego tu jestem...*

– Dobry stary wujek Joshua. – Paul się uśmiechnął. – Czarodziej przekraczania. Może on też powinien trafić do takiej klatki. Bo jest awangardą nowej odmiany człowieka, prawda?

– Cóż, istotnie są pewne podobieństwa. Cały ruch Najpierw Ludzkość, który wyniósł do władzy prezydenta Cowleya, wziął się ze strachu przed kroczącymi.

– Wiem. Z tego powodu ta banda wariatów wysadziła potem Madison. Gniazdo przekraczających mutantów. Ka-bum!

– Rozumiesz, skąd się biorą u ludzi takie uczucia? To znaczy wobec ciebie?
– Rozumiem abstrakcyjnie. Tak jak rozumiem na ogół, w jaki sposób myślicie wy, tępaki. To tylko inny aspekt szaleństwa, jakie kieruje wami przez większą część świadomego życia. Ono sięga aż do polowań na czarownice i jeszcze głębiej. Jeśli coś źle pójdzie, to musi być czyjaś wina. Trzeba kogoś znaleźć i go oskarżyć. Zniszczyć demona! Rozpalić stosy! – Chłopak wzruszył ramionami. – To oczywiste, że po nas przyszli. Nieuniknione. Przynajmniej to więzienie, gdzie nas wsadzili, jest bezpieczne. Powinniśmy chyba być wdzięczni za zorganizowany obłęd rządu USA, bo chroni nas przed zdezorganizowanym obłędem motłochu. Ale tak naprawdę to przecież nic nikomu nie zrobiliśmy, prawda? Nie jesteśmy jak ci kroczący, którzy w teorii mogliby wedrzeć się do zamkniętej sypialni twojego dziecka i tak dalej. Tego można się bać. A co myśmy uczynili jak dotąd? Zarobiliśmy trochę pieniędzy. Chociaż to wystarczało, żeby pod rządami Hitlera skazać Żydów.

Paul reagował jak zbuntowany nastolatek, może z subkultury postpunkowej; chciał szokować. Nelson uświadomił sobie, że nie ma pojęcia, co się dzieje w głowie tego młodego człowieka.

– Ale potencjalnie jesteście zdolni dokonać w przyszłości o wiele więcej. Czy nasz lęk przed wami uważasz za racjonalny?

Paul przez moment zainteresował się słowami Nelsona.

– O tyle, o ile w ogóle zdolni jesteście do racjonalności... tak. Bo jesteśmy innym gatunkiem, rozumiesz.

Te słowa, choć wypowiedziane całkiem spokojnie, budziły dreszcz.

– Chcesz powiedzieć, nie tak jak kroczący...
– Którzy są genetycznie identyczni z resztą. Naturalne przekraczanie to tylko zdolność, jak talent do języków; ludzie mają go mniej albo więcej. Wszyscy jesteśmy potencjalnymi kroczącymi. Ale nie ma potencjalnych Następnych. Ci pracowici naukowcy tępaków w tej bazie potwierdzili to, co my wiedzieliśmy od dawna: mamy dodatkowy zestaw genów. Jego fizyczna ekspresja to nowe struktury

w mózgu, zwłaszcza w korze mózgowej, ośrodku przetwarzania wyższego rzędu. Starają się to badać, choć szczęśliwie bez rozcinania nam czaszek, przynajmniej na razie. Mój mózg zawiera sto miliardów neuronów, każdy z tysiącem synaps, tak jak twój. Jednak połączenia wydają się radykalnie udoskonalone. W twojej głowie kora to pojedyncza pomarszczona warstwa. Gdyby ją rozciągnąć, zajęłaby z metr kwadratowy. Ma około dziesięciu miliardów wewnętrznych połączeń. Topologia kory w mojej głowie jest o wiele bardziej złożona, połączeń więcej... Nie da jej się wymodelować w mniej niż czterech wymiarach.

– Dlatego jesteś taki bystry.

Paul znów wzruszył ramionami.

– Biologiczna definicja gatunku to zdolność do płodzenia płodnego potomstwa. Nasza podstawa do dyferencjacji gatunkowej jest bardziej mglista, ale realna. – Uśmiechnął się. – Masz córkę?

Pytanie zaskoczyło Nelsona. Przypomniał sobie żyjącą wyspę, kobietę z czerwonym kwiatem we włosach...

– Prawdopodobnie nie.

Paul uniósł brwi.

– Dziwna odpowiedź. Ale gdybyś miał, mogłaby służyć za inkubator dla mojego dziecka. Które byłoby jednym z nas, nie jednym z was. Czy cię to uraża? Czy budzi strach? Chęć, by mnie zabić? Może powinno.

– Wytłumacz mi, jak to się stało. Jeśli sam rozumiesz.

Paul roześmiał mu się w twarz.

– Och, próbujesz mną manipulować, rzucając takie wyzwanie. Powiem ci tyle, ile tutejsi tępacy na pewno sami już odkryli. W końcu to nie takie trudne. Jak pewnie wiesz, urodziłem się w Szczęśliwym Porcie. I ze strony matki jestem Spencerem. Słyszałeś o tym miejscu?

Często pojawiało się w rozmowach z Lobsangiem i Joshuą. Nelson skinął głową.

– Jeśli wiesz o Szczęśliwym Porcie, to wiesz o trollach – ciągnął chłopak. – Tajemnica tkwi w trollach. Ich obecność kształtuje tę konkretną społeczność. Nie każda istota ludzka dobrze się czuje przy trollach i odwrotnie. Z czasem pojawiła się presja selekcyjna: tylko pewne typy ludzi są dobrze przyjmowane w Szczęśliwym Porcie. Nawet niektórzy tam urodzeni wiedzą jakoś, że to nie dla nich. Nie ma w tym nic tajemniczego, nic nadprzyrodzonego; to zwykła kwestia złożonej grupowej dynamiki obejmującej dwa gatunki humanoidalne, ludzi i trolle. Ta dynamika działała przez stulecia, wiele pokoleń przed Dniem Przekroczenia, ponieważ miejsce to przypadkiem zostało zasiedlone przez naturalnych kroczących. Ale rezultat, nieplanowany i niezamierzony, był taki, że nastąpiła selekcja preferująca większą inteligencję u ludzi. Oczywiście musiało to dawać pewną przewagę ewolucyjną. Może tylko ci bardziej inteligentni potrafią przyjąć błogosławieństwo towarzystwa trolli...

– A efekt widzę teraz przede mną?

– Owszem. Ale w tej chwili Następni pojawiają się właściwie wszędzie. Wiele światów skolonizowanych pogrążyło się w zamęcie z powodu wielkiego napływu mieszkańców po Yellowstone. Może ma to coś wspólnego ze stresem tych migracji. Następuje ekspresja wcześniej uśpionych genów. Ale też... i jestem pewien, że wasi tępi naukowcy również do tego doszli... wielu pojawiających się Następnych może wyprowadzić swoją genealogię od Szczęśliwego Portu, a zwłaszcza od starych dynastii: Montecute'ów, Spencerów... To jest źródło nowego genetycznego dziedzictwa.

Nagła myśl przemknęła Nelsonowi przez głowę: Roberta Golding, która tak bardzo pomogła w zapewnieniu mu miejsca tutaj, też pochodziła ze Szczęśliwego Portu.

– Ale z drugiej strony – mówił dalej Paul – mogliśmy powstać tylko na Długiej Ziemi. Szczęśliwy Port, ta wylęgarnia, jest fenomenem specyficznym dla Długiej Ziemi, prawda? Nieświadomy kontakt dwóch oddzielnych gatunków humanoidów nie mógł się zdarzyć na Ziemi Podstawowej. Trolle nigdy by tu nie przetrwały, nie obok was, wy mądre małpy, dość sprytne, by niszczyć wszystko dookoła, ale nie dość, by zrozumieć, co w tym procesie tracicie... Trolle były chronione przez Długą Ziemię, chronione przed wami,

aby mogły uczestniczyć w wyprodukowaniu nas w takich tyglach jak Szczęśliwy Port.
– „Takich tyglach"? Są inne?
– O tak. Logicznie biorąc, muszą istnieć. Ale przecież jesteś kapelanem. Myślałem, że przyszedłeś tu rozmawiać o Bogu, nie o Darwinie.

Nelson wzruszył ramionami.
– Płacą mi od godziny, nie od tematu. Możemy rozmawiać o wszystkim. A czy wy macie jakiś pogląd na Boga?

Paul parsknął lekceważąco.
– Wasi bogowie to trywialne konstrukty. Łatwe do odrzucenia. Animistyczne fantazje albo kompleksy pragnień ssaków. Jesteście zagubionymi dziećmi tęskniącymi za tatusiem, więc rzucacie jego obraz na niebo.
– Rozumiem. A w co wy wierzycie?

Paul wybuchnął śmiechem.
– Daj spokój. Mam dziewiętnaście lat i siedzę w więzieniu. Nie mieliśmy czasu, żeby się zająć takimi sprawami, jeszcze nie. Mogę ci powiedzieć, co czuję. Że Bóg nie istnieje gdzieś tam. Bóg jest w nas, w naszym codziennym życiu. W akcie rozumowania. Bóg to świętość zrozumienia... nie, raczej aktu zrozumienia.
– Poczytaj Spinozę. Może niektórych joginów.
– Gdybyśmy mieli czas, może bardziej byśmy się zbliżyli do prawdy. A gdybyśmy mieli więcej czasu, może wyrazilibyśmy ją w formie zrozumiałej nawet dla was, tępaków.
– Dzięki – odparł Nelson oschle. – Ale mówisz „jeśli". Sugerujesz, że nie dostaniecie tego czasu.
– Rozejrzyj się. – Chłopak wskazał matowy sufit. – Spójrz na tę umundurowaną małpę z karabinkiem szturmowym tam w górze. Bo dedukuję jej obecność. Jak myślisz, ile czasu tępaki nam zostawią?
– I boisz się tego, Paul? Boisz się śmierci?
– Hm... Dobre pytanie. Nie śmierci indywidualnej. Ale wciąż jest nas tak niewielu, że śmierć dla nas oznacza zagładę naszego

rodzaju. I tego się boję. Ze względu na wszystko, co pozostało niewypowiedziane, pozostało nieodkryte, niewyrażone... Skończyliśmy już? Bo chciałbym sobie pooglądać telewizję.

Nelson zastanawiał się przez sekundę i zastukał w drzwi, by wezwać strażnika.

ROZDZIAŁ 34

Nietrudno było znaleźć załogę „Armstronga I", oddaloną o kilka światów od Napoleonów i szaleńczo wdzięczną za ratunek. Maggie pozwoliła na dzień przerwy, żeby należycie uczcić tę okazję, a potem misja ruszyła dalej. Sterowce „Armstrong II" i „Cernan" sunęły w nieznane.

Twainy opuściły Zachodnią 5 w styczniu. Teraz był maj, ale życie na pokładzie nie stawało się łatwiejsze, zwłaszcza kiedy przekraczali martwe światy i trzeba było hermetyzować oba sterowce. Harry Ryan coraz bardziej się niepokoił stanem silników. Kwatermistrz Jenny Reilly wysyłała Maggie ponure raporty na temat możliwości kontynuowania rejsu przez światy, które nie gwarantują odnowienia podstawowych zasobów – pożywienia, tlenu, nawet wody. Ludzie byli zmęczeni, coraz bardziej drażliwi, mieli objawy klaustrofobii. Joe Mackenzie denerwował się ich zdrowiem, schorzeniami i urazami, które wolno się kumulowały, oraz stale malejącym zapasem środków medycznych. Ale w końcu Mac zawsze był taki.

Mimo tych irytujących problemów Maggie pamiętała o nominalnym celu misji: Ziemi Zachodniej 250 000 000. Wyliczenia sugerowały, że cel ten wciąż jest bezpiecznie osiągalny w granicach okrętowych zapasów i wytrzymałości systemów. No i był to tryumf wart poświęceń; wszyscy, którzy tego dokonają, będą dumni aż do grobowej deski. Wyczyn przyćmi słynną chińską ekspedycję do Wschodniej 20 000 000 sprzed pięciu lat, a nawet znacząco przewyższy podróż w jedną stronę „Armstronga I", zakończoną ostatecznie na świecie młodych Napoleonów, ponad sto osiemdziesiąt milionów kroków od Podstawowej. Ich historia była fantastyczna, zbyt długo nieznana i warta opowiedzenia, nawet jeśli w rezultacie odbierze nieco chwały osiągnięciom „Armstronga II".

Kłopot polegał na tym, że od świata młodych Napoleonów do Starej Dobrej Ćwiartki Miliarda, jak zaczęła go nazywać Maggie, dzieliła ich ponad jedna czwarta dotychczas pokonanego dystansu – co najmniej trzy tygodnie lotu, prawdopodobnie bliżej czterech. I oczywiście będą musieli wracać tą samą drogą.

Lot trwał, Ziemie stawały się coraz bardziej egzotyczne i obce, a Maggie czasem miała wrażenie, że tylko jej siła woli pozwala na kontynuację misji.

* * *

Ostatni wąski pas światów dysponujących złożonym życiem, Pas Bonsai, skończył się w okolicach Ziemi Zachodniej 190 000 000. Potem znowu płynęli nad nieskończonymi światami fioletowych ścieków.

Ziemia Zachodnia 200 000 000 była kolejnym numerycznym progiem, okazją do kilku dni odpoczynku, odprężenia i kontroli działania systemów. Jednak sam świat należał do pasa dotkniętego klątwą superkontynentu – jedną półkulę pokrywały ogromne połacie marsjańsko czerwonych pustyń, drugą gładka maska martwego oceanu. Poziom tlenu był niski i Maggie nie mogłaby z czystym sumieniem pozwalać marynarzom schodzić na ląd, co zresztą i tak nie poprawiało morale.

Potem, poza Ziemią 210 000 000, poziom tlenu zupełnie się załamał, mimo że około Zachodniej 220 000 000 superkontynenty się rozpadły.

Jeszcze dalej sterowce mijały Ziemie coraz bardziej obce i wrogie. Częściej pojawiały się Szczeliny – luki w łańcuchu Długiej Ziemi, które musieli pokonywać szybko, lecz ostrożnie. Spotykali światy z bardzo dziwacznymi biotami – na przykład wąską wstęgę światów zdominowanych przez gigantyczne drzewa. Smukłe pnie tych drzew wyrastały nawet powyżej twainów, a Gerry Hemingway oceniał, że mogą mieć pięć kilometrów wysokości. Ich korony – cudownie i niewiarygodnie – sięgały wyżej niż większość gór.

Trafiali na światy z atmosferą o wiele gęściejszą niż na Podstawowej albo o wiele rzadszą. W tych nietypowych warunkach załoga miała kłopoty z opanowaniem wyporności sterowców, a mechanicy narzekali na możliwe uszkodzenia przez żrące gazy i ultrafiolet niefiltrowanego światła słońca.

Zdarzały się światy z jednym księżycem, większym lub mniejszym niż księżyc Podstawowej, z wieloma księżycami albo w ogóle bezksiężycowe.

Niekiedy nawet grawitacja była inna. Na światach obniżonej wagi twainy dryfowały nad powierzchniami mniej lub bardziej podobnymi do Marsa z firmamentu Podstawowej, z rozrzedzoną atmosferą, ogromnymi górami i wąwozami przecinającymi kontynenty. Zmniejszone ciążenie utrudniało sterowanie, załoga urządzała sobie konkursy podskoków, a trolle pohukiwały niespokojnie i przewracały się.

Jednak na innych światach ciążenie było wyższe niż na Podstawowej. Pod grubymi powłokami atmosfery wichry mknęły nad terenami pozbawionymi wszelkiego życia prócz karłowatych drzewek. Wyporność powłok nie wystarczała i grunt ściągał sterowce ku sobie. Jeśli zabawili tam dłużej, marynarze narzekali, że czują się, jakby ktoś załadował im na barki plecaki z kamieniami – jak na karnych ćwiczeniach.

Hemingway domyślał się, jak do tego doszło. U podstaw formacji Ziemi był chaos; chmura pyłu wokół młodego Słońca skupiała się w kamienie, które zderzały się z innymi kamieniami i rozbijały je na kawałeczki, a czasem tworzyły z nimi większe skały, a te z kolei jeszcze większe... Z tego zamętu zrodziła się w końcu Ziemia ze swoim Księżycem jako rezultatem tytanicznego zderzenia dwóch młodych planet, jednej wielkości Ziemi i drugiej rozmiarów Marsa. Wszystko to było serią przypadków, które mogły się zakończyć inaczej. I teraz Maggie dotarła do serii światów tak odległych, że te pierwotne zdarzenia rzeczywiście potoczyły się inaczej.

Gerry zastanawiał się, co im to mówi o naturze Długiej Ziemi, wzajemnych relacjach tych równoległych światów i o samym przekraczaniu.

– Jak daleko można odejść od modelu Podstawowej w kategoriach formacji planetarnej, zanim to w ogóle przestanie być Ziemią? Wiemy, że nawet jeśli całkiem jej brakuje, można przekroczyć do powstałej Szczeliny... ale przynajmniej Ziemia tam kiedyś istniała. A co jeżeli, na przykład, w ogóle nie zakrzepła? Gdybyśmy znaleźli tylko obłok asteroidów powstrzymywanych od agregacji, powiedzmy, przez jakiegoś niedalekiego gazowego olbrzyma? Czy wtedy Długa Ziemia w końcu by się urwała, a dalsze przekraczanie byłoby już niemożliwe?

W tej wyprawie nie napotkali tak krańcowej sytuacji. Ale dla Maggie najbardziej zadziwiającym światem ze wszystkich napotkanych Ziemi była Zachodnia 247 830 855.

Ta Ziemia wcale nie była planetą, ale księżycem, zwykłym satelitą większego obiektu. Okazała się mniejsza od Podstawowej, gorętsza, z gęściejszą atmosferą – aktywniejsza geologicznie, jak zgadywał Gerry, ze względu na oddziaływania pływowe masywnej planety głównej.

– To taka zmutowana krzyżówka Ziemi i Io, księżyca Jowisza – oświadczył radośnie.

A jednak nawet tutaj odkryli życie, i to życie złożone. Jeden z dronów powrócił z nagraniami czegoś, co dla Maggie wyglądało jak wielkie, kościste i skrzydlate pterodaktyle krążące nad aktywnym wulkanem.

Niebo przesłaniała planeta centralna, bezimienny świat niemający swojego odpowiednika w systemie słonecznym Ziemi Podstawowej. Także był skalisty, przypominający raczej Ziemię niż gazowe olbrzymy typu Jowisza, ale też wielokrotnie bardziej masywny niż Ziemia – zawieszony nieruchomo na niebie wielki posępny krąg, za który chowało się Słońce. Księżycowa Ziemia znajdowała się tak blisko, że pływy unieruchomiły ją i zwracała do olbrzyma zawsze jedną stronę. A kiedy olbrzym się obracał, odsłaniał rozległe kontynenty, ogromne oceany i płonące wulkany, nie mniej aktywne niż na jego satelicie.

Zatrzymali się tu na pełne dwadzieścia cztery godziny. Maggie miała wrażenie, że załoga zrobiła tu więcej pamiątkowych zdjęć niż dowolnego innego obiektu, na jaki trafili – z wyjątkiem jedynie wraku „Armstronga".

A najbardziej zadziwiające było to, że na zaciemnionej półkuli olbrzyma widzieli światła. Może tylko ogniska, ale jednak...

– Można się wściec – stwierdziła Maggie w rozmowie z Makiem. – Potrzebny byłby statek kosmiczny, żeby się tam dostać. Przekroczyliśmy ćwierć miliarda światów, żeby tu dotrzeć, a teraz nie potrafimy przeskoczyć paru tysięcy kilometrów.

Mac się uśmiechnął.

– Musimy zostawić coś na przyszłość. Niech to diabli, butelka Auld jest pusta. Na okręcie kończą się zapasy single malta, podobnie jak inne kluczowe zasoby. Chociaż w kajucie mam chyba racje awaryjne...

Na prośbę naukowców i co bardziej lubiących przygody członków załogi Maggie zostawiła niewielki zespół, by dokładniej zbadał tę księżycową Ziemię.

Ruszyli dalej.

ROZDZIAŁ 35

23 maja 2045 roku, cztery miesiące po opuszczeniu Niskich Ziemi, „Armstrong" i „Cernan", dwa sterowce US Navy, osiągnęły swój oficjalny cel, Ziemię Zachodnią 250 000 000.

Sam świat okazał się nieatrakcyjny, jałowy i zwyczajny, ale przynajmniej dało się zejść na ląd w maskach tlenowych i trochę pospacerować. Marynarze zbudowali kamienny kopiec, umocowali plakietkę z brązu, ustawili maszt z flagą, zrobili kilka zdjęć. Kiedy Wu Yue-Sai pokazała im fotografie podobnej ceremonii, urządzonej przez załogi „Zheng He" i „Liu Yanga" po osiągnięciu Ziemi Wschodniej Dwadzieścia Milionów, podciągnęli trochę kopiec w górę, by mieć pewność, że będzie wyższy od chińskiego. Trolle patrzyły na to z galerii obserwacyjnej – nie miały zamiaru nosić masek, żeby wyjść na zewnątrz – i śpiewały słodką melodię w stylu rewelersów, raz po raz jak rondo. Brzmiała jakby specjalnie dobrana, by celebrować podróż, która była tak klawa, jak do raju wyprawa, z dziecinką na pokładzie...

Nawet Douglas Black zszedł na powierzchnię, jak zawsze z Philipem u boku. Zgodnie z dyskretnym poleceniem Maggie, kiedy ten szczególny pasażer schodził z pokładu, Mac nie oddalał się od niego na więcej niż kilka kroków i zawsze miał pod ręką pełny zestaw medyczny.

Black rozglądał się, uśmiechał, rozmawiał, pozwolił się sfotografować razem z załogą, ale odmówił wszystkiego innego. Ten tryumf należy do marynarzy, tłumaczył, on był tylko pasażerem, ładunkiem. Zebrał jednak garść miejscowej ziemi i wsypał do plastikowego woreczka – prosta pamiątka z bezprecedensowej wyprawy. Maggie podobał się ten jego brak ostentacji.

Poza tym niewiele tu mieli do roboty. Kilku marynarzy zagrało w improwizowanego golfa – na pamiątkę Alana Sheparda, amerykańskiego bohatera, człowieka z marynarki, który kiedyś grał w golfa na Księżycu.

Potem okręty zawróciły – metaforycznie mówiąc – by ruszyć na wschód, w stronę domu.

Wtedy właśnie Douglas Black kolejny raz wynurzył się ze swej kwatery i poprosił Maggie o coś specjalnego.

* * *

Zatrzymali się po drodze na Ziemi Zachodniej 239 741 211, ale nie zostali długo. Teraz wrócili na dłuższy pobyt. Był to jeden z mniejszych światów, z grawitacją rzędu zaledwie osiemdziesięciu procent Ziemi Podstawowej. Na miejscowej wersji kratonu północnoamerykańskiego gigantyczne, pocięte pasami lodowców góry wyrastały ku niebu pełnemu kłębiastych obłoków pary wodnej, a w dolinach rosły kępy niemożliwie wysokich drzew. Zwierzęta także były wysokie, smukłe, pełne gracji, mimo że dominował dziwaczny schemat organizmu o sześciu nogach. Zdaniem Blacka świat wyglądał zupełnie jak z obrazu Chesleya Bonestella, a wszyscy oprócz Maca musieli sprawdzić to nazwisko, żeby zrozumieć, o co mu chodzi.

Kiedy Maggie zgodziła się na zejście na ląd, załoga była zachwycona. W dodatku – dzięki atmosferze, która przypadkowo była szczególnie bogata w tlen – niepotrzebne były skafandry ochronne czy maski. Harry Ryan i jego inżynierowie spacerowali dookoła i planowali, jak można by przerzucić delikatne wiadukty nad głębokimi wąwozami. Śnieżek wreszcie mógł zaspokoić swoje pragnienie polowania i odbiegł szybko. Nawet trolle wydawały się tu zadowolone mimo niższej grawitacji; zaśpiewały nową piosenkę, której dla żartu nauczył je Santorini: *Lucy in the Sky with Diamonds*.

Pokazał się księżyc. Maggie widziała, że szare i białe plamy, księżycowe morza i wyżyny, były całkiem inne, niż być powinny – to dowód, gdyby takiego potrzebowała, że znajdują się daleko od domu.

Ale Douglas Black zamierzał tu zostać – jak poinformował Maggie, kiedy z Philipem i Makiem za plecami szli przez bardzo przekonującą z wyglądu trawę.

– Wreszcie znalazłem odpowiednią nieruchomość – powiedział.
– Hm... Akurat na tym świecie?
– Od początku wiedziałem, czego szukam, kapitanie. Miałem całkiem szczegółową specyfikację, a moi asystenci sprawdzili zapisy każdego świata, jaki przekraczaliśmy. Ten najdokładniej odpowiada warunkom. Przygotowałem się na tę ewentualność. W moim zapieczętowanym ładunku mam wszystko, czego trzeba, by stworzyć tu dom. Dom spokojny, bezpieczny i dobrze zaopatrzony. Będzie mi potrzebny tylko Philip u boku, mój personel i sprzęt. Panią, kapitanie, będę prosił jedynie o zaniesienie wieści o tym miejscu na Niskie Ziemie, o przekazanie jego lokalizacji zarówno wykrocznej, na Długiej Ziemi, jak i geograficznej. Podam pani nazwisko właściwego agenta, który się tym zajmie, choć rozpowszechnią ją regularne kanały informacyjne. W odpowiednim czasie inni przybędą tu za mną.

Maggie była zaskoczona. Spytała Maca o radę, lecz on tylko wzruszył ramionami – najwyraźniej nie miał specjalnych obiekcji.

– Zdradzę coś panu, panie Black – powiedziała Maggie. – Możliwe, że nie będzie pan sam. Niektórzy młodzi z mojej załogi myślą o porzuceniu okrętu i zostaniu tutaj na stałe. To tajemnica poliszynela. Dzięki mojemu zastępcy wiem, jakie krążą plotki.

Black wydawał się zachwycony.

– Z radością przyjmę towarzystwo młodych ludzi. Możemy sobie wzajemnie pomagać... Zamierza pani im na to pozwolić?

– Czemu nie? Nie mogę dopuścić, by niepełna obsada stanowisk zagroziła okrętom, ale mamy nadwyżkę. Celem mojej misji było raczej zostawianie chorągiewek niż kolonii, lecz rozkazy tego nie zakazują. Rozszerzę Egidę USA w bardzo konkretnej postaci i bardzo daleko. To będzie międzynarodowa kolonia, jeśli porucznik Wu poważnie myśli o pozostaniu.

– Och, ta przemiła młoda oficer... Wspaniale. Jej dzieci będą wysokie i smukłe, będą miały szerokie piersi, żeby oddychać tym rzadkim powietrzem. Jak Marsjanie u Raya Bradbury'ego. A co z panią, kapitanie? Jest pani zdrowa, jeszcze młoda... Może pani zostać, budować mosty, wychowywać dzieci...

– Myślę, że mój obowiązek jest oczywisty, panie Black. Trzeba mi wracać do domu razem z okrętem.

– Oczywiście. Ale przyzna mi pani jeden przywilej? Ziemia Zachodnia 239 741 211 to precyzyjna, ale dość oschła nazwa. Pozwoli pani, że nadam nazwę temu światu, jakbym był jego odkrywcą. To będzie Karakal. Proszę to zarejestrować w dzienniku pokładowym.

Zaskoczył tym Maggie, ponieważ spodziewała się czegoś w rodzaju „Blackville".

Mac rozpoznał nawiązanie.

– *Zaginiony horyzont*. Tybetańska góra, gdzie znaleźli Shangri--La w powieści Hiltona. – Rozejrzał się. – Ach, teraz rozumiem. To była wskazówka. Wybrał pan świat z grawitacją tak niską, że nawet taki grubas jak ja może skakać niczym gwiazda koszykówki, i z tak wysoką zawartością tlenu, że powietrze jest jak wino. Powinienem się wcześniej domyślić. Ma pan nadzieję, że ta Ziemia okaże się maszyną, która utrzyma pana przy życiu. A nawet odwróci proces starzenia. Jakby cały ten świat był przedłużeniem namiotu tlenowego z pańskiej kwatery. Pańskie własne Shangri-La.

– Taki mam plan, doktorze.

– Czy mniejsza grawitacja może odwrócić starzenie? – zdziwiła się Maggie.

– To najdawniejsze marzenie fanatyków kosmosu, kapitanie – odpowiedział Mac z uśmiechem.

– Myślałam, że niska grawitacja szkodzi. Kości tracą wapń, mięśnie tracą napięcie, równowaga płynów w organizmie ulega zakłóceniu...

– To prawda dla nieważkości, kapitanie – wyjaśnił Black. – Obniżone ciążenie to co innego. Z pewnością przyciąganie tej planety wystarczy, by utrzymać siłę mięśni i żeby płyny w organizmie krążyły jak należy, oczywiście przy odpowiedniej diecie, programie ćwiczeń i tak dalej. Ale dzięki temu, że ciało wydatkuje mniej energii na walkę z grawitacją, komórki wolniej się utleniają, a stawy, wiązadła i cała ta wątpliwa architektura kręgosłupa podlega o wiele mniejszym obciążeniom. Istnieją poważne argumenty za tym, że długość życia może się znacząco zwiększyć.

Maggie obejrzała się na lekarza.

– Mac?

Mac rozłożył ręce.

– Rzeczywiście, są takie argumenty, ale nie ma choćby strzępu dowodu. Mało wiemy o skutkach działania obniżonej grawitacji i nie dowiemy się, dopóki nie dostaniemy danych z długotrwałych pobytów na Marsie albo Księżycu. W każdym razie to decyzja pana Blacka i jego pieniądze.

– Niech pan da spokój, doktorze – żachnął się Black. – W moim wieku, z moją pozycją w życiu warto zaryzykować, nie sądzi pan? Nawiasem mówiąc, to nie tylko moje pieniądze. Reprezentuję konsorcjum entuzjastów. Żaden z nich nie kocha przygód tak bardzo, by wybrać się ze mną w tę podróż, lecz wszyscy chętnie przybędą za rok czy dwa. Przybędą z własnym personelem, własnymi lekarzami... Rozumie pani teraz moją wizję, kapitanie? Wśród moich wspólników są Amerykanie, Europejczycy, Chińczycy, politycy, przemysłowcy, finansiści... Przyznam szczerze, że niektórzy bliżsi ciemnych granic prawa od innych... Stare pieniądze i nowe: niektórzy nawet zbili fortunę na skutkach erupcji Yellowstone, ponieważ każda katastrofa jest dla kogoś okazją. Nawet na upadku Cesarstwa Rzymskiego niektórym udało się wzbogacić. Długa Ziemia wciąż jest młoda, a my jesteśmy naprawdę bardzo bogaci. Z czasem znajdziemy sposoby, by wykorzystywać swoje wpływy nawet z tego dalekiego świata. Teraz, jeśli pani pozwoli... Chodź, Philipie, musimy znaleźć odpowiednie miejsce na naszą pierwszą osadę i jakoś się rozlokować, zanim sterowiec odleci...

Maggie spoglądała za nim.

– Społeczność bajecznie bogatych, Mac. Bogatych i niepodlegających starzeniu, jeśli wszystko ułoży się tak, jak sobie wymarzył.
– Tlen i niskie ciążenie... Prawdopodobnie to szarlataneria. Lecz sprowadzą tutaj zespoły badawcze, których jedynym zadaniem będzie znalezienie czegoś, co naprawdę działa.
– A wtedy to naprawdę będzie Shangri-La, tylko bez mnichów.
– Albo społeczność struldbrugów, jak w *Podróżach Guliwera*: nieśmiertelni, ale starzejący się, coraz bardziej i bardziej zgorzkniali. Gromada takich, którym nawet śmierć nie zdoła odebrać bogactw ani władzy. Przypomnij sobie potwory w historii, których nie chciałabyś widzieć obecnie żywych, od Aleksandra przez Dżyngis-chana po Napoleona...
– Może tak nie będzie. Może dadzą nam dłuższą perspektywę.
– Piekielne ryzyko, jeśli chcesz znać moje zdanie. Zamierzasz mu na to pozwolić?
– Jak mogłabym go powstrzymać? Nie należy do mojej załogi.
– W każdym razie cieszę się, że przynajmniej sam nie pożyję tak długo, by zobaczyć, co wyrośnie z posianego dziś przez ciebie ziarna.
– Ty stary cyniku... Chodź, wracajmy na pokład i lećmy do domu.

ROZDZIAŁ 36

Załoga „Galileo" zostawiła za sobą świat piaskowych wielorybników i monolitów – co przynajmniej Frank przyjął z westchnieniem ulgi.

I dopiero kiedy już bezpieczni w powietrzu przelatywali nad kolejnymi klonami martwego Marsa, jeden na sekundę, Frank zaczął się uspokajać, jego wojskowe spojrzenie z wolna przestało dominować nad umysłem. Jak zdołali się wydostać ze świata groźnych, ziejących ogniem smoków i zbrojnych w harpuny wielorybników – nie wspominając nawet o jakimś niewidzianym, monstrualnym marsjańskim tyranozaurze – bez żadnej szkody dla siebie i sprzętu, nie miał pojęcia. Cały czas wspominał też tego księcia skorupiaków, jak określał go (albo ją) w myślach, poniżanego przez dowódcę, któremu Willis podarował kroker. Jakie to może mieć konsekwencje? Chociaż ten problem, jak uznał, dotyczy raczej przyszłości, a nie tu i teraz.

W kolejnych dniach Willis przeglądał pliki obrazów monolitów, które dostarczyli mu wielorybnicy, a Sally wróciła do typowego trybu ostrożnego milczenia. Frank dużo spał, powoli uspokajając nerwy. Chyba się starzał.

Tylko mimochodem zauważał nowe Jokery, na jakich ekspedycja zatrzymywała się, by je zbadać.

Zalany Mars, gdzie zdawało się, że cała północna półkula została zatopiona pod oceanem. Trochę podobne do piaskowych wielorybów bestie krążyły po lądach, a coś w rodzaju miast dryfowało po morzu na gigantycznych tratwach. „Rybacy", jakaś odmiana skorupiaków, wypływali na ląd w wielkich bojerach, by polować na te wieloryby – tak jak na Ziemi mieszkańcy lądów zbierali owoce morza...

Suchszy Mars, na którym jednak las pokrywał tutejszą wersję Mangala Valles – twarde, niskie drzewa iglaste. Willisa kusiło, żeby zostać tu dłużej, bo miał wrażenie, że widział dwie kępy lasu w powolnym starciu: wojna toczona w tempie wzrostu kwiatu.

– Birnamski las oblega Dunsinane! – oświadczył.

Ale nie mogli sobie pozwolić na pobyt tak długi, by dokładniej przeanalizować powolne starcie.

Równina pokryta kamienistymi zwojami, jakby stosami zwiniętej liny. Willisowi wydawało się, że to jakieś wyrzuty wulkaniczne. Kiedy jednak sprowadził „Thora" niżej, stosy rozwinęły się w bazaltowe kolumny, otworzyły wielkie paszcze i wystrzeliły strugami ognia w odlatujący pospiesznie szybowiec; była to jeszcze jedna wariacja na temat piaskowego wieloryba.

Raz Sally przysięgała, że na wilgotnym, ale zimnym Marsie, Marsie zlodowaciałym, we mgle na północy zobaczyła stado reniferów – kudłata sierść, rogi uniesione, zwierzęta o wiele większe od ziemskich odpowiedników. Ale inni ich nie widzieli, a kamery nie potrafiły przebić mgły, by uzyskać wyraźny obraz. Nikt nie rozumiał, co może oznaczać ta wizja, jakby genetyczna pamięć epoki lodowcowej.

A co jakiś czas Frank dostrzegał w dolinach Mangali jakieś migotliwe kształty. Przejrzyste bąble jak worki ratunkowe; wąskie formy jak tamte bojery. Całkiem jakby byli śledzeni. Prawdopodobnie to złudzenie wywołane paranoją, pomyślał.

Wreszcie, po jedenastu tygodniach od lądowania i prawie trzy miliony kroków od Szczeliny, Willis Linsay oświadczył, że chyba znalazł to, czego szukał.

ROZDZIAŁ 37

Dla Sally, która pilotowała „Wodana" z Frankiem na miejscu pasażera, świat wyglądał niczym jeszcze jeden martwy Mars. Z dużej wysokości podstawowe zarysy krajobrazu, sieć Mangala Valles w dole i wzniesienie Tharsis na północnym wschodzie wyglądały całkiem podobnie do tych, które zapamiętała ze zdjęć orbitalnych Marsa Ziemi Podstawowej, wykonanych dziesiątki lat temu, w odległej o trzy miliony kroków rzeczywistości.

Siedzący za nią Frank – śpiący i marudny, bo tydzień temu skończyła im się kawa z kofeiną – także nie był wstrząśnięty.

– Co mógł takiego znaleźć, do diabła, skoro nie wystarczył mu nawet nowy zestaw boskich przykazań na tych nieszczęsnych monolitach?

– Gołym okiem nie zobaczycie – zatrzeszczał w głośniku głos Willisa w „Thorze". – Ustawiłem na wyszukiwanie skanery optyczne i inne, z obu szybowców.

– Powiedz, gdzie patrzeć, tato – poprosiła Sally.

– Mniej więcej na wschód. Ale nic nie zobaczycie, nie stąd. Użyjcie monitorów...

Sally majstrowała przy ekranie, spoglądając we wskazanym kierunku; przyglądała się sfalowanemu pejzażowi wyżyny Tharsis pod typowym niebem barwy toffi. Widziała wiele poziomych elementów, łącznie z horyzontem, kratery zmienione perspektywą w wąskie elipsy, żleby na zboczach wulkanów, a wszystko to zamalowane wszechobecnym pyłem na monotonny brąz. W końcu pozwoliła, by oprogramowanie przeskanowało obraz, szukając anomalii.

– O rany! – powiedział Frank. Najwyraźniej zrobił to samo, w tej samej chwili. – Patrzyłem na grunt, na krajobraz... Na poziom.

– Tak. A tymczasem od samego początku...

To była pionowa linia, rysa bardzo niemarsjańskiego błękitu, tak cienka i prosta, że wyglądała raczej na artefakt systemu obrazowania, usterkę ekranu. Wznosiła się nad horyzontem, wyrastając z jakiegoś niewidocznego korzenia. Sally przesunęła obiektyw, by podążył za linią w górę. Co to było? Jakiś typ masztu? Może antena? Ale linia sięgała w niebo – aż do chwili, kiedy system dotarł do granic rozdzielczości i rozpadała się na rozrzucone piksele, nadal idealnie prosta; rozmywała się niczym niedokończona wiadomość alfabetem Morse'a.

– Arthurze C. Clarke'u, powinieneś to zobaczyć – odezwał się z powagą Frank. – Willisie Linsayu, wyrazy szacunku. Znalazłeś, czego szukałeś przez cały czas. Teraz rozumiem.

– No dobra, skończmy z tym fandomem – odparł trochę zniecierpliwiony Willis. – Rozumiem, że wiesz, na co patrzysz.

– Na magiczną fasolę – odparł natychmiast Frank. – Drabinę Jakubową. Drzewo świata. Schody do nieba...

– A ty, Sally?

Przymknęła oczy i spróbowała sobie przypomnieć.

– Winda kosmiczna. Prosto z tych książek o cudach przyszłości, które w dzieciństwie dawałeś mi do czytania.

– Tak. To cuda przyszłości z mojego dzieciństwa. No i jest. W zasadzie to tani sposób dostania się na orbitę. Wypuszczasz satelitę na orbitę, żeby służył za górne zakotwiczenie. Musi unosić się nieruchomo nad dolnym zakotwiczeniem na gruncie. Dlatego satelitę umieszczamy nad równikiem albo blisko niego, na takiej wysokości, żeby okres obiegu odpowiadał czasowi rotacji planety.

– Tam gdzie krążą satelity komunikacyjne.

– Właśnie. Dzień na Marsie jest mniej więcej taki jak na Ziemi, więc dwudziestoczterogodzinna orbita tutaj też się sprawdzi. Potem opuszczasz kabel przez atmosferę...

– Techniczne problemy pozostawiamy jako ćwiczenie dla czytelnika – wtrącił kwaśno Frank.

– ...mocujesz go na stacji naziemnej i można działać – dokończył Willis. – Kiedy winda ruszy, nie trzeba hałaśliwych i kosztownych rakiet, żeby wejść na orbitę. Można wjechać sobie taką windą do nieba szybko, tanio i czysto. Zasadniczo technologię tę można stosować na dowolnej planecie. Na każdym Marsie. Ten Mars jest lepszy od naszego, bo nie ma na niskich orbitach tych irytujących księżyców, które by tylko przeszkadzały.

Sally usiłowała jakoś przebrnąć przez logikę całej sytuacji.

– Spróbuję to podsumować, tato. Przewidziałeś, że znajdziemy kosmiczną windę na Marsie... gdzieś na Długim Marsie. Skąd wiedziałeś? Kto ją zbudował? Jak dawno? I po co ci jest potrzebna?

– Skąd wiedziałem? To logiczna konieczność, Sally. Rozwinięta cywilizacja na marsjańskim Jokerze spróbuje sięgnąć w kosmos, zanim zamknie się okno życia, bo musi się zamknąć. A jeśli powstanie cywilizacja kosmiczna, pewnie spróbuje zbudować windę kosmiczną, ponieważ na Marsie jest to o wiele łatwiejsze niż na Ziemi. Kto ją zbudował? To nieistotne. Ktoś musiał, jeśli tylko miał dość czasu... Było dostatecznie wiele szans na światach tego Długiego Marsa. A po co mi ona? Na Ziemi potrzebny jest kabel długości trzydziestu sześciu tysięcy kilometrów, który musi utrzymać własny ciężar. Gdyby użyć, powiedzmy, stalowego drutu dobrej jakości, można by go podciągnąć na jakieś czterdzieści–pięćdziesiąt kilometrów, zanim się zerwie jak ciągutka. Sporo brakuje do trzydziestu sześciu tysięcy. Za dawnych czasów sporo się mówiło o specjalnych, dużo wytrzymalszych materiałach: strunach grafitowych, włóknach monomolekularnych albo nanorurkach.

– Rozumiesz chyba, że to wszystko działo się przed Dniem Przekroczenia – wtrącił Frank. – Kiedy to z twojego powodu, Willis, wszyscy zajęli się podróżami na boki, a marzenia o wyjściu w przestrzeń zostały porzucone.

– W porządku, moja wina. W każdym razie chodzi o to, Sally, że budowa windy na Marsie jest o wiele łatwiejsza niż na Ziemi.

Kluczowa jest niższa grawitacja, jedna trzecia ziemskiej. Na danej wysokości satelity krążą o wiele wolniej niż nad Ziemią. W rezultacie dwudziestoczterogodzinna orbita synchroniczna to zaledwie osiemnaście tysięcy kilometrów, nie trzydzieści sześć. Dlatego można zrobić ten kabel z mniej wytrzymałych materiałów. Ale jeśli zabierzemy tutejszy kabel do domu, zrobimy badania, zastosujemy inżynierię wsteczną, żeby zobaczyć, jak działa, poprawimy efekty i podciągniemy do warunków ziemskich... przeskoczymy całe dziesięciolecia badań i inwestycji.

Przerwał na chwilę.

– Zastanów się – podjął. – Co za dar dla ludzkości, akurat kiedy jest potrzebny. Gdy już masz windę, dostęp do przestrzeni kosmicznej jest tak łatwy i tani, że wszystko rusza z miejsca. Eksploracja. Ogromne konstrukcje, jak orbitalne elektrownie. Wydobycie surowców, eksploatacja asteroid na wielką skalę. Niektóre Niskie Ziemie wskutek ewakuacji po Yellowstone mają obecnie populacje rzędu dziesiątków milionów. A kiedy nastąpi industrializacja, to mając dostęp do przestrzeni, od samego początku zachowają swoją Ziemię czystą, bezpieczną i zieloną. Możemy osiągnąć milion rewolucji przemysłowych na całej Długiej Ziemi, na światach tak czystych jak mój ogródek w Wyoming Zachodnim 1, Sally, gdzie bawiłaś się jako mała dziewczynka. Co do Podstawowej, wobec wyczerpywania ropy, węgla i minerałów, to jedyny sposób, w jaki możemy odrodzić nasz dawny świat.

– Znowu się bawisz w Dedala, co? – wtrącił Frank. – Domyślam się, że tym razem historycy nazwą to Dniem Windy.

– Problemy zwykle jakoś się rozwiązują, prawda? Przekraczanie się rozwiązało.

– Jasne. Po masie wstrząsów społecznych, po chaosie ekonomicznym...

– I miliardzie ocalonych podczas eksplozji Yellowstone. Wszystko jedno. Zresztą ta rozmowa jest nieistotna, ponieważ...

– Ponieważ i tak masz zamiar to zrobić – dokończyła Sally.

– Właśnie. Chodźcie, lecimy tam. Chcę przed zmrokiem odszukać stację naziemną. Potem musimy się zastanowić, jak zdobyć jakieś próbki, żeby zabrać je z sobą. Kabel jest kluczowy; jeśli zdobędziemy fragmenty materiału, reszta to szczegóły.

Sally pchnęła dżojstik i szybowiec wzniósł się wyżej, skręcając ku wschodowi.

– Jeszcze jedno pytanie, tato. Odgadłeś, że gdzieś na Długim Marsie ktoś wpadnie na pomysł windy kosmicznej. Musiałeś tylko przekraczać coraz dalej, aż ją znajdziesz. Ale skąd wiedziałeś, że to tutaj? Znaczy, geograficznie. Jeśli dobrze zrozumiałam, ten kabel można zaczepić w dowolnym punkcie marsjańskiego równika.

– Może ja spróbuję odpowiedzieć – wtrącił Frank. – Trzymaliśmy się wielkich wulkanów Tharsis. Mam rację, Willis? Jeśli zaczepisz kabel na szczycie Olympus Mons, jesteś o dwadzieścia jeden kilometrów bliżej celu, a w dodatku powyżej osiemdziesięciu procent atmosfery, przez co unikasz takich zagrożeń jak burze piaskowe.

– Właściwie lepszym wyborem byłby Pavonis Mons – stwierdził Willis. – Nie tak wysoki, ale dokładnie na równiku. Masz rację, Frank, tak właśnie do tego doszedłem. Dolna stacja musi być w Tharsis, choć może nie jest jedyna... Hm...

– Co jest?

– Mam teraz lepszy obraz, kiedy wlecieliśmy ponad to zapylone powietrze. Okazuje się, że ten kabel nie układa się równo ze szczytem Pavonis. Techniczne szczegóły. Wkrótce będziemy wiedzieć na pewno. Lecimy.

Lecieli; Sally trzymała się za Willisem, kierującym się wciąż na wschód, dalej od zachodzącego słońca, nad wznoszącym się wolno terenem. Cienie strzelały spod głazów i zbierały się w kraterach, a Sally wyobrażała sobie, że widzi, jak gromadzi się tam mgła.

W końcu wydało jej się, że może gołym okiem zobaczyć kabel, jasnobłękitną rysę na niebie nabierającym sinofioletowej barwy. Odchyliła głowę, by spojrzeć, jak ucieka w górę poza zasięg wzroku, niemożliwie wysoko.

– Jak pęknięcie na niebie – powiedział Frank. – Była kiedyś taka piosenka...

– W głowie mi się kręci – oświadczyła Sally. – Jakbym patrzyła w przepaść, tylko odwrotnie. Cieszę się, że nie widzę stąd tego wiszącego w górze satelity. A gdyby ten kabel zerwał się i spadł?
– Owinąłby się wokół planety i spowodował wielkie zniszczenia. Była taka powieść, *Czerwony Mars*...
– Nie spadnie – uspokoił ich Willis.
– Niby skąd wiesz? – burknęła Sally.
– Bo jest bardzo stary. Gdyby miał się zerwać i spaść, już by to zrobił. Stary i od bardzo dawna bez żadnej obsługi technicznej.
– A to niby skąd wiadomo?
– Popatrz na grunt w dole.

Pod nimi ciągnęła się nieciekawa równina usiana nieistotnymi cieniami. Żadnych struktur, uświadomiła sobie Sally. Ani śladu choćby jakichkolwiek reliktów.

– Pomyśl, gdzie jesteśmy – tłumaczył Willis. – U stóp windy kosmicznej. Powinniśmy być w granicach portu obsługującego sporą część planety. Gdzie są magazyny, linie kolejowe, lotniska? Gdzie jest miasto, które gości podróżnych i pracowników? Gdzie farmy, by ich wykarmić? Jasne, zdaję sobie sprawę z faktu, że istoty, które to zbudowały, pewnie całkiem inaczej niż ludzie rozwiązały te problemy. Ale przecież nie budujesz windy kosmicznej, jeśli nie chcesz ściągać towarów z przestrzeni albo wysyłać materiałów w przestrzeń. A nie zrobisz tego, nie mając jakiegoś kompleksu, który operuje tym wszystkim na dole.

– A tam niczego nie ma – przyznała Sally. – Tato, ile czasu trzeba, żeby wszystko zerodowało bez śladu, do pełnej niewidzialności?

– Mogę tylko zgadywać. Miliony lat? Ale winda przetrwała ten czas, mimo burz piaskowych i uderzeń meteorytów, a także specyficznych zagrożeń, takich jak burze słoneczne i grożące zerwaniem kabla meteory. Ktokolwiek to zbudował, zbudował dobrze...

I nagle uderzyło ją poczucie zadziwienia. Oto widziała produkt dawno wymarłej miejscowej cywilizacji, o której Willis nie mógł wiedzieć niczego. Nic na temat natury tych istot, szczegółów ich życia, ich powstania, ich upadku, ich ewidentnej zagłady. A jednak z czystej planetarnej geometrii Marsa wydedukował, że muszą czy musiały istnieć, że zbudowały windę kosmiczną. I miał rację: to był ich ostatni monument, ostatnie dziedzictwo, gdy wszystko inne rozpadło się w pył. Tak jakby istniały tylko po to, żeby zaspokoić ambicję Willisa. On z kolei przebył dwa miliony Ziemi, Szczelinę i trzy miliony kopii Marsa z całkowitą pewnością tego, co w końcu znajdzie. Nie po raz pierwszy w życiu zastanowiła się, jak ojciec myśli.

– W porządku – odezwał się Willis. – Zbliżamy się do miejsca zakotwiczenia kabla. Wciąż jesteśmy dość daleko od Pavonis Mons. Może stacja została przeniesiona...

Szybowce skierowały się ku ziemi. Rozjaśniły ciemny krajobraz światłami swoich reflektorów, a Willis odpalił kilka flar. W sztucznym świetle kabel zalśnił – matematyczna abstrakcja ponad chaotycznym nieładem równiny.

Sally zobaczyła w końcu, gdzie kabel dotyka gruntu – ale nie zatrzymywał się tam. Błękitna linia znikała w spłaszczonym odległością kręgu ciemności. Z początku Sally myślała, że to krater. Ale kiedy szybowce podleciały bliżej i zatoczyły krąg wokół samego kabla, zdała sobie sprawę, że zagląda w otwór, szyb o średnicy kilkuset metrów – gładki i symetryczny jak studnia mroku.

– Puściłem impuls z mojego radaru – mruknął Willis. – Rzeczywiście tam biegnie kabel i tam jest zakotwiczony. W dole. Ta dziura ma trzydzieści kilometrów głębokości.

Sally była zaszokowana.

– Ile?!

– Dość głęboko, żeby powietrze było przyzwoicie gęste.

Frank zareagował jak wyszkolony astronauta.

– Dość głęboko, żeby zaczekać do rana, zanim spróbujemy zajrzeć do środka.

Willis się zawahał. Sally wiedziała, że pragnie natychmiast rozwinąć zwój liny i opuścić się tam z latarką, noc czy nie noc. Ale po chwili wahania powiedział:

– Zgoda.

– Tylko żebyście wy, narwani piloci, nie zaczepili o ten kabel przy podejściu do lądowania. Mam wrażenie, że jeśli on przetrwał tak długo, jak mówił Willis, to nasze szybowce nie wyjdą na tym za dobrze, jeśli zaatakują.

I kiedy lądowali, Sally zdawało się, że widzi światło w oddali, daleko od zakotwiczenia kabla. Pojedyncze światło w ciemności, które zgasło, gdy spojrzała znowu. Jakby w ogóle nie istniało.

ROZDZIAŁ 38

Rankiem postanowili, że we troje dotrą pieszo do szybu, zostawiając szybowce za sobą. Taki zasadniczo był plan Franka i Willisa, plan wymagający porzucenia niestrzeżonych maszyn...

Sally nie uczestniczyła w dyskusji, lecz miała wątpliwości. Byli na Marsie, typowym Marsie – martwym poza tym, co ewentualnie mogli spotkać w szybie. Nie istniały realne zagrożenia. Nawet burza piaskowa, pchana rzadkim marsjańskim powietrzem, ledwie zostawiłaby jakiś ślad przejścia. Niebezpieczeństwo groziło z pechowego uderzenia meteoru, ale przed tym nie ustrzegłby żaden strażnik. Wystawienie warty i rozdzielenie maleńkiego zespołu wydawało się absurdalne.

Prawda?

Sally była ostrożna z natury; już dawno nauczyło ją tego samotne życie na pierwotnych światach Długiej Ziemi. Ale jej ostrożność należała do innej kategorii niż ostrożność Franka; on myślał o zdarzeniach fizycznych, o awariach sprzętu: trafienie meteoru, flara słoneczna, utrata szczelności kadłuba. Sally nauczyła się obawiać wrogiego życia: istot, które w taki czy inny sposób chciały ją zabić. Może niepotrzebnie przenosiła te obawy z bardzo żywej Ziemi na całkiem martwego Marsa, gdzie nie miały większego sensu. Niepotrzebnie się nimi przejmowała.

Prawda?

Ale przystała na plan Franka i Willisa. Chociaż w głowie bezustannie brzęczał dzwonek alarmowy.

I pamiętała światło, które zdawało jej się, że widzi – lśniące wśród marsjańskiej nocy.

* * *

I tak we troje ruszyli w stronę otworu. W jasnym świetle dnia linia kabla wyglądała jeszcze bardziej niezwykle niż o zmierzchu – jej jaskrawy błękit był niepodobny do żadnego koloru, jaki występował w naturze na dowolnym z oglądanych wcześniej milionów Marsów.

Po drodze Willis uniósł niewielki czujnik, żeby badać ich cel.

– Ten kabel ma niecałe półtora centymetra. Na palec gruby. I założę się, że nawet tego nie potrzebuje.

– Czynnik bezpieczeństwa – domyślił się Frank. – Może ta grubość to tylko pozór, jakaś lekka osłona. Nie chciałbyś przecież odciąć skrzydła swojej machiny latającej...

– ...albo swojej kończyny...

– ...na supermocnym włóknie, za cienkim, żeby je zobaczyć.

Tymczasem Sally badała grunt wokół coraz bliższego otworu.

– Nie ma rozprysków.

– Czego? – zdziwił się Frank.

– Rozrzuconych odłamków, jak wokół każdego krateru na Marsie i na Księżycu.

– Fakt. Ale jest taka jakby ściana krateru, mniej więcej.

Teren podnosił się w miarę zbliżania do krawędzi, mocno ubity pod warstwą pyłu; w końcu stał się kolistą barierą wysoką na jakieś piętnaście metrów. Kiedy wspięli się na szczyt, Sally zobaczyła, że bariera biegnie wokół krawędzi otworu. Teraz, gdy stali nad nim, rzeczywiście wydawał się ogromny: dziura w ziemi o średnicy ośmiuset metrów, otoczona tym gładkim murem. Poza jego szczytem – grzbietem na tyle szerokim, by Sally nie obawiała się, że spadnie – ściany opadały gładko i otwór wwiercał się pod powierzchnię. Widziała tylko górne fragmenty wewnętrznych ścian – wyglądały jak sprasowane marsjańskie kamienie.

Willis przyklęknął ostrożnie, przywiązał cienką linkę do ręcznego zestawu sensorycznego i wolno zsunął go poza krawędź; w rękawicach próżniowych niezgrabnie popuszczał linkę.

– Tak, rzeczywiście ma powyżej trzydziestu kilometrów głębokości; radar potwierdza. I zachowuje praktycznie tę samą średnicę aż do dna. Jest cylindryczny.

– Żaden meteor nie wybije tak głębokiego i równego otworu. Większy impaktor nie wwierca się głębiej, jedynie topi więcej skały i powstaje szerszy, ale płytszy krater.

– Hm... – Willis się zastanowił. – Mogę sobie wyobrazić, jak to zrobić. Seria małych impaktorów uderzających jeden po drugim. Pogłębiają otwór, zanim zdąży się wypełnić.

Frank skrzywił się z powątpiewaniem.

– Możliwe. Ale jeśli jest sztuczny, przychodzą mi do głowy łatwiejsze sposoby jego uzyskania. Na przykład jakaś potężna broń cieplna. Jak ta, której efekty widzieliśmy na tym świecie zniszczonym przez wojnę... gdzie to było?

– Koło miliona – odparł Willis. – Marsjańskie Arecibo.

– Ale to wykrocznie bardzo daleko stąd – zauważyła Sally. – Tutaj, na Marsie, nie znaleźliśmy żadnych dowodów wykrocznego transferu technologii czy nawet form życia.

– Owszem, lecz konwergencja rozwoju techniki nie jest niemożliwa – odparł Willis. – Na przykład my też mamy broń wykorzystującą kierowanie wiązki energii, a nawet nie jesteśmy z Marsa.

Sally pokręciła głową.

– To tylko domysły. Ale dlaczego ktokolwiek zbudowałby coś takiego?

Willis obserwował dane z czujników.

– Tego mogę się domyślić. Ta jama jest bardzo głęboka. Dla tutejszej atmosfery marsjańskiej wysokość skali to koło ośmiu kilometrów. Na głębokości trzydziestu można liczyć, że ciśnienie będzie pięćdziesiąt razy większe niż na powierzchni. Tutaj mamy typową atmosferę powierzchni Marsa: trochę dwutlenku węgla przy ciśnieniu rzędu jednego procenta ziemskiej na poziomie morza. Na dnie tej jamy, a instrumenty to potwierdzają, to około pięćdziesięciu procent.

Frank gwizdnął.

– Lepiej niż na Marsie ze Szczeliny.

– Zgadza się. To lepsze warunki, niż znaleźliśmy gdziekolwiek na tych trzech milionach wykrocznych kopii. I dlatego zbudowali ten szyb, Sally. Jako schronienie.

– Przed czym?

– Przed ucieczką atmosfery. Może nastąpiło tu jakieś wulkaniczne lato, ciepłe i długie…

– Dość długie, żeby jakaś odmiana Marsjan zaczęła program kosmiczny – uzupełnił Frank.

– Słusznie. Ale jak wszystkie lata, i to dobiegło końca. Ciepło uciekało, śnieg zaczął padać wokół biegunów, oceany zamarzały i cofały się. Typowa historia.

Sally uznała, że chyba rozumie.

– Ta dziura to schron…

– Tak. Nie mógłby być prostszy. Szyb utrzyma powietrze i wodę, nawet jeśli cywilizacja upadnie.

– A winda? – spytał Frank.

– Może przed końcem przenieśli tutaj dolną stację z Pavonis czy skąd tam jeszcze. Dość romantyczne, ale bardzo długoterminowe myślenie. Żyli w dziurze w ziemi, lecz zachowali drabinę do innych planet.

Sally zajrzała do szybu.

– To co tam znajdziemy teraz?

– Życie – odparł Willis. – Tyle wiem. Jest tam tlen, metan… atmosfera chemicznie niestabilna. Czyli coś musi fotosyntetyzować i pompować cały ten tlen w powietrze. – Spojrzał na boczne ściany szybu, tylko w górnej części oświetlane niskim porannym słońcem. – Nie, to nie fotosynteza. Przynajmniej nie jako czynnik podstawowy. W głębinach nie wystarcza bezpośredniego światła. Może to coś takiego jak na Ziemi głębinowe organizmy morskie, żyjące praktycznie bez słońca; żywią się wypływami mineralnymi i podziemną energią. Jesteśmy dostatecznie blisko wulkanów Tharsis, żeby to było możliwe; wielkie komory magmy pod tymi wzgórkami muszą wydzielać masę ciepła.

– Czyli to jest ostatnia ucieczka cywilizacji – powiedziała Sally. – No to gdzie są światła miasta, spaliny samochodowe, audycje w radiu?

– Nic z tego, niestety. Jest tam jedna plama metalu.

– Metalu? – Frank zdziwił się wyraźnie.

– Nieregularna forma. Na dnie tej dziury.

– Wszystko to przypomina mi Prostokąty – stwierdziła Sally ze smutkiem.

Willisa to nie zaciekawiło, ale Frank odwrócił głowę.

– Gdzie?

– To taki świat na Długiej Ziemi. Odkryliśmy go z Joshuą. Nazwaliśmy go Prostokątami ze względu na ślady ruin fundamentów na gruncie. Jeszcze jedno miejsce z reliktami dawnej cywilizacji.

– Tak. I źródło zaawansowanej broni.

Spojrzała na niego zaskoczona.

– Skąd wiesz? Aha, Jansson ci powiedziała.

– Wiele rozmawialiśmy. Zwłaszcza w jej ostatnich dniach, podczas Yellowstone. Wiele mi mówiła o swoim życiu. O czasie, który spędziła z tobą...

– Musimy zejść na dół. – Willis przerwał im wspomnienia. – Do tej dziury.

Sally odetchnęła głęboko.

– Bałam się, że to powiesz.

– W duchu szlachetnej eksploracji, jak się domyślam – mruknął Frank.

– Nie. Po to, żebym blisko i osobiście zapoznał się z tym kablem. I żeby się przyjrzeć stacji.

– No dobra. – Sally nie była przekonana. – Przypuśćmy hipotetycznie, że się zgodzimy. Jak chcesz to zrobić? Nie mamy trzydziestu kilometrów liny. Prawda, Frank?

– Nie. Zresztą i tak byśmy potrzebowali więcej, na zabezpieczenie, na podwójne zaczepy...

– Nie mamy wyciągarek ani plecaków odrzutowych…
– Polecimy na dół – oświadczył Willis. – Weźmiemy jeden szybowiec i polecimy. Chcecie powiedzieć „nie", prawda? Spójrzcie. Widzicie, jak szeroki jest ten szyb? Osiemset metrów średnicy to dość miejsca na lot po spirali, w dół i z powrotem na górę.

– Powietrze przy dnie jest o wiele gęściejsze niż optimum konstrukcji – zaprotestował Frank.

– Wiesz równie dobrze jak ja, że pół bara nadal mieści się spokojnie w granicach dopuszczalności. Poza tym z tej dziury w ziemi wypływa dużo ciepła. Możemy wrócić, wykorzystując prądy termiczne. To pomoże. Plan jest taki, że dwie osoby polecą jednym szybowcem na dół, a drugi zostanie tu jako rezerwa, z jednym pilotem. Przed startem możemy wyładować zapasy. W razie czego są oczywiste strategie awaryjne. Może moglibyśmy nawet wyjść z tego szybu sami, grawitacja jest niziutka.

– Dlaczego nie poślemy na dół drona? – spytał Frank.

– Nie potrafi wziąć próbek.

– Ale…

– Koniec dyskusji – przerwał Willis. – Przybyliśmy tu właśnie z powodu tej windy kosmicznej. Nie wrócimy do domu bez kawałka kabla. Jasne? To dobrze. To zajmijmy się szczegółami.

* * *

Dyskutowali chwilę, jak podzielić zespół. Zgodzili się, że jedna osoba powinna zostać na powierzchni, a dwie zejść do szybu. Kto zostanie, kto poleci? Chociaż właściwie logika rozwiązania była oczywista. Willis od początku chciał lecieć. Sally była najsłabsza w pilotażu, ale jako najmłodsza i najsprawniejsza miała największe szanse, że uda jej się wspinaczka do wyjścia, jeśli sprawy źle się ułożą. Za to Frank, najlepszy pilot, był oczywistym wyborem do pozostania na powierzchni.

A więc Willis i Sally.

Willis chodził zdenerwowany przez cały dzień – na taką zwłokę uparł się Frank. Poświęcili ten dzień na wyładowanie „Thora", który miał polecieć na testowanie jego systemów, sprawdzenie skafandrów ciśnieniowych i sprzętu, opracowanie protokołów łączności i tak dalej. Willis był zdenerwowany, a Frank wyraźnie zmartwiony; Sally nie była pewna, czy dlatego, że misja stawała się wyraźnie niebezpieczna, czy dlatego, że miał zostać i pilnować domu.

Kiedy zapadł wieczór, zjedli ciepły posiłek w jednym z hermetycznych namiotów, sprzątnęli i wcześnie ułożyli się w śpiworach. Planowali wstać o świcie, by mieć cały dzień na lot w dół, zrobienie tego co należy na dnie szybu, a potem powrót, zanim słońce zajdzie.

Tej nocy Sally spała nie lepiej i nie gorzej niż wcześniej. To kolejne przyzwyczajenie jej samotnego, wędrownego trybu życia: nauczyła się przy każdej okazji maksymalnie wykorzystywać czas na sen. Jednak, co niezwykłe, przez cały czas była świadoma tego włókna na niebie, oddalonego o parę kilometrów, milczącego, pradawnego, z kosmosem na czubku i jakąś wymarłą cywilizacją u podstawy. Zawsze prowadziła dziwne życie, jeszcze przed Dniem Przekroczenia. I już myślała, że dziwniejsze być nie może...

* * *

„Thor" wystartował popychany metanowymi rakietami, posłuszny i czuły jak zawsze. Pilotował Willis.

Już w powietrzu zatoczył krąg nad lądowiskiem. Sally spojrzała z góry na bielejącego niczym kość „Wodana" i bąble namiotów podobne do pęcherzy na zdeptanej powierzchni Marsa. Frank Wood stał samotnie z uniesioną głową. Pomachał do nich ręką, a Willis w odpowiedzi zakołysał skrzydłami.

W tyle głowy Sally wciąż brzęczał dzwonek alarmowy. Działo się coś niewłaściwego, czegoś nie przemyśleli, nie przygotowali się... No ale Frank w takich sytuacjach z pewnością miał więcej doświadczenia niż ona; nie był może tak inteligentny jak Willis, lecz chyba spokojniejszy, sprawniejszy pod wieloma względami. Jeśli coś pójdzie źle, będzie musiała polegać na nim i jego instynktach.

„Thor" skręcił w stronę szybu, oddalając się od obozowiska, i Sally zaczęła myśleć o zagrożeniach przed sobą. Nad krawędź dotarli po kilku minutach. Willis, by lepiej wyczuć stery, wprowadził szybowiec w serię wąskich kręgów nad otworem, cały czas obserwując kabel windy.

– Kabel jest dobrze widoczny – poinformował z pewną ulgą. – Wmontowałem też czujnik zbliżeniowy; da sygnał, gdybyśmy byli za blisko. Jeśli tylko nie wlecimy wprost w to włókno, nic nie powinno nam zagrozić.

– Nie kuś losu, tato.

– Mówisz teraz jak twój dziadek Patrick. Pamiętasz go? Taki ponury Irlandczyk... No dobra, sprowadzamy tego ptaszka na dół.

Wprowadził szybowiec w leniwy lot spiralą wokół kabla. Zmniejszył szybkość, zdaniem Sally tak bardzo, jak to tylko możliwe, by jeszcze nie ryzykować przeciągnięcia. Po chwili opadali już do otworu; promienie niskiego słońca ze wszystkich stron rozjaśniały wnętrze kabiny. A potem, z gładką falą cienia, wlecieli poniżej tego sztucznie utwardzonego grzbietu. Słońce sięgało tylko górnych warstw ścian z czerwonej skały, wkrótce opadali już w ciemność.

Sally ogarnęła dziwna klaustrofobia. Ale w końcu była czymś całkiem logicznym u niej, z instynktami naturalnego kroczącego. Dorastała z głębokim przekonaniem, że w ostateczności, niezależnie od sytuacji, zawsze może przekroczyć, choćby i bez krokera. Potrafiła to także na Długim Marsie, choć na ogół byłaby to zamiana jednego zabójczego świata na inny. Ale nie można przekroczyć z takiego szybu, dziury w gruncie, ponieważ po obu wykrocznych stronach trafiłaby w piasek i skały. Dół, piwnica, nawet kopalnia były zatem prostym zabezpieczeniem przed kroczącymi napastnikami, co ludzie zrozumieli bardzo szybko po Dniu Przekroczenia – nawet gliniarze, tacy jak Monica Jansson.

Na Długim Marsie tak jak na Długiej Ziemi.

Została uwięziona w pułapce szerokości jednego świata.

I opadała przez trzydzieści kilometrów.

W ciemność.

Ku nieznanemu.

Poczuła ulgę, kiedy Willis włączył światła na dziobie i ogonie szybowca oraz po bokach; ukazały skalną ścianę z jednej strony i pionowy kabel z drugiej. Dno wciąż było zbyt odległe, by je zobaczyć. Na ścianach widzieli kolejne warstwy: przy powierzchni wypalony słońcem piasek, niżej masa kamieni, żwiru i lodu, a potem już skała macierzysta, głęboko spękana – zapis potężnych prehistorycznych wstrząsów, jakie kształtowały ten świat. Sally zastanawiała się, czy ściana potrzebowała jakiegoś utwardzenia, by przerażająco głęboki szyb się nie zawalił. Może pomagało tu niewielkie ciążenie Marsa i chłodniejsze wnętrze planety.

– Bułka z masłem – odezwał się Willis z fotela pilota. – Wystarczy nie szarpać drążkiem. I przyzwyczaić się do coraz gęściejszego powietrza. Największe zagrożenie to gdybym zasnął przy sterach.

– Nawet nie żartuj na ten temat, tato.

– Obserwuj ściany i dno. Działają kamery i czujniki, ale gdybyś coś zauważyła...

– Widzę coś. – Ściana w reflektorach szybowca nie była już równa. Pojawiła się na niej jakby zygzakowata spirala. – Schody – powiedziała Sally. – Widzę schody. Wielkie, półtora do dwóch metrów głębokości, trudno stąd ocenić. Ale to stopnie, na pewno.

– Ha! A jeszcze nie doszliśmy do półtora kilometra w głąb. Powinienem się spodziewać schodów. Istoty tak ostrożne, żeby zbudować ten szyb w przewidywaniu upadku całej cywilizacji, na pewno by nie zapomniały o czymś tak prostym jak schody.

– Ale dlaczego stopnie nie sięgają do samej powierzchni?

– Może wskutek erozji. Mam wrażenie, Sally, że ta studnia jest tu już od bardzo dawna.

Przez dłuższy czas lecieli w milczeniu. Krąg marsjańskiego nieba nad nimi zmniejszał się wolno; teraz był to miedziany dysk jak moneta. Z góry szybowiec wyglądał zapewne jak świetlik krążący w lufie działa. Ale dno szybu wciąż było niewidoczne.

Około dwudziestu kilometrów poniżej powierzchni Sally zdawało się, że widzi jakieś niewielkie elementy na ścianach. Poprosiła ojca, by przeszedł do lotu poziomego, bo chciała lepiej się przyjrzeć.

- Roślinność - oświadczyła, gdy szybowiec przesuwał się wzdłuż ściany. - Karłowate drzewa. Coś podobnego do kaktusów. Tato, przypomina to rośliny, jakie widzieliśmy na Marsie w Szczelinie.

Sprawdził ciśnienie atmosfery.

- Zgadza się, mamy tu dziesięć procent ziemskiego. Przypuszczam, że to dolna granica tolerancji dla tego typu roślin. Musi tu docierać dość światła, żeby umożliwić ich specyficzną fotosyntezę. Zadziwiające, Sally, przyznasz chyba. Cały czas spotykamy praktycznie taki sam układ biosfery, wykorzystujący każdą szansę, każde miejsce, gdzie środowisko choćby odrobinę rozluźni swój chwyt. Czuję, że powietrze gęstnieje, może trochę rzucać...

Miał rację. Warstwa powietrza uwięziona w szybie była turbulentna, poruszana ciepłem od dołu i opadająca, gdy ostygła. Sally starała się wypatrywać śladów życia na ścianach, ale głównie monitorowała coraz bardziej niespokojny lot szybowca.

- W porządku - odezwał się Willis. - Jeszcze kilometr. Na dole całkiem ciemno. Radar pokazuje grunt. Spróbuję nas posadzić na jakimś możliwie gładkim kawałku, niezbyt daleko od tego dziwnego stosu metalu, który wykryłem z powierzchni.

Milczała; nie chciała go rozpraszać. Sprawdziła szczelność swojego skafandra i sensory monitorujące kombinezon Willisa.

Dopiero w ostatnich sekundach zobaczyła szczegóły dna szybu. Wyglądało jak pokryte życiem, rozmaitymi przesuwającymi się szybko kształtami i barwami jaskrawymi w promieniach reflektorów. Przypominało to dno morza - jakby zajrzała do wielkiego akwarium.

- No to teraz...

Lądowanie było nierówne. Przez powłokę szybowca Sally słyszała zgrzyty, trzaski, jakieś pluski... W końcu znieruchomieli. Willis z uśmiechem obejrzał się przez ramię.

- Znowu bułka z masłem. Chodź, zobaczymy, co jest na zewnątrz.

* * *

Sally ostrożnie wyskoczyła z kabiny.
Jedynie plamy światła z reflektorów szybowca rozjaśniały okolicę. Krążek nieba wysoko na szczycie tego skalnego komina był zbyt odległy, by go widzieć. Chociaż, gdy spoglądała wzdłuż niebieskiego włókna kosmicznej windy, miała wrażenie, że dostrzega coś ruchomego, spadającego, przesłaniającego tę resztkę światła.

Teren, co zauważyła tuż przed lądowaniem, pokryty był życiem, w większości statycznym: fioletowozielony bakteryjny śluz, jakieś stworzenia podobne do gąbek, podobne do rozczapierzonych drzew, podobne do pasów koralu. Płozy szybowca wycięły w tym równoległe linie, połyskujące i wilgotne. Powietrze było stosunkowo gęste, stosunkowo ciepłe – środowisko istotnie najbardziej przyjazne życiu ze wszystkich spotkanych na dowolnym Marsie. Z całą pewnością zasilała je energia wypływów mineralnych z większych głębokości i wilgoć z jakichś wodnych warstw głębinowych. Na pewno nie docierało tu światło słońca, a na typowo pustynnym Marsie nie było deszczów. Chyba że szyb miał własny mikroklimat, pomyślała, z uwięzionymi chmurami i ulewnymi deszczami zamkniętymi w pierścieniu ścian.

Oddalając się od szybowca w stronę kabla, przesuwała głowę na boki, omiatając okolicę światłem hełmowej latarki. Poza samym kablem i podstawową architekturą szybu nie było żadnych przejawów struktury, inteligencji...

Coś przebiegło przez jej promień światła, od jednej plamy cienia do sąsiedniej. Odwróciła się zaskoczona.

To był skorupiak, jak zauważyła. Trzymał się płasko przy gruncie jak te, które widziała na wcześniejszych postojach. Jego chitynowy pancerz lśnił kolorami, jakie w normalnych warunkach były pewnie całkiem niewidoczne. Nie miał oczu – nie dostrzegła tych szypułek ocznych, jakie widziała u skorupiaków żyjących na powierzchni.

– Biedactwo – powiedziała. – Naprawdę długo tu siedzisz. Nie tylko twoja cywilizacja się rozpadła, ale zdążyłeś nawet odewoluować sobie wzrok...

Stworzenie zdawało się słuchać, a potem odbiegło w ciemność. Rozglądając się uważniej, Sally ruszyła w stronę kabla. Nawet z tej odległości widziała, że nie ma tam żadnej stacji czy zakotwiczenia – wyglądało to, jakby kabel po prostu wnikał w skałę pokrytą żywymi organizmami... Zauważyła jednak, że kilka metrów nad gruntem jest nadszarpnięty, wystrzępiony.

– Hej, tato.

– Hm?

Jak zawsze, Willis wydawał się zamyślony i nie zwracał na nią uwagi.

– Zła wiadomość jest taka, że zakotwiczenie jest jakoś zagrzebane. Przypuszczam, że skoro budowniczowie dysponowali techniką pozwalającą wytopić tę studnię, to mogli też osadzić zaczepy w płynnej skale... Dobra wiadomość: kabel jest wystrzępiony. Jakby coś go nacięło. Może jednak uda się nam wziąć próbkę.

– Aha. Wydaje mi się, że znalazłem powód tego nacięcia. Chodź, zobacz.

Odwróciła się, przesuwając promień światła latarki. Willis w skafandrze stał wyprostowany, odwrócony do niej plecami. Trzymał coś skrytego w cieniu. Za nim, bliżej ściany, dostrzegła błysk metalu.

To był statek kosmiczny. Z błota wystawał krótki dziób i kawałek skrzydła, mocno uszkodzone. Zobaczyła rysy w miejscu, gdzie Willis starł błoto wokół luku.

– Przybył niedawno – stwierdził. – Stosunkowo. Kadłub się jeszcze nie rozpadł. Może przylecieli z jakiejś innej planety, może nawet Ziemi tego wszechświata. W każdym razie próbowali tu pewnie wylądować.

– Byli jeszcze gorszymi pilotami niż ty.

– Rzeczywiście naderwali kabel. A gdyby go całkiem ucięli? Mogliśmy stracić wszystko.

Podeszła bliżej. Statek najwyraźniej lądował twardo i rozpruł kadłub, ale i wcześniej wyglądał dziwnie. Wewnątrz były jakieś wypchane elementy z żebrowaniami, może siedzenia. Dostrzegła też coś podobnego do kości bielejącego pod przegniłą tkaniną.

A Willis trzymał czaszkę – trójkątną i z grzebieniem, dwa–trzy razy większą od ludzkiej.

I znowu Sally zauważyła, że w górze coś się porusza. Odchyliła głowę i usiłowała odszukać obiekt promieniem światła. Coś jasnego, trzepoczącego...

– Statek to nie nasz problem – oświadczył Willis. – Zostawimy go dla ekspedycji z uniwersytetów. Zrobimy zdjęcia, weźmiemy parę próbek, kawałki kości, może tę czaszkę. Potem odetniemy kawałek materiału tego kabla i wynosimy się stąd...

To, co spadało z góry, było coraz bliżej; dryfowało powoli w gęstej atmosferze i niskiej grawitacji, kołysząc się lekko jak ranny ptak. I wreszcie osiadło na gruncie, niezbyt daleko od Sally. Zobaczyła, że to ceramiczny panel zamocowany do aluminiowych rozpórek; wyraźnie widziała fragment namalowanej amerykańskiej flagi.

To był kawałek „Wodana".

ROZDZIAŁ 39

"Thor" wystrzelił z dziury w marsjańskim gruncie w pełne światło dnia.

Mars, położony półtora raza dalej od Słońca niż Ziemia, zawsze wydawał się Sally szarym światem, spowitym w kolory zmierzchu. Ale kiedy wyfrunęli z szybu, był oślepiająco jasny, a ujrzany nagle krajobraz nieprawdopodobnie rozległy. Potrzebowała kilku sekund, by się zorientować w otoczeniu. Wokół krawędzi szybu zobaczyła fragmenty rozbitego szybowca – białe jak kość szczątki, połamane i jakby przeżute przez gigantyczną paszczę.

Gdy tylko termiczny komin wyniósł ich na większą wysokość, Willis natychmiast skierował nos szybowca na zachód, w stronę obozowiska. Leciał nisko dla większej szybkości; szybowiec pędził nad kamienistym gruntem. Sally zauważyła w dole ślady jak po przejeździe sań, przecinające wąskie linie odcisków butów skafandrów, które zostawili wczoraj pomiędzy obozowiskiem i szybem.

Jej uwagę zwróciło coś ruchomego w oddali. Sunęło po gruncie napędzane burobrązowym żaglem, na płozach jak kość słoniowa, unosząc za sobą wielki ogon pyłu. Taki jak widziała milion światów temu bojer piaskowych wielorybników.

Kiedy dotarli do obozu, zatoczyli krąg nad szczątkami. Szybowiec został rozbity tak dokładnie, że Sally ledwie mogła rozpoznać na piasku jego krzyżową formę. Kopuły namiotów wciąż stały pośród rozrzuconych stosów ekwipunku, żywności, wody, koców, ubrań, fragmentów sprzętu naukowego i zestawów łączności.

Z ulgą zobaczyła na środku obozu Franka Wooda, najwyraźniej całego i zdrowego.

– Nic ci nie jest?! – zawołała.
– Jak widzisz.
– Będę lądował – rzucił Willis.

Frank obejrzał się i zbadał wzrokiem horyzont. Sunący kształt i chmura pyłu były daleko.

– Tak, lądujcie. Na razie mamy jeszcze dość czasu. Musimy uratować jak najwięcej zapasów. Ale Willis, bądź gotowy do odpalenia rakiet startowych. Nie możemy stracić ostatniego szybowca.

– Zrozumiałem.

Willis zniżył lot i posadził szybowiec szybko i gwałtownie. Sally natychmiast odpięła pas i otworzyła kabinę.

– Wiesz co, tato? Może lepiej zostań w środku. Bądź gotów, żeby wystartować w razie zagrożenia.

Willis zawahał się i zastanowił.

– To ma sens.

Sally ruszyła do Franka, który zawołał:

– Teraz rozumiesz, czemu się upierałem przy rezerwie?
– To nie jest dobry moment na wykłady, Frank – burknęła.
– A jak było w dziurze?
– Ani na opowieści z podróży. Mam wrażenie, że nie mamy dużo czasu.
– Fakt. – Znów się obejrzał na pióropusz pyłu. – Patrzyłem na wschód, tam, gdzie odlecieliście. On pojawił się znikąd, na zachodzie. I wjechał tym bojerem prosto w szybowiec. Przy pierwszym przejeździe odciął skrzydło. Byłem wtedy koło namiotu. Złapałem jakiś wspornik, żeby mieć coś zbliżonego do broni, a on znowu wrył się w szybowiec. Rozwalił go zupełnie, potem wrzucił części do szybu. Sprytny jest, jak się okazuje. Zmodyfikował te worki ratownicze i uzyskał niezłą ruchliwość.

– On? – odezwał się Willis. – Kto to jest, do diabła?

Frank spojrzał ponuro w stronę szybowca.

– Powinieneś wiedzieć. Pamiętasz tych wielorybników, milion światów temu? Przehandlowałeś im krokery za zdjęcia monolitów. Pamiętasz, co się tam działo? Jeden z tych dziesięciorękich typów zabrał te twoje krokery i worki, i zaczął się wyżywać na innym.

– Nazwałeś go księciem – przypomniała Sally.

– Tak. To był bardzo wkurzony skorupiak. No więc przypuszczam, że zdobył jeden kroker i wszystkie worki ratownicze, jakie zdołał ukraść, i ruszył wykrocznie w pościg za nami.

– Ale dlaczego? – zdziwił się Willis.

– Hańba – stwierdziła Sally. – Zemsta. Tak jak mówił Frank. Może utracił pozycję społeczną, kiedy został tak potraktowany na oczach innych. Szlag... Zdawało mi się, że coś za nami podąża. Światło w ciemności... Ale nie domyśliłam się, nie poskładałam wszystkiego w całość.

– To przez ciebie, Willis – oświadczył Frank. – To twoja wina. Sprowadziłeś Dzień Przekroczenia na tych gości, tak jak wcześniej na ludzkość. Dla ciebie to był tylko środek do celu, sposób osiągnięcia następnego etapu twojego wielkiego planu. Nie zastanowiłeś się, jaki wpływ będzie to miało na nich, prawda? A nie był łagodny, sądząc po obsesyjnie morderczej pasji tego typa.

Sally obserwowała obłok pyłu. Czyżby się zbliżał?

– Myślę, tato, że Frank ma rację. Teraz on wraca po więcej.

Frank uderzył pięścią w dłoń w rękawicy.

– A my tu stoimy i paplamy. Niczego nie załadowaliśmy. Nie możemy pozwolić, żeby załatwił drugi szybowiec. Willis...

Willis się nie wahał. Odpalił rakiety startowe i maszyna wyrwała się w powietrze. Potem zatoczyła krąg nad ich dwójką.

– Odciągnę go! – zawołał. – Wy pakujcie rzeczy. Kiedy już będzie daleko, wrócę. Szybowiec jest o wiele szybszy niż ten nędzny bojer. Załadujemy i przekroczymy.

Frank wziął się do pracy – zwijał kopuły namiotów, zbierał palety żywności i wody. Sally poszła za jego przykładem. Zbliżyła się do wraka „Wodana", by sprawdzić, co da się z niego uratować.

Willis zniżył lot nad bojerem i Sally zobaczyła, że tak, pojazd zakręca i rusza za ptakiem na niebie.

– Pójdzie za nami, kiedy przekroczymy – odezwał się Willis. – Ale póki będziemy się przemieszczać wykrocznie, nie zdoła się zbliżyć.

– Tato! – zawołała Sally. – Czemu zwyczajnie go nie zabijesz?

– Nie mam nic, czym mógłbym go zabić.

– Daj spokój. Nie wierzę, że nie zabrałeś żadnej broni. Jakiegoś pistoletu przystosowanego do marsjańskiej atmosfery...

– Uwierz, nie zabrałem.

Zawahała się.

– Rozumiem. Ale ja tak. W obu szybowcach za szafkami z jedzeniem schowałam kusze. Żeby strzelić, trzeba...

– Znalazłem je. Wyjąłem. Wyrzuciłem. Przykro mi, mała.

Poczuła nierozsądną wściekłość.

– Dlaczego, do wszystkich diabłów?! Taka broń pozwoliła mi przeżyć bardzo długo na Długiej Ziemi...

– Nie lubię broni. Nie spodziewałbyś się tego po facecie z Wyoming, przyznaj, Frank. Broń w rękach idiotów zabija ludzi. A że większa część ludzkości to banda idiotów...

– Łącznie ze mną, ty zadufany tyranie?! – wrzasnęła. – Łącznie z Frankiem, na miłość boską?!

– Zresztą nie potrzebujemy broni, żeby się pozbyć tego typa. Sam tu padnie, pewnie już wkrótce. Tutaj nie może mi nic zrobić. Polecimy do domu. Nie będzie za wygodnie, ale damy radę. Słuchajcie, jest już daleko i stale się oddala. Wrócę teraz...

Sally zobaczyła oślepiający błysk na równinie, pod pióropuszem pyłu z bojera, wprost pod elegancką sylwetką szybowca. I iskrę, jaskrawą jak ziemskie słońce, która uniosła się ku niebu, zostawiając ślad czarnego dymu.

Iskrę pędzącą wprost na „Thora".

Choć Willis skręcił z imponującą szybkością, miał tylko sekundę czy dwie na reakcję. Sally zobaczyła, jak iskra przebija się przez powłokę szybowca.

Kiedy Willis znów się odezwał, słyszała w tle dzwonki sygnałów alarmowych i sztuczne głosy cierpliwie opisujące naturę uszkodzeń.

– Szlag, szlag...
– Tato! Co to było, do diabła? Jakaś rakieta?
– Mam wrażenie, że naturalna. Jak te smoki, te ziejące ogniem potwory. Coś w rodzaju spalającego metan robaka, który wykorzystuje płomień oddechu dla odrzutu. Żywy pocisk. Może ci wielorybnicy hodują je jako broń. Zachował go i użył z zaskoczenia, kiedy potrzebował. Sprytni są.
– Owszem, sprytni – zgodził się Frank. – A ty myślałeś, że książę nie może cię ruszyć. – Mimo groźnej sytuacji wydawał się tryumfować. – Znowu się pomyliłeś, Linsay.
– Później omówimy moje osobiste przywary. Słuchajcie, skrzydła są całe, ale przyrządy prawie nieczynne i tracę ciśnienie... Schodzę. Trzymajmy się planu. Zapakujemy, co mamy, i wyniesiemy się stąd. Powinno wystarczyć czasu, zanim do nas dotrze. Kiedy wyprzedzimy go wykrocznie, możemy wylądować i zająć się naprawą...
– Po prostu ląduj tutaj – rzucił Frank.
Sally przyglądała się pióropuszowi pyłu.
– Zbliża się. Myślę, że nie doceniasz tego gościa, tato. Jest łowcą z kultury łowców.
– Tak, tak. Wszystko później. Schodzę.

* * *

Lądowanie było ciężkie, ale jak zauważył Frank, w tych okolicznościach do przyjęcia było każde lądowanie, które nie uszkodziło szybowca bardziej.

Na polecenie Franka Willis został w kokpicie, gotów szybko poderwać maszynę w powietrze. Tymczasem Frank i Sally zaczęli pakować rzeczy do smukłego kadłuba. Musieli jakoś omijać wypaloną dziurę w ogonie, gdzie przebił się rakietowy robak.

– Słowo, nie podoba mi się pomysł, żeby startować bez załatania tego – pomrukiwał Frank niechętnie.

– Musimy. I nie możemy zostawić sprzętu.

– Wiecie, próbowałem przekraczać – wyznał Frank. – Kiedy podchodził do pierwszych przejazdów. Sally, on przekroczył zaraz za mną. Nawet ze środkami przeciw nudnościom przekraczanie spowalnia mnie trochę. Ale nie jego, nie tego księcia...

– Nie gadaj – rzuciła Sally. – Ładuj.

– I zmniejszyła się ładowność. Musimy zostawić trochę, jeśli...

– Cicho bądź! – U podstawy mknącej chmury pyłu Sally zobaczyła kolejną iskrę, tym razem pędzącą nad gruntem. Pędzącą w ich stronę, jak sobie uświadomiła. – Tym razem strzela do nas. Tato, pocisk... Podnieś maszynę, ale już!

– Zrozumiałem.

Szybowiec wzniósł się w powietrze w rozbłysku rakiet startowych. A Frank Wood stał tylko i patrzył na zbliżającego się rakietowego robaka.

Sally skoczyła. Wytrzymała cały wiek powolnego w tej grawitacji lotu, aż w końcu zderzyła się z Frankiem, chwyciła go oburącz w pasie i przewróciła. Sekundę później rakietowy robak uderzył w grunt. Poczuła bardzo słabą w tej atmosferze falę ciśnienia i mocniejsze uderzenie żaru.

Kiedy minęły, leżała na Franku, on zaś na piasku, na wznak; z trudem łapał oddech. Stoczyła się na bok, niezgrabna w ciśnieniowym skafandrze.

– Co do diabła... – Frank usiadł. – Mógłby trafić?

– Wściekle mało brakowało.

– Jeśli to jakieś żywe stworzenie z wewnętrznym źródłem metanu i pęcherzami powietrznymi, zastanawiam się, jak precyzyjnie można nim wymierzyć.

– Jeśli jest żywy, może sam się namierza! – zawołał Willis z krążącego szybowca. – A tymczasem tamten się zbliża na tych swoich żaglowych saniach!

Sally zauważyła wyrastający nad nimi pióropusz. Na pokładzie pod wielkim żaglem stała istota podobna do wielkiej i stojącej pionowo stonogi, bezsensownie owinięta w plastikowy balon worka ratowniczego. Stwór trzymał w kończynach rodzaj włóczni.

Frank poderwał się zdyszany.

– Chryste, robię się stary... Popatrz na tego sukinsyna! Jest nieugięty.

Sally zerknęła w górę.

– Wspinaj się, tato. Trzymaj się poza zasięgiem tych robali.

– Jasne. Ale co z wami?

Frank odwrócił się do chmury pyłu.

– Rozdzielimy się. – Bez chwili wahania odwrócił się i ruszył biegiem, niezgrabny w ciężkim skafandrze. – Ruszaj się, Sally! Tamtędy!

Przez jedno uderzenie serca stała jak skamieniała. A potem rzuciła się w przeciwnym kierunku niż Frank. Biegła z opuszczoną głową i pochylonym mocno tułowiem, napierając butami na grunt. Ćwiczyła bieganie na Marsie. Ta chwila była uzasadnieniem tamtych wysiłków.

– Może nas atakować tylko pojedynczo! – zawołał Frank. – Może strzelić z dystansu, ale w ten sposób przynajmniej jedno z nas ma większą szansę. A jeśli będziemy ciągle biegać, może go zmęczymy.

– Możliwe. Ale można też stanąć do walki.

– Z czym do walki? Tak będzie lepiej, Sally. Osłabić go, a wykończyć potem.

– Tato! Co tam widzisz z góry? Co on robi?

– Waha się. Jest teraz w obozowisku, w tym, co z niego zostało. Przejeżdża tam i z powrotem przez wrak „Wodana", pewnie dla zabawy. Słuchajcie, mam lepszy pomysł. Wyląduję i zabiorę jedno z was.

Frank zrozumiał natychmiast.

– Zrób to!

– A to drugie zostawisz na jego łasce? – oburszyła się Sally.

– Pomyślimy o tym, kiedy już do tego dojdzie – oświadczył Frank. – Ląduj, Willis, działaj.

Sally zatrzymała się zasapana i popatrzyła na krążący szybowiec. Zauważyła, że Willis nie zaczął jeszcze podejścia do lądowania. Kiedy się obejrzała, widziała bojer i ślad jego płóz na piasku, owinięte w worek ratowniczy masywne ciało wielorybnika na pokładzie. A dalej mniejszą sylwetkę Franka, który wciąż biegł niezgrabnie. Z punktu widzenia ojca w kabinie, pomyślała, sytuacja musi się wydawać całkowicie symetryczna. Łowca pośrodku, obie potencjalne ofiary po dwóch stronach, w mniej więcej równej odległości. Którekolwiek Willis zabierze jako pierwsze, będzie miało znacząco większą szansę przeżycia; wiedziała o tym i Willis na pewno także. Więc kogo wybierze?

Była jego córką. Wyobrażała sobie, że dla większości ludzi byłoby to czynnikiem rozstrzygającym – ale Willis nie był zwyczajnym ojcem. Wahał się. Naprawdę rozważał tę kwestię. Decydował między nią a Frankiem, wybierał, kogo ocalić.

Czekała.

W końcu, przechylając lekko skrzydła, szybowiec wyrwał się z kręgu, jakby zsunął się z niewidzialnego szczytu w powietrzu, i spłynął w dół.

Kierując się wprost ku Sally.

* * *

Z kabiny szybowca Sally i Willis obserwowali, jak bojer wielorybnika zbliża się do Franka, ciągnąc za sobą smugi czerwonego marsjańskiego pyłu. Frank stanął do walki i próbował trafić pięścią, gdy napastnik wykonywał jeden przejazd za drugim. Nie mogli mu pomóc.

Wreszcie skorupiak skoczył z pokładu; w niskim ciążeniu leciał długo, ale wylądował pewnie na nogach, choć warstwy worków ratowniczych wyraźnie krępowały mu ruchy. Natychmiast skoczył na Franka, wyciągając przed siebie włócznię. Frank spróbował jeszcze przekroczyć, ale skorupiak ruszył za nim; walczyli na piasku, przeskakując stroboskopowo ze świata do świata.

I wtedy włócznia trafiła w szybę hełmu i rozbiła ją na kawałeczki. Odgłos ciężkiego oddechu w komunikatorach zamarł natychmiast. Frank zadygotał i runął na plecy.

Willis przeniósł ich wykrocznie nad następną czerwoną marsjańską pustynię, pod identycznym jasnobrązowym niebem. Scena zniszczenia i śmierci pod nimi zniknęła nagle, jakby w ogóle się nie wydarzyła.

ROZDZIAŁ 40

Żadne słowa nie były odpowiednie, dlatego z początku milczeli. Przekraczali teraz na zachód – drogą, którą tu dotarli, z powrotem do Marsa Szczeliny i w końcu do domu.

Sally przeszła na tył hermetycznego przedziału, gdzie wydzielono niedużą toaletę. Otworzyła skafander – pierwszy raz, odkąd wylecieli z obozu, by zbadać szyb kabla. Zdawało się, że minęły dni, ale w rzeczywistości zaledwie kilka godzin; na Marsie wciąż trwało wczesne popołudnie. Sally odetchnęła powietrzem kabiny, podejrzanie rzadkim, z delikatnym zapachem spalenizny. Z pewnością po tym wszystkim, co wytrzymał dziś szybowiec, w wewnętrznym kadłubie pojawiły się przecieki, nie licząc nawet tej dziury wypalonej przez rakietowego robaka w sekcji ładunkowej. Będą jeszcze mieli czas, by się nimi zająć. Na razie zajęła się sobą: rozpięła skafander, umyła się ściereczkami, opróżniła zbiornik moczu.

Przedłużała tę chwilę z dala od ojca.

Kiedy wróciła, wciąż siedział przy sterach. Szybowiec kierował się na geograficzny zachód, całkiem odpowiednio, a nieduże marsjańskie słońce zaczynało opadać nad wykrocznymi pejzażami, niemal identycznymi, jeśli nie liczyć typowego migotania zmiennych szczegółów: rozrzuconych skał i kraterów, desenia cieni. Z otwartą szybą hełmu Willis obejrzał się na nią i podniósł szklaną fiolkę z jakimś włóknem.

– Pewnego dnia wrócimy tutaj i urządzimy Frankowi przyzwoity pogrzeb. Potem zbudują mu pomnik, stumetrowy posąg z marsjańskiej skały. A wszystko po to...
– Kabel windy kosmicznej.
– Tak. Mamy to, po co przyszliśmy, niezależnie od kosztów. Z tym drobiazgiem zmienimy świat. Wszystkie ludzkie światy.
– Znowu.
– Możesz w to wierzyć, Sally. Ale posłuchaj, sprawdziłem nasze systemy. Tylko dla nas dwojga te zapasy, które udało nam się uratować, powinny wystarczyć na drogę do domu. Ale mamy inne problemy. „Thorem" nie dolecimy do końca. Za mocno oberwał. Przede wszystkim stracił za wiele płynów: chłodziwa, hydrauliki... Nawet produkcja metanu na paliwo się sypie.

Usiadła w fotelu za ojcem i wzruszyła ramionami.
– Mamy szczęście, że w ogóle poleciał po tym ataku rakietowym.
– Jasne. Ale musimy go porzucić. – Przerwał na moment. – I musisz mi powiedzieć gdzie.

Rozumiała, o co mu chodzi. Zamknęła oczy i wyczuła przekraczanie, jego powolny rytm, znowu, znowu, znowu, jeden krok na sekundę, jak puls rozbrzmiewający w głębi umysłu. A potem spłynęło niejasne, mgliste wrażenie szerszej topologii Długiego Marsa, jak wcześniej Długiej Ziemi. Wrażenie połączeń.

Ojciec chciał, żeby doprowadziła go do czułego punktu, skrótu w Długim Marsie. Tam porzucą szybowiec...

– I zabiorę cię do domu – dokończyła głośno tę myśl. – Przez czułe punkty, jak je nazywał dziadek Patrick. Trzymając cię za rękę, jak wtedy, kiedy byłam dzieckiem i prowadziłam cię do tej twojej szopy w Wyoming Zachodnim 1.

– To najlepszy plan, jaki mamy. Sally, to była tylko koncepcja awaryjna, logiczne przewidywanie, ale nie miałem pewności, czy będą tu czułe punkty, czy potrafisz je wykryć, potrafisz wykorzystać...

– Wykorzystać, żeby cię ratować. Ciebie i ten twój bezcenny strzęp kabla.

– Przecież jest cenny, Sally. Cenniejszy niż wszystko inne.
– Niż życie takiego człowieka jak Frank Wood?
– Prawa pojedynczego człowieka, życie pojedynczego człowieka są niczym w porównaniu z wartością takiej technologii. Mówimy tu o przeznaczeniu gatunku.
Poczuła się zimna, otępiała, pasywna.
– Kiedy byłeś w szybowcu w powietrzu, a Frank i ja na ziemi, czekaliśmy, aż zdecydujesz, które z nas ratować. Wahałeś się.
Milczał.
– Widzisz, praktycznie każdy ojciec instynktownie ratowałby córkę. Prawda? Frank by zrozumiał. Ale ty... ty się wahałeś. Kalkulowałeś sobie. Mam rację?
– Ja...
– Myślę, że było tak: wyceniłeś nas oboje, Franka i mnie. Frank jest lepszym pilotem. Gdybyś miał sprawny szybowiec, Frank bardziej by się przydał ode mnie. I oczywiście Frank lepiej by sobie poradził z „Galileo" i lotem do domu. Ale widziałeś uszkodzenia i uznałeś, że szybowiec nie wytrzyma, że niezbędne są czułe punkty. Co do „Galileo", widziałeś, że ćwiczę procedury awaryjne, a dodatkowo możemy pewnie liczyć na pomoc Rosjan z Marsogradu. Z „Galileo" sobie poradzimy. Jednak czułe punkty są kluczowe. I z tego wynikało, że jestem ci bardziej potrzebna niż Frank. Nie chodziło o rodzinę ani lojalność. Jedyną kwestią była nasza użyteczność dla ciebie w tym momencie misji, wobec prawdopodobnego rozwoju sytuacji. Trafiło na mnie z powodu czułych punktów. Dlatego wybrałeś mnie zamiast Franka.
– Niby co mam na to odpowiedzieć...
Nie pozwoliła mu skończyć.
– Oczywiście to również było przyczyną, dla której się ze mną skontaktowałeś. Wezwałeś mnie do Szczeliny, na Marsa. Pierwszy list od lat, jak grom z jasnego nieba, znikąd, od ojca, który przewrócił świat do góry nogami i zniknął, gdy byłam nastolatką. Nie mnie potrzebowałeś u boku. Potrzebowałeś moich zdolności. Byłam

rozwiązaniem awaryjnym, gdyby szybowce zawiodły. Ludzką różdżką. Nic więcej.

Przez chwilę się zastanawiał.

– Ale o co ci chodzi? – zapytał. – Mam wrażenie, że twoim zdaniem zachowałem się nierozsądnie. Mam rację? Ale widzisz, Sally, ja nie jestem człowiekiem rozsądnym. Ludzie rozsądni są tacy jak Frank Wood. On zwyczajnie pogodził się z losem, kiedy jego kariera się zakończyła. Prowadził te nieszczęsne wycieczki po Ośrodku Kennedy'ego, dopóki nie usłyszał gdzieś o Szczelinie. Potem znowu dryfował, aż przypadkiem zjawiłaś się tam z tą policjantką. W końcu pogodził się ze swoją śmiercią na tym marsjańskim piasku. Ja nie jestem jak Frank Wood, nie godzę się z tym, co rzuci mi wszechświat. Ja zmieniam ten wszechświat.

Ku własnemu zdziwieniu nie czuła gniewu. Może na Długiej Ziemi widziała zbyt wiele rzeczy paskudnych, by teraz gniewać się na wady jednego człowieka, nawet własnego ojca. Co więc czuła? Rozczarowanie? Możliwe. Ale przecież Willis zawsze się tak zachowywał. Może więc litość? Tylko nad kim? Nad nim czy nad sobą?

– Tak – powiedziała w końcu. – Jesteś człowiekiem, który zmienia wszechświat. Ale jesteś też moim ojcem...

– Dorośnij – burknął.

* * *

I tak Sally przeprowadziła ojca przez chłodne tunele czułych punktów Długiego Marsa.

W Szczelinie raz jeszcze powitali ich Wiktor, Siergiej i Aleksiej – serdeczni, choć zasmuceni stratą Franka.

Potem Sally i Willis przelecieli przez kosmos z powrotem na Ceglany Księżyc i do instalacji Szczeliny Kosmosu. Przez te tygodnie poza konieczną wymianą zdań ani razu nie rozmawiali z sobą poważnie.

Natychmiast po powrocie Sally odszukała rodzinę Franka Wooda. Nie znosiła takich zobowiązań, ale wiedziała, że nikt inny nie opowie im, jak zginął.

Odwiedziła też grób Moniki Jansson w Madison Zachodnim 5. Jej również opowiedziała.

I właśnie wtedy dostała wiadomość od Joshuy Valienté.

ROZDZIAŁ 41

Był koniec sierpnia. Powrót wojskowych sterowców USS „Neil Armstrong II" i USS „Eugene A. Cernan" z ekspedycji w dalekie zachodnie rubieże Długiej Ziemi przyspieszył kryzys związanym z młodymi Następnymi w ich więzieniu-szpitalu na Hawajach. Przede wszystkim dlatego, że Maggie Kauffman i jej załoga przywiozła do domu „Napoleonów", którzy zniszczyli „Armstronga I". Te potwory natychmiast zidentyfikowano jako Następnych.

Nelson podejrzewał, że przywódca buntowników, który przedstawiał się po prostu jako David, najbardziej zaszkodził sprawie Następnych. Nie był porzuconym dzieckiem z instytucji opiekuńczej, jak Paul Spencer Wagoner i reszta. David był dojrzały, wysoki, arogancki, władczy, a z klatki, w której zamknęli go strażnicy, patrzył wyzywająco w obiektywy kamer dziennikarzy. Rzeczywiście Napoleon, wzgardliwy superman.

Wokół Davida i jego pobratymców krystalizowały się nieokreślone lęki. Z Następnymi trzeba było coś zrobić. Pytanie brzmiało: co?

Szybko zorganizowano konferencję dla kierownictwa ośrodka w bazie Pearl Harbor, mieli w niej uczestniczyć także przedstawiciele administracji kraju zebrani w miejscach najlepiej zabezpieczonych z tych, które przetrwały na postyellowstone'owych kontynentalnych Stanach Zjednoczonych. Na Hawajach spotkanie odbywało się w specjalnej holograficznej sali konferencyjnej wypełnionej kosztowną elektroniką. Nawet w połowie dwudziestego pierwszego wieku, po ogromnych przemieszczeniach ostatnich dziesięcioleci, większość delegatów stanowili biali mężczyźni w średnim wieku – Nelson uznał to za nieuniknione. Jemu nie pozwolono na udział, mógł jednak obserwować obrady z kabiny o szklanych ścianach. Ze zdziwieniem odkrył, że kabinę dzieli z nim Roberta Golding, która – jak wiedział – przybyła na Hawaje jakoby z własną misją kontrolną. Już raz spotkał ją osobiście, na przyjęciu wydanym przez Lobsanga tuż przed erupcją Yellowstone. Wtedy nie rozmawiali – była jeszcze bardzo młoda. Teraz odegrała znaczącą rolę w przygotowaniu jego legendy tutaj. Przypuszczał, że tylko przypadkiem znalazła się na Hawajach, kiedy wybuchł kryzys „Armstronga". Ale potem przypomniał sobie, że Roberta pochodzi ze Szczęśliwego Portu... Więc może to jednak nie był przypadek. Sekrety kolidowały z sekretami... Jaką rolę grała w rzeczywistości? Co myślała – że jak wiele on wie o całej sprawie?

Kiedy usiedli, Nelson się przedstawił, a Roberta odpowiedziała chłodno, ale całkiem uprzejmie.

– Robi wrażenie – zauważyła, kiedy oboje patrzyli, jak uczestnicy konferencji wchodzą kolejno albo zlewają się z chmur pikseli.

– Owszem. Sądziłem raczej, że będziesz tam razem z nimi.

– Och, to o wiele za wysoko jak na moje stanowisko. Zresztą proszę zauważyć, są tu głównie wojskowi. Doradca naukowy prezydenta przewodniczy sesji, a jest jedną z niewielu osób bez munduru.

– Rzeczywiście. Najbardziej mi to przypomina bunkier dowodzenia z czasów zimnej wojny. Och, przepraszam, może to dla ciebie zbyt odległe porównanie.

Uświadomił sobie, że Golding ma ze dwadzieścia lat – jest trochę starsza od Paula Spencera Wagonera.

– Nie, nie. Studiowałam ten okres, być może najbardziej niebezpieczny ze wszystkich przejawów tępackiego szaleństwa.

Zaskoczyło go to ewidentnie świadome użycie stosowanego przez Następnych określenia „tępacki". Jego opinia o Robercie zmieniła się w jednej chwili.

Doradca naukowy rozpoczęła posiedzenie. Oznajmiła, że zespół został powołany przez prezydenta Cowleya jako Specjalny Zespół Kryzysowy w reakcji na świadectwa dostarczone przez załogi „Armstronga" i „Cernana" oraz inne dane na temat Następnych, w tym również dotyczące internowanych tutaj, na Hawajach. Celem tej sesji jest opracowanie rekomendacji dla administracji państwa, dotyczącej kolejnych kroków.

Admirał Hiram Davidson, szef USLONGCOM, dowodzący zespołem kontrolnym misji obu twainów, przemówił pierwszy. W skrócie przedstawił, co kapitan Kauffman i jej załogi znalazły na rubieżach Długiej Ziemi, co zrobiły w sprawie tych „obszarpanych Hitlerów", jak ich określił, których przewieźli na Podstawową.

– O streszczenie tego, co się działo w tutejszej bazie, poproszę teraz porucznik Louise Irwin...

Wystąpienie Irwin było dobrze przygotowane, zwarte, inteligentne, niepozbawione współczucia. Zaprezentowała delegatom, co ustalono na temat Następnych, w czasie kiedy znajdowali się pod nadzorem w tym monitorowanym ośrodku oraz – co referowała ostrożniej, dopiero w odpowiedzi na stawiane wprost pytania – pewne opinie na temat ich potencjału. Najwyraźniej nie wystraszyła jej obecność grubych ryb na sali; ani nie skazywała, ani nie broniła Następnych. Chłodno oceniła ich intelekt, ich cechy charakteru, ich zdolności. Ale mimo to – a być może, pomyślał Nelson, właśnie wskutek jej rzeczowego, analitycznego tonu – Następni z jej opisu wydawali się dość przerażający.

– Parę razy rozmawiałam z Irwin – szepnęła Roberta. – Tutejsi więźniowie mieli szczęście, że się nimi zajmowała.

– To prawda – zgodził się Nelson.

– Teraz kończą się wprowadzenia. Przechodzimy do właściwej debaty...

Nelsona trochę zdziwił kolejny mówca: szef DARPA, agencji badawczej podległej Departamentowi Obrony. Przemawiał z wyraźną pasją, przekonując o konieczności chronienia Następnych. Był to krępy mężczyzna o czerwonej twarzy, z pozoru klasyczny biurokrata, jednak jego wystąpienie przeczyło temu wrażeniu.

– Zanim się tu zebraliśmy, konsultowałem się z kilkoma obecnymi tu kolegami, z Narodowej Fundacji Nauki, NASA, członkami Doradczego Komitetu Naukowego prezydenta... – Skinął głową niektórym obecnym. – Wszyscy się zgadzamy, że ta sytuacja potencjalnie może nam przynieść wielkie naukowe korzyści. Jeśli rzeczywiście zachodzi tu pewnego rodzaju specjacja... a to jeszcze wymaga dowodu... pomyślcie, ile możemy się dowiedzieć o człowieczeństwie, o naszym wspólnym genetycznym dziedzictwie, działaniu doboru naturalnego... A jeśli ci Następni rzeczywiście dysponują możliwościami intelektualnymi znacząco przekraczającymi normę, kto wie, ile możemy dowiedzieć się od nich bezpośrednio? I nie chodzi mi tylko o nowe technologie i tak dalej, może rozwinięte metody matematyczne... Chodzi mi o idee. Pamiętajmy, nawet ludzka historia pokazuje, że to, co dla jednej kultury jest przełomowym odkryciem, inna może ominąć całkowicie, jak stworzenie pisma czy zastosowanie koła. Wyobraźcie sobie państwo coś takiego. Dysponując otwartym umysłem i prostymi, ale systematycznymi obserwacjami świata natury, któryś ze starożytnych Greków czy Rzymian... Pliniusz na przykład... mógł bez trudu sformułować teorię doboru naturalnego. To prosta, choć genialna idea. Zamiast tego musieliśmy czekać dwa tysiące lat, na Darwina i Wallace'a. Kto może wiedzieć, jak bardzo byśmy się rozwinęli, gdyby Pliniusz wpadł na nią pierwszy? I kto wie, jakie jeszcze inne, oczywiste po fakcie pomysły mogliśmy przeoczyć?

Przedstawiciel Departamentu Obrony skrzywił się na to.

– Pliniusz? A co to za jeden, do diabła? Zawsze powtarzałem, że w tym DARPA tylko marnujecie pieniądze. I jeszcze wam powiem, czego możemy się nauczyć z tych porąbanych mądrali, jeśli tylko damy im szansę. Tylko jednego: jak im służyć.

– To niekoniecznie prawda, generale – zaprotestował szef CIA.
– Nie, jeśli zdołamy ich kontrolować. Proszę sobie wyobrazić obronne wykorzystanie takich supermózgów.
– Jeśli. Jeśli zdołamy ich kontrolować.
– Owszem. Ale są pewne możliwości pozwalające to osiągnąć. Są już zachipowani, to znaczy wszczepiono im lokalizatory.

Nelson zesztywniał. Nie wiedział o tym i był przekonany, że więźniowie też nie mają pojęcia.

Człowiek z Departamentu Obrony uśmiechnął się lekko.
– Powinno się im wszczepiać uzbrojone implanty. Tylko tak można nad nimi zapanować.

Szef CIA był lekko zdegustowany, ale mówił dalej:
– Musimy jednak pamiętać o szerszym kontekście. To jest sprawa całej ludzkości, nie tylko Ameryki. Chińczycy będą mieli własnych Następnych. Rosjanie też. Podobnie rozwijające się kraje pasa równikowego na Podstawowej. Żeby zachować możliwość reakcji, potrzebujemy własnych Następnych.

Tamten tylko się roześmiał.
– Do czego to nas doprowadzi? Do wyścigu zbrojeń mózgowców?

W tym miejscu interweniowała doradca naukowy.
– Wydaje się, że odruchowo oceniamy tych młodych ludzi jako niebezpieczeństwo, zagrożenie. Czy to rzeczywiście prawda?

To stało się tematem przewodnim. Delegaci ze strony anty--Następnych wskazywali na użycie prywatnych i niemożliwych do rozszyfrowania języków. Na fakt, że Następni zarabiali pieniądze, produkując algorytmy analiz inwestycyjnych, omijające istniejące zabezpieczenia rynku. Fakt, że wyglądają jak ludzie, że są podstępnym wewnętrznym zagrożeniem, kukułczym jajem, obcą inwazją z naszego własnego DNA...

Trudno było też dyskutować z faktem, że garstka młodych, nieuzbrojonych i niewyszkolonych Następnych potrafiła oszukać doświadczonych oficerów marynarki, przechwycić twaina, zabić wielu członków jego załogi i pozbyć się pozostałych. Ten incydent dowodził, że Następni mogą być realnym i poważnym zagrożeniem, jak przekonywali wojskowi. Nawet tutaj, w bazie na Hawajach, zdarzyły się próby manipulacji ze strony uwięzionych dzieci. Niektórych strażników trzeba było przenieść, inni wymagali pomocy psychologicznej.

– Jak z Hannibalem Lecterem – stwierdził człowiek z Departamentu Obrony.

Protesty przeciwko takiemu podejściu – na przykład zapewnienia ze strony służb bezpieczeństwa wewnętrznego, że osobnicy zidentyfikowani później jako posiadający cechy Następnych dyskretnie i bez rozgłosu wykonali heroiczną pracę, pomagając ofiarom erupcji Yellowstone – wydawały się słabe i nieprzekonujące.

Nelson czuł się coraz bardziej nieswojo.

– Nie podoba mi się podtekst tego wszystkiego. Między wierszami rozbrzmiewa: „Oni są inni i dlatego musimy ich zniszczyć". To właśnie mówią tak naprawdę. Moje pochodzenie...

– Południowa Afryka – mruknęła Roberta. – Wiem. Jest pan wyczulony na takie rzeczy. I słusznie. Ameryka, a nawet cała ludzkość przeżyła duchową rewolucję. Nastąpiła w ostatnim pokoleniu, między odkryciem Długiej Ziemi a wybuchem Yellowstone... A teraz jeszcze to. W takich okolicznościach ludzie wycofują się na pozycje wyjściowe. Chronią to, co już mają.

– Ludzie? Chciałaś powiedzieć „tępaki".

Nie zareagowała na to.

– W ramach samej administracji nastąpił rodzaj emocjonalnego przewrotu. Wszyscy wiedzą, że nurt niechęci dla kroczących, którego zwieńczeniem był ruch Najpierw Ludzkość, dał prezydentowi Cowleyowi bazę wyborczą.

– Wydawało mi się, że Cowley już z tego wyrósł. Przesunął się w stronę centrum. Inaczej nie wygrałby po raz drugi.

– To prawda. Ale za kulisami wciąż pozostała grupa jego bliskich asystentów i doradców z tego okresu. Być może skaza ta przetrwała nawet w duszy samego prezydenta. I te mroczne odruchy zaczynają teraz dominować w całkiem innym kontekście, pod naciskiem wydarzeń. Wyczuwa się nastrój, że trzeba coś zrobić. Uderzyć.

Nie ma to żadnego związku z kwestiami bezpieczeństwa państwa, a tym bardziej przetrwania gatunku. Taka aktywna polityka wydaje się zgodna z tym, co uważa się za publiczne nastroje. Zresztą to możliwe. Ludzie potrzebują kozłów ofiarnych. Aha... Konferencja zbliża się do końcowych wniosków...

Doradca naukowy prezydenta oceniła pozycje, opcje i ogólny nastrój.

– Mówicie państwo, że źródło to Szczęśliwy Port?
– Główne gniazdo – potwierdził szef CIA. – Genetyka to potwierdza.
– To jedno źródło – zgodził się człowiek z FBI. – Z pewnością istnieją też inne. Ale wiele linii genetycznych daje się prześledzić do Szczęśliwego Portu. W tej chwili to główny ośrodek.
– Jasne. – Doradca zwróciła się do Davidsona. – A nasze istotne aktywa, Hiramie? USLONGCOM to twoja domena.
– „Armstrong II" i „Cernan", nasze najlepsze jednostki, mogą tam dotrzeć za parę dni.
– Te okręty są silnie uzbrojone – oświadczył człowiek z Departamentu Obrony. – Zadbaliśmy o to, zanim wyruszyły w nieznane. Admirale, niech pan tylko dopilnuje, żeby ta trollolubna kapitan Kauffman zabrała też Eda Cutlera. Wtedy będziemy dysponować naprawdę mocną kartą...
– Jakim uzbrojeniem? – zdziwił się Nelson. – Boże wielki, oni naprawdę rozważają reakcję militarną...
– Przewidywałam taką konkluzję – odparła spokojnie Roberta.
– Rozgrywka zbliża się do końca.
– A co z trzymanymi tutaj? Co ich czeka? Podejrzewam, że nic dobrego. Na pewno nigdy nie odzyskają wolności.

Roberta spojrzała na niego z powagą, w skupieniu.

– Oni są młodzi. I mimo całej ich arogancji, ich uporu, jestem taka sama. Wiem, że pan to widzi.

Teraz widział. I pomyślał, że dziewczyna potrzebuje żelaznej samokontroli, by się maskować i zachowywać jak wszyscy w ulu, jakim stało się Madison Zachodnie 5, nowa stolica.

– Kiedyś byłam na tyle podobna do nich, żeby zrozumieć. Wiedziałam, jak to jest być inną, być otoczoną przez tępe twarze i puste głowy, wiedzieć, że nie ma nikogo, z kim można porozmawiać: rodziców, nauczycieli... Nie ma jak wyrzucić z umysłu idei, które tam krążą. I co to znaczy bać się praktycznie przez cały czas.

– Bać się?

– Proszę pamiętać, że Następni potrafią odczytywać ludzkie reakcje z precyzją dla was, tępaków, niedostępną. Patrzą na dojrzałego człowieka i jest tak, jakby czytali mu w myślach. Wyraźnie widzą skrywaną pod uśmiechem obojętność, złośliwość, żądzę czy wyrachowanie. Ukrywane motywy są widoczne nawet dla najmniejszych, całkiem bezradnych dzieci. Nie mamy żadnych iluzji – tłumaczyła spokojnie. – Jesteśmy zbyt inteligentni, by szukać pociechy w waszych bajkach, waszych bogach i waszych niebiosach.

Nelson myślał przez chwilę.

– Widziałem kiedyś, że Paul płakał w nocy. Widziałem z tego pomostu nad pokojami. Nie przeszkadzałem mu.

– Ja też kiedyś płakałam po nocach.

Znów się zastanowił.

– Czy określasz się jako Następna?

– Etykiety są dla dzieciaków. Jakbyśmy byli grupą komiksowych superbohaterów. Nie przejmuję się nazwami. Jestem... inna. Jestem mniej rozwinięta niż niektórzy tutaj. Ale wychowywałam się w ludzkim społeczeństwie, choć z dobrymi nauczycielami. Zdecydowałam, że najlepsze miejsce dla mnie jest tutaj, w świecie ludzi, gdzie służę za rodzaj... interfejsu.

Uśmiechnął się.

– Niezły interfejs, skoro trafiłaś do Białego Domu.

– Staram się. Ale moja babka ze strony matki też była Spencerem. Jestem lojalna wobec nich; ta konferencja dotyczy mojej rodziny. Umiem znaleźć sposób, żeby uwolnić stąd więźniów. – Spojrzała na niego. – Pomoże pan?

– Oczywiście. Po to przyleciałem.

– Co musimy zrobić?

Nelson pomyślał o Lobsangu, o Joshui Valienté... Przypomniał sobie, co wie o przyjaciółce Joshuy, Sally Linsay, i o jej znajomości czułych punktów.

– Są sposoby.

Konferencja dobiegła końca. Delegaci wstali, przechodzili z miejsca na miejsce, ci z tych samych lokalizacji geograficznych ściskali sobie ręce. A potem znikały ich holograficzne reprezentacje.

ROZDZIAŁ 42

Nelson Azikiwe skontaktował się z Joshuą, a Joshua z Sally, świeżo po powrocie z Marsa przez Szczelinę. Razem opracowali trasę ucieczki z ośrodka na Hawajach przez czułe punkty. Sally i Joshua zostali przeszmuglowani do bazy i zaczęli przekraczać z Następnymi, jedna partia za drugą, trzymając się za ręce.

* * *

Nawet Joshua, król naturalnych kroczących, kiedy przez tę niezwykłą siatkę połączeń podążał za Sally Linsay, zawsze miał wrażenie, że spada bezwładnie w jakąś niewidzialną studnię. W dodatku zimną – głęboki chłód wysysał z ciała wewnętrzne ciepło. Takie myto pobierał wszechświat za te cudownie szybkie przejścia.

Ale szybkość miała kluczowe znaczenie. Szczęśliwy Port leżał ponad półtora miliona kroków od Ziemi Podstawowej. Od ucieczki z Hawajów, wędrując między czułymi punktami za Sally i Joshuą, grupa uciekinierów dotarła do celu po odpowiedniku najwyżej kilkunastu kroków. Pojawili się na otwartym terenie, wśród krzewów, najwyżej o milę od centrum Szczęśliwego Portu. Sally dała im chwilę, żeby złapali oddech i napili się wody z manierek.

Joshua przechodził między nimi i sprawdzał, w jakim są stanie – byli wprawdzie geniuszami, ale też nowicjuszami w zakresie przekraczania. Jednak gdy tylko odzyskali siły, młodzi ludzie zaczęli paplać między sobą w tym złożonym i szybkim postangielskim. Najbardziej niezwykłe było to, że gadali wszyscy naraz, każdy mówił i słuchał równocześnie. Joshua wyobrażał sobie megabajty informacji i spekulacji, przepływające między nimi za pośrednictwem upakowanej sieci języka.

Oddychał z ulgą, gdyż była to ostatnia grupa, którą musieli wyprowadzić z ośrodka w Pearl Harbor. Należał do niej Paul Spencer Wagoner i jego młodsza siostra Judy; innych nie znał, ale wykonał swoje zadanie.

Odszedł kawałek, żeby się zorientować w położeniu; wspiął się na wzniesienie i spojrzał z góry na Szczęśliwy Port. Zobaczył niski budynek ratusza w centrum, kilka smużek dymu unoszących się z całonocnych palenisk w poranne niebo; słyszał delikatny szum rzeki. Powietrze było czyste, świeże, ciężkie od zapachów lasu.

Sally stanęła obok.

– Jak ból głowy? – spytała.

– Gorzej. Wyczuwam jakoś tych młodocianych jajogłowych. Nowy typ umysłu na świecie. Albo światach.

– Jak Pierwsza Osoba Pojedyncza.

– Tak. Nie jest to zdolność, którą się cieszę. Ale czasem bywa przydatna.

– Też to przeżyłam na Marsie. Dłuższa historia. No ale w końcu wróciliśmy do tego budzącego grozę miejsca.

– Grozę? Sally, sama kiedyś przyprowadziłaś tu mnie i Lobsanga.

– Fakt. Ale zawsze było w Szczęśliwym Porcie coś niesamowitego. Nawet gdy przychodziłam tu jako dziecko...

Kiedyś opowiadała Joshui, że jej rodzina naturalnych kroczących przyprowadzała ją tutaj, i zawsze jej się wydawało, że tu nie pasuje. Potrafił odgadnąć, jak się tu czuła.

Skinął na Następnych, zajętych dyskusjami w tej swojej dziwacznej supermowie.

– Wiesz, jeśli oni są produktem Szczęśliwego Portu, to twoja intuicja była poprawna. Ale i tak... Przekroczyłaś trzy miliony Marsów i uważasz, że tutaj jest dziwnie?

Wzruszyła ramionami.
— Im więcej podróżujesz, tym więcej widzisz cech wspólnych. Przez cały pobyt na Długim Marsie skakaliśmy przy zboczach wielkich tarczowych wulkanów...
— Jak Hawaje na Ziemi.
— Właśnie. Czułam się jak w domu. Przynajmniej w porównaniu z towarzystwem Następnych. Jak myślisz, o czym teraz tyle gadają?

Joshua obejrzał się przez ramię.
— Hej, Paul! Co was tak zajęło?
— Czułe punkty! — odpowiedział Paul. — Co ich istnienie mówi nam o wyższego rzędu topologii Długiej Ziemi.

Mówiąc, Paul cały czas słuchał niemilknących głosów pozostałych; oczy mu błyszczały entuzjazmem. Znów pośród swoich, zupełnie nie przypominał tego ponurego młodego człowieka, z którym — samotnym — spotkał się Nelson Azikiwe w Pearl Harbor.

— Nawet te obserwacje, jakich dokonaliśmy w czasie krótkiej podróży, pozwoliły nam na ekstrapolację pasm wielowymiarowej struktury — tłumaczył dalej. — Nie mamy języka, żeby je opisać. Nie uzgodniliśmy nawet matematycznej notacji tego opisu...

— Do tej chwili mój ojciec był światowym ekspertem struktury Długiej Ziemi — oświadczyła Sally z cieniem niepokoju w głosie. — Dopóki wy się nie zjawiliście.

— Wszystko kiedyś przemija, Sally — stwierdził Joshua.
— Co prawda, to prawda. — Wskazała ścieżkę. — Ruszajmy.

Wszyscy Następni wstali. Paul z niejakim wahaniem oderwał się od reszty i stanął przed Sally.

— Hm... Zanim pójdziemy dalej, chcemy pani podziękować, panno Linsay. Uratowała nas pani z więzienia. Może też ocaliła nam życie, sądząc po tym, jak tam układała się sytuacja.

— Nie mnie dziękujcie — odparła Sally, jak zawsze chłodno.

Gdy stała obok tych dzieciaków, jej wiek był wyraźnie widoczny, pomyślał Joshua; zbliżała się do pięćdziesiątki. Ale choć ciało miała żylaste, twarz pomarszczoną i ogorzałą, siwiejące włosy — była chyba najsprawniejsza w tym towarzystwie.

– Dziękujcie łaskawemu bóstwu, które pozwoliło mi znaleźć czuły punkt o krok od tego wojskowego ośrodka, gdzie was trzymali. Dziękujcie raczej Joshui. I Nelsonowi, który dostrzegł, że popełniane jest przestępstwo, tak jak ja, kiedy mi powiedział. Ja tylko położyłam temu kres i tyle.

Paul wyraźnie się zainteresował.

– Przestępstwo w waszej ocenie. Lecz nie w ocenie administracji USA. Nie w ocenie rządu państwa określającego prawa, według których żyjecie.

– Ale niekoniecznie ja.

– Czyli ma pani własny kodeks moralny? Czy wierzy pani, że istnieją uniwersalne wartości moralne, czy też do konkretnej osoby należy odkrycie własnej wewnętrznej prawdy? Czy realizuje pani Kantowskie imperatywy, czy...

– Paul, dosyć już – przerwał mu stanowczo Joshua. – Sally chciała tylko powiedzieć: „Nie ma za co". To nie czas ani miejsce na debaty filozoficzne.

Sally spojrzała w stronę Szczęśliwego Portu.

– Zresztą mamy teraz większe problemy.

– O co chodzi?

– Sprowadziliśmy te dzieci do domu. Ale tam sytuacja nie wygląda dobrze. Posłuchaj.

– Czego? – Joshua stanął obok niej.

– Trolli.

– Jakich trolli?

– No właśnie.

Teraz Joshua zrozumiał. Ze wszystkich ludzkich społeczności, jakie poznał, w Szczęśliwym Porcie było najwięcej trolli – ludzie i trolle żyli tu obok siebie. Jak kiedyś tłumaczył mu Paul, to był prawdziwy sens wspólnoty, sekret jej sukcesu. A gdzie tylko przebywały trolle, tam przez cały czas śpiewały. Z tej odległości Joshua powinien już słyszeć ich głosy z samego miasteczka, a także z lasu i polanek.

Ale trolle zniknęły. Miał wrażenie, że jest to przedziwne echo wydarzeń z roku 2040, kiedy w reakcji na powszechne niepokoje trolle wycofały się ze wszystkich ludzkich światów...
– Nadchodzą kłopoty – uznał. – Ale jakiego rodzaju?
Sally spojrzała w niebo.
– Może takiego...

Dwa wielkie sterowce zmaterializowały się wprost nad ich głowami; ciężkie powłoki zdobiły barwy USA, pancerne brzuchy jeżyły się szczelinami obserwacyjnymi i bronią. Zaraz po przybyciu oba okręty zwróciły się dziobami w stronę Szczęśliwego Portu. Joshua poczuł ciepły podmuch powietrza z ich turbin.

Młodzi Następni patrzyli, rozdziawiając usta. Zaraz chwycili swój skromny dobytek i pospiesznie ruszyli w stronę zabudowań. Paul i jego siostra Judy prowadzili, trzymając się za ręce.

ROZDZIAŁ 43

Dwadzieścia cztery godziny od chwili, gdy „Armstrong" i „Cernan" zajęły pozycje nad Szczęśliwym Portem, kapitan Maggie Kauffman wezwała Eda Cutlera, dowódcę „Cernana", do swojej kajuty na pokładzie „Armstronga".

„Musimy omówić twoją notatkę" – tak brzmiało jej polecenie. Potem, po krótkim namyśle, poprosiła jeszcze do siebie Joego Mackenzie.

Zanim się zjawili, Shi-mi otarła się o jej nogę.

– Dlaczego Mac?

– Bo czuję, że będzie mi potrzebny głos rozsądku.

– Ja jestem głosem rozsądku.

– Tak, jasne. Po prostu nie wchodź nam w drogę.

– Nigdy nie wchodzę w drogę Macowi...

Mac zjawił się pierwszy, w zielonym medycznym fartuchu, prosto z pracy; zmęczony i nieoficjalny.

– Co to za cyrk? – zapytał, opadając na fotel. – Ten idiota Cutler...

– Zgadzam się, cyrk. Ale musimy to jakoś rozwiązać. Napijesz się?

Zanim zdążył odpowiedzieć, wszedł kapitan Ed Cutler z niedużą walizeczką. Był w wyjściowym mundurze i wyraźnie się uparł, żeby stanąć na baczność i zasalutować.

Mac uśmiechnął się kwaśno.

– Wracając do tego drinka, pani kapitan... Ma pani żytnią wódkę i deszczówkę? Trzeba unikać trucizn, Ed, prawda? Musisz myśleć o czystości swoich płynów ustrojowych.

Cutler zmarszczył brwi.

– Absolutnie nie mam pojęcia, o czym pan mówi, doktorze.

Maggie spojrzała na Maca z wyrzutem.

– A ja mam. To nie jest odpowiednia chwila na żarciki ze starych filmów, Mac. Spocznij, Ed, na miłość boską. Siadaj. Powiedz mi jeszcze raz, co napisałeś w swoim liście.

Mówiła o ręcznej notatce przekazanej przez Adkinsa, zastępcę Cutlera i najwyraźniej zaufanego oficera.

– Czytała pani, kapitanie...

– Naprawdę masz na „Cernanie" głowicę taktyczną?

Mac rozdziawił usta.

– O czym ty mówisz, do diabła?

– Mówimy o broni jądrowej, doktorze. Nawet nie wiedziałam, że ją mamy, zanim tu przybyliśmy. Jak się zdaje, mieliśmy ją także przez całą drogę do nowego Shangri-La Douglasa Blacka i z powrotem, całkowicie bez mojej wiedzy. Za to Ed Cutler wiedział o niej od początku...

– Ma moc mniej więcej Hiroszimy. – Cutler podsunął jej neseser, którego nie otworzyła. – System aktywacji znajduje się w tej walizeczce, wraz z kopią moich rozkazów. Mechanizm jest jasny. Użycie wymaga autoryzacji drugiego oficera, ale według pani decyzji. To nie muszę być ja.

– Och, miło wiedzieć, że mam jakąś swobodę.

– Ja jestem tylko dostawcą, jeśli woli pani to określenie. – Jarzył się poczuciem własnej ważności i czystą satysfakcją z wypełnienia tajnych rozkazów.

– Chcę się upewnić, że dobrze wszystko rozumiem – powiedział Mac. – Mieliśmy tę piekielną bombę...

– ...i zaplecze do jej obsługi...

– Coraz lepiej... Przez całą drogę do Ziemi Ćwierć Miliarda i z powrotem?

- Tak. Nie została załadowana dla tej konkretnej misji, żeby ją dostarczyć do tego... Szczęśliwego Portu... - Wymówił tę nieco zabawną nazwę takim tonem, jakby była herezją. - Miała poszerzyć pani możliwości, kapitanie. W przypadku pewnych typów zagrożeń.
- Jakie piekielne typy zagrożenia wymagają głowicy jądrowej? - warknął Mac.
- Groźba dla istnienia. Zagrożenie dla całej ludzkości. Planiści misji nie wyobrażali sobie dokładnie, z czym możemy się spotkać. Przede wszystkim nie mieli pojęcia, co można znaleźć na Długiej Ziemi, wobec jakich zagrożeń staniemy, jakie kłopoty możemy sprowokować.
- Mogę sobie wyobrazić wiele zagrożeń, wobec których broń jądrowa do niczego się nie przyda - zauważyła Maggie.
- To prawda. Jak wspomniałem, kapitanie, intencją tych rozkazów jest tylko danie pani jeszcze jednej opcji, a moje zadanie polegało na dopilnowaniu, by ta opcja była dostępna w razie potrzeby.
- W twojej opinii.
- W mojej opinii, to prawda. Jednak wybór zawsze należy do pani. Żeby użyć tej broni albo nie. Admirał Davidson twierdził, że dowódca twaina dysponuje bardzo szeroką autonomią, jako że bardzo długo działa bez kontaktu z dowództwem. Dotyczy to również tej głowicy.

Miał rację, oczywiście. Przed Dniem Przekroczenia siły zbrojne, jak zresztą wszyscy, przyzwyczaiły się do świata oplecionego siecią połączeń, gdzie człowiek mógł rozmawiać z każdym i wszędzie z opóźnieniem zaledwie ułamków sekundy. Potem nadeszło wielkie rozproszenie na Długiej Ziemi i wszystko się posypało.

Maggie na Wysokich Meggerach była tak samo odcięta od USLONGCOM, jak kapitan Cook od Admiralicji w Londynie, kiedy zrobił przystanek na Hawajach. Odkurzono więc dawne schematy dystrybucji poleceń, opracowane jeszcze w osiemnastym czy dziewiętnastym wieku. Owszem, to prawda: Maggie miała ogromną autonomię w polu; szkolono ją do podejmowania takich decyzji.

– Ale nigdy nie przewidywałam podobnej sytuacji, Ed – powiedziała. – To znaczy ciebie i tej nieszczęsnej głowicy.
– A co to za straszliwe zagrożenie, że wymaga rozważenia takiej opcji? – warknął gniewnie Mac. – Banda przemądrzałych dzieciaków?
– Te dzieciaki zdołały uciec ze strzeżonego obiektu wojskowego, gdzie były internowane, doktorze. – Cutler pokręcił głową. – Przejęły okręt marynarki wojennej. Są wśród nas nowym typem istot o nieznanych możliwościach. Wyraźnie stanowią potencjalne zagrożenie dla istnienia gatunku, przynajmniej w zakresie definiowanym przez moje rozkazy. A Szczęśliwy Port to rodzaj ogniska czy źródła. Gniazda, jeśli wolicie. Przysłano nas tutaj...
– Żeby badać to miejsce! – przerwała mu ze złością. – Rozmawiać z ludźmi. W gondolach mamy pełno etnologów, antropologów, genetyków, lingwistów... Ludzi, którzy mogą zrealizować to zadanie. Takie mieliśmy rozkazy.
– To tylko przykrywka – odparł lekceważąco Cutler.
– Hm... W swojej notatce informujesz, że już zainstalowałeś ładunek. Zanim mnie poinformowałeś o jego istnieniu.
– Znowu: takie miałem rozkazy, kapitan Kauffman. – Stuknął w walizeczkę. – Teraz musi pani tylko zdecydować. Z tego urządzenia może pani rozbroić głowicę; potem ją odzyskamy i zabierzemy. Albo...
– W porządku, Ed, powiedziałeś już, co miałeś do powiedzenia. A teraz się wynoś.
Wstał – gładki, pewny siebie, elegancki.
– Wykonałem swoje rozkazy. Ale gdyby potrzebowała pani jeszcze jakichś informacji...
– Nie będę potrzebowała.
Kiedy wreszcie wyszedł, sięgnęła pod biurko.
– Teraz naprawdę potrzebuję drinka. Podaj szklanki, Mac. Chryste, jakbym nie miała dość problemów z poprzednią ekspedycją.

Mac pokiwał głową ze współczuciem. Ich długa wyprawa nie zamknęła wszystkich otwartych wątków. W drodze powrotnej udało im się zabrać grupę badającą cywilizację krabów na Ziemi Zachodniej 17 297 031. Ale wcześniej, na księżycowej Ziemi Zachodniej 247 830 855, nie znaleźli żadnych śladów analogicznej ekipy naukowej. Wobec stanu zapasów na okręcie nie mogli zostać tam na dłużej, by zbadać sytuację; Maggie nie chciała też porzucać tutaj innych osób, żadnej grupy poszukiwawczej – nie była pewna, czy i kiedy dotrze tu kolejna misja. Dlatego wyruszyli do domu, zostawiając zapasy, radiolatarnie, wiadomości – i krokery – na wypadek gdyby zaginiona ekipa zdołała dotrzeć do punktu spotkania.

Maggie nienawidziła tracić ludzi. Po powrocie rzuciła się do pracy, by skontaktować się z rodzinami, zanim Davidson wezwał ją i powierzył nowe zadanie. Potem znów wysłał ją w rejs – do tego Szczęśliwego Portu.

A teraz siedziała na bombie atomowej niczym nieszczęśliwa kwoka.

– Ten Cutler – mruczała, nalewając Macowi whisky. – Nie znam nikogo, kto by tak dobrze pasował do tej roli.

– Za to nie pasowałby nigdzie indziej – stwierdził Mac. – Ty jesteś bardziej amorficzna. Dlatego to on odpowiada przed tobą, Maggie, a nie odwrotnie. Nasi dowódcy nie są kompletnymi idiotami, nie wszyscy.

– Prawdziwe pocieszenie. Ale wiesz, krążyły pogłoski o Cutlerze i jego szczególnej roli, zanim jeszcze pierwszy raz opuściliśmy Podstawową. Pamiętam, że Nathan Boss przyszedł do mnie i powiedział, że pod pokładami marynarze opowiadają sobie, jak to Ed Cutler dostał specjalne polecenia od Davidsona.

Mac się nie przejął.

– Co z tego? Przecież Ed Cutler nie ma już znaczenia. Zrobił swoje. Liczy się tylko, jak użyjesz tego przełącznika w walizeczce.

– Mam ochotę go roztrzaskać. Przecież tu chodzi o los nie tylko kilku Następnych, lecz także wszystkich innych mieszkańców. Mówimy o broni atomowej! Będą ofiary...

– Ale nie możesz zwyczajnie odmówić wyboru.

– Nie, nie mogę. Muszę podejść do tego poważnie.
– Chwila kluczowa dla kariery?
– To coś więcej, Mac. Kluczowa dla życia. Cokolwiek postanowię, będę musiała z tym żyć przez resztę swoich dni. – Roztarła palcami skronie. – Jedno jest pewne. Nie wystarczy, że będę tak tu siedzieć i gapić się we własne sumienie. Muszę jakoś się otworzyć. Zasięgnąć rady.
– Urządź przesłuchanie stron – poradził Mac.
– Co?
– Wyznacz adwokatów każdej strony, żeby bronili przeciwnych poglądów: detonować czy nie. Nie muszą sami w to wierzyć, wystarczy, że będą logiczni.
– To całkiem niezły pomysł. – Spojrzała mu w oczy. – I wiesz co? Właśnie zgłosiłeś się na ochotnika.
Wypił łyk whisky.
– Myślałem, że może do tego dojść. Ale bardzo mi miło.
– Obawiam się, że jednak nie za bardzo.
– To znaczy?
– Nie mogę wezwać jakiegoś bigota z obłędem w oczach, żeby argumentował za detonacją. Na przykład Eda Cutlera. Potrzebny mi ktoś normalny. Jak ty, Mac.
– Zaczekaj moment. Chcesz, żebym argumentował za zdetonowaniem ładunku?
– Sam mówiłeś, że adwokaci nie muszą być zwolennikami swojej strony, wystarczy im logika.
– Jestem lekarzem, na miłość boską. Jak mógłbym argumentować za masową rzezią?
– Odsuwając sumienie na bok i odwołując się do logiki. Tak jak mówiłeś. Jesteś lekarzem, ale jesteś też wojskowym. Spójrz na to w ten sposób, Mac: jeśli twoje argumenty będą przekonujące, twoja strona słusznie zwycięży.
– Mówiłaś o konieczności życia z konsekwencjami tej akcji do końca swoich dni. Gdybym miał wygrać w tej dyskusji, nigdy bym sobie nie darował. Nawet ksiądz nie mógłby mnie rozgrzeszyć.

– Rozumiem, ile by cię to kosztowało. Czy mimo to pomożesz?
– To rozkaz?
– Oczywiście, że nie.
– Do diabła z tym. Do diabła z tobą. – Wychylił szklaneczkę i wstał. – Kiedy?
Zastanowiła się.
– Ładunek jest ukryty, ale nie pozostanie taki wiecznie. Dwadzieścia cztery godziny. Tutaj.
– Chryste... – Podszedł do drzwi. – A kto będzie prezentował argumenty przeciw?
– Nie wiem. Muszę się jeszcze zastanowić.
– Chryste – powtórzył i wychodząc, trzasnął drzwiami.
Maggie usiadła, westchnęła i zastanowiła się nad kolejną whisky. Zrezygnowała jednak.
Shi-mi wyłoniła się z kryjówki i wskoczyła na biurko. Obwąchała walizeczkę, a jej elektroniczne oczy rozjarzyły się podejrzliwie.
– Mówiłam, że Ed Cutler jest na pokładzie jako broń, kapitanie.
– Tak, tak...
– Intuicja mnie nie zawiodła. Ale nawet ja sobie nie wyobrażałam, że będzie to tak dosłownie prawdziwe.
– No dobrze, mądralo. Pytanie brzmi: co zrobimy teraz?
– Musisz dokonać wyboru – odparła Shi-mi. – Ten pomysł z przesłuchaniem jest rzeczywiście niezły. Ale Mac słusznie pytał – kto będzie adwokatem ocalenia Następnych?
– Pewnie jedno z nich.
– Nie. To nie może być nikt z Następnych.
– Czemu nie?
– Zastanów się logicznie. Główny argument przeciwko nim polega na tym, że nie są ludźmi. To nowy gatunek. I dlatego stanowią zagrożenie dla ludzkości. W konsekwencji decyzję muszą podjąć ludzie. Nie należy ona do Następnych, nawet częściowo. Potrzebujesz człowieka, który będzie bronił ich prawa do życia, a przy tym reprezentował interes ludzkości.
– Myślisz o kimś konkretnym, prawda?

– O Joshui Valienté.
– Tym superkroczącym? Znasz go?
– To stary przyjaciel.
– Jakoś mnie to nie dziwi. A jest tutaj? Skąd możesz wiedzieć... Zresztą, do diabła, oczywiście, że wiesz. Możesz go znaleźć i poprosić, żeby się tu zjawił?
– Zostaw to mnie.
Kotka zeskoczyła z biurka.

ROZDZIAŁ 44

Szykując się do „przesłuchania" z udziałem Maca i Valienté, Maggie miała czas, by się zastanowić, czemu to właśnie ona musi teraz podjąć trudną decyzję.

Rozmaite władze, poczynając od Białego Domu w dół, musiały mocno naciskać na admirała Davidsona, by zgodził się na załadunek ukrytej broni masowego rażenia na okręty mające być w założeniu raczej jednostkami badawczymi. A potem jeszcze bardziej, by wyraził zgodę na użycie tej broni przeciwko Szczęśliwemu Portowi, cywilnemu miasteczku w granicach Egidy USA. Ale przecież Maggie znała Davidsona już od bardzo dawna. Na przykład podczas rebelii w Valhalli w 2040 roku udowodnił, że nie należy do takich, co najpierw strzelają. Być może wręczając Maggie ten zatruty kielich, chciał mieć pewność, że nic się nie wyleje? Ale to wszystko już nie ma znaczenia, myślała sama Maggie. Musiała podjąć decyzję, niezależnie od przyczyn, dla których obciążono ją odpowiedzialnością.

Powtarzano jej już od chwili, kiedy objęła dowodzenie „Benjaminem Franklinem", nie mówiąc już o „Armstrongu": jako dowódca twaina marynarki wojennej dysponuje autonomią działania wedle swej woli i wiedzy, w każdych okolicznościach. Cutler miał rację. To ona musiała dokonać wyboru, niezależnie od tego, co doprowadziło ją do tego punktu.

Nie zorientowała się nawet, kiedy nadeszła wyznaczona pora.

* * *

Prawie dokładnie dwadzieścia cztery godziny po spotkaniu z Makiem i Edem Cutlerem kadet Śnieżek wprowadził do kajuty Joshuę Valienté. Mac już tam czekał, przynajmniej raz w wyjściowym mundurze, z tabletem pełnym notatek, ponury jak wszyscy diabli. Wstał, kiedy wszedł Joshua, i krótko skinął głową Śnieżkowi.

Beagle pochylił się i obwąchał twarz Joshuy. Dzisiaj Maggie już wiedziała, że gest ten wśród beagle'i odpowiada mniej więcej uściskowi dłoni, przy czym pewne fizyczne szczegóły dostosowano do ludzkiej wrażliwości.

– Jos-shua... Jak twoje plecy?
– Nie ma nawet blizny.
– A hrręka?
Joshua zgiął sztuczne palce.
– Lepsza od oryginalnej. Żadnych pretensji.
– Dob-hrze cię znowu widzieć, Jos-shuo.
– Ciebie też, Krypto.

Śnieżek wyszedł, Joshua zajął miejsce, a Maggie szybko przedstawiła mu Maca. Adiutant przytoczył barek na kółkach zastawiony napojami. Maggie nalała: woda dla niej i Maca, Joshua poprosił o kawę. To było naturalne – nigdy jeszcze nie spotkała pioniera, który odmówiłby dobrej kawy.

Joshua Valienté nosił połatane dżinsy, praktyczną kurtkę na dżinsowej koszuli i kapelusz w stylu Indiany Jonesa, który zawiesił na oparciu swojego fotela. Kostium pasował do jego roli pioniera Długiej Ziemi i Maggie zastanowiła się, czy może specjalnie na tę okazję tak się ubrał, by zaznaczyć swoją pozycję. Ale pewnie nie, uznała po chwili. To był autentyczny Valienté. I wydawał się równie mocno skrępowany co Mac, choć w inny sposób.

Kiedy już dostali coś do picia, Maggie zamknęła drzwi na klucz.
– A zatem, panowie, przejdziemy do rzeczy. Toaleta jest za tamtymi drzwiami. Nikt tu nie wejdzie ani nie wyjdzie, dopóki nie podejmiemy... przepraszam, dopóki ja nie podejmę decyzji. Wszystko

zależy od nas. Nasze spotkanie jest jednak rejestrowane na potrzeby rozprawy przed sądem wojskowym, która zapewne mnie czeka.
Joshua wyraźnie się zdziwił.
– Takie jest życie w armii, panie Valienté.
– Proszę się do mnie zwracać po imieniu.
– Dziękuję. Wam, panowie, nic nie grozi. Zasięgnęłam informacji na ten temat, mój zastępca sprawdził źródła prawnicze... Wprowadziłam do zapisu jego rekomendacje i moją interpretację. Jesteście po prostu doradcami. Ty też, Mac.
Mac wzruszył ramionami.
– Po tym wszystkim i tak prawdopodobnie wystąpię ze służby.
– Nie dziwię się. A pan, Joshuo... Dziękuję, że pan przybył. Jestem wdzięczna, że pan się zgodził; nie musiał pan. Nawiasem mówiąc, nie wiedziałam, że zna pan Śnieżka.
– Kiedyś ocalił mi życie. A przynajmniej oszczędził. Myślę, że to dobra podstawa przyjaźni. – Joshua się uśmiechnął. – Jak pies z kotem, pani kapitan, można uznać...
Zerknęła na Maca, który wyraźnie nie zwracał na nich uwagi. Pomyślała, że Joshua nie ma pojęcia o jego roli w późniejszej tragedii, jaka spadła na beagle'e.
– To pan powiedział, Joshuo.
– Wie pani, kapitanie, nie całkiem rozumiem, czemu to ja mam wystąpić w tym... Jak to określić? Przesłuchaniu?
– Tak można je nazwać – wtrącił ponuro Mac. – Toczy się proces o życie wielu ludzi. Albo też cały nowy gatunek zagrożony jest zagładą. Zależy, jak na to spojrzeć.
– No więc dlaczego ja?
Maggie przypomniała sobie, co radziła jej Shi-mi, i co sama wiedziała o tym Joshui Valienté.
– Ponieważ za wczesnych dni przekraczania też był pan wyrzutkiem. Był pan inny. Wie pan, jakie to uczucie. I dlatego, że mimo wszystko wykazał pan, że jest porządnym człowiekiem obdarzonym rozsądnym instynktem. Tego dowodzi cała pańska publiczna działalność. Ponadto z akt z Pearl Harbor wynika, że zaprzyjaźnił się

pan z jednym z Następnych. – Zajrzała do notatek. – Paulem Spencerem Wagonerem. A zatem pańska pozycja umożliwia pełniejsze zrozumienie sytuacji.

– Nie jestem pewien, czy czuję się w pełni istotą ludzką, gdy mam umożliwić tego rodzaju decyzję.

Mac uśmiechnął się chłodno, bez śladu wesołości.

– Chce się pan zamienić?

– Ja o tym zdecyduję Mac, nie ty – odparła Maggie. – Ja będę ponosić odpowiedzialność.

Joshua skinął głową, choć nadal wyraźnie zmartwiony.

– Nie robiłem żadnych badań. Nie wiedziałbym nawet, od czego zacząć, gdzie szukać...

– Nie szkodzi – uspokoiła go Maggie. – Proszę iść za sercem. No dobrze... Wszystko gotowe. Nie mam żadnego ścisłego planu, żadnej ustalonej formy czy dozwolonego czasu. Mac, chcesz zacząć?

– Jasne. – Mac raz jeszcze spojrzał na tablet. – Przede wszystkim wyjaśnijmy sobie, o czym mówimy. Chodzi o użycie głowicy jądrowej o mocy zbliżonej do tej z Hiroszimy... o wiele silniejszej od ładunku, który zniszczył Madison, Joshuo, a wiem, że widział pan skutki tego wybuchu... Chodzi o to, żeby zdetonować ją bez ostrzeżenia, w środku tego miasteczka. Oczywiście nie można nikogo ostrzec, jeśli mamy wyeliminować wszystkich. Naturalnie, pojawią się typowe efekty uboczne. Ostatnia prognoza pogody dla tego rejonu, którą dostałem od pokładowych meteorologów, pokazuje, że chmura radioaktywna popłynie na południowy wschód stąd. Inne osady ucierpią... a wiele z nich, o ile nam wiadomo, nie ma ze sprawą Następnych nic wspólnego. Taka jest natura tego rodzaju operacji. Ale sam Szczęśliwy Port będzie unicestwiony, razem z każdą żywą istotą w okolicy, poczynając od karaluchów. Ludzie, Następni, trolle, wszystko.

Maggie kiwnęła głową.

– Wojskowym celem operacji jest eliminacja tego, co uważamy za źródło nowego zjawiska, jakim są Następni.

– To prawda – potwierdził Mac. – Skoro więc zgadzamy się na koszty realizacji tego celu, podam ci najbardziej przekonujący powód, żeby zrobić to teraz: bo możemy. Taka szansa może się więcej nie powtórzyć. Podejrzewamy, że istnieją inne ośrodki Następnych, i staramy się je wytropić, lecz badania genetyczne sugerują, że tutaj znajduje się pierwotne źródło. Wybuch oczywiście nie zabije wszystkich Następnych, ale będzie to dla nich potężny cios. Da nam czas, żeby spokojnie wytropić i wyeliminować resztę. Jednak jeśli się zawahamy...

Patrzył na Maggie.

– W tej chwili są superinteligentni, ale nieliczni i słabi, fizycznie i ekonomicznie. Nie mają żadnej superbroni. Pod tym względem nie są silniejsi od nas. Chwilowo. To może się zmienić. Widziałem rezultaty analiz lingwistycznych, testów poznawczych, nasze żałosne próby pomiaru IQ tych osobników. Oni są mądrzejsi od nas. Jakościowo. Tak jak my jesteśmy mądrzejsi od szympansów. I jak szympans nie potrafi pojąć natury samolotu przelatującego nad jego drzewem, a tym bardziej globalnej cywilizacji technicznej, jakiej jest elementem, tak i my nie zdołamy zrozumieć, a nawet sobie wyobrazić, co Następni zrobią, powiedzą czy wyprodukują. Nie bardziej niż neandertalczyk mógłby sobie wyobrazić ten ukryty w Szczęśliwym Porcie ładunek jądrowy. Dlatego powinniśmy uderzyć natychmiast, póki jeszcze możemy. Dopóki nie potrafią nam przeszkodzić.

– Mogę sobie wyobrazić, że taką argumentację często słyszy się w sztabach – zauważyła Maggie. – Powinniśmy uderzyć i zgnieść ich, póki można. Tak jak Indianie powinni rozbić konkwistadorów, kiedy tylko przybysze wysiedli ze swoich żaglowców.

Mac uśmiechnął się ponuro.

– Lepszą analogią w tym konkretnym przypadku byliby ci neandertalczycy, o których wspominałem. Powinni sięgnąć po swoje ciężkie i prymitywne maczugi i rozwalić nimi płaską buźkę *Homo sapiens*, który zawędrował do Europy.

– Czy wolno mi w tym momencie zabrać głos? – odezwał się Joshua.

– Kiedy tylko pan zechce – zapewniła Maggie. – Nie ma żadnych reguł.

– W obu wspomnianych przypadkach tego rodzaju opór pozwoliłby tylko zyskać trochę czasu, na chwilę zatrzymać najeźdźców. Kolejni Europejczycy przybyliby za Kolumbem, Cortezem i Pizarrem.
– To prawda – zgodził się Mac. – Lecz umielibyśmy ten czas wykorzystać. Nie jesteśmy nadludzkimi geniuszami, jak Następni, ale nie jesteśmy ofermami. Nie jesteśmy też tak słabi jak Indianie czy neandertalczycy. Dodatkowo dysponujemy gigantyczną przewagą liczebną. Mając czas, możemy się lepiej zorganizować, tropić ich, wyłapywać. Pamiętajmy, że różnią się DNA; tego nie da się ukryć. Nas są miliardy, ich tylko garstka. – Był wyraźnie zażenowany. – W dodatku wielu z nich wszczepiono chipy w tym ośrodku na Hawajach. To by pomogło.
– Mac, przekonujesz do morderstwa – odezwała się Maggie.
– Wyrachowanego mordu z zimną krwią. Jak możesz coś takiego usprawiedliwiać?

Trzeba przyznać, że Mac utrzymał tempo.

– To nie jest morderstwo. Nie, jeśli uznasz argument, że to osobny gatunek, że ci Następni nie są ludźmi. Może to okrucieństwo, kiedy zastrzelę konia, ale nie morderstwo, bo ten koń nie należy do mojego gatunku. Wszystkie prawa i obyczaje utwierdzają nas w tym poglądzie. Przez całą historię, ba, nawet prehistorię stawialiśmy interesy ludzkie przed zwierzęcymi. Zabijaliśmy lamparty, które ścigały nas po afrykańskich sawannach, albo wilki, które polowały na nasze dzieci w lasach Europy. Nadal dokonujemy zagłady, jeśli nam to potrzebne. Wirusy, bakterie...

– Następni należą do innej kategorii niż wirusy – wtrącił ostro Joshua. – I nie zawsze eliminujemy tylko dlatego, że możemy. Chronimy trolle. – Zerknął na Maggie. – Sama się pani angażowała w tę kampanię, kapitanie. Przecież ta pani akcja, żeby przyjąć trolle do załogi...

Mac pokręcił głową.

– Trolle są chronione, jak gdyby były ludźmi, przynajmniej w prawie amerykańskim. Jak ludzie. Ale nie są uważane za istoty w pełni ludzkie ani nawet za równoważne ludziom. Zresztą całkiem inne są też względy praktyczne. Nigdy nie wykazano, by troll skrzywdził człowieka inaczej niż przypadkowo albo w jakiś sposób sprowokowany. Zawsze była to przede wszystkim wina człowieka. Następni, przynajmniej tak się obawiamy, mogą pewnego dnia stanowić nie tylko zagrożenie dla pojedynczych ludzi, lecz dla samego istnienia naszego gatunku, tak jak mówił Cutler. Mogą doprowadzić do naszego całkowitego wyginięcia.

– To hipoteza krańcowa – stwierdził Joshua. – Nawet gdyby byli wobec nas wrodzy, czemu mieliby się do tego posuwać?

– Dobre pytanie – przyznał Mac. – Ale badania genetyczne, lingwistyczne, poznawcze, wszystkie wskazują, że to naprawdę inny gatunek powstający na naszych światach. Z tego powodu między nami musi nastąpić konflikt, to nieuniknione. A taki konflikt musi się skończyć eliminacją jednej albo drugiej strony. I zaraz wytłumaczę dlaczego.

Złożył dłonie.

– Następni nie są ludźmi. Ale najsilniejszym argumentem, jaki mam przeciw nim, to jak bardzo są nam bliscy. Owszem, bardziej inteligentni, lecz mają tę samą formę fizyczną, jedzą to samo pożywienie, będą zajmować te same strefy klimatyczne. Mamy tu darwinowski konflikt między dwoma gatunkami współzawodniczącymi o tę samą niszę ekologiczną. Darwin wiedział, co to oznacza. – Przysunął sobie tablet. – Czytałem to wszystko na studiach, jeszcze w innej epoce... Nie sądziłem, że będzie się stosowało do mnie. Rozdział trzeci, *O powstawaniu gatunków*, rok 1859: „Ponieważ gatunki jednego rodzaju mają zwykle, chociaż wcale nie zawsze, wiele podobieństwa w zwyczajach i konstytucji, a zawsze podobne są w budowie, walka więc pomiędzy nimi, jeżeli współzawodniczyć im wypadnie, będzie surowsza niż walka pomiędzy gatunkami różnych rodzajów". – Odłożył tablet. – Darwin wiedział. Mógłby przewidzieć tę sytuację. To nie będzie wojna. To nie będzie cywilizowany konflikt. Będzie o wiele bardziej prymitywny. Biologiczny. To konflikt, w którym nie stać nas na porażkę, Maggie. Tylko jedna strona przeżyje, my albo oni. A jedyną nadzieją na zwycięstwo jest uderzyć teraz.

– Nie mówimy tu o biologii! – oburzył się Joshua. – Mówimy o świadomych istotach. Nawet gdyby mogły nas zniszczyć, nie ma nawet śladu dowodu, że kiedykolwiek by to zrobiły.

– Tak naprawdę to jest – stwierdził Mac.

– Jaki dowód?

– Sam fakt, że my tutaj skłonni jesteśmy dyskutować, czy należy zetrzeć ze świata ewidentnie inteligentny i człekopodobny gatunek. Rozmawiając o tym, ustanawiamy swego rodzaju precedens, rozumiecie? A jeśli my możemy sobie wyobrazić taki czyn, to czemu nie oni w przyszłości?

– Śmieszne – stwierdził Joshua. – Takie właśnie myślenie mogło kiedyś zmienić zimną wojnę w gorącą i wybić nas wszystkich wiele dziesiątków lat przed Dniem Przekroczenia. Zbombardować tych drugich na wszelki wypadek, bo mogą uzyskać możliwość zbombardowania nas.

– Nie, raczej nie – zaprotestowała Maggie. – Rozumowanie nie jest tak prymitywne, Joshuo. Przez ostatnie kilkadziesiąt lat ludzkość zaczęła inaczej podchodzić do zagrożeń dla swego istnienia; większość tych zagrożeń ma bardzo niskie prawdopodobieństwo, lecz ekstremalnie dramatyczne skutki. Nie umieliśmy dokładnie przewidzieć eksplozji Yellowstone. Ale planowaliśmy na przykład spychanie z trajektorii zagrażających nam asteroid... No, przynajmniej przed Yellowstone planowaliśmy. Zasada takiej filozofii mówi, że należy przygotowywać się na te zagrożenia, inwestując środki na poziomie uznanym za proporcjonalny do prawdopodobieństwa zajścia zdarzenia i zakresu jego skutków.

– Przy takim podejściu – rzekł z westchnieniem Mac – musimy zważyć ryzyko anihilacji przez Następnych, ale też cały zakres mniejszych niebezpieczeństw, na przykład zniewolenia przez nich; na drugiej szali mamy użycie jednego ładunku jądrowego plus jakąś późniejszą kampanię wyszukiwania i eksterminacji. Plus oczywiście nieokreśloną liczbę przypadkowych niewinnych ofiar. Zwykłych ludzi, muszę zaznaczyć. Chociaż przypuszczam, że Następni, te dzieci, też są niewinni. – Spojrzał na Maggie i na Joshuę. – To wszystko, co mam do powiedzenia.

Przez chwilę w kajucie trwało milczenie. Wreszcie odezwała się Maggie.

– Niech cię diabli, Mac, dobrze walczysz. Joshuo, niech mi pan powie, że on się myli.

Joshua przyjrzał się Macowi.

– No cóż, nic wam nie powiem o Darwinie. Nie znałem gościa. Ani Kolumba czy Corteza. Ani neandertalczyków. Nie znam też wielkich teorii. Ale mogę wam opowiedzieć o ludziach, których znam. I myślę, że pierwszym Następnym, którego lepiej poznałem, był Paul Spencer Wagoner. Jak wiecie, bo macie to w swoich aktach, spotkałem go właśnie tutaj, w Szczęśliwym Porcie. Miał wtedy pięć lat. Teraz, tyle lat później, sprowadziłem go tu z powrotem. Jest tam na dole, siedzi na tej waszej nieszczęsnej bombie. Ma dziewiętnaście lat…

Opowiedział, jak Paul Spencer Wagoner dorastał. Jak rodzice nie czuli się dobrze we wzburzonym Szczęśliwym Porcie. Jak napięcia emocjonalne, wywołane samą naturą niezwykłych dzieci, doprowadziły do rozpadu rodziny. Jak zagubiony chłopiec znalazł schronienie w Domu, gdzie także Joshua się wychował. Jak ten młody mężczyzna po ciężkich przejściach stał się niemal więźniem kolejnych instytucji, a przecież nadal był pełen życia, współczucia, energii, kiedy przebywał wśród swoich.

– To są nasze dzieci – oświadczył surowo. – Wszystkie. Są mądrzejsze od nas. Co z tego? Czy ojciec zabija syna tylko dlatego, że jest bardziej inteligentny? Nie zdołacie usunąć różnic tylko dlatego, że się ich boicie. – Spojrzał na Maggie. – Wiem, że pani by nie próbowała, kapitanie. Nie z trollami i beagle'em w załodze, na miłość boską.

Nie wspominając o kotowatym robocie, pomyślała Maggie.

– Znaczy… Proszę mi wyjaśnić, dlaczego wzięła pani na pokład tych nieludzi?

Maggie zastanawiała się przez chwilę.

– Pewnie żeby zademonstrować coś różnym małostkowym i zadufanym w sobie typom. I jeszcze…

Przypomniała sobie, co mówił Śnieżek, kiedy daleko od domu odkryli społeczność świadomych, inteligentnych krabów: „Twoja myśl, moja myś-śl zawsze na łassce k-hrrwi, ciała. Trzeba innej k-hrrwi, innego ciała, żeby wykazać myśl. Moja k-hrrew nie twoja. Moja myś-śl nie twoja"...

– Dla różnorodności – powiedziała. – Dla uzyskania innego punktu widzenia. Niekoniecznie lepszego czy gorszego. Ale możemy lepiej, wyraźniej zobaczyć świat przez oczy innych.

– No właśnie – rzekł Joshua. – Choć Następni mogą być wyzwaniem, z pewnością reprezentują coś nowego. Różnorodność. Po co byłoby życie, jeśli nie po to, by przyjąć coś takiego? No i... i przecież z nas pochodzą. Nie mam nic więcej do powiedzenia, pani kapitan. Liczę, że to wystarczy.

– Dziękuję panu, Joshua. – Miała wrażenie, że czuje dojrzewającą w myślach decyzję. Ale lepiej się upewnić. – Co powiecie na końcowe oświadczenia? Ostatnie zdanie? Mac?

Mac przymknął oczy.

– Osobiście najbardziej boję się nie niewolnictwa czy nawet zagłady. Boję się tego, że zaczniemy ich czcić jak bogów. Co o tym mówi przykazanie? Nie będziesz miał bogów cudzych obok mnie. Księga Wyjścia, rozdział 20, wers 3. Mamy biologiczny, moralny, a nawet religijny mandat, by to zrobić, Maggie.

Kiwnęła głową.

– Joshuo?

– Mój końcowy argument będzie praktyczny. Dzisiaj nie zabije pan ich wszystkich, doktorze. Mówi pan, że resztę można potem wyłapać. Wątpię. Są za sprytni. Znajdą sposoby ucieczki, jakie nawet nie przyjdą nam do głowy. Nie zabije pan wszystkich. Ale oni będą pamiętać, że pan próbował.

W głębi duszy Maggie poczuła chłód.

Mac odetchnął, jakby nagle spłynęło z niego całe napięcie.

– Czyli to już wszystko? Sprawa rozstrzygnięta? Chcesz, żebyśmy na chwilę zostawili cię samą?

Uśmiechnęła się.

– Nie trzeba.

Stuknęła palcem we wbudowany w biurko ekran.

– Nathan?
– Tak jest, kapitanie.
Zawahała się jeszcze przez sekundę, rozważając swój wybór. Potem zwróciła się do Joshuy i Maca.
– Logika jest dla mnie oczywista. Moralnie i strategicznie próba takiej eliminacji byłaby błędem. Nawet gdyby się powiodła, co nie jest wcale oczywiste. Nie zdołamy się ocalić, likwidując wszystko, co nowe. Musimy się nauczyć życia obok nich... i mieć nadzieję, że nam wybaczą.
– Pani kapitan?
– Przepraszam, Nathan. Zejdź na ląd z kapitanem Cutlerem i zabierzcie stamtąd tę cholerną bombę. Rozbroję ją stąd, natychmiast. Zajmij się tym osobiście, synu.
– Tak, kapitanie.
Z niechętnym grymasem podniosła z podłogi i otworzyła neseser Cutlera.
– Mac, póki się tym zajmuję, może nalejesz nam po drinku? Wiesz, gdzie są szklaneczki. Joshuo, wypije pan z nami?
Mac wstał.
– Wchodzi ci to w nałóg, Maggie.
– Nie marudź, tylko nalewaj, konowale jeden...
Dostrzegła grymas jego ust, napięte mięśnie karku, pustkę w oczach. Przegrał w dyskusji, choć zrobił wszystko, by wygrać. Miała wrażenie, że wie, jak się teraz czuje. Bo gdyby zwyciężył, jak mógłby z tym żyć? Co mu zrobiła, jaką cenę musiał zapłacić stary przyjaciel, by sama zachowała się jak należy?
Spotkała wzrok Joshuy. I dostrzegła u niego zrozumienie: dla niej i dla Maca.
Shi-mi wyłoniła się znikąd. Maggie nie wiedziała, że jest w kajucie. Kotka wskoczyła Joshui na kolana, a on ją pogłaskał.
– Cześć, maleńka...
Shi-mi syknęła na Maca, a on odpowiedział tym samym. Po chwili odsunął fotel, wstał i podszedł do drzwi.
– Pójdę trochę podręczyć Eda Cutlera. Może pożyczyłby mi pan swoją sztuczną rękę, Joshuo? Hej, Ed! *Mein Führer!* Nadchodzę!

– Coś pani powiem, kapitanie – odezwał się Joshua, gdy zostali sami. – Dla pani niewiele to znaczy, ale przeszedł mi ból głowy. Może z tego wynika, że dokonaliśmy właściwego wyboru. Jak myślisz, Shi--mi?

Kotka zamruczała tylko i pchnęła głową jego sztuczną dłoń, domagając się bardziej energicznego głaskania.

ROZDZIAŁ 45

Miesiąc po powrocie „Armstronga" i „Cernana" ze Szczęśliwego Portu Lobsang oznajmił, że chciałby osobiście odwiedzić tę osadę jeszcze raz.

Agnes zabrała się razem z nim.

Do Agnes docierały – głównie od Joshuy – jedynie pogłoski o tym, co zaszło w Szczęśliwym Porcie, o dramatycznych wydarzeniach obejmujących wojskowe twainy, różnego typu uzbrojenie i dzieci, nazywane obecnie Następnymi. Najważniejsze, przynajmniej w jej opinii, było to, że nikt na nikogo nie zrzucił bomby i że Paul Spencer Wagoner, dawny wychowanek Domu, jest bezpieczny – choć nie było wiadomo, gdzie przebywa obecnie.

Jednak z ciekawości chciała obejrzeć to tajemnicze miasteczko. Dlaczego nie?

Dotarli tam, Lobsang i Agnes, tylko we dwoje, w niewielkim i wygodnym prywatnym twainie.

W dniu, kiedy zjawili się nad Szczęśliwym Portem, Agnes wstała jak zwykle o świcie. W maleńkim kambuzie przygotowała na śniadanie jajecznicę i kawę, i na tacy zaniosła Lobsangowi do jadalni. Zawsze powtarzała, że jajka są zdrowe dla nich obojga – sztuczne ciała potrzebują białka.

Kiedy weszła, stał przy dużym oknie widokowym i patrzył na miasteczko. Spoglądając z góry, Agnes poznała układ osady na podstawie map, jakie analizowała wcześniej: rzekę, ratusz, główne place, znikające w lesie ścieżki. Nie dostrzegła żadnego śladu po niedawnej obecności obu okrętów. Wszystko wyglądało całkiem normalnie, jak w typowym miasteczku Wysokich Meggerów.

Tyle że nic się tam nie poruszało. Żadnych wozów na drogach. Żadnej smużki dymu nad kominami. Żadnych trolli śpiewających nad rzeką.

– Pusto – stwierdziła.

– Następni z rodzinami odeszli. Opustoszały nawet sąsiednie osady. Właściwie to patrzymy teraz na pusty kontynent...

Lobsang przerwał nagle i zesztywniał. Zdawało się, że życie odpłynęło z niego.

– Co się dzieje? – Odstawiła tacę i potrząsnęła go za ramię. – Lobsangu!

Ocknął się; jego twarz ożyła. Usiadł, a właściwie osunął się na siedzenie jak uderzony.

– Lobsangu, co się stało?

– Dostałem wiadomość.

– Jaką wiadomość? Od kogo?

– Od Następnych – odparł z pewną irytacją. – A kogóż by innego? Przekaz uruchomiło nasze przybycie. Jest skopiowany na częstotliwościach radiowych. Mało subtelnie.

– Mniejsza z tym jak. Wiadomość do ciebie?

– Niezupełnie. Do całej ludzkości. – Zaśmiał się głucho. – Gdyby była wysłana do mnie... Wiesz, marzyłem o spotkaniu z Następnymi jak równy z równym. Na pewno mielibyśmy wspólne zainteresowania. W końcu to ja ich uratowałem poprzez staranne obserwacje i działania wspólnie z Nelsonem, Joshuą, Robertą Golding i Maggie Kauffman, machinacje, dzięki którym wydostałem ich z Hawajów i ocaliłem przed atomową destrukcją... Przypuszczam, że wyobrażałem sobie nawet, jak uznają mnie za jednego ze swoich... Najwyraźniej jednak nie tak mnie widzą.

– A jak cię widzą?

– Myślę, że jako pośrednika. W najlepszym razie ambasadora, w najgorszym zwykłego posłańca.

– Posłańca?
– Nawet ta wiadomość nie była tylko do mnie... Oni odeszli, Agnes. Tak mówią. Odeszli gdzieś, gdzie nie pójdziemy za nimi. Znaleźli się poza naszym zasięgiem. Trudno się dziwić, pamiętając, jak dotąd traktowała ich ludzkość... i jakie działania rozważała. – Westchnął. – Muszę się zastanowić, co z tym zrobić. Ale sprowadzę twaina na dół.
– Najpierw zjesz śniadanie – oświadczyła Agnes.

* * *

Twain opadł na rozległą trawiastą łąkę przy rzece. Oboje zeszli rampą na ziemię zasypaną jesiennymi liśćmi. Nie widzieli nawet śladu krzątaniny ludzi i trolli, jakiej spodziewała się Agnes. Jedynym, co się poruszało, były opadające klonowe liście; kiedy podniosła jeden, poczuła jego leciutki zapach. Niektóre lądowały na powierzchni wody, a ich grupki odpływały z prądem jak na regatach – nie wiedzieć czemu, przy nieobecności ludzi widok ten wydał się Agnes niepokojący.

Usłyszała cichy szelest – kroki na liściach? Odwróciła się.

– To miejsce nie spełnia już żadnej funkcji – oświadczył Lobsang. – A stało się zbyt znane, by Następni czuli się tu bezpiecznie. Zniknęła niezwykła społeczność, zmniejszyło się bogactwo ludzkiego doświadczenia. I teraz jesteśmy tu sami, Agnes...

– Niezupełnie. – Wyciągnęła rękę.

Od strony ratusza szli w ich stronę dwaj ludzie, młody mężczyzna i chłopiec, obaj ubrani w typową, wielokrotnie przekazywaną z rąk do rąk pionierską odzież.

– Witaj, Lobsangu – odezwał się młodzieniec z wyraźnym nowojorskim akcentem. Uśmiechnął się. Dość rozczulająco trzymał w ręku grabie, jakby sprzątał opadłe liście.

Chłopiec o azjatyckich rysach, może Japończyk, milczał. Obaj patrzyli spokojnie na siostrę Agnes w habicie i Lobsanga w jego charakterystycznej wersji z pomarańczową szatą i ogoloną głową.

* * *

Zabrali chłopców do twaina, pozwolili wziąć prysznic, nakarmili, dali ubrania lepiej dobrane niż te porzucone, znalezione w pustych chatach Szczęśliwego Portu. Obiecali przewieźć ich, dokąd zechcą. I pozwolili mówić.

Młody człowiek miał na imię Rich. Spadł tutaj – co wydawało się właściwym określeniem na sposób działania Szczęśliwego Portu: człowiek spadał bezradny i nieszczęśliwy poprzez jakiś system czułych punktów, aż lądował właśnie tutaj, w tym niezwykłym zbiorniku – spadł z Dublina. Nie było to jego miasto rodzinne. Trafił tam w ramach wymiany studenckiej i zajmował się irlandzką mitologią.

– Na początku myślałem, że guinness miał z tym coś wspólnego – przyznał smętnie. – A jeśli nie, to leprechauny, o których czytałem.

Mały Japończyk nosił niepasujące imię George – jego matka była Angielką. Chodził do liceum i był na wycieczce, kiedy spadł tutaj.

Obaj trafili do już opuszczonej osady. Najwyraźniej ten zadziwiający, obejmujący całą Długą Ziemię mechanizm gromadzenia nie przestał funkcjonować po ewakuacji mieszkańców Szczęśliwego Portu. Na szczęście, jak uznała Agnes, Rich przybył pierwszy i mógł pomóc dwunastoletniemu George'owi, kiedy chłopiec się zjawił. Ale i tak tkwili tu samotnie już od wielu tygodni.

Rich nie wydawał się specjalnie wstrząśnięty, choć oczywiście był zadowolony, że ich znaleźli – ani on, ani George nie rozumiał, jak tu trafili, i nie miał pojęcia, jak wrócić do domu. Natomiast George w rozmowie jakby wyszedł ze skorupy; w oczach Agnes wyraźnie nabrał pewności, nawet stanowczości. Choć młodszy, wydawał się znacznie inteligentniejszy od Richa. Może to kolejne z tych superinteligentnych dzieci ze Szczęśliwego Portu, myślała Agnes; może ma geny Spencerów albo Montecute'ów... Ciekawe, co teraz się z nim stanie.

Doglądanie chłopców poprawiło jej nastrój. Nie przepadała za długimi wakacjami, choć próbowała sama siebie przekonać, że teraz opieka nad Lobsangiem to jej praca. Czasami zastanawiała się, czy nie została zabawką w rękach bogacza. Straszliwy los! Siostra Concepta ostrzegała przed nim starsze dziewczęta w szkole klasztornej bardzo dawno temu; opowiadała o ogniach piekielnych, jakie spadną na grzesznice, co perwersyjnie sprawiało, że perspektywa stawała się niemal... kusząca. Agnes i jej koleżanki, wśród nich Guinevere Perch, chichotały, skrywając usta dłońmi. Przekaz wyraźnie nie zapadł w pamięć Guinevere, która w szczycie swej kariery posiadała rozległe nieruchomości ziemskie w Marbelli i na Seszelach, a także bardzo drogi georgiański dom w centrum Londynu, wygodnie blisko Izby Gmin... Agnes odwiedziła kiedyś tę londyńską rezydencję i Guinevere pokazała jej swoją dobrze wyposażoną suterenę. Krzykliwe ozdoby, wymyślne obiekty żądzy, władzy i okrucieństwa, ich wykorzystanie skrzętnie notowane przez Guinevere w małym notesiku – wszystko to wzbudziło głośny śmiech Agnes, co zdumiało przyjaciółkę, chyba spodziewającą się raczej kazania.

Ale przy drinku Agnes wyznała jej, że widziała więcej grzechu, więcej dusz okrytych mrokiem w niewielkich anonimowych mieszkaniach Madison, niż można sobie wyobrazić w tej londyńskiej suterenie. Więcej grzechu... i więcej piekła. Starała się nie dopuścić, by te doznania wpłynęły na nią, jednak nawet teraz było to trudne. Zdarzało się, że przyznawała rację Lobsangowi w jego najgorętszych tyradach na temat wad ludzkości. Trudno było jej pamiętać, że przecież sama nie była taka niewinna.

Prawdę mówiąc, w głębi serca wcale się nie zmieniła. Nadal kierowały nią te same odruchy, które zawsze kształtowały jej życie. Pragnęła pocieszyć przerażone dziecko, nic więcej. Ukoić zmartwionych i zalęknionych. Nakarmić głodnych. W końcu takie było jej życie – w większej części; ta pozostała część polegała na puszczaniu wiatrów na salonach ludzi potężnych... I teraz tak bardzo tęskniła za oddziałami i przedszkolami, kuchniami i hospicjami! Nie ma co, będzie musiała poprosić Lobsanga o urlop, znaleźć jakiś opuszczony i zapomniany zakątek na Długiej Ziemi, czy nawet na cierpiącej Podstawowej, gdzie mogłaby zrobić coś ważnego.

Albo jeszcze lepiej – oboje mogliby pracować razem. Wyczuwała, że nadchodzi dla niego czas przemiany. Stał się zamyślony, refleksyjny... Poprosił nawet delikatnie, by Agnes skończyła z programem ćwiczeń. Grzecznie podziękowała więc jego partnerom sparingowym; Cho-je, o ile wiedziała, prowadził teraz na jednej z Niskich Ziemi szkołę sztuk walki dla sierot po Yellowstone. Tak, może rzeczywiście czas, by ona i Lobsang wspólnie zajęli się jakimś projektem. Czymś pozytywnym, czymś wartym wysiłku, czymś, co złagodzi niedające spokoju poczucie winy.

A równocześnie jakaś cyniczna część jej umysłu wykpiwała to podstępne poczucie winy. Oczywiście, taka była mroczna tajemnica katolicyzmu, coś, co wpływało na człowieka, choćby uważał się za nie wiadomo jak wyrafinowanego, choćby wierzył, że dobrze zna wszystkie kościelne sztuczki. I tak przez całe życie nosił w sobie własnego inkwizytora. A w przypadku Agnes nawet po śmierci.

Tego wieczoru, kiedy chłopcy leżeli już na zaimprowizowanych posłaniach w składziku na tyłach gondoli, Agnes poszukała Lobsanga. Bez wątpienia jego iteracje w tej chwili wędrowały po najgłębszych rowach oceanicznych albo ciemnych stronach księżyców. Tu jednak, co ją zdumiało, siedział w niewielkiej galerii obserwacyjnej twaina i bardzo starannie formował drzewko bonsai w szklanej kuli; badał stan każdego korzenia, konaru i gałązki z uwagą, jaką matka poświęca swemu pierworodnemu. Wieszał też ręcznie robione ozdoby na miniaturowych gałęziach, na podobieństwo ogrodów przy buddyjskich klasztorach.

– To piękne – powiedziała Agnes. – Nigdy jeszcze takich nie widziałam.

Lobsang wstał, gdy weszła do kabiny. Zawsze wstawał, gdy wchodziła, i kiedy to sobie uświadomiła, serce jej zmiękło.

– Pomyślałem, że powinienem już poświęcić drzewku trochę uwagi. To prezent od Sally Linsay, uwierzyłabyś? Oryginalnie rosło poza Ziemią. Sally zabrała je w drodze powrotnej, na Długim Marsie. Nie należy do takich, co przywożą pamiątki, a tym bardziej prezenty dla mnie. Ale powiedziała, że właśnie mnie jej przypomina:

z Ziemi, a jednak nie z Ziemi równocześnie. Wydaje się, że bardzo dobrze się adaptuje do naszej grawitacji.

Usiadła obok Lobsanga w przyjaznym milczeniu, pozwalając mu zająć się pracą. I nie po raz pierwszy spróbowała przeanalizować swoje uczucia wobec tej istoty... tego doktora Frankensteina, którym był dla ożywionego potwora, czyli dla niej... tego mężczyzny. Lobsang bez końca manipulował ludźmi i sytuacjami, interweniował z ukrycia i delikatnie, co zyskało mu wielu przeciwników. Lecz – o ile mogła to ocenić – zawsze działał z pozycji rozumnej sympatii dla istot ludzkich, mimo że wciąż narzekał na ich wady. O ile wiedziała, żadne ludzkie życie nie uległo przerwaniu wskutek interwencji Lobsanga, podczas gdy wiele zostało ocalonych przez jego ukryte akcje – ostatnio ci młodzi Następni, dzięki zakulisowej aktywności Joshuy, Sally i Nelsona. Nie wspominając nawet o wszystkim, co w przeszłości uczynił dla trolli.

Więc co tak naprawdę czuła do Lobsanga? Nie miłość, to na pewno. Była jego żoną tylko w znaczeniu metaforycznym. Poza tym Lobsang nie był istotą, którą można kochać w ludzkim stylu. Czasami miała wrażenie, że obcuje z aniołem.

– Niczego takiego w życiu nie widziałam – szepnęła. – I nigdy już nie zobaczę.

– O co chodzi, Agnes?

– Lobsangu, wstań na moment, dobrze?

Ze zdziwioną miną Lobsang podniósł się i podszedł do Agnes. Ona również wstała i wycisnęła całusa na jego policzku. Potem przytuliła go mocno i oparła głowę na piersi jego jednostki mobilnej. Kiedy ją objął, mogłaby przysiąc, że równy szum maszyn twaina zamiera na moment – ale prawdopodobnie tylko sobie to wyobraziła.

Tej nocy, zamiast przebrać się i położyć do łóżka jak zwykle, Agnes włożyła najcieplejszą odzież, przeszła przez salon i zapukała do drzwi sterowni. Lobsang otworzył, wyraźnie zaskoczony. Światła były zgaszone, a malutkie pomieszczenie skąpane w księżycowym blasku.

– Dawno, dawno temu opowiadałeś, jak nocą, lecąc twainem, lubisz zostać do późna i oglądać księżyc – powiedziała Agnes cicho.

– Albo księżyce, jeśli przekraczasz. Dzisiaj pooglądajmy ten księżyc razem.

Uśmiechnął się szczerze.

– To dla mnie zaszczyt i przyjemność.

– Tylko mi się tu nie roztkliwiaj – upomniała go. – Gdzie trzymasz baileysa?

Po pewnym czasie z kocem na kolanach, w cieple małej sterowni, zanurzona w jej spokojnym mechanicznym poszumie, w końcu jednak zasnęła.

* * *

Kiedy się obudziła, był ranek.

Lobsang wciąż siedział przy oknie i patrzył na Szczęśliwy Port.

– Musimy tu posprzątać – oświadczył, nie odwracając głowy.

– Posprzątać? Jak?

– Wszystko to trzeba usunąć. Budynki, pola, nawet drogi. Wykasować. To jest coś, co mogę zrobić dla dobra Następnych i ludzi, czy mnie o to prosili, czy nie.

Stłumiła westchnienie. Bardzo potrzebowała swojej pierwszej porannej kawy, zanim spróbuje sobie poradzić z Lobsangiem, który zachowuje się jak Lobsang.

– O czym mówisz? Dlaczego miałbyś to zrobić?

– Proszę cię, Agnes, nie patrz na mnie tak, jakbym zwariował. Rozważ logikę tej sytuacji. Ten nowy gatunek wyraźnie dał do zrozumienia, że odchodzi. Byle dalej od naszego gatunku.

– A dokąd, twoim zdaniem, się wynieśli?

– W tej wiadomości, jaka do mnie dotarła, twierdzą, że znaleźli sobie coś w rodzaju rezerwatu, pas Długiej Ziemi wcześniej niezamieszkany, który teraz uznają za swój. Nazwali go Zagrodą. Jak jest szeroki, jeden świat czy milion, czy leży na wschodzie, czy na zachodzie, jak daleko... nie mam pojęcia. Nie wiem nawet, czy pas jest spójny, to znaczy w jednym kawałku. Cała reszta Długiej Ziemi należy do nas. Tak powiedzieli. Bardzo łaskawie z ich strony, prawda? Ale trzeba przyznać, że jeśli ta narzucona separacja stanowi ich wybór... no cóż, mogło być gorzej. Dla nas gorzej. Przecież padła już sugestia, żeby ich wszystkich zniszczyć. W tej chwili wydaje się, że priorytetem jest dla nich przetrwanie, przynajmniej dopóki są jeszcze nieliczni. Nie wierzę, by chcieli nas skrzywdzić, w każdym razie dopóki zostawimy ich w spokoju. Ale podejrzewam, że jeśli zaczniemy się im naprzykrzać...

– Dlatego nie chcesz zostawić żadnej szansy ruszenia za nimi?
– Właśnie.
– I chcesz zniszczyć Szczęśliwy Port. Usunąć wszelkie możliwe wskazówki co do ich celu.
– Tyle tylko mogę zrobić.

A jednak w głębi serca Agnes była przekonana, że Lobsang pragnie zrobić coś więcej. Chciałby wiedzieć. Chciałby być razem z Następnymi. Tymczasem tutaj mógł być tylko dozorcą, który po nich posprząta – jak wtedy, kiedy zamiatał liście w swoim parku trolli w wykrocznym Madison.

– Jak tego dokonać? – mruczał zamyślony. – Pewnie mógłbym przekonać odpowiednio wiele trolli, żeby przybyły tutaj i rozebrały wszystko. Usunęły wszelkie ślady Szczęśliwego Portu. Alternatywą byłoby zrzucenie małej asteroidy na dach ratusza. Rozwiązanie proste i tanie wobec zasobów, jakie mam do dyspozycji.

– Naprawdę? Jakich zasobów? Ponieważ mówisz o asteroidach, podejrzewam, że chodzi ci o przestrzeń kosmiczną. Oczywiście teraz jesteś już pewnie blisko z Obłokiem Oorta, jak to określasz.

Jego uśmiech bywał niekiedy bardzo dziwaczny.

– Moje najlepsze żarty są jak dobre wino, z czasem coraz lepsze. Ale dla takiej operacji nie musiałbym sięgać do Obłoku Oorta. Jakąś niedużą i bliską Ziemi asteroidę można by odchylić na taką trajektorię, by zderzenie nastąpiło w ciągu paru dni. Może nawet godzin, gdyby była dość blisko. Oczywiście musiałbym sprawdzić, że teren jest czysty, wystawić ostrzeżenia dla ewentualnych pionierów, którzy szukaliby tu łupów, i zainstalować jakiś system pomocy dla tych, którzy trafiliby tutaj tajemniczą drogą przez czułe punkty, jak Rich i George...

Ujęła go pod rękę.

– Ale nie dzisiaj. Chodź. Zjemy jakieś śniadanie, a potem zawieziemy tych zagubionych chłopców do domu.
Nie ruszył się z miejsca. Spojrzał na ekrany obok siebie.
– Chłopcy są bezpieczni na pokładzie, prawda?
– Tak. Śpią jeszcze. Czemu pytasz? – Coś dziwnego za oknem zwróciło jej uwagę. – Lobsangu!
– Tak?
– Co to za światło na niebie?
– Agnes, nie byłem z tobą całkiem uczciwy. Kiedy tylko odebrałem wiadomość od Następnych, zacząłem przygotowania. Zawsze mogłem bez trudu odchylić tę skałę, gdyby to było potrzebne.
– To światło, które teraz spada z nieba… Pracowałeś całą noc, prawda? Miałam być twoim sumieniem. Coś ty uczynił, Lobsangu? Coś ty uczynił?

* * *

Żeby monitorować skutki, Lobsang wypuścił z twaina balony, latającego drona i nawet parę nanosatów. Tak więc Agnes widziała wszystko.

W ostatnich chwilach istnienia asteroida przemknęła nad Ameryką Północną, w ułamku sekundy przebiła atmosferę Ziemi, wypchnęła powietrze i pozostawiła za sobą tunel próżni.

Potem bryła lodu i pyłu wielkości małego domku uderzyła o grunt. Sama asteroida uległa całkowitemu zniszczeniu. Teren wokół punktu uderzenia został wypalony rozpryskiem stopionej lawy i przegrzanej pary, falami uderzeniowymi i lecącymi szczątkami, a potem rozkruszony falami sejsmicznymi w skale macierzystej.

To było uderzenie niewielkie jak na uderzenia asteroid. Płytki krater wkrótce miał ostygnąć, nie utrzymało się promieniowanie. Nikt nie ucierpiał i nikt nie miał ucierpieć z tego powodu.

Ale Szczęśliwy Port przestał istnieć.

ROZDZIAŁ 46

Według Bardo Thodol w *sidpa bardo* ciało duchowe potrafi w jednej chwili przemierzać kontynenty. Może zjawić się w dowolnym miejscu, w czasie potrzebnym, by sięgnąć ręką. A jednak, zastanawiał się Lobsang, czy nawet duchowe ciało może sięgnąć do ludzkiego serca?

PODZIĘKOWANIE

Niektóre pomysły zawarte w epizodzie „Wielkiego kroku w bok" (rozdział 15) pojawiły się w *Nauce świata Dysku* T.P., Iana Stewarta i Jackiego Cohena (1999).
    Oczywiście za wszelkie błędy i niedokładności odpowiedzialni jesteśmy tylko my.

T.P.
S.B.
Grudzień 2013, Ziemia Podstawowa